Boxer dans le vide

Philippe Aubert de Molay

Boxer dans le vide

Nouvelles
(anthologie 2005-2015)

collection l'Atelier

SOUFFLE COURT

Préface

On ne sait pas pourquoi mais c'est ainsi. On entre dans les livres de Philippe Aubert de Molay, en baissant la voix. Un peu comme dans une cathédrale pour honorer le souffle divin de l'esprit et respecter, tête basse, les chants liturgiques des hommes de foi. Dans ce livre nous entendons aussi les coups de burins des maitres tailleurs, les mensonges du confessionnal et les cris des ouvriers tombant des échafaudages de fortune. Il y est juste question de la vie, de ce mélange de lumière et de pénombre, glissant entre les colonnes froides pour se poser sur des boiseries aux rondeurs accueillantes et à têtes de gargouilles. Les nouvelles de Philippe Aubert de Molay sont autant de petites portes ouvragées que l'on ouvre sur nous-mêmes, on s'y retrouve sans se chercher. Cloués au sol et l'esprit vagabond, petits prisonniers de nos insignifiances nous cherchons le beau pour s'en sortir enfin. On a tout à la fois envie de cacher nos mystères et de monter en chaire pour louer l'amour et les femmes, pour s'indigner de ce monde qui fait l'important. Quand le tumulte fait place au silence, c'est que nous sommes au bout du livre. Et l'on pense alors au bienheureux qui n'en a pas encore ouvert la première page. Nous chuchotons alors comme par magie, un prénom. Celui d'un très très proche auquel on veut offrir ces histoires, ces fragments d'amour.

Ce n'est pas de la magie, c'est juste le pouvoir d'un auteur entré en littérature.

Vous verrez.

Philippe Vieille - Éditeur

histoires

amours

magies

Je n'avais rien à offrir à personne que ma propre confusion.
Jack Kerouac, *Sur la route*

histoires

Leçon de ténèbres

Mes ténèbres m'éclairent si violemment.
Tomás Luis de Victoria, *Office des défunts (1603)*

Il est tard. Il me faudrait un ciel plus bleu, plus paisible, plus matinal, moins vaste et moins lumineux. Un ciel de lit. Dans les feux pâles de l'aube, je me souviendrais. Je me souviendrais du temps où on m'aimait beaucoup. C'est que j'étais célèbre. On me demandait de Caracas à Maracay, de Monterey à Nezahualcóyotl, de Puebla à Mexico. Madrid aussi, c'est arrivé au début. Jusqu'à des étrangers qui m'aimaient, jusqu'aux gens dans les rues.

Je m'appelle Juanita Cruz de la Casa. Torera. J'ai commencé à toréer à quatorze ans, c'était en 1931. Raconter ma vie, ce n'est pas ce que je sais faire. Qui cela intéressera-t-il que j'aie porté l'habit de lumière pour la première fois à Grenade et là j'avais dix-neuf ans ? L'année d'après, pour soutenir l'armée républicaine, j'ai toréé lors de fêtes destinées à réconforter une foule de soldats blessés. J'étais jeune mais d'instinct j'ai aimé les idées anarchistes. Ces hommes-là traitaient les femmes comme des égales : nouveau monde. J'ai dû ensuite quitter l'Espagne, j'étais si jeune. J'ai dit que raconter ma vie, je n'aimais pas. Que l'on sache seulement que je ne suis rentrée au pays que quarante ans plus tard. Brûlure de l'exil. Venezuela, Mexique, Pérou, Bolivie. Sur les routes, j'ai emporté le chagrin d'avoir dû renoncer à une maison où l'on m'attende. Être seule dans le froid glacial des vivants, j'ai vécu cette pauvreté. Des départs, toujours. Même si j'ai eu l'orgueil de mettre quelquefois la mort en fuite, au point de faire tomber une foudre d'applaudissements sur les arènes tant on m'approuvait face au toro. Dans la lumière précieuse de l'après-midi, j'ai eu parfois l'impression de repousser les limites du monde, voyant anoblies la déraison et l'inutilité de mettre ma vie en jeu. Je réussissais, je saluais la foule et j'étais juste une femme.

Ma maison, c'était le voyage. Canada, Colombie, États-Unis. J'ai vu en 1937 ou 38, je ne sais plus, à Hollywood une jeune actrice promener en laisse un léopard assommé de calmants. J'ai pensé que je traitais mieux mes toros et mes chevaux. J'ai pensé aussi sans cesse à Madrid, mon chien était resté là-bas.

Comme tous les hommes, les toreros veulent savoir lequel d'entre eux pisse le plus loin. Je suis une femme et cependant, à la surprise générale, je les ai inquiétés sur ce point. Alors ils me l'ont presque tous fait payer, entretenant avec beaucoup de soin la misogynie d'un public déjà naturellement avare de toute sympathie envers les femmes. Pourtant, devant la terrible attraction que ma propre mort exerçait sur moi-même (je n'ai pas peur de disparaître car j'ai adhéré très tôt à cette évidence selon laquelle tant qu'il y de la vie, il y a du désespoir), j'ai vu au fil des années, les arènes m'accepter et les vivats d'abord forcés s'adoucir jusqu'à la mélancolie et la compréhension. Un soir de féria à Mexico, j'ai su que – bien qu'encore là – je manquais déjà aux gens. J'ai alors connu la piété des foules plaçant des images de moi dans tous les salons de coiffure, sur le berceau des nouveau-nés et dans les chambres d'hôtel à côté du crucifix. Je suis devenue riche. Sous l'éternel ciel d'août parfumé par le jasmin, j'ai donné des interviews à des journaux me rémunérant pour le faire. J'ai dit que je voulais qu'on se souvienne de moi comme d'une torera élégante et charmeuse, capable aussi. Si possible héroïque et guerrière. J'ai dit d'autres bêtises. Que, d'après moi par exemple, ce qui gouverne le monde, ce n'est ni la force ni l'amour, hélas. Mais la longévité. Être encore là, bien après les terreurs et les souffrances de cinquante ou soixante ans de vie, voilà qui relève de l'exploit, non ? Certains n'y parviennent pas et tombent en route sous les balles du réel. J'ai déclaré aussi que j'étais républicaine même si j'aurais été incapable d'expliquer ce que cela pouvait bien signifier tant nos idéaux sont confisqués par ceux-là mêmes qui prétendent les défendre. J'ai parlé. J'aurais dû me taire. La boucler. Depuis, tous mes mots ont été lavés, lessivés, passés à la paille de fer par des lendemains qui n'ont pas chanté. Me contenter des arènes, voilà ce que j'aurais dû comprendre. Le présent n'est qu'un feu mal allumé dans la nuit d'hiver. Beaucoup de fumée, peu de flamme, une chaleur presque imaginaire. Une intimité avec les ténèbres environnantes.

Bien que non croyante, j'ai pris l'habitude chaque année de suivre les offices de la semaine sainte. Ces leçons de ténèbres comme on dit. J'ai pleuré en écoutant jouer des œuvres de Tomás Luis de Victoria, composées plus de trois siècles plus tôt. Tant de beauté brutale. Enveloppée de musique, je me suis assise longuement dans la chapelle de la cathédrale de Caracas où repose l'épouse de Simon Bolivar. Elle si sage, qu'aurait-elle pensé de ma position de torera ? J'ai su que l'exil et le sable pour y risquer ma pauvre petite vie n'étaient rien d'autre que ma paix et ma révolution, ma propre leçon de ténèbres.

J'écris cette lettre et j'aimerais bien avoir une chose intelligente ou deux à dire mais je ne vois pas quoi. Comme pour tout le monde, mon petit savoir accumulé n'est qu'ignorance en définitive. Je sais juste que d'ordinaire le toro ne me faisait pas peur, sauf celui à la robe de poils rouges et noirs, le *castaño oscuro* comme on dit. Celui-là, il me faisait peur. C'est ainsi. Je voudrais savoir parler des femmes, je suis l'une d'elles. Mais je ne sais pas quoi dire ou, du moins, comment le dire. Comme nous toutes, la quête du refuge que constituent des bras solides m'aura bien inquiétée. Mais j'ai eu de la chance avec mon mari. Comme nous toutes, en dépit des dévorations du temps qui passe, j'ai été prête à jouer le jeu, à faire de mon mieux, à me battre pour les miens. Comme nous toutes, je voulais que tout aille bien du matin au soir et du soir au matin ; comme nous toutes, j'ai souvent vu les hommes faire comme si nous n'étions pas là. Comme nous toutes, j'ai aimé l'harmonie et elle n'était pas souvent de la partie, j'ai dû m'oublier, me donner, ne pas me reposer, accepter qu'en dépit de mes efforts et de mes épuisements, on considère ici et là que je n'en faisais jamais assez. Comme nous toutes, refusant brusquement d'être tenue en laisse, dans l'air lourd des six heures du soir et accablée par les servitudes de la journée, j'ai eu la tentation – et parfois j'y ai cédé – de ne pas rentrer à la maison.

Lorsque j'ai été en danger, bousculée par la corne, je me suis sentie immense, à ma place, habitée par une âme me dépassant, désirée par l'univers. Dans l'exercice de mon art, j'ai eu contenance d'un pays entier, violence violette d'orage, couleur de cuir noir. J'ai été moi, animale et humaine, surnaturelle et fragile. Vraiment femme. Ma raison s'endormait enfin, je devenais un corps, le mien : j'étais des gestes, une vision, une respiration, des odeurs et des sangs. Consciente du piège que constituait ma position de torera mais acceptant d'une humeur égale la possibilité de m'y perdre ou de m'en échapper, j'aimais risquer ma peau. Dans le triste cortège humain des abandons, des trahisons, des renoncements, j'ai estimé que vie et mort se valaient. Vrai et faux ne sont-ils pas amant et maîtresse ? Bras dessus bras dessous comme deux voyageurs perdus et rassurés de suivre la même route. Je n'aime pas la vérité car vous ne trouverez pas plus menteuse qu'elle. Elle ne jure que par elle-même, se prenant pour quelqu'un de respectable, pour une grande dame, « pour une Espagnole » comme disent les sud-américains avec dédain. J'ai eu du pouvoir. Autant qu'un homme. Un jour aux arènes de Maracay, devant tout le Venezuela, dans la dentelle bruissante des éventails, devant les dames avec leurs bustiers presque transparents, leurs sacs en cannage bleu ciel ou vanille à la main, les coûteux parfums français chantonnant la soie crémeuse des robes du dimanche, les si féminines lanières délacées des chaussures de luxe en cuir de Séville captivant le regard des garçons impatients, j'ai rendu six mille personnes immobiles et silencieuses. Tous ces hommes aux chemises blanches ou aux uniformes désuets, toutes ces femmes jalouses de mon héroïsme. Six mille personnes comprenant que si je me désintéressais un instant du fauve, c'était pour remarquer, le temps qu'il faudrait, le passage d'un scarabée à mes pieds. Lenteur. Ma lenteur. Pouvoirs.

Aujourd'hui, depuis ma chambre où le jour s'éteint, j'observe la clarté tamisée par le feuillage d'un grand tilleul. Peut-être la beauté n'est-elle que la ruse de la vie pour tenter de nous convaincre de rester encore un moment ici-bas ? Au cas où. L'aventure, l'amour. Vous savez ce que c'est, on se promet de n'y plus croire mais nous ne sommes que des humains : une offrande à notre charme déclinant et nous fonçons tête baissée dans les ennuis, comme le toro. Me voici donc rentrée à Madrid. C'est que Franco est mort vieux, je suis vieille aussi. J'ai retrouvé les places ombragées, les rues aux odeurs de citron et de vin chauffant au soleil, le calme de la vieille capitale loin de la frénésie des Amériques. Est venue ensuite la lente progression du dégoût de vivre. Dire non à l'existence ne m'a jamais coûté le moindre effort tant je trouve cette vie surestimée. J'ai habité si naturellement les épreuves, celles-ci se succédant sans me laisser souffler un mois ou deux, que le bien-être – lorsqu'il paraissait –, je ne l'aimais pas. Je lui trouvais cet air de menteur, de politicien pour être exact : il allait me reprendre à coup sûr dix fois plus qu'il ne prétendait me donner.

De ce voyage de quarante ans, j'ai rapporté dans mes bagages le secret des secrets : il ne faut pas s'inquiéter, ça ira. Après qu'on ait tout essayé (amour, désamour, y croire, ne plus y croire, y croire de nouveau) et que tout ait sublimement été ruiné, il reste la mort. Ses bras accueillants pour enfin nous faire exister sans souffrance ni choix à faire. Son sourire gratuit. Un vieux torero de Caracas me l'a confirmé en fermant les yeux après avoir été renversé par un taxi au sortir d'une corrida d'été : « Juanita, c'est toi ? » Il a dit. Ajoutant : « Tout se passera bien à l'instant suprême car tout le monde est capable d'être mort ». Véridicité. Vieille loi occulte du monde : la simplicité du mourir. Et voilà que nous sommes à Madrid, le 18 mai 1981. J'ai soixante-quatre ans. C'est assez. Les médecins m'ont expliqué hier que je devrais cesser de vivre dans les quarante-huit heures. Je vais m'y efforcer afin de ne pas contredire ces hommes de science. Et aussi du fait qu'il fait chaud sous ces draps et que je suis impatiente de me reposer de moi. De laisser les autres se reposer de moi, de permettre au repos de se reposer du repos. Vivre sans un appétit d'ogre, sans la sainte ébriété de l'amour et en espérant espérer ne vaut pas l'effort que cela commande. À mes yeux, la vie exige des conditions : la première étant que j'y consente. Je ne veux pas me soumettre au flux des heures, celui qui réinvente encore et encore les jours passés. Ce qui brutalise l'âme. Le présent n'est qu'un règlement de compte permanent. Par ma fenêtre entrouverte, j'entends la mort qui court dans les rues, chantant à tue-tête, heureuse comme une enfant dans un magasin de jouets. Tôt dans ma vie, devant l'absurdité de mon passage sur terre, j'ai compris que la meilleure chose à faire en cette vallée de larmes, c'était de gaspiller le temps qu'il me restait. J'avais dix ans et je voulais devenir chanteuse d'opéra, romancière ou torera. Que l'on sache toutefois que j'ai essayé de pratiquer une tauromachie à hauteur d'homme, surtout que je suis une femme. Ce métier m'aura permis de vivre comme si je pouvais enfin mourir d'un instant à l'autre, sans m'économiser. J'ai su que le courage, c'est juste d'oublier qu'en réalité nous en sommes dépourvus. Que bien peu sont taillés pour l'action mais qu'il faut faire comme si, se prendre pour quelqu'un d'autre. Être le plus que possible celui que l'on ne sera jamais.

Du Mexique, j'ai aimé sa cuisine des rues. Les petits étalages avec ce qui grille et frit du matin au soir, les brochettes de fruits, les trente sortes de sauce au piment, la coriandre réputée aphrodisiaque, le sucre parfumé avec des plantes aux noms inconnus. On me reconnaissait, on ne voulait pas que je paie, j'insistais, je distribuais des places pour le prochain dimanche. Vous ne me croirez pas mais sur les murs de chaque auberge il y avait mon portrait, voisinant avec les rouges outrés et les ors noircis par la fumée des cigarettes de tableaux montrant des sierras désertiques ou des temples du Yucatan. Parfois plusieurs photographies de moi dormaient au beau milieu des fausses armes de la conquête coloniale, des comptes rendus de corridas oubliées et des volières bruyantes, les serveurs s'évertuant, sans le moindre excès de mots et avec un grand sérieux poétique, à réciter les noms exotiques des oiseaux : amazone à joues vertes, ara militaire, colibri féerique. Nous ne sommes pas les seigneurs de la terre, seulement ceux du décor, j'ai su. Pour les gens, j'étais moi-même un oiseau de volière. Une Juanita Cruz. C'est un oiseau de nuit à l'air buté. Un oiseau des ténèbres.

Je dois m'en persuader aujourd'hui mais j'ai été cette femme adulée. Désormais, dans l'air frais du crépuscule voilé de noir comme en habits de deuil, je plonge rituellement dans mes douleurs. Je ne suis plus rien d'autre que l'archiviste de moi-même. Une vieille dame, qui pourrait croire qu'elle a été torera ? Qu'elle a vu courir sur elle des bêtes de six cents kilos ? Qu'elle a tué avec franchise ? Je me demande comment j'ai pu accomplir toutes ces choses, l'ascèse infligée par la maladie est un si grand sujet d'étonnement. Chute libre. Il n'y a presque plus d'endroit en moi épargné par les combats. Mon cœur est une ville en flammes. Je dors beaucoup, comme si le fait de fermer les yeux pouvait me rendre invisible. Je passe un temps infini à tenter de réussir quelque chose de simple. Par exemple hier, vous allez rire : peler une pomme afin, comment expliquer une telle futilité, que l'épluchure soit d'un seul tenant, une longue guirlande de fête. Rigolade avec les infirmières.

Détresse parfois, aussi. Lorsque vient la nuit sérieuse, d'abord regarder les étoiles à travers les frondaisons du tilleul. Toute cette lumière si lointaine, comme l'heureuse maison d'une autre. Ensuite baisser les yeux et mesurer à quel point la chambre est noire. Noire noire noire. Se souvenir que la vie est une leçon de ténèbres. À cet instant, on mange dans la main du néant.

Hier, tu m'as offert un vin réputé aussi noble que celui de la Bourgogne et venant de la province de Coahuila au Mexique, non loin du Nuevo Lèon et du Texas que nous avions visité, chevauchant ces déserts bibliques saignés à blanc par une lumière perpétuelle. Un vin mystique que j'ai bu autrefois des nuits entières avec toi mon chéri, mon petit grand mari, ma pierre de lune, au temps des années amoureuses et tu me parlais de ce raisin rose du Pérou utilisé pour faire le vin tandis que tes mains dorées commençaient à se poser sur moi. Tu adorais parler parler parler et me toucher en même temps, l'air de rien. Ce jeu entre nous et je gémissais bientôt tandis que tu évoquais je ne sais quoi à propos de ces verres que nous portions à nos lèvres enfiévrées. On s'est tant aimé. Toi. Merci.

Plus tard, j'ai compris avec stupeur que les autres hommes n'étaient là que pour me faire bénir le ciel de t'avoir à mes côtés. L'amour, cette divine couronne tressée par nos imaginations, ornait miraculeusement nos fronts depuis si longtemps. Après ma mort, tu passeras du temps sur le seuil de notre porte, regardant la rue comme si j'allais rentrer, tu m'accepteras même si fantôme. Tu nourriras les chiens errants, tu répareras la patte des pigeons déchirée par les rats, tu donneras (et surtout ne sois pas regardant) de l'argent aux bohémiens parce que je l'aurais fait. J'ai aimé les scintillements de la pluie sur les tuiles vernissées des maisons voisines et j'ai acheté du jus d'orange aux fillettes pauvres frappant ensuite à notre porte chaque matin, tu le feras aussi. J'ai bien vite su que tu avais raison : l'orage, comme tu me l'expliquais une nuit lointaine à Caracas, est prétexte à croire en quelque chose, reste à trouver à quoi ? (peut-être en ma survie dans l'autre monde ?). J'ai relu tes lettres. Les miennes sont plus intéressantes, je trouve : relis-les, tu admettras que j'étais une femme d'esprit. J'ai fumé tes cigares, j'ai bu ton vin de Coahuila, j'ai grelotté discrètement de chagrin, que faire de plus ? Dans un an, tu iras te dissoudre dans les dîners en ville auxquels succéderont des petits matins paisibles avec tes amis dans les charmants bordels pour vieux messieurs de Madrid. L'envoûtement fané des caresses sans complication. Trouve-toi une aimable jeunette pour adoucir ta maison, tu as ma bénédiction, ton amusement sera encore un peu le mien. Ceux qui ont vécu de tels jours de désespérance sauront ce que je veux dire : un air de piano entendu dans la rue pourra t'abattre pour une semaine, tu n'y échapperas pas. Tu sauras que raconter aux proches ou aux étrangers ce que l'on a vécu ensemble, ce sera dire ce que tu voudrais encore. Tu vas me regretter beaucoup et ça me plaît. Dans la viande rouge de tes émotions et la boisson enivrante de tes souvenirs, je te le promets mon petit grand mari, tu te sentiras rassemblé avec moi en une âme unique.

Conseil d'amie : consulte tous les six mois la jeune Maria de los Dolores, c'est une bonne cartomancienne à ce qu'on dit, la meilleure du quartier, elle a prédit avec exactitude ma mort et il paraît que l'une de ses grands-mères était une gitane des Asturies, une prophétesse. Maria te donnera de mes nouvelles. Même si je t'attendais au paradis et qu'il s'avérait par conséquent que – finalement – l'au-delà existe (ne compte pas trop là-dessus tout de même), continue de te sentir proche des anarchistes que nous fréquentions autrefois. N'oublie pas qu'ils assuraient avec sérieux qu'une fois qu'ils en auraient fini avec ce monde de douleur, ils refuseraient poliment mais fermement de ressusciter. Car ne pas durer est notre seul trésor, notre libération. Finir est la grâce.

On peut parier que personne ne songera à me poser la question mais si on me demandait ce qu'est le toro, je répondrais que c'est bien simple, le toro, c'est ce qu'on n'a pas besoin d'expliquer. C'est quelque chose qui arrive. Les gens dans les gradins le savent, les toreros l'éprouvent. Souviens-toi de cette certitude et offre-là aux journalistes, écrivains et autres éditeurs si l'un de ces êtres étranges te contacte un jour à mon sujet. Il vaut mieux prévoir. Rappelle-leur aussi que le 16 avril 1933, dimanche de Résurrection, j'ai toréé à Cordoue avec Manolete dont le nom si illustre figurait pour la première fois sur des affiches, ça impressionne toujours.

Ici à la clinique, tout est blanc. Je hais le blanc. Il n'est que du vide solidifié, un grand rien envahissant. Ce soir, il me faudrait un ciel plus bleu, plus paisible, pour ainsi dire matinal, moins vaste et moins lumineux. Un ciel de lit. Celui de Juanita Cruz et de Rafael García Antón, ce *nous* que je suis encore un peu. Rafael, mon Rafael, mon petit grand mari. Je sais que nous aurons été les gens que nous aurons pu. On s'est heureusement aimé assez furieusement alors tout est bien. N'être plus rien du tout ne me peine pas. Ce soir. Un ciel. Moins vaste. Pour se souvenir. Dans les feux pâles de l'aube. De Juanita Cruz. Ta torera. Ta petite femme. Ta morte. Ton immortelle. Ta leçon de ténèbres. Frémissante de puissance, je retourne là-bas, aux arènes. Je marche soudain sur le sable, je fais le long chemin nécessaire dans la buée des années enfuies vers ces fins heureuses du jour où, dans la collision des heures et des sentiments, toute seconde glorifiée, je m'endormais contre toi, te respirant mon amour, en saluant reconnaissante et humble, sur le mur anéanti de la chambre, les grandes ombres mauves des toros tués.

Nouvelle lauréate du Prix international Hemingway 2015.
L'auteur et l'éditeur remercient vivement Marion Mazauric (Au Diable Vauvert) pour son autorisation de publication.

L'hiver 1877 de Miss Emily Dickinson

Dans le comté de Hampshire, état du Massachusetts, lorsque le calendrier de cette année 1877 marque la mi-janvier, le jour ne se lève pas avant les neuf heures, bon poids. Dans le silence reposant de la nuit d'hiver, la petite ville d'Amherst semble alors sans vie, comme abandonnée. La rivière Connecticut, si plaisante lorsqu'un pur ciel bleu l'illumine, distribue avec abondance ses brouillards. Le chagrin des fées comme on dit ici. Pour autant, afin d'éviter la paresse et peut-être pire, nul ne reste dans les draps plus longtemps qu'en été. Dès six heures trente, les familles se tiennent devant la grosse cuisinière de l'office, un bol fumant de thé à la main, immémoriale habitude anglaise. Les plus jeunes à demi endormis et désœuvrés car l'école ferme ses portes de début décembre à fin février, les anciens songeant avec confiance que le jour nouveau sera peut-être celui de la venue du Christ de gloire car selon les Écritures lues à l'office chaque dimanche : *Veillez donc car vous ne savez ni le jour ni l'heure.* L'attente paisible du dévoilement d'un destin a ceci de stimulante qu'on en ignore généralement les modalités. Il s'agit moins de spéculer sur le « quand » que sur le « comment ». Le moindre événement mineur d'un pâle quotidien fait alors partie prenante d'une grande aventure regardant toute l'humanité. Tout est. Et il va se passer quelque chose. Respirer est déjà si miraculeux. C'est là, en tout cas, la réflexion mélancolique qui occupe l'esprit de miss Emily Dickinson tandis qu'elle sert un thé brûlant au révérend Wadsworth venu à l'aube de l'aube, selon sa propre expression, proposer les secours de la confession à qui les désirerait.

Autant commencer pieusement une journée en parfait accord avec le Seigneur des univers. Miss Dickinson n'est pas enthousiasmée par la perspective de cet exercice spirituel, songeant plutôt à la trajectoire de feu de Jane Eyre, l'héroïne du roman éponyme de Charlotte Brontë dont elle vient, pour la quatorzième fois en quelques années, d'achever la lecture émue au cœur d'une nuit d'insomnie. L'amour peut-il nous détruire comme l'incendie a fait partir en fumée l'été dernier la vieille grange de la veuve Stubbing ? Voilà une vraie question. Quelqu'un connaît-il la réponse ? La vie fait des merveilles pour chacun d'entre nous puis, en témoignage de son indifférence à nos rêves, elle embrase brusquement nos maisons, se rit avec méchanceté de nos croyances, nous abandonne au bord de la route, les mains vides.

Soudain le révérend signale :

— J'aime le thé bien chaud. C'est l'un des petits bonheurs simples de la mauvaise saison.

Il va sans doute se lancer dans un long et circonstancié comparatif entre les thés noirs des Indes britanniques (on avait entendu des millions de fois que le Darjeeling Goomtee à l'inimitable goût de fruits verts, typique des récoltes de printemps, était le meilleur thé du monde) et les thés blancs du Yunnan, du Fujian ou des autres mystérieuses provinces de la Chine... lorsque le coup de feu éclate, rompant l'immense somnolence des rues et des jardins.

— Fusil de chasse Indian Trade Musket... annonce doctement l'homme de Dieu. Une arme légendaire (avec le révérend tout était « légendaire » ou « inoubliable ») utilisée lors des échanges entre les sociétés de traite des peaux et les sauvages. Les trappeurs affiliés à l'American Fur Company, à l'Hudson's bay ou à la Northwest en avaient tous possédé dans le temps. Et du coup les Indiens aussi.

Après une minute où chacun fait silence, le révérend reprend :

— Ne reconnaissez-vous pas le son un peu aigu et pour tout dire manquant un brin de sérieux pour être impressionnant de sa détonation ? Comme un coup de fouet destiné à faire plus de peur que de mal ! Le genre de fusil que les ignorants ou les inconscients, ce sont souvent les mêmes, prêteraient à un garçon de huit ans pour tirer la caille de Virginie, le jeune homme se déboîtant alors sévèrement l'épaule. Ah la la.

Miss Emily Dickinson entrouvre un bref instant la porte pour tenter de localiser le coup de feu, dans le cas où un second bang se produirait. Mais peine perdue, le froid glacial envahit la cuisine pour rien. Le flot de saintes paroles continue :

— ... Une arme rustique à la contre-platine en forme de serpent richement gravée. Les motifs : un bison chargeant un peau rouge farouche, un puma bondissant sur un voyageur égaré dans les solitudes ou la bannière étoilée fièrement brandie par un jeune soldat de l'infanterie. Je possède une telle arme de fabrication Derringer. Héritage de mon père, le major J.J. Wadsworth aide de camp de l'ambassadeur des États-Unis R.W. Prescot-Félix auprès de la république du Mexique (comme si quelqu'un dans tout le comté l'ignorait).

— ... Crosse en noyer, canon lisse, bronzage tabac brun... récite mécaniquement une petite fille aux paupières lourdes.

— C'est exact ! S'empresse de renchérir le révérend. Comment connais-tu ces détails mon enfant ? D'ailleurs ce fusil que l'on ne manufacture plus depuis quarante ans constitue pour ainsi dire une curiosité historique de tout premier plan. Nous parlons d'un vieux tromblon si vous me permettez cette expression un peu cavalière.

— Qui a tiré ? Et pourquoi ? Questionne alors Emily Dickinson en perdant son regard dans le peu de lumière du jour. La cabane du jardin, le vieux poirier géant et la balancelle font songer aux fantômes d'animaux inconnus.

— Certainement le vieux Paddy ! s'exclame un enfant, il possède un vieux tromblon... euh... un Indian Trade Musket. Celui avec le puma gravé.

— Le même que le mien, assure le révérend, je me suis laissé dire que Derringer avait eu la licence pour ce lion de montagne tandis que Winchester avait exploité celle du bison. J'ignore qui détenait les droits pour le drapeau. Il faudra que je fasse des recherches appuyées pour éclaircir ce point capital. Je vous tiendrai au courant, comptez sur moi.

— Le vieux Paddy a dû finir par tuer le renard malin qui lui prenait des poules depuis les premières neiges dit Emily Dickinson. Pauvre renard. Infortuné amateur de plumes. Je rêvais souvent de lui, allez savoir pourquoi.

Dans chaque maison d'Amherst, petits et grands pensent la même chose : c'en est fini du renard malin. On se demande s'il viendra encore habiter les rêves des gens. Le trépas de cette bête constitue le premier événement d'une journée qui va s'avérer assez singulière. La seconde information du jour a également à voir avec la mort. On déplore celle de John « Yes-No » Wilder. Il vient d'être retrouvé dans son lit, froid comme du marbre d'autel. On le savait fragile depuis son retour douze ans plus tôt de la guerre civile[1]. Il avait servi comme aide-cuisinier dans la célèbre unité des Rangers de Mean, ceux-là mêmes qui s'illustrèrent en capturant avec audace le train de munitions du général confédéré James Longstreet. Une ou deux fois l'an, John Yes-No, surnommé ainsi du fait de son indécision proverbiale dans tous les domaines, grimpait dans un arbre, si possible l'énorme poirier des Dickinson, pour refuser le boire et le manger, ainsi que toute marque de confort, entreprenant alors une étrange confession aux oiseaux, leur présentant des excuses sincères pour des faits énigmatiques remontant aux heures troublées de sa vie militaire. En août dernier, il était ainsi demeuré quatre jours tout en haut du poirier. Le bon pasteur Wadsworth, le nez en l'air au point d'en contracter un torticolis, lui avait alors prodigué les secours de la religion et de son savoir encyclopédique. Lui enseignant des choses sur le lien délicat existant parfois entre orgueil et prière et sur la force d'un pardon appliqué à soi-même. Il avait été également question d'une conférence entendue à Lowell sur des petites bêtes étranges nommées « microbes », donnée par un certain Monsieur Mark Twain, écrivain de son état. Et inévitablement du fusil de chasse Indian Trade Musket, d'apiculture, de la pâte à papier et de son industrie sur le lac Michigan, des dévotions dominicales et des trésors spirituels que l'on pouvait amasser à cette occasion. Le flot clérical de parole avait porté aussi sur la cuisson adéquate du pain au lard, sur le rapport complexe entre foi et irrationnel, sur

1. La guerre de Sécession (1861-1865).

le travail du coton filé (bobinage, ourdissage, parage, encollage, tissage), sur les variétés de poire (le trio gagnant de l'homme de goût se piquant d'arboriculture fruitière : Brandiwine, Cuisse-madame, Mouille-bouche), tous domaines dans lesquels le pasteur avait acquis une réputation d'éminent spécialiste. John avait fini par murmurer *oui* puis il était descendu de son perchoir, reprenant ses habitudes. La veuve Stubbing, bien connue pour ne pas avoir la langue dans sa poche, en avait déduit publiquement que le pauvre John avait fini par remettre les pieds sur terre dans l'espoir de ne plus entendre les célestes élucubrations du révérend.

Mais aujourd'hui John Yes-No Wilder est mort à vingt-six ans, voilà qui ne fait aucun doute. Ce qui frappe toute la ville n'est pas tant qu'un décès survienne dans la jeunesse, malheur banal, mais plutôt que le défunt ne soit autre que le fossoyeur local. Comme si la fonction avait l'étrange pouvoir de rendre immortel celui qui la détient, au même titre qu'un médecin ne saurait tomber malade. Cette disparition subite se révèle toutefois une occasion en or pour le pasteur : avec l'aisance du théologien émérite, il évoque la fascinante notion apocalyptique de « la mort de la mort ». On écoute avec respect. Et un brin de lassitude. Car dans l'espérance des jours de la grande révélation, il faut sans doute s'attendre à devoir mourir bien ordinairement.

Entre la préparation du menu de la semaine à discuter et l'élaboration des plats à se répartir avec l'employée de maison, un chandail à repriser et la rédaction de son courrier pour ses connaissances de New York et de Boston, miss Dickinson a le temps de penser. Elle se dit qu'elle a aujourd'hui cinquante-six ans, l'âge où l'amour ne viendra sans doute plus enflammer son cœur. Ni le lui briser d'ailleurs. Elle aimerait pouvoir avouer à une certaine personne : *Je voudrais tant vous revoir*. Et lui confier qu'elle était d'une sincérité absolue lorsqu'elle avait murmuré devant le parterre de roses : *Nous deux, c'est différent*. Une séparation cicatrise-t-elle vraiment un jour ? Si l'amour nous révèle la beauté inouïe et passagère de la vie, qui n'a songé, une nuit de détresse, qu'il eût mieux valut ne pas naître ? Ne rien connaître.

Ne jamais trouver le refuge provisoire de bras aimants pour se consoler des effrois du monde. Aucun beau temps durable, juste des éclaircies. N'avoir que dormi n'aurait-il pas été préférable ? Observant les barrières blanches de givre, autour desquelles des mésanges guerroient contre un rouge-gorge déluré, Emily songe que les saisons ne sont rien. Certainement pas les habits du temps comme une vieille poésie l'assure. Preuve en est, en été les barrières de bois sont également blanches après leur pimpant coup de peinture du mois d'avril. Faut-il en déduire que le blanc est la couleur de ce qui ne passe jamais ? Quelle illusion de croire que certaines choses sont impérissables ! Dans son cahier numéro 22, ayant une pensée fugitive pour John Yes-No Wilder et pour ce qui finit un beau matin dans la souffrance et les blessures, l'écrivain relit l'un de ses poèmes :

Des feuilles pâlies – aux saisons futures –
Muettement en témoignent
Nous – qui possédons l'Ame –
Mourons plus souvent – De façon moins vitale.

Puis elle chuchote avec mélancolie : *Malgré toutes les attaques qu'elle porte à notre nature fragile, la vie est préférable à la mort. Demain peut nous surprendre.*

Vers midi, le plus proche voisin des Dickinson, Mr Edward French, capitaine des pompiers de la ville, se rend au domicile du vieux Paddy, l'exterminateur de renard malin. Dans le but de lui acheter la bête afin de l'empailler pour la revendre selon ses dires à l'un de ces gros richards des grandes villes de la civilisation, New York ou Baltimore. D'après Mr French, facile de débusquer l'un de ces types qui ne connaissent rien aux bêtes des bois et des champs mais désirent avoir un loup ou quelque chose qui a des dents – ou de grosses cornes – dans leur bureau d'avocat américain au bureau des Affaires indiennes ou de fonctionnaire a-méri-cain à la direction d'État des chemins de fer. Des citadins qui n'ont jamais vu un Indian Trade Musket ailleurs que dans un musée à la noix. Un juge. Un agent des impôts. Ou pire un sénateur, le genre de type qui brasse de l'air, c'est bien connu. Tout le monde le sait, Mr Edward French n'a pas son pareil pour manier scie, rabot et couteau. Il pratique depuis des lustres la taxidermie, une véritable discipline artistique à ses yeux, en chantonnant des cantiques, les seules mélodies qu'il connaisse. *Les Diamants de ma couronne* : son refrain favori. Comme personne ne répond après qu'il ait tambouriné dix minutes à la porte du vieux Paddy, le visiteur fait le tour de la ferme. Pour y découvrir, étendu dans la neige, raide comme un daim fraîchement abattu et mis au saloir pour rassir, le corps du susdit vieux Paddy. Des corneilles lui ont picoré les yeux et les deux trous noirs, salis de sang séchés, ne constituent pas un spectacle des plus agréables. Mr French marmonne alors une prière. Puis il jure. En manipulant son arme, le bonhomme a dû faire une fausse manœuvre.

— Pauvre gars. Il s'est fait sauter la cafetière à coup sûr sans le vouloir. Et pan l'imbécile !

Dans la surprise de ce second décès, toute la ville compatit. Mais le plus étonné de tous, c'est le renard. De loin, tapi dans un repli de terrain, profitant de l'instant présent pour étancher sa soif avec une motte de neige, il observe attentivement la scène. Des hommes viennent pour emporter la dépouille et les corneilles seront très très en colère car elles comptaient revenir se nourrir. Il n'y a pas plus calculateur et décidé que ces volatiles-là. Sauf un époux ou une épouse infidèle ajouterait bien miss Dickinson. Prenant les oiseaux de vitesse, les gens emportent la viande humaine pour la donner à leurs petits dans leurs grands terriers de bois. C'est ce que pense le renard. Puis le silence revient autour du poulailler. Le renard malin l'aurait alors parié : les hommes ont oublié bêtement l'autre viande, celle qui bouge et caquette dans le poulailler. Ouf. Pesant le pour et le contre car il n'y a pas plus prudent, réfléchi et patient qu'un renard, ce dernier se décide à aller voir de près. Mais il retourne précipitamment se terrer : un homme est soudainement revenu sur ses pas pour récupérer le fusil et on l'entend beugler en brandissant l'arme ramassée dans la neige :

— … Crosse en noyer, canon lisse, bronzage tabac brun… Ce serait grande pitié que de laisser le gel ruiner ce magnifique vieux tromblon…

Le silence hivernal s'installe de nouveau. Au coin du feu, dans la pénombre du jour qui décline à la vitesse d'un astéroïde chutant sur la ville, miss Dickinson sent une tristesse assez habituelle fondre sur elle. L'hiver semble vide. Et désespéré. Il l'est, en fait. Comme les nuits de solitude atroce succédant à la fin d'un amour.

Le shérif Roy Star étant parti à Concord pour suivre un séminaire organisé par l'administration d'État sur les modalités pratiques des futures élections des représentants de la loi à l'échelon du comté, c'est son premier adjoint, le jeune Traum McMac, très embarrassé, qui vient trouver le révérend Wadsworth. Ce dernier, constatant la nervosité de son visiteur, entreprend de le détendre en lui parlant des mœurs de la loutre commune lors de l'arrivée des grands froids, des déductions que l'on peut faire en matière de géométrie planimétrique lorsqu'on observe la forme des ombellifères des forêts de moyenne montagne et aussi des techniques de fonderie, de moulage et d'empoutrerie en matière de cloches destinées aux églises campagnardes de la Nouvelle Angleterre dont le Massachusetts – et de fait la bonne ville d'Amherst, comté d'Hampshire –font partie intégrante comme chacun dans la paroisse le sait, le re-sait et le re-re-sait. Une tasse de thé bien chaud devant lui, son large chapeau dégoûtant dans l'évier de la cuisine des Dickinson où le pasteur est venu emprunter à Emily son exemplaire du *De la Démocratie en Amérique* d'Alexis de Tocqueville dans lequel il puise allégrement pour ses prêches, le premier adjoint, Traum McMac déclare laconiquement :
— Deux morts. Dont le fossoyeur. C'est ennuyeux.
— Pourquoi ? demande l'homme de Dieu.
— Impossible d'enterrer. Terre gelée. Qu'en faire ?
— Qu'en faire de quoi ?
— Des deux morts.
— Réfléchissons. Et passons peut-être en revue toutes les manières de procéder à une inhumation à travers les siècles et sur tous les continents. Commençons par les rites de l'Égypte antique…
— C'est-à-dire qu'il est assez urgent d'enterrer, révérend. Il faudrait creuser un trou, les mettre dedans et reboucher. Enterrer.
— Oui je vois. Mangeons un morceau. Lorsque je mange je

réfléchis mieux. Mettez-moi à la diète et je perdrai tous moyens, nourrissez-moi et je deviendrai un génie en rigoureusement tous sujets. Des médecins autrichiens ont d'ailleurs émis dernièrement une thèse étonnante relative aux effets de la mastication sur notre activité cérébrale. Je connais certaines personnes qui prennent à la lettre leurs spéculations en mâchant du matin au soir. Regardez la veuve Stubbing par exemple. Son veuvage ne lui a pas coupé l'appétit. De loin, on la prend pour un tonneau ou deux. De près aussi. Miss Dickinson, voyez-vous un inconvénient à nous nourrir ? On pensera mieux aux deux morts.

— Voilà la différence entre les défunts et nous, assène gravement Traum McMac, eux ne mangent pas, nous si. C'est ce que j'ai remarqué. Il vous reste du hachis de dinde, miss ? Ou du pâté de chevreuil aux champignons ? Sauce airelles ? Avec peut-être un bol généreux de purée de marrons au beurre. Quelque chose dans ce goût-là. Et je ne dis pas non à du pain de viande également. Tranche épaisse. Merci. Il fait aussi un peu soif tout à coup.

Le conseil de la paroisse est convoqué. Autour de la cheminée du presbytère où flambe un tiers de tronc d'arbre, quelqu'un dit :

— Et si nous faisions comme les Indiens qui ont habité cette terre autrefois ? Dans les arbres ! Les morts, ils les mettaient dans les arbres à cause de la terre gelée.

— Dans un arbre ? Voilà qui plairait beaucoup à John Yes-No Wilder, remarque un autre.

— Les Pocuntucs et les Massachusetts installaient leurs chers disparus dans les arbres, oui. Mais les Abenakis je crois allumaient des bûchers comme les peuplades des Indes britanniques, les adorateurs de Vishnou, s'empresse de préciser le pasteur Wadsworth.

On vote comme un seul homme pour la méthode arboricole. Choisissant un arbre d'importance, le conseil de la paroisse prie les Dickinson de prêter leur gros poirier durant quelques semaines. On procédera à une inhumation ordinaire dès que le dégel sera advenu.

Objets de méditation sur l'inéluctabilité de la destinée humaine, les deux cadavres semblent bientôt de monstrueux appeaux capables d'attirer des puissances maléfiques. De ce fait, peut-être la mort reviendra-t-elle frapper la paisible ville d'Amherst ? C'est en tout cas la réflexion qui traverse l'esprit de miss Emily Dickinson. Sommes-nous à l'abri de ce qui tourbillonne dans le ciel d'hiver ? Nos idées puis nos actions solidifiées en croyances ne sont-elles pas toujours l'expression des inquiétudes qui nous habitent ? Vivre puis mourir, est-ce la vertigineuse et matérielle traduction de l'amour et du désamour ? Mystère, mystère entier, mystère encore que notre passage sur terre. L'amour s'éteint-il comme un feu de prairie : parce qu'il n'a plus rien à brûler ?

Dans les profondeurs de la nuit, vers quatre heures du matin, on est réveillé par un énorme vacarme. Un craquement sinistre. Chahutés par le vent soufflant en bourrasques, les corps viennent lourdement rejoindre le sol glacé. Une grosse heure plus tard, portant des lanternes et peinant sous les rafales de neige pour éclairer la scène, des silhouettes aux allures spectrales portent les corps pour les déposer sur une charrette à foin dans la grange voisine, et toute neuve, de la veuve Stubbing. À l'aube, celle-ci sert du pain de viande, des cornichons géants de Floride à l'huile et une tranche épaisse d'élan cuit dans la graisse à Traum McMac, premier adjoint du shérif Roy Star. La vieille dame peste contre *notre représentant de l'ordre parti à Concord pour entendre les politicards de l'État du Massachusetts mais sans doute plus exactement actuellement occupé à se damner avec les filles de mauvaise vie qui ne manquent pas de pulluler dans cette maudite grande ville babylonienne de Concord qu'on devrait désormais rebaptiser Gomorrhe*. La veuve Stubbing, donc, dont le négoce est celui des petits fruits et des pommes, s'oppose formellement à ce que l'on stocke des défunts dans sa grange toute neuve. Au motif que cette mauvaise publicité risque de porter préjudice à son commerce. Pour preuve, Mr Edward French a déjà fait rire les autres pompiers en déclarant que les deux morts viennent de quitter cette vallée de larmes après avoir goûté aux pommes des établissements Stubbing (*Une pomme Stubbing… Et bing !*), l'amusante chansonnette fait le tour de la ville à la grande joie des enfants. Et de leurs parents.

L'heure est grave. Que faire des corps ? Une nouvelle tentative pour creuser une tombe vient d'échouer. On parle d'explosifs mais on renonce fort heureusement à cette folle entreprise. Quelqu'un suggère d'utiliser la cave du presbytère comme caveau provisoire mais le révérend s'y oppose, expliquant que ce n'est pas recommandé, les défunts pouvant décider de demeurer parmi les hommes pour écouter chaque dimanche les offices ou, moins engageant, pour se livrer à quelques turpitudes. C'est ce qui s'est produit dans le souterrain d'un temple épiscopalien de la ville de Salem, de funeste mémoire. Une sombre histoire de fantôme. Évitons.

— Inutile de risquer de se retrouver avec deux spectres sur les bras, conclut l'homme de Dieu. De préférence, contentons-nous de deux morts bien disciplinés.

C'est alors que miss Emily Dickinson se penche à la fenêtre. Engoncés dans leurs chaudes pelisses, portant bonnet, gants et bottes de loutre, tout de rouge vêtus pour qu'on les retrouve plus facilement en cas de blizzard soudain, les enfants du quartier profitent d'une accalmie pour prendre l'air. Ils façonnent un gros bonhomme de neige. Plus tard, les yeux ronds d'étonnement, les membres du conseil de la paroisse écoutent religieusement le pasteur lorsqu'il explique l'idée émise par la demoiselle Dickinson. Après quelques protestations d'usage, on finit par se ranger à l'avis du révérend : ce n'est pas de l'irrespect que d'emprisonner le vieux Paddy et John Yes No Wilder au cœur d'un bon vieux bonhomme de neige. Ils seront là en sécurité jusqu'à leurs obsèques. Aussitôt dit, aussitôt fait, l'opération prend une bonne matinée. Le travail à peine terminé, comme s'il n'attendait que cela, le mauvais temps revient au galop. Neige, neige et neige. Pendant une semaine, la ville ne se préoccupe plus des deux défunts. On entretient les poêles à bois et les cheminées, on répare des outils, on somnole beaucoup au coin du feu, on lit à voix haute la Genèse et le Livre des Rois, se passant le gros livre saint de main en main et on fait des projets pour la belle saison. Louer une parcelle de plus pour s'essayer au maïs, voyager vers Washington pour passer le printemps chez une sœur cadette bien trop éloignée et que l'on aime tendrement même si son imbécile de mari n'est pas un cadeau, se décider à aller voir le docteur car cette douleur dans le bas-ventre s'est installée et on ne sait jamais.

Comme souvent, Emily médite sur les tourments de l'amour. Même si la plupart des gens qu'elle connaît restent pudiques sur le sujet, elle sait que la peine de cœur est le malheur le plus universellement partagé. La personne qu'elle a aimée de toute son âme a dit un soir : *Écoute Emily, l'amour c'est le changement. Rien d'éternel dans notre histoire. L'amour vient et s'en va. L'amour est un migrateur volant haut dans le ciel, il part vers d'autres pays.* Elle a répondu : *Je vois que tous les oiseaux ne sont pas des migrateurs. Le moineau reste fidèle à ses taillis familiers durant les tempêtes de décembre. Il sait qu'un printemps de fête verte va revenir.* Mais la personne a conclu en prenant le train pour l'Ouest : *Adieu Emily.*

Un dimanche matin, des tourbillons de flocons bouchant la vue, le vent jette à bas les lourds bonhommes de neige, les faisant rouler Dieu seul sait où. Décidément les deux morts de l'hiver sont bien turbulents.

C'est sans doute la dernière tempête de l'hiver. La plus farouche de la saison. Abolissant les reliefs, gommant les chemins d'un geste rageur, sa seigneurie la neige fait douter les hommes, terrés à l'abri, qu'il puisse exister un ailleurs. Prisonnier de ce que le pasteur Wadsworth désigne comme un déluge immobile, chacun prie avec ferveur, confiant dans les secours du ciel. Miss Emily Dickinson théorise intérieurement que le salut pourrait advenir d'un avril puissant, batailleur et pressé d'asseoir sa suprématie, le genre de mois volontaire à rayer la neige de la carte et à imposer en réparation des préjudices de guerre que l'on peigne désormais et pour les dix mille années à venir, dans toute la Nouvelle Angleterre, les barrières devant les maisons d'un beau vert émeraude. Le règne du blanc s'achèverait. Les drapeaux triomphants du lilas, de la rose, du bouton d'or et même de l'ortie seraient brandis partout. Dans les bois, les prairies, les jardins et jusque dans les pots de géraniums des vérandas, il ne serait plus alors question que d'étamines, de feuillaison et de germination. La fête du renard malin. Le gros mangeur de souris toutes chaudes s'emplirait la panse encore et encore, jouerait avec ses petits en leur montrant comment bondir pour attraper les oiseaux étourdis. Et lorsqu'il ouvrirait les yeux après la sieste, il s'inclinerait un bref instant devant la primevère, ambassadrice modeste et solaire des forces énigmatiques que les hommes appellent le printemps. Mais pour l'heure, c'est sans doute la dernière tempête de l'hiver. La plus furieuse de la saison. Les maisons tremblent.

Nul ne peut dire où se tiennent désormais, dans leur bienheureuse indifférence aux affaires des hommes, John Yes-No Wilder et le vieux Paddy. Sans doute adossés quelque part contre une palissade ensevelie sous cent pelletées de neige. Servant du pain de viande et du thé brûlant à l'orange aux braves qui risqueront bientôt leur vie dans ce blizzard de fin du monde pour retrouver les deux défunts, au motif comme l'a rappelé avec force le révérend Wadsworth *qu'il n'y a rien de plus triste dans cette vallée de larmes que l'abandon de ceux qui ont besoin par ceux qui peuvent aider*, miss Emily Dickinson est habitée, l'espace d'un instant, par un poème. Mais elle se dit qu'il serait impoli d'abandonner ses hôtes occupés à spéculer sur l'endroit où peuvent se tenir les corps et à se raconter les mille péripéties des dernières heures aventureuses. Aussi, sortant deux gros gâteaux de farine de maïs et des bocaux de poires au sirop du meuble de la cuisine, elle mobilise toute son énergie pour mémoriser jusqu'à l'instant où elle pourra les écrire, les quelques mots qui déjà s'évanouissent. Des mots emportés par ces bourrasques de chagrin destinées, et n'y parvenant pas, à balayer les noirs sentiments de nos esprits. Au point – et c'est un grand malheur – de nous persuader que les belles choses vécues autrefois dans l'exaltation n'ont été sans doute que fruits de l'imagination. Tandis que les hommes dévorent d'énormes parts de gâteau de farine de maïs, se demandant quels bagages son cœur brisé pourra bien emporter lorsque le temps sera venu de passer sur l'autre rive, Emily Dickinson entend alors ce poème chanter sauvagement en elle :

Mourir – ne prend qu'un moment –
Il parait que ça ne fait pas mal –
On s'efface – de plus en plus –
Et puis – on est hors de vue –

S'enfermer dans une cabane et écrire

Lorsque vous demandez à la jeune serveuse : *Kerouac ?* Elle pense d'abord qu'on lui commande une nouvelle bière québécoise puis elle se dit que ce Kerouac est peut-être un client attablé ici ou là, alors elle dit : *Qui ?* Le vieux barman lève vaguement les yeux au ciel et on ne peut savoir s'il veut dire : *l'ignorance des jeunes est consternante* ou bien *encore des touristes venu en pèlerinage sur les pas de ce vieux soiffard de Jack Kerouac, écrivain des années soixante.* Le White Horse est un bar new-yorkais. Probablement le plus ancien de la ville. 1880. Grand miroir, reflet de cents bouteilles alignées. Plancher, comptoir et meubles en bois sombre, usé. Un saloon. Le barman : *Ici c'est comme un fort au milieu du désert. Sauf que là ce sont les Indiens qui sont dedans et la cavalerie dehors.* Devant un troisième café, une femme fait l'inventaire de son cabas : chocolat blanc en poudre, boîte de maïs Heinz, barres protéinées. Elle se met à lire à voix haute : *protéines de lait, sirop de fructose, chocolat noir 19 % (pâte de cacao, sucre, beurre de cacao, matière grasse de lait anhydre, émulsifiant : lécithine de soja, arôme naturel de vanille), pulpe de goyave, sirop de glucose-fructose, stabilisants : maltitol, glycérol, noisette torréfiées 3,9 %, sucre blanc, huile végétale, arôme, blanc d'œuf en poudre, sel, vitamine B6. Peut contenir des traces d'arachides, gluten, sulfites, autres fruits à coques et sésame.* Des jeunes téléphonent sous la pancarte « Interdit de fumer ». Devant un match de base-ball à la télé, un vieux Cubain déclare : *il y a les choses qu'on sait qu'on ne sait pas. Et les choses qu'on ne sait pas que l'on ne sait pas.* Plus loin, un homme dit à une femme : *je suis déçu que tu aies pris cette décision sans me consulter.* Elle répond d'un ton neutre : *j'ai bien peur que tes émotions n'obscurcissent ton jugement.* Il grimace. On voit bien que la discussion ne fait que commencer.

Jack Kerouac est mort le 21 octobre 1969 à St. Petersburg (Floride) mais ce bar reste l'un de ses lieux favoris. On ne peut pas dire qu'il y vienne fréquemment, retenu par ses obligations de fantôme à San Francisco ou à Mexico. En regardant bien, on devine une sorte de film dans le grand miroir, comme une projection permanente. Le consommateur attentif peut remarquer le vieux Jack passant l'été en Californie en haut d'une tour d'alerte incendie en rondins odorants. De là-haut, il y a moyen d'apercevoir le bleu sombre du Pacifique dans des lointains raturés. Buvant du thé bancha (番茶) et un alcool de prunes, il lit des poèmes japonais et des traités bouddhistes de vie solitaire dans les montagnes. Il s'intéresse aux austères moines des bois. Les images du miroir s'estompent et le voilà sur la plage avec son réchaud et sa boîte de saucisses aux lentilles contaminée de grains de sable. Le regard perdu vers la lune, il compte partir vers Big Sur, cette calme petite ville de falaises giflées par l'océan, voulant juste s'enfermer dans une cabane et écrire. Après trois ou quatre jours, il s'ennuiera et reviendra au triple galop à San Francisco voir les amis. Mais durant le tête-à-tête avec lui-même, il aura écrit quelques pages sans façon et inévitables. Une histoire d'amour avec des gens croyant trop aux sentiments ou n'y croyant plus ou voulant y croire de nouveau sans y parvenir. Jack sait que la vie n'a pas pour tâche de nous simplifier la vie. Et que bien trop souvent, qui tente n'a rien. On voyage loin de soi-même, c'est tout. C'est pourquoi la plupart des personnes croisées dans une journée ont cet air de perpétuels convalescents.

Au White Horse, dans l'enchevêtrement des objets, des jours et des idées, il s'agit de se laisser bercer, endormir pour ainsi dire, par la beauté têtue du monde. Car même la boue du trottoir hivernal fait moyen d'être dorée sous les lampadaires. Il faut essayer de rester ce genre de gars pouvant contempler les étoiles jusqu'à ce qu'il ait mal au cou. Il faut rester le plus longtemps possible persuadé que si l'on désire suffisamment quelque chose, cette chose se réalisera. Un succès, une guérison, une bonne nouvelle, un amour, il faut d'abord les penser puis ils se matérialiseront. Idem pour que des événements disparus se recréent dans le présent. Il est nécessaire de beaucoup y croire. Elle s'appelle Joyce Glassman et elle trotte dans la tête de Jack, même mort. La poignée de semaines passées avec elle de longues années plus tôt tourne en boucle dans le petit cinéma personnel de Jack. Les baignades au clair de lune dans la Merced river (Californie), les dimanches au lit et une fois elle avait déversé un gros sac de feuilles mortes sur les draps *pour qu'on dorme dans l'automne*, les petits matins frisquets à Bodega Bay pour voir les familles de baleines jouer dans une mer d'argent pur. Joyce Glassman, elle était imprévisible, gentille, pas compliquée, sans trop de projets. Une fois, c'était quelques jours avant Noël, il regardait à la télévision un documentaire animalier. Sur les cynocéphales, ces singes d'Afrique vivant en bandes. Des bêtes intelligentes, rusées et pesant dans les quarante kilos au moins, costaudes. *En fait, je crois qu'il s'agit des babouins si j'ai bien compris* avait dit Joyce Glassman en s'apprêtant à lui faire une fellation. *Mais je ne suis pas certaine de cette appellation « babouins »*. Sur l'écran, accompagné d'une musique joyeuse, on nous parlait de la vie de ces étranges créatures. Recherche de nourriture et d'eau, installation dans des refuges où passer la nuit, bagarres entre mâles, chamailleries des femelles, jeux bruyants des petits. Joyce Glassman s'était alors servi un deuxième verre de vin blanc (après c'était froid lorsqu'elle suçait) en déclarant : *Bien sûr, ils ne le diront jamais dans un documentaire tout public mais ce qu'il faut savoir sur cette race de singes, c'est de quelle façon ils mettent à mort leurs ennemis. J'ai lu ça dans une vieille revue de chasse traînant chez mon ahuri d'ex-petit ami. Quand ils tuent, c'est impressionnant, en vérité je te le dis !* Troublé, Jack avait demandé des explications. Alors, comme hypnotisée par la télé, Joyce Glassman avait expliqué quelque chose de ce genre : *La seule véritable menace pour eux, c'est sa majesté le léopard. Donc ils ne se défendent pas car ce serait voué à l'échec, ils l'attaquent ! Comme une bande de va-nu-pieds en colère, ils savent tendre une embuscade à leur seigneur ! Du grand art. Ils l'exécutent. Assez rarement en le lapidant (mais c'est une technique utilisée), plus fréquemment en se jetant sur lui à dix ou quinze et en arrachant littéralement la chair de sa carcasse. Ils dépècent le fauve vivant pour ainsi dire… Avec leurs ongles, pas en le mordant. Une boucherie. Le prix à payer pour la bande est d'un ou deux combattants éventrés par les griffes puissantes de l'ennemi. La mise à mort dure dans les vingt minutes en moyenne. Il ne reste du léopard qu'un amas de chairs en sang. Un œil traîne d'un côté, la tête de l'autre. Les cynocéphales pleurent leurs morts quelques minutes, vérifiant auprès des victimes que la vie n'est plus là, ensuite ils congratulent et rassurent les blessés puis les guerriers victorieux sont fêtés comme des héros par les vieux, les femelles, les petits… Se faire dépecer vivant, c'est original, non ?*

Joyce Glassman était bizarre pour les uns, géniale pour les autres. Elle a étudié la littérature anglaise, l'astronomie et la pâtisserie française, l'art du thé aussi (elle préparait le thé bancha comme personne, vénérait sa saveur *si ordinaire*, cette forte odeur de paille. Elle soutenait que le meilleur de ces thés est le Kyobancha produit à Kyoto et à Uji. Il est cuit à la vapeur, séché et torréfié dans une poêle chaude pendant trois minutes. Il n'est pas roulé et se présente avec de très grandes feuilles). Elle a exercé toutes sortes de métiers. Secrétaire chez un dentiste des quartiers huppés de Lafayette (Louisiane), promeneuse de chiens (Floride), vendeuse chez un disquaire un peu trop entreprenant et elle l'avait giflé devant sa femme (toujours Floride), caissière d'un cinéma porno à Atlanta (Géorgie), professeure d'école de pain d'épices (Philadelphie), aide-restauratrice à l'Intrepid Sea/Air/Space Museum (New York), guide touristique dans la chaîne des Cascades et, là, elle avait vécu plusieurs mois le long du fleuve Columbia, chez les Chinook, une tribu autrefois puissante mais décimée. Ses quelques survivants sont des guides de pêche remarquables. Joyce Glassman racontait qu'elle aimait ces gens pauvres et vivant dans la forêt. La religion chinook s'exprimait dans un culte symbolique au saumon et aux entités des rivières, par un rituel dans lequel chaque groupe familial faisait bon accueil à la course annuelle des poissons. Un autre rite religieux important était la recherche individuelle d'esprit, une épreuve entreprise par tous les hommes, jeunes et adultes, et quelques adolescentes, pour conquérir des esprits-gardiens afin que ces derniers leur offrent de la puissance de chasse, de pêche, de voyage en rêve. Et leur enseignent des chansons et des danses pour honorer l'eau pure, pour le soin, la guérison miraculeuse et le remerciement. Joyce Glassman savait de source sûre que, dans une vie antérieure, elle avait été une respectée chamane Chinook. Elle en avait eu des preuves matérielles. Jack en était plutôt impressionné.

Au White Horse, un client se plaint d'un sénateur : ce milliardaire a interdit les combats de free fight (boxe et close combat en même temps). C'est pourtant la quête du guerrier ultime, dit l'homme. Une étudiante, à la table voisine, explique à trois filles attentives qu'elle aime créer sa propre ligne de vêtements : tu abandonnes tes habits, mettons une chemise et un jeans sur le toit de ton immeuble. Six mois, tu les laisses là. Soleil brûlant, pluie, neige. Puis tu les récupères. Résultat unique. Couleurs fabuleuses. Ou si tu veux aller + vite (elle fait le signe + avec ses deux index croisés), la chemise et le jeans : directement dans la machine à laver avec une poignée de clous. Normalement rien de déchiré mais des stries très intéressantes. D'autres clients parlent d'un voyage à Marquette (Michigan) où des amis d'amis ont une cabane de pêche sur le lac Supérieur à Big Bay, l'endroit le plus perdu d'Amérique mais le plus universel de tout le continent. Un ponton, des poissons, des sapins à perte de vue, le gris métallique du lac et, comme des petites détonations, le cri permanent des poules d'eau. Quelqu'un lit un magazine évoquant *La question lancinante de l'accomplissement de soi.* On parle d'un nouveau restaurant néo-zélandais à Harlem, tenu par une certaine Antonine. Joyce Glassman pouvait arpenter toute une ville pour trouver une Pavlova. C'est le dessert national néo-zélandais. Il tient son nom d'une ballerine russe nommée Anna Pavlova [née le 12 février 1881 à Saint-Pétersbourg, Russie, et morte le 23 janvier 1931 à La Haye, Pays-Bas récitait rituellement Joyce Glassman]. C'est une meringue, recouverte de crème chantilly et de fruits frais, plutôt des fraises ou des framboises. Antonine est l'impératrice de la Pavlova (de préférence aux fraises). Jack s'est souvent dit que cette Joyce Glassman avait été une véritable inspiratrice pour lui. Elle comprenait la littérature comme elle respirait. Lire représentait beaucoup pour elle. Un besoin comme le boire et le manger, la vie. Des amis communs, rencontrés par hasard à la Nouvelle-Orléans, bien des années après la fin de l'histoire Jack-Joyce, ont raconté à Jack que Joyce avait ouvert une librairie-cantine dans le nord-est du pays, à Belfast (Maine, comté de Waldo), sur l'Atlantique. Cieux gris de fer, mer houleuse et menaçante, quais polis par le gel, bois sombres et silencieux, températures de banquise et longs mois venteux de neige. Ce commerce marchait bien, Joyce Glassman vendait les derniers romans européens et, tandis que le mauvais temps noircissait les rues, elle cuisinait au feu de bois de délicieux chaudrons de palourdes et les fameux rouleaux de homard servis sur du pain à hot dog à peine grillé, citronné et beurré. Cette femme avait toujours rêvé de trouver un port d'attache. C'était le cas semblait-il. Un endroit chauffé où se sentir à l'abri, c'est ce qu'elle voulait. Elle aimait : être immobile derrière une fenêtre pour regarder tomber la neige sur la rue floutée, voir se lessiver les nuages semblables à un énorme panier de chiffons sales, préparer des pâtisseries compliquées (lemon curd, cheesecake à la liqueur de menthe fraîche, madeleines de Commercy) puis se réchauffer cinq minutes après au coin d'une vraie cheminée avec du vrai bois et de la vraie chaleur et une vraie nuit autour. Elle avait aussi enseigné, s'était mariée, avait publié des nouvelles remarquables de justesse et de subtilité, avait eu un fils devenu écrivain, avait chassé le barracuda dans le golfe de Guinée, avait – paraît-il – rencontré Peter Pan en chair et en os, s'était baladée dans des cafés de nuit, avait appris la langue complexe des renards du Wyoming, se méfiait de l'utile et de l'efficace. Jack était mort maintenant. Elle pensait régulièrement à lui, supposant qu'il vivait son au-delà de paisible fantôme, hantant les bars et les salles de concert, voyageant dans les bus nocturnes reliant New York à San Francisco, traînant dans des hôtels bon marché et les bureaux des éditeurs, lisant vers minuit les nouveautés dans les librairies désertées. En songeant peut-être aux baisers goût framboise de Joyce Glassman. Elle adorait se souvenir qu'un matin (après une farouche nuit d'écriture), Jack, épuisé, avait soudainement parlé de la note bleue. Et il avait expliqué ce que c'était. Écoute, il avait dit d'un air religieux, l'origine de la note bleue se trouve dans le système musical pentatonique africain. La confrontation des Noirs américains avec le système tonal européen et ses sept degrés a engendré l'adaptation du troisième et du septième degré (absents de leur gamme) en les infléchissant d'un demi-ton soit vers le mode mineur, soit vers le mode majeur. D'où l'ambiguïté du climat harmonique et affectif de cette musique dans laquelle coexistent les tonalités majeure et mineure, joie et tristesse. Bien sûr le mode mineur et le mode majeur ne sont pas automatiquement joie ou tristesse, l'interprétation de ces modes est différente pour toutes personnes selon la façon que l'on a de ressentir la musique, selon que l'on est malheureux ou non. La note bleue est utilisée par les musiciens et les chanteurs de blues et de jazz à des fins expressives, pour illustrer la nostalgie ou la tristesse lors de la narration d'une histoire personnelle. Une histoire personnelle avait murmuré Joyce Glassman. Et elle s'était juré que Jack ferait toujours intimement partie de son histoire personnelle, à elle. Depuis elle songeait régulièrement qu'elle aurait dû lui dire merci, à ce moment-là, se précipiter dans ses bras, le serrer à l'étouffer, se fondre en lui, le laisser se fondre en elle, pleurer à chaudes larmes d'amour fou, le regarder vraiment comme on ne regarde jamais personne sauf une ou deux fois dans l'existence un amoureux si on a de la chance d'en trouver un, lui caresser l'âme en le remerciant d'exister, en le remerciant d'incarner avec tant de noblesse et tant de fatigue, et tant de bienveillance et tant d'appétit de vivre, et tant de blessure le fait non-choisi, si douloureux et simultanément si heureux, d'être un vivant parmi les vivants, un homme. Lui dire. Et maintenant, il était mort, Jack Kerouac. Mort pour toujours, pour les siècles des siècles, pour les jours des jours des jours à venir. La note bleue. Merci Jack. Merci merci merci.

Dans la chaleur du White Horse, tandis que tout le monde reprend une bière et qu'une odeur de fish and chips s'impose, Jack Kerouac mange un sandwich aux légumes rouges. Elle lui manque, Joyce. Sa voix, ses expressions fétiches (comme *pour de vrai* ou *mais pas que*), ses seins, son gros pull crème acheté au Canada. Une vieille dame lit le journal. On y parle du philosophe André Gorz. Peu avant sa mort, il avait écrit en parlant de sa femme : *je porte en moi un vide débordant que ne comble que ton corps serré contre le mien.* Pour la première fois, Jack se reproche de ne plus être en vie. Il désirerait aller goûter à la cuisine de Joyce Glassman, il lui achèterait des livres de poche, écouterait ses conseils de lecture, commanderait un repas dans sa librairie-cantine, lui ferait la cour, irait skier dans l'arrière-pays avec elle, lui scierait des bûches et préparerait du chocolat chaud à l'alcool de cerise. En rentrant, il l'emmènerait sur la jetée voir la neige s'évanouir sans bruit dans les vagues tragiques. Dans le début de tempête, ils s'embrasseraient et ce serait comme avant, comme d'être au coin du feu. Mais qu'est-ce que « l'avant » et le « comme avant » ? Peut-être juste de la poussière joliment colorée et rendue vivante par un rais de soleil adoucissant une vitre sale ? Car plus rien n'avait d'importance désormais. De vivre dans le Maine ou en Floride, d'être un vivant ou un fantôme, de croire en la littérature ou pas, d'entendre ou non la note bleue. De regretter. De se souvenir. La seule chose qui pouvait compter était d'avoir été amoureux un jour. Vraie biographie, fausse biographie, ce qui était arrivé, ce qui aurait pu se produire, ce qui n'aurait pas dû, n'était-ce pas en définitive du pareil au même ? Du vent doux et parfumé le matin et une odeur de décharge publique à ciel ouvert le soir même, du vent en tout cas. Tout s'affirmait comparable, semblable, uniforme, historique, plausible et incontrôlable. Disparu. Préférable, comme lorsque s'éteignent un à un les éclairages du bar et qu'il faut bien rentrer quelque part, dans l'indifférence des dernières étoiles, avec la certitude blessante que cette aube splendide qui allume ses feux indépassables, ce ne sera pas pour nous, pas pour nous réchauffer une fois pour toute.

Puis le soir est venu pour tout le monde et il était temps de prendre un verre au White Horse, avant de rentrer chez soi. Le bar s'est empli des vivants et des morts, bras dessus bras dessous. Les gens perdaient leur regard dans le couchant. Un ciel rouge guerrier allumait la forteresse des immeubles taciturnes. Des cascades ou des geysers de lumière surgissaient un peu partout et la nuit laissait faire. Wouououwououou faisaient les innombrables voitures de police tandis que des éclairs jaune vif matérialisaient le passage de taxis spectraux. Dans l'un d'eux, lisant Guy de Maupassant avec respect, on aurait pu remarquer Jack

Kerouac, la tête emplie de projets de voyages et de livres, tirant des plans sur la comète pour partir camper dans les solitudes du Dakota du sud chez les Sioux, pour ensuite se précipiter à Chihuahua (Mexique) puis dans le Maine près de Portland ou sur la lune, n'importe où, du moment que ce soit pour retrouver une certaine Joyce Glassman, avec laquelle il voudrait à coup sûr se taire un moment en lui tenant la main. Il déciderait ensuite d'écrire une nouvelle parlant d'elle et de ses pieds nus lorsqu'elle conduisait une auto *empruntée* pour aller Dieu sait où, *dans les galaxies* comme elle disait. Terriblement besoin de retrouver la timidité de cette femme et l'instant d'après son intrépidité. D'entendre le satiné si féminin de sa voix. De s'étourdir de son parfum de gingembre rosé et poivré acheté dans une boutique haïtienne, de l'écouter raconter sa journée et rire et s'indigner et rire encore, de la voir éplucher une mangue puis préparer un risotto au curry et à l'ananas. Se taire tandis qu'elle prononcerait avec conviction ces paroles sacrées : *sache qu'un bon risotto commence par le choix du riz. Prends un riz spécial risotto, comme l'arborio ou le carnaroli. Ensuite, concentre-toi sur la qualité du bouillon. N'oublie pas que le principe du risotto réside dans l'imprégnation lente du liquide au cœur du grain de riz. Ne quitte pas la casserole des yeux, mélange tout le temps afin d'assurer une cuisson homogène du risotto, vraiment tout le temps, ajoute les louches de bouillon au fur et à mesure que les précédentes sont bues par le riz. Et tu t'émerveilleras.*

Dans le bar, les clients sont soudain tous des super-héros ordinaires. Jack apparaît fugitivement une dernière fois dans le grand miroir. On dirait de la buée venant de la machine à café mais c'est bien lui, garanti, l'aimable fantôme. Il murmure à qui veut l'entendre *que nous vivons en ce moment-même un instant d'absolue vérité dans la plus réussie des illusions.* Wouououwououou.

Toutes ces paroles dans l'immensité de la ville, mots petits cailloux pour retrouver son chemin entre le passé et le futur, dans la procession des années. N'importe quel écrivain le sait : une âme, c'est une cabane de forêt où s'enfermer pour écrire. *Et tu t'émerveilleras.* S'enfermer pour mieux voir le monde. Jack s'enfuit et chantonne maintenant le Cantique des Cantiques : *Je dors et mon cœur veille*. Au White Horse, tandis qu'il fait nuit partout sur la terre, se plonger dans les lumineux abîmes de nos histoires et croyances de jeunesse.

Broderies et travaux d'aiguilles

Petite fille sur la balançoire,
allant du Nord au Sud,
du Sud au Nord.
Federico Garcia Lorca, *Ferias*

Avec une noire assurance dans le regard :
— Que savez-vous de la couleur ? Elle dit un jour à un client indécis. Et il se tait.

Deux ans, huit mois et seize jours plus tôt, c'est presque le soir. La première fois où je pousse la porte de sa boutique, elle s'applique à la broderie compliquée d'une veste blanche et or, représentant, en gloire, la Vierge de Guadalupe, sainte patronne de Mexico et mystérieuse habitante de cet azur auquel je songe lorsque me traversent d'inquiètes pensées religieuses. Jeu d'ombre dans la pièce, je ne vois d'abord que ses mains élégantes sur le tissu. Elle touche vraiment ce qu'elle touche. Lorsqu'elle lève son visage d'étoile, je tombe amoureux. Je lis une telle intelligence dans ses yeux. La compréhension du monde. Et aussi de la colère, de la fierté, comme un refus de respirer. Quelque chose de relatif à la mort et que je ne saurais expliquer. Je comprends douloureusement le grain doré de sa peau et je respire avec discrétion ses cheveux, senteur de caramel et de fatigue. J'aurais pu pleurer. Mourir dans un sourire. Comme la foudre blanche de juillet, un mot flambe dans ma tête : *soudain*. Dans les semaines qui suivent, elle ne me quitte pas un instant. Je passe l'été à la croiser avec dévotion.

Bonsoir mademoiselle. Elle ne me voit pas et répond bonsoir monsieur. Dans ses yeux, le moindre moineau chahuteur vaut plus que moi. Elle gouverne jusqu'à mon sommeil. Ses seins, je les devine. Le poète Federico Garcia Lorca murmure jusqu'au petit matin : *Une rumeur, sourde et fatale vient entrouvrir son chemisier.*

Je dis : Federico, je sais que tu es déçu d'être mort à trente-huit ans, il y a bien longtemps, et que ton fantôme va hausser les épaules lorsque je prétendrai que tu n'as vécu que pour m'offrir ces deux vers. Mais c'est pourtant ce que je pense : tu parlais de cette fille. Il ne me répond pas. *Connaissez-vous cette brodeuse ?*, j'insiste ici et là, le dimanche autour des fontaines et jusque dans le lit où s'unissent deux solitudes. Un amour de jeunesse pose sa main de vieille femme sur mon bras, pour murmurer, cruellement amusé : *Cette belle doit bien avoir quarante ans de moins que toi… N'as-tu pas fêté tes soixante-dix ans au printemps passé ?* Je me trouve en effet grotesque.

Voilà que se brise son cœur
Tout de sucre et de citronnelle

Ferme-là Federico. Ta gueule. Abruti de poète. Menteur. Je décide *soudain* de lui commander un habit de lumière. Elle commente : *Mon grand-père estimait que vous étiez le meilleur. Que vous aviez une telle prestance. Celle d'un prince. Il vous aimait beaucoup. Il racontait souvent cet épisode où le toro, sorti trois minutes plus tôt, était revenu sur le sable pour vous tuer. Et qu'il n'aurait pas dû. Revenir. Vous saviez donner l'épée avec une telle franchise. Je n'étais pas née. À la maison, on a entendu cette histoire un bon million de fois. Ce fauve revenant pour son malheur vous encorner, c'était dans les années…* Je réponds : *Il y a longtemps. Je désire quelque chose de noir. Un peu d'or pas trop vif, pour ainsi dire éteint si vous voulez, mais du noir.* À cet instant, les paroles de saint Jean de la Croix me traversent : *Je la connais la source, elle coule, elle court, mais c'est de nuit. Dans la nuit obscure de cette vie, je la connais la source mais c'est de nuit.* Ma couturière : *Le noir ? C'est la plus vraie des couleurs, je le ferai.*

Nous nous sommes compris, la belle et moi. Je veux un habit de lumière fait de discrétion. Une broderie venue de la nuit des temps. Comme la peau rêche du minotaure. Un habit du même tissu que le jour qui décline. Voilà ce que je veux. Elle a dit que c'était entendu. Qu'elle allait réfléchir et qu'elle broderait une étoffe de soie avec du fil bistre. Qu'elle cacherait, avec économie, une pointe de doré aux boutonnières afin de rappeler mon ancienne condition de matador. C'est que j'ai porté l'or toute ma vie. On m'a aimé. Des villes entières sont venues pour moi. J'étais. Elle a dit qu'il y aurait des pierreries sombres. De l'obsidienne ou de l'onyx. Qu'on me croirait vêtu des fumées du temps. Tu vois Federico, pour un jeune soupirant, elle termine un gilet mauve et cuivre, aux très anciens motifs de pommes de pin. Puis, pour le riche propriétaire de trois boucheries, elle devra se consacrer à une veste tabac et or, à décors floraux. Bombant le torse, il la portera lors de somptueux dîners, loin du danger des arènes. Et ce sera le tour de mon habit. Je suis patient. Personne ne m'attend, si ce n'est la mort. On raconte, Federico, que tu es enterré dans une fosse commune avec deux garçons républicains. Non loin de Grenade. Tu es tombé avec eux le 19 août 1936 et, depuis, tous ceux qui ont du cœur te lisent et te pleurent. Je ne te connais pas mais tu es depuis toujours mon ami, mon frère, mon air. Demande à tes deux gentils fantômes s'ils apprécieraient un gilet mauve et cuivre ? Et dis-moi, toi, ce que t'inspires mon habit ? Il sera noir comme la nuit sans fin où tu cherches ton chemin, dans la surprise de ta propre disparition. Parle-moi. Regarde ! Je vais ouvrir au hasard le recueil de tes poèmes et tu me chuchoteras un secret : *Une rose dans le haut jardin que tu désires.* Cette jeune femme. La belle. Bien sûr. Bien joué, Federico, tu lis en moi et tu me parles de sa présence de fleur. Mon vieux cœur usé ne peut s'empêcher de l'aimer. Quelle tristesse ! L'aimer ! Tandis que je pars te rejoindre, je me retourne un instant dans l'évanouissement du soir et je contemple cette irréelle beauté. Cette femme dont les hommes trop jeunes ne prendront pas soin, ignorant du trésor que sont ses nuits données. Et j'ai mal. Bien trop. Que ne puis-je remonter le temps ? Je sais que c'est ridicule ! Pour me retrouver à dix-sept ans ! Je chercherais ma jolie brodeuse par toute la ville, l'épouserais, ferait fortune en étant courageux et lui serais fidèle ! Comme tu le sais mon Federico, sur le grand miroir de ma chambre, j'ai placé un brin de lavande tout sec et une marguerite fanée. La lune les éclaire durant l'insomnie. Deux amours si lointains. La lavande s'obstine à parfumer la chambre d'une inoubliable saison d'exaltation. Du temps où mon corps portait déjà les marques de treize coups de cornes. Et en réclamait d'autres ! Il m'arrive souvent de rêver à cette jolie rousse et, au matin, son odeur s'évanouit de mon oreiller. Puis est venue la charmante aux yeux verts. Un printemps sous le cerisier, à s'aimer sur un lit de marguerites. Elle me visite, elle aussi, et je regrette de ne pas lui avoir dit combien elle comptait. Peut-être mon noir habit figure-t-il le deuil de mes amours ? Je fais aujourd'hui cette terrible découverte : rien ne nous brise les ailes à tout jamais, même si on le préférerait. La vie s'accroche à nous comme une maladie curable. Pour mieux nous tuer plus tard, selon son bon vouloir, si possible lorsqu'on se croira sauvé. Saint Federico Garcia Lorca de mon ciel-enfer-paradis personnel, au secours !

Papillon cloué qui médite son vol

Tu ne te serais pas pris douze balles dans la peau, je te casserais la gueule. Sale poète. Beau parleur de mes deux. Dis-moi, pourquoi est-ce impossible : qu'elle me brode le cœur. Je ne souffrirais pas de ses aiguilles d'acier. Banderilles. Qu'elle m'habille, me déshabille, me couse à son ombre, me rende inoublié en me tuant de beauté. Même mon ignorance, ma peur, les choses sans grâce faites par désœuvrement avec quelques femmes, mes tristesses emplissant mes poches comme de gros cailloux, deviendront sa bobine de fil. Qu'elle me brode l'âme au cœur. Ses mains sur moi pour me lier encore un été à mon propre souffle. Je supplie le ciel : qu'elle me reprise, me ravaude, me rapièce. Qu'elle m'ourle de son désir, de sa jouissance. Qu'elle. Tu es poète. Tu sais comprendre cet amour qui me fait mordre la poussière. Ce feu. La corne n'est qu'une caresse en comparaison de ce que je ressens lorsqu'elle ne me regarde pas. Elle passe, éparpillant des fauvettes des jardins et des cris de gamins dans les rues, et je ne suis qu'une silhouette, un déjà mort, du vide, le rien qui lui sourit timidement. Federico ! Pourquoi la lecture de tes mots ne me guérit-elle pas ? Où es ta magie ? Reviens ! Cette nuit, tandis que les douze coups mélancoliques sonnent à Notre Dame des Douleurs, je t'écris une lettre :

Cher Federico Garcia Lorca,

Va te faire voir. Va te faire foutre. Ton livre Romancero gitano *est un mensonge, une tromperie, de la boue. Je te parle sans détour, tu vois. Sale cadavre sans funérailles. Dépouille du soleil. Je te connais, je te supporte, depuis suffisamment longtemps pour m'y autoriser. Tu m'écoutes pauvre fantôme en loques ? Ton recueil a été de tous mes voyages, de toutes mes soirées de gloire ou de vomissements. Te lire, mon médicament. Te lire encore, mon poison. Croire une fois de plus à l'amour, voilà l'éternel choléra que tu m'as offert. Lorsque je me croyais guéri de cette infection, ce n'était qu'une rémission. Tête de con de rimailleur. Baiseur de muses. Apollon de mes couilles. Orphelin de toi-même. Ton chant n'est que la pourriture qui déborde à gros bouillons de ta tombe. Tes pages ? Un grand drap mortuaire ! Sale Pindare, quand vas-tu la boucler enfin ?* Romancero gitano *? Dix-huit méchants cantiques à la mords-moi le nœud qui ne tiendraient pas une minute devant la charge d'un toro ! Ni, c'est pareil, devant un battement de cils de la belle. Je ne sais pas ce que tu veux de moi ni pourquoi tes phrases sont une douce torture ? Ta lyre, tu peux te la. Décompose-toi une bonne fois pour toute, plie bagage et crève pour de bon, décide-toi, sois mort, foutu, fricassé, flambé, sous terre. Loin de mes chagrins. Publie un magnifique dernier poème : ton acte de décès. Ci-gît un chien galeux de poète. Sois gisant. Un soi gisant poète. On devrait fusiller TOUS les poètes. Surtout, d'après moi, le dénommé Federico Garcia Lorca. Car, défunt, il fait moyen de respirer en nous. De rallumer nos cœurs éteints. Il illumine les rues. Il existe. Prévoir des fosses communes partout, il faut de toute urgence. Purifier le monde de cette engeance poétique soumise à l'amour. Brûlons tes poèmes, Federico ! Brûlons ! Ton livre n'est que le linceul de mon impuissance et de mes regrets. Tête de mort !*

Voilà ce que j'avais à te dire. C'est dit. Retourne-toi dans ta tombe si tu veux !

Du bel ouvrage. J'ai payé et j'ai dit merci mademoiselle. Et je la vois moins. Presque plus. Une fois, l'autre après-midi sur l'esplanade fer rouge de soleil. Elle applaudissait un jeune musicien mexicain pour lequel elle avait brodé une délicate veste lilas et or. Tous deux se souriaient et j'ai failli en mourir. J'aurais dû, lâche que je suis. Heureusement, j'ai retrouvé ta compagnie mon Federico. Tu veux un conseil d'ami : cesse d'errer comme une âme en peine autour de ton maudit trou sans fond, te regardant avec incrédulité, toi, là, une main sans chair sur ta bouche comme si tu hésitais à me couper la parole, au prétexte que tu es mort et poussiéreux. Parle-moi encore ! Pardonne-moi pour la lettre un brin acidulée de l'autre nuit, j'étais malheureux tu comprends, chuchote toujours à mon oreille (la gauche, l'autre ce n'est plus la peine). Et raconte-moi sans t'évanouir d'émotion ces aubes transparentes où, dans des odeurs d'amandes prêtées par le vent, tu quittais en souriant des maisons où dormaient tes amours : *Mais avant tout je chante une pensée commune Qui nous unit aux heures obscures et dorées.* Le dimanche, je revêts mon habit de lumière noire peu avant seize heures. À la minute même où autrefois, dans la prière du Christ du Grand Pouvoir, je me préparais pour le sable. Lorsque la belle m'a remis ma commande, après le dernier essayage où des perles de jais m'ont empli l'âme de noblesse, j'ai lu dans ses yeux si secrètement aimés : Vous êtes bien trop vieux, monsieur, n'ai-je pas brodé votre habit de mort ?

Je veux. Que le brin de lavande et la marguerite du miroir me fassent entendre cette lointaine rumeur, les encouragements d'une femme aimante. Je veux surprendre, devant tant de beauté consentie par un mai tout bleu, l'évanouissement de l'amante. Croiser, comme si l'on me fusillait de respect, les regards d'admiration des hommes jeunes. Pour que mon cœur batte. Et il bat ! Tellement fort que, par bonheur, il pourrait me tuer. Je ferme les yeux, je n'ai plus besoin de miroir. Je suis là-bas, dans cet incendie de la mémoire, là où le crépuscule me fait fête. Tu sais d'avance mon Federico ce que je récite alors comme une offrande : *Comme elle brode bien, avec quelle grâce sur la toile couleur de paille, elle voudrait broder les fleurs de ses rêves.* Alors, dans l'ombre de moi-même, mes doigts suivent lentement le doux tracé parfait des broderies de mon habit. J'effleure des galons en forme de roses et je verse une larme, tu comprends Federico, sur des reliefs de soie aux motifs de cœurs percés d'une épingle. Tandis que tu m'approuves, frère poète, assis au bord de mon lit, vêtu de ténèbres amicales, me faisant signe d'approcher, je triomphe à jamais du toro au mufle fumant. Je suis la vie. Et je deviens pour longtemps l'époux comblé de la belle. Au moins pour la nuit prochaine. Ce sont les noces de l'épée et de l'aiguille. Dans l'éblouissement des épaules de reine de mon aimée, portant l'habit jailli de ses mains, je suis enfin comme nu.

Reine de cœur

Laisser du cœur vermeil couler la flamme et l'eau,
Et comme l'aube claire appuyée au coteau
Avoir l'âme qui rêve, au bord du monde assise.
Anna DE NOAILLES, *Les Éblouissements*

Le feu brûle et ne cesse de brûler.
Chant Batammariba (Tamberma)

Tout commence un jour dans les monts de l'Atakora, aux confins du Togo, à la frontière du Bénin, à trente ou quarante kilomètres au nord-est de la petite ville de Kandé. En Pays Tamberma. Là-haut.

C'est une histoire qui pourrait se raconter sur les pistes lorsque le soir est perdu parmi des millions de soirs. C'est arrivé ou pas. Comme on dit ici, une histoire n'est vraie que si l'on décide qu'elle soit vraie. À chacun de voir. En tout cas, voici l'histoire de Reine. Reine, c'est son prénom. Elle est française, elle a vingt-deux ans, nous sommes en 1914, le Togo est une colonie de l'empire allemand. Ce dernier, comme on le sait, est en guerre avec la France depuis août. Reine est l'épouse d'un officier français, venu de la Haute-Volta voisine, colonie française, pour fomenter en pays Tamberma une rébellion contre les Allemands et c'est ce qui se produit. Guérilla. Promesse de la France auprès des chefs et prêtres tambermas pour les bien traiter lorsque la victoire sera là. Un jour, son mari étant déjà en expédition, Reine doit prendre les armes. Tambours de guerre dans l'Atakora. D'après ce que relate un journaliste venu du Maroc pour couvrir cet épisode méconnu du premier conflit mondial : *Une patrouille de trente-deux tirailleurs, deux sous-officiers et un lieutenant du Reich a succombé lors d'un assaut contre leur bivouac donné par un parti de guerriers tambermas. De corvée d'eau et donc absents lors des premiers coups de feu, deux autres tirailleurs ont pu sauver leur vie en prenant la fuite. Témoins oculaires de la bataille, ils ont expliqué que les guerriers étaient menés par une femme blanche. Une « véritable furie » d'après leurs dires. Elle aurait personnellement éliminé l'officier et trois tirailleurs, dont l'un de ces derniers lors d'un corps à corps à l'arme blanche.*

Une femme blanche ? Une « Furie » ? On s'en est étonné jusqu'à Lomé. N'y croyant pas. Mais lorsqu'elle a recommencé, faisant soixante prisonniers sur la rivière Kara (dont un jeune colonel apparenté à la famille royale de Bavière), vendant ses Allemands comme esclaves à des gens du nord pour, ensuite, acheter deux mitrailleuses turques flambant neuves et six mille cartouches à des trafiquants belges, lorsqu'elle a envoyé sa photographie à trente journaux européens, on a parlé de Reine jusqu'à Berlin. Sa tête a été mise à prix. On s'est demandé où était passé son officier de mari (mort au combat ? Rentré en France ?) Et où la jeune femme avait acquis sa redoutable science militaire. Une femme ! Sur la photographie adressée à la presse, vous pouvez voir Reine au milieu de ses guerriers, elle-même en habit de combat, le grand poignard de chasse autour du cou. Elle semble en prière. On remarque deux autres femmes avec elle. Jeunes et à l'allure martiale, des combattantes autochtones à ce qu'il paraît, avec les coiffes aux grandes cornes d'antilope. Toute l'Europe s'est bien vite passionnée pour le destin de Reine. On a raconté qu'elle avait embrassé les croyances animistes des Tamberma. Qu'elle commerçait avec les esprits, faisant des choses la nuit auprès des autels, entourée de devins et de voyants, rendant un culte au serpent de la terre d'en-dessous. Qu'elle sacrifiait des chiens aux ancêtres, qu'elle courait, solitaire et nue, sur les pistes rouges de l'Atakora. Qu'elle dansait pour honorer les morts. Qu'elle était pour ainsi dire devenue une Africaine.

En 1919, c'est le traité de Versailles. Le Togo devient français. On sait qu'un corps expéditionnaire viendra à bout d'une résistance tamberma animée par cette femme mystérieuse, refusant toute soumission à un pouvoir européen. Reine sera capturée, les armes à la main, du côté de Warengo. On aura la surprise de constater que le jeune colonel allemand apparenté à la famille royale de Bavière était devenu son amant et compagnon d'armes. En France où Reine sera rapatriée, c'est le docteur Glesser, un éminent psychiatre parisien, qui sera chargé d'étudier le cas de la jeune femme avant un procès devant, de toute évidence, lui valoir le peloton d'exécution pour haute trahison. Ou la réclusion criminelle à perpétuité. La suite connaît plusieurs versions. Retenons, pour faire court, que Reine a été condamnée à mort. Qu'elle a pu s'enfuir de sa prison la veille de son exécution (avec la très probable complicité du docteur Glesser), qu'elle aurait rallié, dans des circonstances obscures et via Marseille, le Maroc, la Mauritanie, puis la Haute Volta, le Pays Tamberma où elle aurait, selon la presse et avec son amant le colonel allemand, « disparu au pays des esprits… »

On possède un seul billet écrit de la main de Reine et destiné à son bel officier bavarois. D'une écriture tremblée, il est noté : *Quand tu me touches, je veux que tu continues.*

On écrira des dizaines d'articles et des romans à quatre sous. On jouera des pièces de théâtre. On composera des chansons. Où il sera question d'héroïsme, de vérité, de beauté. De rage, de rébellion farouche et d'amour fou aussi. Bien des femmes rêveront de Reine. Dans ce monde de pères, de maris, de fils, de frères, de directeurs, d'évêques, de généraux et de présidents : imiter Reine hantera les songes de bien des demoiselles. La célèbre cantatrice Yvonne Chazel rendra un hommage vibrant à sa « sœur d'âme » en chantant dans toutes les capitales d'Europe, sur une mélodie pour voix et piano de Gabriel Fauré, son fameux *Reine de cœur*, immense et mérité succès populaire. Certains soutiennent, sans véritable preuve, que l'écrivain Louis Pergaud aurait travaillé à un roman évoquant cette femme, ses fiers guerriers et l'alliance de feu avec les esprits. Hélas tombé en 1915, ayant eu connaissance de l'existence de Reine par des tirailleurs sénégalais chez lesquels elle était devenue très vite une légende (*Reine blanche*), l'immortel auteur de la *Guerre des Boutons* aurait laissé, d'après certaines sources, un carnet de notes où l'on relève ces mots griffonnés dans le froid et sous la neige de Lorraine, au tout début de la rude année 1915 : *Reine… Qu'as-tu dans la tête ? Les sacrifices de chiens sur les autels, c'est vrai ? Ton art du combat, revolver d'une main, poignard de chasse de l'autre, c'est vrai ? Ta colère contre les Blancs, ton amour de l'amour, ta passion pour l'Afrique, c'est vrai ? Reine, je ne te connais pas et pourtant, c'est plus fort que moi, je sais que tu as raison et, pour un peu, moi aussi, je tomberais amoureux de toi. Personne n'est mauvais, on le devient. On dit que lorsque tu danses dans le petit matin violet de l'Atakora, c'est beau à mourir. Que tu es le feu qui prend. Que tu es la colère de la brousse. Que tu es l'Afrique invaincue. Que tu es une femme. Sur les rares photographies, ta simple lumière et ta beauté de souveraine barbare… c'est vrai. Reine sans chaînes. Si je pouvais. Vivre. Pour te raconter. Sur cette terre glaciale de France, je pense sans cesse à toi. Ma Reine. Toi et moi.*

C'est arrivé ou pas. *Reine de cœur.* Comme on dit ici, une histoire n'est vraie que si l'on décide qu'elle soit vraie. À chacun de voir. Les quelques expéditions lancées sur les traces de la guerrière ont toutes échoué à la retrouver. Évanouie dans l'ombre rose des montagnes de l'Atakora, au cœur des forêts d'eucalyptus, dans un calme blanchiment de lumière. En tout cas, c'est l'histoire de Reine. Que tu connais maintenant. Et tu verras, c'est magie, tu vas y penser souvent.

Cissy impératrice

C'était un matin frais et l'air était tout juste assez mordant
pour vous faire trouver la vie simple et douce
si vous n'aviez pas trop de soucis en tête. J'en avais.
Raymond CHANDLER, *Le Grand Sommeil*

Une reine du crime. Une impératrice de la mort. Elle venait de décéder à quatre-vingt-quatre ans. D'une longue maladie. En tout cas, c'était le son de cloche officiel. Alors ce soir-là (nous étions le 12 décembre 1954 et Cissy avait rendu le dernier soupir pile à midi), Horace Roberty, quatrième adjoint du shérif de La Jolla, Californie, s'était dit comme ça : *c'est suspect.* Du coup, le policier avait décidé d'en avoir le cœur net. Car ce qui chiffonnait Horace Roberty c'est que la dénommée Cissy n'était autre que l'épouse, de dix-huit ans son aînée, du grand Raymond Chandler, une célébrité mondiale de la littérature. Un auteur de polar à la noix. Horace détestait la lecture en général et les romans policiers en particulier. Lire, c'est perdre son temps. Mieux vaut faire n'importe quoi d'autre. Lustrer sa magnifique Buick Riviera (modèle 1949, coloris *Altitude verte*) par exemple. Il n'aimait pas non plus les gens connus. Car ces personnes-là se croyaient. Il avait toutefois vu trois ou quatre films écrits par Chandler et ne pouvait depuis s'empêcher de penser que l'écrivain en connaissait un rayon sur le moyen de régler son compte à quelqu'un… sans se faire pincer par la police. Depuis des années, la presse expliquait que Chandler n'était qu'un vieux ronchonneur. Une éponge à Gimlet (gin + citron vert avec deux glaçons) détestant ses éditeurs illettrés, le trop plein de soleil de la Californie, les plats chauds servis tièdes, les cris des enfants dans la rue, la bruyantissime civilisation de l'automobile, les maux accablant les hommes à partir de cinquante ans et l'aveuglement antidémocratique des sympathisants communistes. En revanche, il aimait deux ou trois choses. Écrire des romans et son courrier, lire, boire, rester seul, penser à Philip Marlowe durant l'insomnie, oublier qu'il fut l'unique survivant de sa section durant la Grande Guerre, farfouiller dans de vieux exemplaires du *Boston Globe* pour trouver Dieu sait quoi d'intéressant, avoir systématiquement la cravate de traviole. Il affectionnait aussi le rituel du thé l'après-midi et, pour tout dire, la routine. Car cette dernière permettait d'écrire. Il appréciait l'humour. Le vrai. Celui que l'on exerce à l'encontre de soi-même. Autrefois, lorsqu'il travaillait comme scénariste pour la Paramount (à $750,00 par semaine, somme considérable), adaptant ses propres récits pour le cinéma, il cherchait de temps en temps à passer un moment récréatif avec l'une ou l'autre de ces enthousiastes (et de préférence grassouillettes) petites secrétaires de production. Cissy n'ignorait rien de ces incartades. Et fermait les yeux. Le bruit courait justement que le grand homme avait une liaison depuis des années avec une certaine Taki. Une créature du Moyen-Orient. Quelqu'un qui s'intéressait assez peu à la littérature et au cinéma. Et qui ne se gênait pas pour le lui faire comprendre lorsque l'écrivain lisait à haute voix un chapitre de roman : *tu perds mon temps avec tes histoires Raymond Chandler* aurait-elle dit un jour. L'auteur s'en était plaint dans l'une de ses lettres en rapportant précisément cette phrase. Cissy était au courant de cette liaison et, prenant de l'âge, semblait avoir accepté cette rivale.

Ruminant dans son bureau de Mission Bay, à deux pas de la petite maison des Chandler, Horace était persuadé que cette Taki (de nationalité iranienne d'après un collègue l'ayant mis sur cette affaire) avait eu la peau de Cissy. Sans doute pour prendre sa place. Car Madame Chandler partageait l'essentiel avec son romancier de mari : une grande complicité intellectuelle. Fine lettrée, elle relisait ses manuscrits, y mettait sans doute son grain de sel et protégeait bec et ongles le sanctuaire du grand homme :

non, il n'est pas à la maison, non c'est impossible, pas avant juin prochain, non à cette période-là nous serons en vacances dans les Adirondacks où Ray doit terminer impérativement son roman s'il ne veut pas se faire clouer à une porte de grange par son voyou d'éditeur. Taki avait dû buter l'épouse. Cette contrariante et omniprésente *Cissy impératrice*, cette *lumière de ma vie* comme la surnommait ce bon vieux Ray. On nageait dans le sordide et la banalité du crime passionnel. Les pieds sur son bureau de bois ciré, le store relevé sur la plage où l'on apercevait des nuées de femmes qu'il estimait d'entrée trop belles pour lui, le policier commença par rassembler ses souvenirs. Quels coups tordus le grand homme avait-il imaginés dans ses scénarii de films ? Il y avait par exemple cette sombre histoire de ténébreux chassé-croisé amoureux, *Le Bonheur est pour demain* ça s'intitulait. Tout un programme, non ? On ne pouvait pas non plus oublier *L'Invisible Meurtrier*… au titre très évocateur… Mais le pompon revenait haut la main à *Assurance sur la mort*. Une idiotie sans nom où l'on découvrait Neff, un pauvre gars, littéralement envoûté par une certaine Phyllis, une blonde comme on n'en voit plus. Le couple maudit éliminait proprement le mari gênant, un certain Dietrichson. N'importe quoi ce scénario. Du pipeau. Pas de quoi en faire un plat. Pourtant, même s'il ne l'aurait avoué à personne, la dénommée Phyllis hantait encore régulièrement les rêves du policier. Pauvre Neff ! Tout finissait mal pour lui dans ce film à la gomme. Mais il mourrait heureux après avoir vécu – lui – une histoire d'amour comme on n'en voit qu'au cinéma. Pourquoi la vie réelle est-elle si terne ? Pourquoi faut-il se contenter de collègues et d'amis qui, au fond, nous méprisent, d'une famille qui se moque bien de notre sort, d'une femme qui ne nous aime pas autant qu'elle le prétend ?, songeait Horace avec contrariété en se bourrant de cacahuètes de Caroline du Sud, ses préférées. *Le Bonheur est pour demain*, *L'Invisible Meurtrier* et *Assurance sur la mort*… De quoi se demander sérieusement si ce bon Ray Chandler n'était pas complice de la dénommée Taki dans le meurtre de sa pauvre femme Cissy ?… On aurait vu plus surprenant que ça. Non ?

Le lendemain, lorsque le quatrième adjoint du shérif de La Jolla, Californie, s'est présenté chez l'époux éploré où rien n'a été facile. D'abord, pas de sonnette. C'est que Raymond avait horreur des visiteurs. Ensuite, cet accueil glacial tranchant avec la météo californienne. Juste une vague proposition pour converser avec un verre à la main. En bon flic, Horace jetait des coups d'œil furtifs. Pas du tout cuit dans cette demi-pénombre de repérer les lieux du crime. Un salon encombré de journaux, de livres, de ramettes de papier. Un bon stock de bouteilles de gin dans un coin. De marque *Inocente* ou *Old Bronco*, *Popeye Navy* également. Des boissons pas données. Un bureau avec un tas de lettres et les œuvres complètes de Dostoïevski. Une cuisine nickel, ce qui corroborait la discrète enquête de voisinage : le maître de maison ne prenait pas ses repas sur place. Il préférait la petite cantina de sa rue, près de la falaise. On y servait du poisson grillé aux poivrons multicolores, des galettes de maïs fourrées à l'avocat, des salades de fraises aux épices (cardamome, cannelle, poivre noir). Et on avait vue sur le Pacifique ou sur les décolletés des plaisantes serveuses mexicaines. Faisant comme si le policier n'était pas là, Raymond Chandler s'était mis à lire un poème écrit une heure plus tôt pour honorer la mémoire de sa femme :

Le lit fraîchement refait,
les oreillers fraîchement rebondis
sur lesquels plus aucune tête ne se posera,
sont tout ce qui reste du long rêve tenace.

Les glaçons tintaient depuis un moment dans les verres lorsque le visiteur s'ouvrit de ses soupçons à son hôte. Un vrai scénario : Taki l'orientale. Sa terrible jalousie. Ses sombres projets. L'assassinat de Cissy Impératrice… euh de Madame Chandler et tout ça. Sans oublier la probable complicité du romancier ensorcelé par Phyllis… hmm… par Taki. Et d'abord où était cette Taki ? Sûrement déjà passée au Mexique pour échapper à la justice ? Dans la négative, il fallait de toute urgence lui signifier qu'elle ne devait pas quitter la ville de La Jolla avant la fin de l'enquête. Quel avait été son emploi du temps le jour du meurtre ? Avait-elle des papiers en règle et quelqu'un du consulat d'Iran pourrait-il l'assister ? Un assistant juridique peut-être ? Comptant sur son intuition de fin limier, Horace allait vite fait bien fait coffrer la tueuse. Compte tenu de la notoriété du couple, de quoi faire la une des journaux et lui assurer une promotion. Méritée. Qui sait, peut-être même serait-il possible de se faire bombarder premier adjoint ? Pensif, Raymond Chandler se resservit un Gimlet bien tassé et finit par déclarer :

— Quatrième adjoint Horace Roberty, c'est bien simple : vos soupçons me coupent le sifflet. Puis il pria son interlocuteur de venir sur-le-champ questionner Miss Taki car elle siestait langoureusement dans la chambre de l'auteur. *Langoureusement* ? Dans la chambre de l'auteur ?!? Cet indice conforta Horace dans sa certitude : le romancier et l'orientale avaient bel et bien une liaison…

De ses yeux d'un bleu intense, voyant qu'il ne s'agissait pas de Cissy Impératrice et se désintéressant immédiatement du visiteur, Miss Taki retourna à ses fantômes. Comme s'il avait subitement les pieds coulés dans un bloc de ciment, Horace fut alors incapable de faire un geste, de dire un mot. Une statue. Il éprouva beaucoup de contrariété. L'embêtement résidait dans le fait que Taki n'était autre qu'une chatte persane. Et, du coup, Horace Roberty, quatrième adjoint du shérif de La Jolla, Californie, un blaireau. Son collègue l'avait bien eu. Ah le coyote. Le coyote. Le coyote. Le coyote. Avant de quitter les lieux sur la pointe des pieds, le policier entendit soudain Raymond Chandler taper rythmiquement sur sa machine à écrire. Il avait trouvé une idée de nouvelle pour les journaux. Dans la chaude nuit de cet hiver californien, Gimlet à la main, observant avec incompréhension la lune au-dessus des flots trop noirs de l'océan, l'écrivain décida cependant d'abandonner cette rédaction à mi-chemin. Car, Cissy Impératrice absente, à qui raconter cette histoire ?

La vie inimitable

C'est un petit carnet d'autrefois. Une couverture de cuir rouge, un papier jauni par le temps. Il est signé sobrement *L'Homme de là-bas* par un soldat de 1912, visiblement quelqu'un de l'entourage du général Lyautey au Maroc. Sur un signet faisant songer à une image de première communion, le portrait de ce dernier figure dans le carnet comme marque-page. Cheveux blancs en brosse, allure volontaire, un homme magnétique. Toutefois quelques troublants dessins (encre de Chine ou aquarelle) retiennent plus volontiers l'attention et agrémentent cette soixantaine de pages en représentant une jeune femme. Une Nord-Africaine semble-t-il. *L'Homme de là-bas* écrit : *Dans une sorte de vide, mon uniforme me tient debout. J'aime les chaussures montantes, à semelles crantées. Elles tiennent les chevilles, redressent le bonhomme, lui donne pour ainsi dire une sorte d'assise, un air rassurant et imbécile de poteau indicateur. Les crans sous la plante des pieds permettent de ne pas glisser, de ne pas céder au vertige de sa propre hauteur, de – c'est le bon verbe à la réflexion – se cramponner à la vie. Je suis militaire car l'uniforme est un manteau d'invisibilité et ces chaussures crantées, bénies soient-elles, m'empêchent de m'effondrer vers le sol orangé de cette terre d'Afrique pour, au mieux, y ramper. Mes camarades assurent que je ne suis pas un homme très gai. Qu'une sorte de tristesse m'habite. C'est possible, je ne les contredirai pas. Dernièrement, de retour d'une longue patrouille dans les suds, je leur ai fait savoir que je tiens désormais pour acquis – à y regarder de près et les nuits du désert nous y incitent – que les choses que nous devons abandonner en mourant ne valent pas plus que la déception qu'elles nous inspirent de notre vivant.*

Une liste à l'écriture serrée précise les noms des membres d'une certaine seconde compagnie. L'auteur du carnet y figure à coup sûr : *Tirailleurs Gustave Miquet, Séraphin Champion, Auguste Lelièvre-Velrans, Eugène Lasseube, Eugène Guidotti, Désiré Lapostolle, Jean Coquet, Honoré Boisson-Lagoutte, Gerolamo Charchilla, Piotr Glesserovski, Léonce Korzack, Alceste Beurrier, Anatole Beurrier, Baptistin Pardon, Paul Weill, Louis Asdrubal, Yves Lacroix, Quentin Lacroix, Urbain Boichut, Pierrot Vacher, Charles-Louis de Bernin, Louis Perrier, Léon Bouvet, Paul Noir, Jules Mignon, Octave Seguin, Oreste Rigolot, Honoré Brûlebois, Prosper Loncle, Séraphin Lejeune, Mario Carta, Angelo Carta, Hans Nietamer, Arthur Jouchoux-Bourcet, Pierre Gemme, François Jacquot, Ursule Patouillet, Jules Lalune, caporal Rudy Renard, caporal Jean Poulet, caporal-chef Darius Écarnot, sergent Malo Petit, sergent Pascal-François Lorrain, sergent-chef Népomucène Garcia, adjudant Germain Lang, sous-lieutenant chef adjoint de compagnie Laurent Bèze de Champbarate, lieutenant-aumônier Henri Perrin, capitaine Paul-Lucas Gallimardet, commandant de compagnie.*

Au crayon de papier, sous cette liste de fantômes, on peut lire la mention suivante : *La petite chanson entendue à Casablanca : « Les mains vides je suis né, les mains vides je suis mort, dans mon tombeau les étoiles brilleront… »* Quatre noms de la liste sont rayés et munis d'une petite croix semblable à celle des cimetières. Deux autres noms sont désignés d'une flèche avec la notation « blessé en patrouille ». Une phrase tirée d'un poème d'Anna de Noailles complète cette page : *Il fera longtemps clair ce soir, les jours allongent, la rumeur du jour vif se disperse et s'enfuit, et les arbres surpris de ne pas voir la nuit, demeurent éveillés dans le soir blanc, et songent.*

Page suivante, vous pouvez lire :

En débarquant dans ce pays à nul autre pareil, j'étais habité par l'idée de vivre une sorte d'exil du cœur. C'est que la France avait été rude sentimentalement. J'avais le projet ambitieux d'être un foie lorsque je buvais dans tous les rades de Meknès où me cantonnait durant huit jours une mission d'inspection des fortifications, d'être des poumons pour l'éternel nuage bleuté du mess des officiers, un organe masculin lors de mes frasques dans les bonnes maisons de plaisir de Casa, un œil désabusé pour remarquer, sans réel intérêt, la bêtise et la suffisance des colons fraîchement débarqués de la métropole. Bien heureusement le général Lyautey, respectueux des habitants de ce pays, mettrait les nouveaux venus au pas. Je me promettais d'être ce qu'on voudrait que je sois, à condition que cela ne fût plus jamais un cœur, cette erreur de la nature. Ce pauvre paquet de muscles ne demandant qu'à pourrir lentement et s'y employant avec efficacité, faisant la pluie et le beau temps avec notre âme, en nous torturant au passage. Ce quelque chose de caché, de sans pitié, d'incurable, de noir funèbre plutôt que de rouge vif. D'enterré en nous. Idée banale trouvée dans le premier feuilleton venu : peut-être notre corps n'est-il que le tombeau du cœur ? Non pas son écrin mais sa cage. Car cet organe inconstant fait tout son possible pour devenir une méchante mécanique de mort parcourue d'électricité maléfique, de sang charriant des ordures tel celui des porcs à l'engraissement, de honte et de remords. Un égout pour nos illusions. Au plus profond de nous et gagnant territoire sur territoire, il n'est rien d'autre qu'un hiver trop tôt venu. Noir d'une nuit de cauchemar et puissance tyrannique, il souffle le froid gelant nos rêves. « Je vous prête mon cœur » dit une chanson à la mode de Paris. « … Et reprenez-le, je n'en ai plus besoin » ajoutent en braillant les soldats du poste de garde.

Quelques pages ont été arrachées du carnet. Pourquoi ? Aucun indice ne permet de s'en faire une idée. La partie centrale du document devient une sorte, comment dire, de lettre écrite pour celle qui semble avoir été la compagne du narrateur. On peut lire par exemple ces confidences : *Ce soir, j'ai vu deux hirondelles mortes, tuées par la chaleur, il paraît que ça arrive. J'ai alors ressenti un violent accablement comme si je pesais trop lourd, comme si mes pieds étaient prisonniers d'une boue épaisse, comme s'il pleuvait sans relâche à l'intérieur de moi ou comme si j'étais un feu de forêt dont on ne sait pas s'il finira un jour. Mais voilà qui me sauve : penser à toi me dévore. Car il ne fait aucun doute que tu es mon bout du monde. Je ne sais d'où tu viens mais je suis certain de vouloir y aller. La première fois que je t'ai vue, tu chantonnais vers la fontaine. Tes bracelets d'argent enflammaient l'air bouillant de leur musique de sonnaille. Tu étais belle comme de l'eau. Tes yeux de café pur. Ton mystère. Maintenant je te connais mieux. Dès que tu approches, je me sens une force de lion.* Plus loin, on lira : *Je tiens aujourd'hui pour certain que tout commerce érotique satisfaisant implique que l'on soit la proie consentante de l'autre. Ou, pour le dire à peu près également, qu'une sorte de prédation enchante l'acte intime. Des gestes. Des paroles. Des regards. Des silences. Des ordres. Une sorte de récit. Le cérémonial tacite du plaisir. On se raconte. Nos mille et une nuits. Nous n'en avons parlé qu'une seule fois : tu étais parfaitement d'accord avec cette vision des choses et tu l'as illustrée avec zèle. Ta peau de caramel, tes manières de princesse. Par bonheur, nous partageons la connaissance des vieilles formules magiques pour survivre en cette vallée de larmes : voyager, pratiquer un art, combattre jusqu'à l'épuisement, ne rien attendre de quiconque. Et aimer un peu. Mais si possible furieusement.*

Le portrait de la jeune femme la représente dans son éternelle jeunesse, une solidité de murailles. Ses lourds bijoux lui donnent une allure de reine de Saba. On lit de la confiance dans son regard, une sorte d'assurance peut-être offerte par sa haute naissance ou par la certitude d'être aimée. Il y a de la puissance dans les traits purs de son visage. D'un bleu de veine, usée presque jusqu'à l'effacement, tout près du portrait aquarellé l'encre murmure encore : *L'or si parfait de tes mains. Ta grâce de colombe blessée. Tes yeux de guerrière. Je pourrais en pleurer car un jour, il n'en restera rien, il se sera envolé ton silence lorsque j'approche ébloui et le cœur illuminé. Je te regarde même lorsque tu n'es pas là. Une fois, je t'ai vue parler aux chevaux et ils t'écoutaient, te comprenaient, j'ai su alors combien tu étais forte, combien tu avais ta place en ce monde tandis que je m'y perds année après année. Tu existes si résolument. J'en tremble car un jour, nul ne se souviendra plus de ta tunique de cotonnade rose, des broderies mauves pour l'embellir, de ton foulard d'une couleur de soir doux, de tes cheveux si noirs et si odorants de miel et de verveine, du balancement de tes hanches dans le scintillement cuivré du jour mourant. Le dernier sur terre, je ferai mémoire de toi, c'est promis. Ma reine incessante. Si tu t'en vas dans le sud comme tu me l'as annoncé, attends-moi, attends-moi, je t'accompagnerai. Car auprès de toi, je ne suis enfin plus qu'un corps.*

On lira encore, d'une écriture pressée, nerveuse : *Bientôt quatre jours que je ne parviens pas à écrire. Les mots sont comme cachés ou pire, oubliés. La désignation des choses s'imprécisant, les noms des gens me fuyant, c'est comme si l'écriture se tarissait après l'orage. Un bref moment d'eau et l'aridité immédiate. La caillasse sortie d'un four. Le sec. Le sentiment cruel que je n'alignerai plus deux mots, que je ne danserai plus cette valse noire des adjectifs et des verbes, que ne voudront plus s'associer les mots arabes et les mots français. Probablement parce que les faits sont là, voilà qui je suis : mauvais soldat, mauvais ceci et cela, mauvais amant, mauvais écrivain, homme de rien. Sur le soir, la grosse chaleur passée en bousculant nos corps comme une charge de cavalerie à l'ancienne, nous laisse fatigués de n'avoir rien fait. Petite fête d'anniversaire pour la jeune épouse du médecin-chef. Douceurs : fraises au sucre, gâteau de semoule au Calva, pâtisseries de miel, babas au rhum et salade d'oranges à la cannelle. Je ressens violemment le désir de mordre à pleines dents. Non pas dans ces sucreries mais dans ces mots qui se refusent à moi. Je ne saurais le dire autrement : comme jamais auparavant, possédé par le démon de l'écriture, j'ai une douloureuse fringale de mots. Je rêve d'une fricassée de voyelles, d'un étouffé de consonnes, d'un sorbet de locutions adverbiales. Pour dire ce qui arrive. Pour le laisser s'échapper de moi, comme une longue expiration. Je dois hurler sur le papier de ce carnet. Le chagrin. Cette fin de mon monde, redoutée. L'Apocalypse en miniature. Ton départ. Mais je dois rester sur ma faim. Suppliant comme un païen et en pure perte le vent doré du désert pour qu'il lève une pleine tempête de mots. Je veux écrire que tu es partie vers les suds avec les tiens. Et je n'y parviens pas. Ma main ne sait plus écrire.*

Difficile de savoir ce que cette expression signifie mais l'auteur du carnet rouge parle à quatre reprises de *la vie inimitable*. Il écrit par exemple qu'il a vu un jeune homme dans la mer lors d'une patrouille côtière. Une telle liberté émanait de ce garçon qu'il a su que *ce dernier vivait la vie inimitable.* Avec une date (avril

1915) mais sans signature, le carnet rouge se termine brutalement par ces mots (il reste ensuite six pages inemployées) : *La majeure partie de ma vie aura consisté à passer le cap. Celui-ci et un autre avant. Il n'y a guère que lorsque je faisais l'amour avec elle et lors des heures de veille sous le ciel nocturne d'une longue patrouille dans le Haut-Atlas, tandis que feulait l'invisible léopard de Berbérie tueur de chevaux, que je n'ai pas cherché une bonne raison de respirer jusqu'au lendemain. J'étais alors provisoirement mon propre désir de vivre. Je devine que nous sommes nombreux à subir de tels tourments. Ce mal si ordinaire induit par le besoin d'un supplément d'âme. Aujourd'hui, tandis qu'une tardive tempête de neige blanchit rageusement le front, on nous apprend que notre camarade du 166ᵉ d'Infanterie, le lieutenant Louis Pergaud, écrivain d'après ce que l'on sait, est porté disparu. Si cela devait m'arriver, à l'instant suprême, je me rappellerai bien heureusement les suds où tu dois avoir fait des enfants maintenant. Je toucherai le miel de ta peau nue, je reconnaîtrai ton éclat de rire lorsque je t'avais apporté une fois, dans cette inoubliée lumière rose des cinq heures du soir, un encombrant bouquet de glaïeuls. Prenant à témoin les premières étoiles, tu avais bientôt chuchoté avec gravité, je l'entends sans cesse : « Cet instant de fleurs, personne ne nous le prendra jamais. »*

Le temps long

Années 30

C'est à midi que débute le sorteo, la répartition des taureaux entre les matadors par un tirage au sort. Je suis déjà Budd Boetticher, américain ronchon et bagarreur de vingt ans mais je ne suis pas encore le cinéaste, faiseur de western. Dans les années 30, pour la première fois, je viens au Mexique parce que je ne sais pas quoi faire d'autre. Je pratique la boxe et je suis doué pour cogner dur. Une armoire à glace à peine consciente d'elle-même. Je songe à quelques combats : de l'argent facile. C'est alors que j'assiste au sorteo à Mexico, dans les premières arènes construites en 1788 au cœur de la tumultueuse capitale de la nouvelle Espagne. Je vois les matadors recevoir leurs taureaux avec l'impassibilité que confère la fréquentation de la mort. Une foule silencieusement respectueuse gesticule pour signifier *il tombe mal* ou *il a de la chance*, ce genre de choses. J'ai immédiatement le sentiment que la vie ne procède pas autrement qu'avec un sorteo lorsqu'elle « attribue » une femme à un homme. Et réciproquement : un tirage au sort. Dans les rues calmes d'Evansville, Indiana, où j'ai grandi, j'ai connu plusieurs femmes. Des filles plutôt. Mais à seize ou dix-sept ans, on parle de femmes. Et quand on vieillit, de filles. Des belles blondes car la ville a été peuplée trois ou quatre générations plus tôt par des émigrants allemands (voyez mon nom : Boetticher). L'ironie dont la vie est coutumière voudra, plus tard, que ce soit ces gens venus de Hambourg, de Munich et de Berlin qui fabriquent à Evansville les barges destinées au débarquement allié du 6 juin 1944. Souvent je songe à ces jeunes années. Les interminables jours d'été, lorsqu'une chaleur accablante faisait craquer les vieilles planches de bois clair des bardages des maisons ouvrières, toutes ces blondes bien nourries et délurées se baignaient en éclatant de rire dans l'Ohio. Elles étaient transparentes mais pas dépourvues d'âme. Des corps à prendre. Sous les arbres bordant le grand fleuve cuivré par le couchant (j'imaginais des millions de litres de jus d'orange inondant les États-Unis d'Amérique), la bande de garçons à laquelle j'appartenais organisait sans le savoir son propre sorteo :

— La prochaine qui sort de l'eau est pour ma bite.

Presque toujours, dans les cinq ou dix secondes de gêne (pas plus, l'amour est si naturel) qui précédaient les ébats, cachés dans les hautes herbes noircies par le soleil, ne sachant pas quoi dire, ces filles répétaient la devise de la ville, martelée à l'école, à la maison et lors des fêtes publiques :

— Evansville se trouve en position de carrefour entre les deux océans, le golfe du Mexique et les grands lacs. On est bien ici.

Je répondais invariablement qu'il suffisait de jeter un œil distrait sur une carte pour comprendre tout de suite que cette devise à la noix revenait à constater qu'Evansville se situait exactement au milieu de que dalle. On me regardait alors comme si j'avais profané les saintes écritures. Paula, Winter, Eva, Annabella, re-Paula, re-Winter, Magda, Ariella, Gretchen, Heidi, l'autre Heidi : mon sorteo. Seul le tour de poitrine pouvait varier.

Je suis parti au Mexique avec l'intention d'y boxer. J'avais envie de démolir des gars qui ne m'avaient rien fait. J'ai su tout de suite que le sorteo demeurerait quelque chose d'important pour moi. Comme un mystère antique auquel j'avais été convié. Une aube. L'inspection minutieuse des taureaux dans la poussière écarlate soulevée par les sabots nerveux, la formation des lots de cornes, la complicité de ces hommes prodigieusement instruits de leur art, c'était beau. Tout était écrit sur du papier à cigarette roulé en boule. Sur chaque papier, le nom à l'encre brillante de deux taureaux. Tirage au sort dans un chapeau profond : l'oracle du saint patron de chacun. J'ai rencontré le grand Lorenzo Garza et je me suis dit que la vie valait enfin la peine d'être vécue. Cet homme taciturne avait la réputation de défier la mort en posant, comme les vêtements d'un défunt, son habit de lumière sur son lit et non sur une chaise. Il se murmurait qu'il vivait un éternel chagrin d'amour et qu'il n'y avait rien à en dire de plus. J'ai eu le désir douloureux d'être mexicain. Personne à Evansville n'aurait pu comprendre ce sentiment semblable à une tornade de printemps. Nous ne pouvons bien souvent rien partager de ce qui nous remue au plus profond. Il est plus facile d'attendre ou de tricher. Se laisser porter n'est pas une si mauvaise attitude que ça. Par bonheur, dans ce Mexique brûlant du feu de très anciennes humiliations et s'efforçant de survivre à ses propres démons, je me suis senti faire partie d'un tout. N'être plus étranger à moi-même. J'ai appris les doctrines du taureau avec Fermin Espinosa et son jeune novillero, Carlos Arruza. Auprès de ce dernier, une amitié jamais démentie est née en vingt secondes. Je l'ai pleuré bien des années plus tard lorsqu'un accident de voiture l'a arraché à l'affection des siens. Un soir d'août, crépitant d'une lumière d'or, j'ai été ébloui par le soleil en combattant un novillo. D'un coup de tête dionysiaque, la bête m'a rentré une corne dans le rectum, déchirant mes boyaux et bousculant à jamais mon estomac. Je ne consomme depuis lors que des aliments liquides ou presque. On m'a soigné dans un petit hôpital du district urbain de Xochimilco. Lorsqu'il ne baisait pas en sanglotant sa statuette du Christ de l'Expiration, un frère mariste français, jeune religieux famélique, m'a raconté avec sa voix inquiète de mourant les exploits dans l'arène d'Armillita Chico, si élégant aux banderilles que les femmes s'en évanouissaient de désir, dans la tristesse des maris. Et de Carmelo Perez, devenu, avec neuf frères et sœurs, chef de famille à quatorze ans. Un homme célèbre pour avoir joué toujours de malchance durant sa courte vie. Je m'endormais taureau, je rêvais taureau, je m'éveillais taureau. Je reste convaincu que ce terrible coup de corne n'a eu d'autre objet que celui de me rapprocher à jamais de la vie sauvage. Pour une poignée de piécettes, une sorcière tzotzil confirmera mon intuition beaucoup plus tard lors d'une soirée de beuverie à Zinacantan, ville des plaisirs.

Je me tordais de douleur sur mon lit lorsque la cousine de Carlos Arruza vint à l'hôpital prendre des nouvelles, de la part de mon ami. Il était parti plusieurs semaines pour ses affaires lorsque l'accident s'était produit. Elle m'assurait qu'il rentrait ventre à terre pour me soutenir dans l'épreuve. Luz. Elle portait bien son prénom. Lorsqu'elle pénétrait dans une pièce, les flammes noires de sa chevelure roulant sur les reins, les éclats d'obsidienne de ses yeux volontaires, son profil de princesse maya, le pain bis de sa peau et sa voix solaire, un rien rauque et guerrière, provoquaient des incendies. Elle était l'amie des peintres Frida Kahlo et Diego Rivera. Elle savait qui elle était. J'aurais dû me méfier de cette fille trop belle. J'avais vingt ans et elle, trente. Lorsqu'elle est revenue le lendemain, elle a dit qu'elle me voulait et que *dès que ma propre corne serait disponible, nous pourrions jouer tous les deux*. À la grande surprise des médecins, ma convalescence fut spectaculaire.

Les jeunettes blondes d'Evansville paraissaient encore plus ternes. Luz était si brune. Même lorsqu'elle disait une chose banale, comme *Budd, je t'ai apporté des fruits*, elle avait une façon brune de dire ces mots. Ces mots prononcés par la brune des brunes, ma reine de Saba, ma révolution, le Mexique incarné. Nous nous sommes aimés avec violence et, dès le premier baiser, j'ai su que l'irruption de cette femme dans ma vie n'avait rien à voir avec le sorteo. C'était un cadeau du ciel. Nous passions beaucoup de temps au lit et prions la Vierge des Orages pour que sa foudre d'amour nous frappe nuit après nuit. Ce qu'elle a fait avec zèle durant quatre années. Un soir, c'était le 30 septembre, à jamais jour de malheur, Luz s'est jetée dans mes bras. Éclatant en sanglots, elle a avoué qu'elle était tombée amoureuse d'un autre. Quelqu'un qui ne quitterait pas sa vie pour elle mais qui, par sa simple présence et pour quelques matinées de plaisir, sans état d'âme, détruisait la nôtre. J'ai maudit cet homme avec une haine dont je ne me serais pas cru capable. Un boxeur de mes amis a deviné que le sol se dérobait sous mes pas. Il vivait dans sa chair le même tourment si ordinaire. Il m'a conseillé d'aller voir un Indien du quartier des bouchers. Devant une tête de vache fraîchement coupée, mon soignant a réalisé le rituel des malédictions, vieille magie maya : l'amant de Luz allait connaître plus tard les mêmes souffrances que les miennes. Je respirais à peine, une ombre au milieu des ombres. Ma propre insignifiance m'explosait au visage. Grâce et disgrâce. Elle avait voulu toucher l'autre pour éprouver que l'on existe. Se laisser toucher pour être vue, entendue, comprise, aimée autrement. Lui offrir sans remords ce qu'elle me réservait. Le simple fait que ma bien-aimée ait eu besoin d'un autre homme resterait à jamais une plaie ouverte. Mes mains, ma chaleur, ma voix, mes yeux, mon épaule ne lui avaient pas suffi. Comme il ne se passait plus rien en moi, le sentiment de mon inutilité me poignardait sans relâche, j'étais étonné de ne pas mourir de douleur. Je pardonnais mais cette blessure me causait plus de souffrance que le coup de corne de mon novillo. Un mois plus tard, nous nous séparions. Du temps où nous vivions ensemble, dans un tourbillon de minutes et de jours, je n'avais pas eu une seconde à moi. Lorsqu'elle est partie, le temps a ralenti sa course. Après-midi interminables, jacasseries d'oiseaux invisibles dans les frondaisons, moi la tête en l'air sous les arbres bleutés, comme s'il y avait quelque chose à voir. Nuits plus étendues que la mer, aurores redoutées. Souffrance sauvage me faisant serrer les dents. Je voulais croire que les tourments de l'amour estropiant les êtres, les métamorphosaient pour leur révéler le meilleur d'eux-mêmes. Mais je n'en étais pas sûr. C'est que j'ai croisé des regards désenchantés dans tout Mexico. Je ne les avais jamais remarqués auparavant. Quelqu'un m'a dit : *écoute, c'est bien connu, la vie fait des merveilles pour chacun d'entre nous puis, en témoignage de son indifférence à nos rêves, elle incendie brusquement nos maisons, se rit avec méchanceté de nos croyances, nous abandonne au bord de la route, les mains vides.* Je n'ai pas douté que mon chagrin ait pu trouver une résonance mélancolique chez la plupart des personnes que j'ai rencontrées. Durant les cinquante-et-une années qui ont suivi, j'ai revu Luz deux fois. Une étrangère. L'étrangère dont je connaissais tout. Pendant une éternité, j'ai passé ma vie à trouver le temps long.

Années 40

Après le sorteo, l'apartado. Les taureaux sont séparés les uns des autres et enfermés dans les chiqueros, d'obscures cellules d'environ trois mètres sur deux. C'est là, dans une obscurité peuplée de rumeurs (voix fortes des hommes, rires enjôleurs des femmes, hennissements des chevaux, musique des orchestres de cuivre), qu'ils attendent. Après le départ de Luz, je ne sais pas ce que j'ai attendu mais j'ai vécu plusieurs années cet apartado. Je me suis habitué à la nuit de l'âme. Et à son effroi intime, même lorsqu'une femme de passage dormait à mes côtés. Luz. Luz. Luz. Trombes de mots et torrents d'images fugaces. Un déluge de souffrance. De quoi laver nos déceptions aux grandes eaux du cauchemar. Après quelques mois, trouvant dans une vie répétitive les secours du silence de l'esprit, j'allais mieux. Même si je suis resté habité par une crainte diffuse : celle de ne pas savoir retenir quelque chose du bonheur. D'ailleurs, ce mot n'est plus qu'obscurité : je fréquente le bonheur et le malheur, bras dessus, bras dessous, comme s'ils se valaient, à moitié voulus, à moitié subis. J'ai quitté alors le Mexique. C'était en 1940 et la 20th Century Fox m'avait engagé comme conseiller sur le film *Arènes sanglantes*. J'ai enseigné à Tyrone Power les rudiments du métier de matador. J'ai imaginé la fameuse scène où Anthony Quinn et Rita Hayworth interprètent la « danse du torero ». Pour ceux que ça intéresse, voilà le pitch du film, retrouvé dernièrement dans mon garage, sommeillant dans une caisse d'archives hors d'âge : *Fils d'un torero mort dans l'arène, Juan rêve d'endosser l'habit de lumière. Il réussit à se faire un nom à Madrid et retourne alors dans sa ville natale, Séville. Il retrouve Carmen, son amie d'enfance : l'amour. Ils se marient. Juan est une célébrité. La superbe et vénéneuse Dona Sol, une aristocrate, le séduit. Il trompe sa jeune épouse. Dona Sol se lasse vite de lui. La mort de son meilleur ami dans les arènes l'incite à y retourner affronter son destin. Nul ne décide de quoi que ce soit en amour.* C'est là, peu ou prou, notre histoire à tous. Ne sommes-nous pas tour à tour, Juan, son épouse Carmen, sa maîtresse Dona Sol ? J'ai songé ingénument à vivre une aventure avec Rita Hayworth. Cette femme était belle comme la rescapée d'un crash aérien, désemparée par une histoire d'amour finissante. *Nul ne décide de quoi que ce soit en amour.* J'étais troublé par le timbre si particulier de sa voix, ce mélange émouvant de renoncement et d'ultime espoir. Mais Luz continuait de me trotter dans la tête. J'aurais été un amant inattentif pour une autre. Ce qui aurait été indigne de Rita. Car ce que veulent les femmes, c'est surtout parler en vérité, être écoutée, se sentir exister, quitter la fadeur du quotidien. Adieu Rita. Je suis resté en apartado. Ensuite, voilà qu'on m'a confié la mise en en scène d'un film nommé : *La Dame et le Toréador.* Un titre ridicule mais une belle histoire mettant en lumière les dangers des arènes. Un cascadeur est mort péniblement d'un coup de corne dans l'oreille droite durant la production. C'est le jeune Robert Stack qui a joué le rôle d'un americano désœuvré visitant Mexico, la prodigieuse cité des yeux noirs. Et de l'eau croupie devant les hôtels où meurent des histoires d'amour. Fleur bleue, l'americano cherche à séduire une beauté locale. Encore un drame de l'amour. Une escale de plus sur mon chemin de larmes. J'ai filmé les errances d'un personnage romantique et pitoyable : un homme épris et qui comprendra brutalement que l'amour n'a rien à voir avec l'amour tel qu'on le rêve. Je me souviens qu'à cette époque, j'avais pris en grippe tout ce qui regardait de près ou de loin les sentiments. J'avais compris qu'il n'y avait derrière tous les serments que la trahison inéluctable, les calculs sordides et les habiles mensonges. Une comédie sans gloire où chacun se découvrait, un beau matin et sans grande surprise, bien des talents.

Hollywood m'a remis un Oscar. Celui de la meilleure histoire pour cette *Dame et le Torero*. Comme quoi les terribles douleurs de l'amour demeurent un bon placement pour qui sait en faire un script ou un roman. Amertume. J'ai fréquenté des gens ayant connu Luis Freg. Mort en 1934. Le spécialiste des mises à mort franches et spectaculaires. Le torero aux soixante-douze blessures, cent cicatrices et six extrêmes-onctions. Ce qui représente bien peu au regard de ses deux peines de cœur. *Ses jambes étaient déformées et noueuses à cause des cicatrices, comme les branches d'un vieux chêne* a écrit Ernest Hemingway en parlant de lui dans son roman *Mort dans l'après-midi*. Son frère n'avait pas été épargné : sa mort par décapitation, alors qu'il affrontait un novillo dans les arènes madrilènes, avait frappé les esprits. Et personne n'oubliait, en hochant la tête comme pour dire nul n'échappe pas à son destin, que l'infortuné Luis Freg s'était noyé dans le rio Palizar à Véracruz, alors qu'il portait secours à un enfant emporté par les flots.

— Je t'ai aimé quatre ans. Quatre années. Quatre ans de fidélité.

Elle avait dit ça pour m'expliquer qu'il n'y avait rien de plus naturel, un beau jour, que de tomber amoureuse d'un autre. Les intermittences du cœur. Sur quelle planète avais-je vécu ?

— Je passe avec larmes et bagages à l'ennemi, avait-elle ajouté avec le pauvre sourire de circonstance accompagnant son piètre jeu de mots.

Je découvrais ce que chaque homme, sans exception, accepte un jour avec plus ou moins de stupéfaction et de douleur, renonçant ainsi au meilleur de lui-même : l'amour est une vérité provisoire. J'en avais eu, comme nous tous, l'intuition inquiète. Je le vérifiais dans ma chair. Marquage au fer rouge. De cette période lointaine de ma vie, je garde la satisfaction d'avoir réalisé des films de fraternité et de courage. Et la tristesse de ne pas m'être guéri de l'amour de Luz. Pas moyen.

Années 50, 60, 70 et 80 (le reste de la vie donc)

Dix ans après ma séparation d'avec Luz, voilà que je dors à la belle étoile dans un jardin public de San Angel, l'une des colonias[1] les plus agréables de Mexico. Rues pavées, fontaines d'azulejos et vieilles maisons espagnoles pour les heureux de ce monde selon la formule de la romancière Edith Wharton, croisée ici et là. Ces bâtisses imposantes ressemblent à s'y méprendre à des hôtels. Dans la lourde tiédeur de l'instant dorment les somptueuses façades fleuries de lys, d'ipomées et d'orangers. Doux parfum de pourriture. Calme des tombeaux. L'architecture avenante et hideuse du mensonge. J'avais rendu visite à une dame. Son mari était commissaire de police et avait imprudemment accepté un poste de nuit. Au petit matin, j'arpente les rues. Se déclenche un orage de fin du monde. Sous mes yeux, la foudre sur le couvent du Carmel ! Le toit en feu. Je donne l'alerte puis

1. Quartiers de la ville.

m'abrite dans un kiosque à musique désert. Je dors. Deux ou trois heures. Au réveil, tandis que je considère un ciel étrangement mauve, comme lavé par des pluies florales, je sais que j'ai quitté l'apartado. Le temps du paseo (se tenir en pleine lumière) est venu. Il va durer plus de quarante ans. Avec prudence et sans illusion, je me rapproche des gens. Je participe à la vie des autres. Auréolé de mon Oscar hollywoodien, je profite de ce monde perdu. Je tourne des westerns. Dans la simplicité violente de l'Ouest, j'illustre ce que nous refusons bien souvent d'admettre dans nos existences : le changement brutal qui, sans solliciter notre acquiescement, gouverne nos pas hésitants. J'épouse sans conviction successivement deux ou trois femmes, pour leur compagnie agréable et pour m'essayer à les tromper. Je réponds à des interviews pour la presse internationale. J'ai retrouvé ces derniers temps un commentaire définitif, émis sur l'art du western par le Budd Boetticher d'autrefois. Relisant ce texte aujourd'hui, je me dis que tout ceci est valable, mot pour mot, pour ce qui regarde l'amour : *D'abord éviter la tricherie, les trucs. Dans un western, vous devez aborder les choses en face. Ne pas hésiter à improviser, à changer son scénario, ne pas craindre les risques, ne pas avoir peur du silence, ne pas abuser de violence, ne pas hésiter à s'attaquer aux mythes, à la convention, avoir un sérieux sens de l'humour.* C'est ce que je pensais avoir fait avec Luz. Mais cela n'avait pas suffi. Après réflexion, elle avait décidé de franchir la porte d'un hôtel (le *Morenito de Talavera* ? Le *Paseillo* ? ou plus excentré, le *Monterrey*, réputé pour ses amours clandestines) pour laisser quelqu'un lui retirer son imperméable de star du cinéma et sa jupe couleur de feu. C'était peut-être son paseo à elle : être au centre d'une attention inédite puis, peau contre peau, s'embraser dans la folie et les sortilèges de sa propre nudité. Risiblement, j'avais été habité par l'idée qu'étant la personne que j'étais, Luz me vouerait un amour éternel. Alors qu'elle n'avait jamais eu le moindre intérêt pour le football, elle s'était découvert soudainement une passion pour le championnat du Mexique. Elle savait désormais tout sur le bout des doigts : elle apprenait vite en gémissant dans les bras de son amant. Elle était curieuse de nature. Que Chihuahua ait battu Ciudad Juarez 2 à 0, ce qui avait déclenché une bagarre faisant seize morts dont six joueurs, que l'équipe de

Mazatlán se soit entraînée dur pour reconquérir son titre régional ne me captivait pas. Dès qu'elle parlait de football, répétant mot pour mot ce que son amant lui avait enseigné, ses yeux s'écarquillaient comme si elle venait de nous révéler les fins ultimes. Luz se passionnait pour ce qui passionnait celui qu'elle aimait. Auprès d'elle, j'avais oublié que je n'étais qu'un homme parmi les hommes, interchangeable. Je redescendais sur terre. Sans parachute. Ce n'était pas seulement son corps que Luz avait donné avec appétit à ce jeune homme, c'était une preuve absolue de son amour pour lui. Et de son désamour pour moi. Réalité des réalités. Il était devenu son homme. Son homme. Son homme. Son homme. Même si, aujourd'hui, cette souffrance féroce n'est plus aussi vive, ma vérité sur Luz ne peut que se confondre avec l'amour qu'elle m'a donné et le mal qu'elle m'a fait.

Durant des années, dès que je suis passé devant les fenêtres closes de l'un de ces pimpants hôtels du quartier des arènes, j'ai reçu un coup de poignard en plein cœur. Comme un passant ordinaire, je ne vacillais pas sous la chaleur de juillet, je souffrais d'un mal plus grave. Au point de m'appuyer contre l'un de ces murs maudits pour reprendre souffle. Était-ce dans celui-ci, le *Real* qu'elle s'était donnée à lui, avec enthousiasme, la première fois ? Les premiers baisers, la première étreinte, les premiers instants soumis au tutoiement. Dans sa bouche, l'oubli du mot « monsieur » pour appeler encore et encore ce nouvel amour d'un prénom brûlant. Ou bien dans celui-là, le *Barcelona* qu'elle avait échangé des confidences d'une profondeur que je n'avais jamais connue ? Était-ce dans les draps blancs de cette chambre quelconque où elle venait de dormir dix petites minutes après l'amour comme à son habitude, qu'elle s'était senti elle-même et radicalement une autre ? Une femme qui avait pris sa décision sans que nul ne s'en mêle. Luz : rendue à la fois si présente et si absente à elle-même par l'expérience inouïe d'avoir fait l'amour avec un autre homme que le sien. Je l'avais imaginée, timide, ses yeux de biche fixés sur les larges dalles rosées du sol tandis que celui qui l'arrachait à moi réglait d'avance et en habitué le prix de la chambre. J'avais songé que dans de telles circonstances, elle serait un peu inquiète. Peut-être même hésitante, pour peu qu'il lui soit resté l'ombre d'un sentiment pour moi. C'était tout le contraire qui s'était produit. Comme elle me l'avait avoué : *Ni crainte ni doute. Juste la volonté absolue d'aller jusqu'au bout. Avec aisance.* Sa beauté du diable brandie comme une arme chargée, elle s'était tenue fière et farouche, dans sa jupe couleur de feu achetée autrefois pour me plaire, les bras croisés l'air de dire *allons-y !*, plongeant un regard de défi dans les yeux de tous ceux qui circulaient dans le hall de l'hôtel. Elle était belle comme ma mort dans cet imperméable beige clair ajoutant une délicieuse note de clandestinité à ce rendez-vous, secrètement satisfaite de son choix de sous-vêtements, s'étant parfumée jusqu'au creux du dos. Elle avait senti monter dans tout son être une sorte de rage contre moi et ne s'en était pas alarmée. Et cet ouragan de désir. Se donner à lui, être au plus près de sa bouche, de ses mains et de sa jeune force. Tandis qu'elle revivait, qu'elle se libérait enfin de moi, que son cœur semblait exploser sous le feu de la découverte d'une autre peau, je coulais à pic. Je n'aurais pas dû mais c'était plus fort que moi. Cette réception d'hôtel n'avait été autre que les arènes de Luz. Elle avait toréé notre amour et l'idée de le mettre à mort ne l'avait pas détournée un instant de ses projets. *Ni crainte ni doute. Juste la volonté absolue d'aller jusqu'au bout. Avec aisance.* Notre histoire, déjà moribonde pour elle, avait bien peu compté. Sans rien savoir de ce qu'elle vivait depuis des mois, je l'avais laissé nous sacrifier : comme la prêtresse des ruisselants autels de ses ancêtres mayas, elle avait accepté que l'amour réclame son content de cœurs immolés. Les nôtres.

Alors que je n'ai jamais eu de doute sur ma virilité mexicanisée, un soir j'ai éclaté en sanglots comme un enfant en entendant une chanteuse des rues. Cette métisse au visage ingrat et à la voix sinistre m'offrait Édith Piaf : *Le ciel bleu sur nous peut s'effondrer Et la terre peut bien s'écrouler Peu m'importe si tu m'aimes Je me fous du monde entier Tant que l'amour inondera mes matins Tant que mon corps frémira sous tes mains.* J'ai su que les hommes pleuraient pour des peines de cœur. Le ciel bleu sur nous s'est effondré. Mon corps ne frémira plus sous tes mains. Si un jour la vie t'arrache à moi. Nous avons passé quelques nuits côte à côte, silencieuses, dans cette étrange proximité qui nous éloignait l'un de l'autre. Dans la pénombre, les yeux grands ouverts, contemplant la danse sans fin des insectes voletant sous le plafond bruni par la fumée de millions de cigares, nous écoutions, comme si notre vie en dépendait, la rumeur de l'immense cité. Les ridicules meuglements des noctambules imitant, comme on aime le faire dans ce pays, l'impatience des vaches devant le taureau. Le peu de vent faisait onduler les gros rideaux de laine maya et nous devinions parfois les râles d'amour du voisinage. Autrefois, si les aboiements insistants d'un chien ou la soif des chaleurs d'été nous éveillaient vers les trois heures du matin, l'un de nous deux entraînait l'autre dans un vertigineux combat amoureux. Corps à corps. Dont nous sortions tous deux vainqueurs. Histoire ancienne. Un matin d'automne, je reçois une lettre de Madrid. C'est mon ami Carlos Arruza. Il est parti travailler plusieurs mois dans le vieux monde. Je lis une coupure de presse assurant que mon Carlos apparaît comme un rival de Manolete puis de Luis Miguel Dominguin. Rien que ça. Il est écrit : *Nous voudrions tant avoir été voulus. C'est pourquoi nous sondons inlassablement les profondeurs du ciel. Et nous foulons le sable des arènes.* Le lyrisme des gens de plume m'afflige et m'amuse autant qu'il m'émeut. Des idéalistes. Tout ce sérieux, toute cette gravité, toute cette mélancolie… pour quoi faire ? J'ai plus de soixante-dix ans. Les divorces ont succédé automatiquement à mes mariages. Je me sens toujours coupable de ne pas avoir su combler Luz. Notre amour, un grand brasier, s'est-il éteint victime de sa propre intensité ? Pourquoi n'ai-je plus été capable d'éprouver ensuite de l'amour pour une femme ? Sur le chemin du néant : impossible de faire demi-tour. Mes regrets sont comme un balcon surplombant l'infini des grandes douleurs. Il y a eu l'apartado puis l'éternité du paseo. Le temps long. Et la lidia est venue : la mort comme une voisine, familière et pourtant méconnue. Quelqu'un qui est là et m'observe, me faisant des petits signes de l'autre côté de la rue. En s'apprêtant à venir sonner à ma porte. J'étais persuadé que Luz aurait le dernier mot : mon ultime pensée serait pour elle. Mais : surprise. Dans les odeurs agréables de maïs grillé, je sors un soir d'un club de boxe et Mary vient à moi. Elle visite la ville. Elle m'a reconnu. Elle a vu mes films. Ces histoires où le héros est invariablement cet homme démodé et naïf aimant une seule femme. Rien ne peut nous réunir : elle a peur des chevaux, surtout de ceux qui ont une robe sombre ! Le Mexique est un mystère chaud, humide et déroutant pour elle. Pour me plaire, elle devient une remarquable cavalière et m'accompagne avec gaîté dans toute la ville. Elle prend le temps d'entendre, d'observer, de comprendre. Sa patience me trouble. J'oublie ce que je rumine depuis l'âge de vingt-quatre ans : *les mots de l'amour sont ceux d'une langue morte.* Mes mauvaises pensées me quittent : *si l'on n'achète pas une femme, elle nous fait toutefois payer.* Auprès de Mary, je lâche du lest. Je devine que quelque chose va changer. Je pars acheter un cheval dans un élevage de l'état de Jalisco, au nord de Mexico. Nous visitons une prairie et nous dormons ensemble pour la première fois dans une hacienda paisible. Elle me répare. De belles choses surviennent. Nous participons à une charreadas, entre soin du bétail et compétition, au pas de chevaux magnifiquement entretenus. Lorsque nous rentrons bien tard à l'hacienda, les phares du Dodge éclairent des coyotes étonnés, sur les bas-côtés. Mary s'est endormie, contre mon épaule. Elle est là, confiante. Tout son être est là. En chacun d'entre nous insiste une sorte de flamme refusant de s'éteindre. Même chez moi, vieux Budd. Apercevant les lueurs de l'orage dans un ciel théâtral et mauve, je comprends alors subitement que le monde est plus vaste que je ne l'imaginais.

J'ai traversé les années. Toujours des combats à mener. Je sais aujourd'hui que Luz est sortie de mes pensées. Elle n'est coupable de rien. Je voudrais le lui dire. J'espère qu'elle le sait. Et on peut faire confiance à la vie pour la laminer, elle aussi. Elle m'a trompé. Mais je me suis trompé sur le reste. Cette femme n'avait pas de compte à me rendre : elle voulait juste vivre sa propre existence. Pardon Luz de t'avoir trop aimée. Avec Mary, on est amants et c'est ma meilleure amie. Grâce à elle, l'apaisement est venu. J'avais trouvé le temps long. Un beau matin, devant l'océan gris-vert comme une armure de guerrier maya, sur une plage déserte de Basse-Californie, Mary a placé ses deux mains dans les miennes et dit :

— Vous cherchez ce que je cherche et je cherche ce que vous cherchez…

Nous avons éclaté de rire. C'était la réplique d'Humphrey Bogart à Lauren Bacall dans *Le Grand Sommeil* tiré du roman de ce bon vieux Raymond Chandler. Je me suis enfin éveillé.

Les jours ordinaires m'ont semblé dès lors filés d'or et de soie. La plus belle des aventures s'est nourrie de choses simples. D'un quotidien choisi. Chaque instant est devenu essentiel. Comme les fleurs du cerisier, toutes identiques et cependant uniques. Tandis que le jour décline, il me reste à aimer Mary et je compte m'y employer avec toute l'énergie dont un vieux bonhomme est capable. Encore un mariage. Mais cette fois, c'est le bon. *Ni crainte ni doute. Juste la volonté absolue d'aller jusqu'au bout. Avec aisance.* Un ami a déclaré lors de la cérémonie : *Pour qu'un mariage dure, il y a trois règles d'or. Mais malheureusement, personne ne les connaît.* Ma mauvaise humeur, mes grognements d'ours mal léché, mon ancien chagrin et ses blessures, Mary a fait avec. Elle m'a cicatrisé. Et ce qui est en train de mourir, ce n'est pas ma personne, c'est mon ancienne vie. Quelle surprise ! La mort qui donne la vie. Mary a deviné que, à mon insu, une sorte de rêve m'habitait encore. Un rêve plus petit que le plus petit des rêves. Ma femme l'a agrandi aux dimensions de l'univers. Faisant comme si la nuit pouvait être baignée de lumière.

L'amabilité des étoiles

Pendant une demi-heure j'attendis, tous mes nerfs en éveil ;
mais nul autre bruit ne me parvint, que le carillon
de l'horloge et le frissonnement du lierre dans le vent.
Arthur Conan Doyle, *Le Chien des Baskerville*

Lettre de Rudyard Kipling à Arthur Conan Doyle, Brattleboro, Vermont, États-Unis d'Amérique, le 29 juin 1893.

Cher Arthur,

Je m'adresse à l'ami autant qu'à l'éminent spécialiste des phénomènes liés à l'étrange. Parlons peu mais parlons bien : tout commence en 1840. Le révérend Wadsworth rapporte que les Indiens vivant à Spokane dans l'État de Washington sont visités par une créature décrite comme un « hominidé de très grande taille, couvert de fourrure et à la forte odeur musquée désagréable ». Les Peaux-Rouges lui font des offrandes de saumon. Je tiens à votre disposition, mon cher Arthur, plusieurs lettres du révérend Wadsworth. Elles sont sans équivoque sur la réalité de l'existence de l'hominidé nommé « Sasquatch ». Ce nom est emprunté à un dialecte parlé par les Indiens du détroit de Géorgie, les peuplades Cowictan et Penalakut. Vous apprécierez de savoir que cette appellation signifie « l'Autre qui est pareil ». Connaissant votre emploi du temps chargé, je m'en voudrais d'écrire pour vous une lettre trop bavarde mais je me dois de porter à votre connaissance que des fermiers de Brattleboro, la région boisée et peu peuplée du Vermont où je vis, font ces temps-ci des offrandes à un « Sasquatch ». C'est en tout cas ce que je viens de découvrir avec stupéfaction. J'ai l'intention d'aller voir cette créature. Je viens de lire dans le Boston Globe *que la tournée aux États-Unis de promotion de votre* Sherlock Holmes *passera non loin de chez moi. Peut-être pourriez-vous nous faire la joie d'une visite ? Ma femme, le Sasquatch et moi en serions très honorés.*

Votre Rudyard Kipling

Lettre d'Arthur Conan Doyle à Rudyard Kipling, 14 juillet 1893, Crowborough, Sussex, Royaume Uni.

J'arrive.

Votre Arthur Conan Doyle

L'impatience. La certitude que le temps ne nous laissera pas accomplir le quart de ce que nous voulons faire. L'urgence. Ce sont là les sentiments qui habitent Arthur Conan Doyle. Les voyages lui semblent interminables. Le bateau paraît prisonnier des flots, le train otage des prairies et des collines. Défendre sa littérature se révèle une tâche épuisante. Lorsqu'on est écrivain, écrire ne suffit pas, hélas. Il faut se battre pour être lu. De mauvaises nuits de sommeil, des soirées avec des banquets interminables ou au contraire des repas expédiés en trois minutes, c'est l'ordinaire des semaines. Du courage, de l'énergie et le culte de l'éternelle curiosité, voilà ce qu'il faut encore et encore. Quelque temps plus tard, la fin de journée grésillant encore de soleil, Rudyard Kipling vient chercher son invité à la gare de Brattleboro, agréable petite ville de la Nouvelle-Angleterre, au nord-ouest de Boston, où chaque maison possède ses rituelles barrières de bois peintes en blanc. Le mois de juillet est particulièrement chaud. Devant la mine déconfite du visiteur, visiblement exténué par le rythme soutenu de son programme de conférences, Rudyard propose :

— Un repas agréable à la mode britannique (bœuf bouilli, légumes à la menthe, gâteau étouffe-chrétien et marmelade de fruits rouges), quelques commentaires admiratifs ou persifleurs sur nos confrères en littérature, une bonne nuit de sommeil et nous parlerons demain de l'affaire…

Pour faire un audacieux parallèle avec la vieille Europe, le Vermont et les États voisins sont un peu aux États-Unis ce que la Bretagne et l'Écosse sont à la France et au Royaume-Uni. Une terre de légende. Des plaines peu peuplées, des forêts profondes et inexplorées, des lacs en abondance, un vent d'Atlantique aux odeurs de sel. Quatre saisons bien tranchées. Des gens ancrés dans la religion et n'ignorant pas pour autant qu'il y a souvent une parcelle de vérité dans ce qui regarde les maisons hantées, la sorcellerie et autres manifestations des tombées de la nuit. Un pays où tout est possible. Et où la discrétion est un art de vivre : à chacun ses expériences et à tous le calme d'une vie policée. Au matin, devant le thé brûlant, les pots de confiture de myrtille et de gelée de coing, tandis qu'embaument les pancakes au sirop d'érable, Rudyard Kipling indique :

— Si l'on s'intéresse un brin à la question, on découvre que toutes les régions montagneuses de l'Amérique du Nord sont visitées par le Sasquatch. Les Rocheuses, les Adirondaks, les Catskill, les Appalaches. En cette année 1893, les journaux signalent la créature plein nord sur le fleuve Nelson à Norway House au Manitoba. Dans le Yukon, en Alaska et à Willow Creek, au sud, en Californie. Chaque année apporte son lot de rencontres fortuites. Pêcheurs, trappeurs, campeurs, forestiers, évadés du bagne… à chacun son hominidé !

— Disposons-nous de preuves scientifiques ?, questionne Arthur Conan Doyle en reprenant un pancake.

— Oui et non. Les seuls restes connus sont des dents et des fragments de mâchoires. Celles-ci sont en forme de U comme celles des humains et non en forme de V comme pour les grands singes. Le Smithsonian Institut cache une collection de ces reliques qu'il est impossible d'attribuer à l'homme ou à un animal répertorié officiellement dans la riche faune d'Amérique du Nord. Rudyard tend une coupure de presse :

— Voici le portrait-robot de notre ami.

Arthur lit à haute voix :

— Front bas, tête rentrée dans les épaules, taille supérieure à l'homo sapiens (2 m 16 et 140 kgs en moyenne), langage non articulé, bipédie parfaite, pas d'armes ni d'outils, solitaire (jamais observé en couple ni en groupe familial), fourrure noire ou grise épaisse, odeur forte.

— Mon cher Arthur, vous en savez autant que moi. Nous pouvons aujourd'hui même aller rendre visite aux gens qui, d'après mes sources, nourrissent la créature. Ne tardons pas, deux bonnes heures de train sont nécessaires pour rejoindre South Hero, une bourgade dans le nord sur le lac Champlain.

— Je vous suis, dit sobrement Arthur. Ses yeux pétillent d'intelligence et de curiosité. On croirait ceux du docteur Watson au début d'une enquête.

Lucky et Do Marley sont cousins. Ils exploitent ensemble une ferme d'élevage du saumon à South Hero sur le lac Champlain, dans le nord sauvage du Vermont. Tout près de la frontière avec la province canadienne du Québec. Mais la passion des cousins Marley, c'est la chasse. La caille surtout. Leur élevage de saumons périclite car Lucky et Do sont toujours fourrés à la chasse. Ils répètent à qui veut l'entendre :

— Avec cette cochonnerie de saumon, on n'a tellement pas de chance que ça en est presque un don.

— Oui. Tout le monde a sa chance ou pas. Nous, c'est ou pas.

— Alors on chasse la caille. La grosse. La grosse caille, dit Lucky.

— *Oreortyx Picta*, le colin huppé, commente Rudyard Kipling.

— De la famille des Phasianidés, précise Arthur Conan Doyle.

— La grosse caille, c'est la meilleure, poursuit Do. Tenez : vous la bardez avec du bacon et la farcissez avec du foie de n'importe quoi, des herbes et des marrons concassés. N'ayez pas peur pour la quantité, ayez même la main lourde. Comme ça la chair tendue par son contenu ne sèche pas durant la cuisson et vous disposez d'un festin de roi pour peu que vous sachiez faire une sauce à la menthe correcte. Si vous ne savez pas pour la sauce, vous pouvez l'acheter toute prête mais c'est moins bon. Si vous achetez une sauce en bouteille, prenez de la *Abraham Lincoln Capricioso*, elle est pas mal globalement. C'est la moins pire de toutes.

— Grillé sur le barbecue avec trois épis de maïs, c'est satisfaisant aussi, conclut Lucky Marley. Plus rustique mais un régal peu coûteux et vite prêt.

— … Et pour le Sasquatch ?, questionne Arthur Conan Doyle.

— Oh c'est une autre histoire… lance Do en jetant un regard oblique à son cousin. Une autre histoire.

— Il faut du doigté. Sinon le gibier pourrait bien changer de camp, dit Lucky avec un air de conspirateur. Et j'aime pas trop cette idée-là. Pas trop.

Les quatre hommes sont à South Hero devant un alcool fort canadien.

— Alors si je comprends bien, vous êtes obligés d'apporter régulièrement au Sasquatch du saumon, du miel, ce genre de choses.

— Oui. Bobby a un gros appétit. Il faut le voir boulotter six ou sept saumons en moins de temps qu'il n'en faut pour le dire. On dirait l'oncle Bobby. Gros. Costaud. Cou de taureau. Glouton.

— Et vous connaissez Bobby depuis longtemps ?

— Depuis toujours puisqu'on vous dit que c'est notre oncle.

— Non l'autre. Le Bobby-Sasquatch.

— On a commencé à devoir lui donner pour notre dixième anniversaire. On a trente-sept ans, faites le calcul.

— Et pour quelle raison avez-vous commencé à donner ?

— À devoir donner ? Simple : mon père et celui de Do se sont retrouvés bêtement en prison après une méchante tempête d'automne sur le lac Champlain. Pillage dans des cabanes de pêche et à la blanchisserie Mikami d'après le juge. Six ans ferme. Alors il a fallu prendre la relève. Six ans, on n'a pas idée de combien c'est long. Coup de chance, on avait du temps : on venait d'être renvoyé de l'école après avoir cassé une table en jouant avec à la bataille de Fort Alamo. Amende : seize dollars tout rond.

— Exact. On est des offreurs depuis un bon moment dans la famille. C'est comme ça.

— Des « offreurs » ?!?

— Oui, il faut donner au Sasquatch sinon…

— Sinon ?…

— Sinon ça ira pas. Du tout. Le gibier, les gens et même les saisons. Des problèmes. Rien n'ira.

— … Et ces offrandes, c'est historiquement depuis quand ?

— Toujours. Notre famille est arrivée de Londres dans le

Vermont en 1750 et quelque. Époque à laquelle les Iroquois ou bien les Cherokees étaient des offreurs depuis des centaines d'années. On les a massacrés. Il a fallu leur succéder. C'est nous les Marley qui aujourd'hui offrons. À la maison, on conserve un beau tomawak remis par les sauvages à mes ancêtres. Le symbole de notre qualité héréditaire d'offreurs. Un sceptre si vous préférez. On est des offreurs.

— Un… tomawak ?

— Un tomawak, je vous dis. On vous le montrera. Bois précieux, fer indien, coquillages sacrés, perles rouges. Lorsque vous l'avez en main, ça fait des picotements. Étonnant. Très étonnant.

— Ah bon ? Curieux phénomène électrostatique. À étudier, dit Rudyard. Mais pourquoi ces offrandes ? J'insiste car j'aimerais comprendre…

— Pourquoi pourquoi pourquoi ?, répond Lucky. Pourquoi les tempêtes d'automne sur le lac Champlain, les naufrages, les cailles et leur corps bien rond avec un plumage marron et beige rayé ? Pourquoi pourquoi pourquoi ? Pourquoi vous, nous, les vivants et les morts, le Sasquatch ? Écoutez, voilà la grande réponse des grandes réponses de tout l'univers, oui écoutez bien et on tient cette révélation des Indiens car notre ancêtre a fricoté avec des filles iroquoises et, de fait, on a un peu de sang peau-rouge dans les veines : PARCE QUE.

Arthur Conan Doyle est très troublé. La sincérité des cousins Marley ne fait aucun doute.

— Et si on allait avec vous offrir un ou deux saumons à ce Bobby ?

— Il n'accepte rien des étrangers. Seulement les offreurs peuvent donner. C'est comme ça, murmure Do. Z'êtes offreurs ?

— Notre intention est juste de voir la créature. L'idéal serait de la photographier.

— Faisable, dit Lucky. Surtout si vous nous glissez chacun un petit billet pour faire les guides.

— Oui demain dans les bois de South Hero, conclut Do en resservant à boire. Vous verrez le Sasquatch.

D'abord il y a eu l'odeur. Forte. Un peu comme celle des

mouflons, des élans, des grosses bêtes. Sur l'ordre de Lucky et Do Marley, il a fallu rester à l'écart derrière un rideau d'arbres. Frênes, hêtres, bouleaux, érables et chênes à perte de vue. Dans le cas contraire, la créature aurait fui. Ou bien se serait mise en colère. Les yeux écarquillés de surprise, Rudyard et Arthur ont vu. Au retour, l'odeur était telle que les deux écrivains sont passés au dépôt de la blanchisserie Mikami de South Hero pour y laisser leurs vêtements. Les cousins Marley leur ont prêté leurs habits du dimanche pour rentrer à Brattleboro. Accoutrements. Développées, les quatre photographies prises par Arthur avec une certaine fébrilité se sont révélées décevantes. La première était floue, la seconde inexplicablement voilée, la troisième surexposée car le soleil était sorti des nuages pile au mauvais moment. Seul le quatrième cliché montrait le Sasquatch. Mais de dos. Consulté le lendemain, le docteur King, vétérinaire de Brattleboro, lecteur et ami de Rudyard Kipling, a déclaré qu'il reconnaissait un ours sur la photographie.

— Ours noir d'Amérique. *Ursus americanus*, a dit l'homme de science.

— Nous avons clairement vu qu'il ne s'agissait pas d'un ours, a grommelé Arthur Conan Doyle avec une pointe d'énervement. C'était autre chose.

— On voit bien qu'il ne s'agit pas d'un singe ou autre. Regardez attentivement cette prise de vue, avait insisté le docteur King. Les épaules à la fourrure noire sont portées bien hautes. Car cet animal a sans doute la gale. Ce qui explique la posture du buste : les épaules sont comme élargies par les démangeaisons qui doivent torturer la pauvre bête. *Ursus americanus* sans conteste.

— Mais non. La hauteur d'épaules provient du fait que le Sasquatch portait à sa bouche le saumon offert par les cousins Marley, avait argumenté Rudyard Kipling.

— Je le regrette mais nous ne tomberons pas d'accord, avait terminé le vétérinaire. La littérature et la science sont deux choses différentes, messieurs. Lucky et Do Marley sont des petits malins. Se pourrait-il qu'ils vous aient influencés tous deux ? Ils savent que vous êtes écrivains. Donc des hommes considérablement éloignés des réalités. Des rêveurs, des poètes. Prêts à croire ce qu'ils veulent croire… et à payer pour ça !

— Je ne vois pas comment ces deux pisciculteurs nous auraient monté un tel bobard, bougonna Arthur, très agacé. Je vous rappelle que je suis moi-même médecin.
— Suggestion hypnotique. Ou autre chose. Ces gars-là sont connus dans presque tout l'État pour utiliser de vieilles recettes magiques indiennes. Des tours de passe-passe. Méfiance ! Ils sont plus iroquois qu'européens.

Dans les mois qui suivirent ces événements, Rudyard Kipling et Arthur Conan Doyle ont échangé un volumineux courrier pour se redire qu'ils avaient bien vu le Sasquatch. Il ne s'agissait aucunement d'une hallucination ou d'une quelconque entourloupe des cousins Lucky et Do Marley. Ce qui s'était passé à South Hero resterait gravé dans la mémoire des deux écrivains. Puis le doute est venu. Ordinairement, un peu comme l'automne succède à l'été. Au début, sans se faire remarquer. Il suffisait de poser les yeux sur la photographie où l'on pouvait observer le large dos de la créature. Parfois cela semblait évident : un Sasquatch. Le soir même, on songeait : peut-être un ours ? L'*Ursus americanus* du docteur King ? Il en est de certains événements du passé comme de cet instant où l'on glisse dans le sommeil. Nos yeux ne voient plus et notre esprit n'est pas encore tout entier tourné vers ses mystérieux paysages intérieurs. Frontières. Où est la réalité ? On se surprend à hésiter. Et d'abord comment définir cette dernière avec certitude ? Épineux sujet relevant de la logique, du rationnel pur mais aussi de la sensation et de la métaphysique. La question ne serait jamais définitivement tranchée. Lire et relire le témoignage des autres ne s'avérerait pas d'un grand secours : *Je me créai un fantôme de femme pour l'adorer. Je m'épuisai avec cette créature onirique, puis vinrent les amours réels avec qui je n'atteignis jamais à cette félicité imaginaire dont la pensée était dans mon âme* [François-René de Chateaubriand, Mémoires t. 4, p. 796, 1848]. Que valait une expérience s'il ne s'agissait pas strictement de la nôtre ? Et d'ailleurs on le savait bien, une vie n'y suffirait généralement pas pour, simplement, regarder le visible. Peut-être fallait-il se résoudre à en connaître bien peu sur l'univers et ses magies ? Pour se contenter d'être quelques instants en vie dans l'amabilité des étoiles.

Trente ans plus tard, un soir de pluie printanière embaumant le muguet, attendant au manoir de Crowborough les invités d'un dîner où l'on parlerait avec chaleur de littérature et de l'existence tenue pour certaine du monde des fées, sir Arthur Conan Doyle avait contemplé une fois de plus, et avec perplexité, le vieux cliché noir et blanc. Curieuse photographie où l'on retrouvait la beauté du ciel américain au crépuscule d'été. Ce noir bien franc, plein d'impatience, et ce blanc presque incolore marquant le renoncement. Ce gris aussi, piqueté d'une lumière éteinte, de la clairière lointaine où avait surgi la créature. Un simple petit rectangle de papier vieilli pour dire j'y étais. J'ai vu. Une photographie comme un écho singulier de cette incertitude qui est la marque même de nos vies.

Les veilles

Article premier
Tous les êtres humains naissent libres et égaux en dignité et en droits. Ils sont doués de raison et de conscience et doivent agir les uns envers les autres dans un esprit de fraternité.

Se distraire en apprenant que : *les vins rouges de Marange présentent une teinte rubis profond, tirant parfois sur le grenat sombre. Des touches carminées ne sont pas rares. Ils dévoilent des arômes de fraise, de framboise et de griotte. Des notes fleuries (pivoine, violette) apparaissent. Puis, l'âge conduit à des sensations de pain d'épice, de venaison, de cuir. Ils sont fermes, structurés. Du gras et une certaine complexité composent une bouche expressive. Parfait avec un bœuf bourguignon, la perdrix au chou, l'ossobuco, les fromages (Époisses, Soumaintrain, Cîteaux), le poisson de rivière. En blanc, la couleur est nette et lumineuse, plutôt paille clair ou or très fin, embellie souvent par des reflets émeraude. Ces vins blancs ont du montant, de la sève et parfois de la vivacité.*

Sans bruit et avec lenteur, au fil des années répétitives, s'est installée cette certitude voulant que les arbres du parc ne sont que les barreaux d'une prison à ciel ouvert. S'est gravé ce constat répété selon lequel la parole n'est qu'une clôture électrique empêchant toute sincérité de passer, ne serait-ce qu'une minute. Que le mieux est alors de parler pour ne rien dire, de laisser sa voix rabâcher ce qu'on lui dicte en haut lieu. Se taire est impossible donc : déclarer, disserter, allocutionner. Prêcher, pontifier. Et utiliser dix fois par jour la phrase magique, le divin mantra : *on ne peut pas faire autrement.* Finir par se sentir dans cette perpétuelle impression de souillure comme si des nuages d'anthracite immobilisaient le monde, comme si une pollution à l'odeur de plastique brûlé envahissait tout, jusqu'à la plus petite minute de la plus secondaire des journées. Exhalaison miasmatique. Ne pas s'y livrer mais avoir la tentation de baisser la tête et de ne plus regarder que le sol. Ce monde d'insectes morts, de cailloux ternes, d'asphalte fendillé, de poussière et de fourmis sans but. Au hasard des nuits et des fêtes, au petit bonheur la chance. Croire religieusement à l'altruisme, à la vie dédiée au collectif, au bien public mais ne pas s'y vouer le moins du monde. Car l'argent. Travailler à la consolidation des institutions pour consolider le pouvoir, œuvrer à la subordination de tout à l'économie, à la fortification de ses propres privilèges. De temps à autre, revisiter le passé. Se remémorer cet étudiant appliqué et ambitieux, accablé aussi par la platitude de ce qu'il devait retenir, mais à qui on avait expliqué que cette filière menait à l'argent. Revoir ce professionnel mercanti que l'étudiant était devenu ensuite, bien installé et propre sur lui, publicitaire infatigable de lui-même. Réseau réseau. Reconnaître ce gestionnaire avisé d'une fortune patrimoniale à démultiplier coûte que coûte. Surplomber ce mari abstrait, ce père incurieux, cet ami méfiant et calculateur. Jouer la carte du clan, de la caste, du club, de la bande, du parti. Association de malfaiteurs. Au début, il voulait être un autre, il pensait pouvoir l'être. Mais l'argent. Il architecturait et combinait, il dévalisait et étayait, il imaginait et orchestrait, il estimait en avoir autant les moyens qu'un autre. Et le mériter. Ambitions. Sa personne lui semblait tellement recherchée. Parfois, il pensait réussir à se canaliser, à basculer vers une certaine forme de bien. Mais la trésorerie. Mais les contingences. Mais la fiscalité de l'assurance-vie, les comptes-titres et la reprise des cours du pétrole, les taux d'intérêts des obligations, les exportations françaises d'armement en hausse de 18,4 %. Il se voyait à la place qu'il occupe désormais. Le voulait plus que tout. S'y employait. Et y était parvenu.

Nous portons une critique historique du capitalisme créateur d'inégalités, facteur de crises, et de dégradations des équilibres écologiques : autant d'idées plus que jamais d'actualité à l'âge d'une mondialisation dominée par le capitalisme financier. Face aux injustices et aux violences du monde, l'idée socialiste oppose un engagement pour une humanité libre, juste, solidaire, fraternelle. Pour les socialistes, ces objectifs ne peuvent être atteints à partir du fonctionnement spontané de l'économie et de la société. La redistribution des ressources et des richesses est nécessaire : pour donner une réalité à l'égalité des droits, offrir à chacun les chances de conduire sa vie, réduire les écarts de condition et combattre la pauvreté (Parti Socialiste).

Avoir désiré occuper la position que l'on occupe. Bien sûr. Se hisser sans état d'âme. Quel mal à ça ? Pourquoi pas ? Même si, jour après jour, quelque chose s'était caramélisé dans la haute chaleur des années. Réalité. *Être ancré dans la réalité* comme on le répète dans les réunions, consultations, sermons, synthèses, directions programmatiques, universités d'été, sur les plateaux télé. La réalité est l'ensemble des phénomènes considérés comme existant effectivement par un sujet conscient. Ce concept désigne donc ce qui est perçu comme concret, par opposition à ce qui est imaginé, rêvé ou fictif. L'argent est réel. Et produit du réalisme. Lequel n'est rien d'autre que le choix d'une conduite créatrice de richesse. La sienne. Donc réalisme. Son réalisme. Un midi, dans un grand restaurant privé de la capitale, tandis qu'il réglait la note avec la carte bancaire du ministère (note pour deux personnes d'un montant légèrement supérieur à celui, mensuel, du salaire minimum interprofessionnel de croissance/SMIC), il s'en était rendu compte : il était un homme réalistement riche. Et – même si d'aventure il avait désiré qu'il en soit autrement, et il ne le désirait pas – il n'aurait su être personne d'autre que cet homme-là.

Le responsable politique représente dans le monde du pouvoir ceux qui n'ont pas droit à la parole, en particulier les moins favorisés, les plus jeunes et les générations à venir (Mouvement démocrate).

Dans ces conditions, mieux valait oublier une fois pour toutes les classiques élucubrations de la jeunesse et profiter de la situation. Se gaver. Les autres le faisaient avec une férocité de hyène et durant quarante ans, pourquoi pas lui ? La part du gâteau. À transmettre de génération en génération. Une lointaine petite voix lui murmurait épisodiquement : mais qu'avait-il donc bien pu rater pour en arriver là ? Pour un peu, quel ennui et quelle tristesse. Heureusement, l'argent. Supériorité.

Article 4
Nul ne sera tenu en esclavage ni en servitude ; l'esclavage et la traite des esclaves sont interdits sous toutes leurs formes.

Mais pourquoi ne le prenait-on pas vraiment au sérieux ? En dépit de l'argent. Comment se faisait-il qu'une chemise neuve tombait si bien sur les épaules de n'importe quel imbécile en produisant une sorte de puissance féline ? Tandis que chez lui, ce n'était que gaucherie de plantigrade, air de chien battu, promesse de conversation de perroquet. Démonstration loupée. Obstination clownesque. Tout clochait. Toujours quelque chose de traviole. Il s'agissait pourtant d'une chemise à col milanais, poignets biseautés à 2 boutons, sans poche, gorge simple, 100 % coton bio non transgénique de Caroline du Sud, forme cintrée convenant à toutes les morphologies, série limitée à 15 exemplaires, couleur blanc d'Espagne , facturée 1 875,00 €. Élégante et très tendance, cette chemise en coton bio était un must-have du vestiaire masculin moderne. Sa coupe slim-fitness alliait confort et modernité. À porter avec ou (audacieusement) sans cravate, elle devait rester chic en toutes circonstances. Mais non. Résultat : l'allure d'une boîte de corned-beef, zéro prestance. Et ce surpoids, ce visage rouge comme giflé, déjà ces tâches de vieillesse sur les mains. Cette voix figurant les bêlements d'un animal domestique maltraité. Devant les instances dirigeantes, cette attitude voisine de la démission craintive du patient dans la salle d'attente, la démonstration de l'obéissance perpétuelle de l'esclave. Mais l'adoration de l'argent permettait d'oublier cette médiocrité. Une maison dans les Landes, les appartements. Toute cette horreur – dont il aurait été bien en peine d'exprimer la vérité radicale – il la connaissait par cœur. Une heure ou deux de rébellion, parfois. Vouloir changer, y penser vaguement. Courte petite période de doute, de besoin de libération. Puis redevenir raisonnable, responsable, réfléchi. Pondéré. L'argent. Ne pas être très longtemps cet homme en colère. Sentir s'évanouir, à peine apparue, cette giboulée de haine pour soi-même.

Nous appelons à s'unir à nous tous les Républicains qui ont dans leur cœur l'amour d'un pays dont l'idéal a transformé le monde. Nous appelons à nous rejoindre tous les Français qui aiment la République, ce miracle par lequel tant d'hommes dans le monde qui se sont endormis sujets, se sont réveillés citoyens, parce que ce mot signifie pour eux une certaine idée de l'Homme, une exigence qui fait passer les devoirs avant les droits, un « non » catégorique à toutes les formes d'asservissement, et à tout ce qui porte atteinte à l'égale dignité de la femme, de l'homme et de l'enfant (Parti Les Républicains).

Naturellement, on peut toujours perdre son temps : dormir à la belle étoile, trekker vers un sommet de trois mille mètres, lire Marcel Proust, Sylvain Tesson ou Karen Blixen, aller à un concert de musique tsigane, cuisiner des champignons cueillis au petit matin, visiter le musée de l'Abbaye à Saint-Claude (réminiscence d'un discours : *Le musée de l'Abbaye/donations Guy Bardone-René Genis a été, dès son inauguration en 2008, porté par la Communauté de communes de Val de Bienne. Cette dernière fut élargie car fusionnée à deux autres communautés de communes : Les Hautes-Combes et Le Plateau du Lizon, qui portent depuis janvier 2011 le nom fédérateur de « Haut-Jura Saint-Claude »*). Et suprême gaspillage de temps : tomber amoureux. Inutile. Trop chronophage. Au secours. En rêver parfois, d'accord. S'imaginer sortir du musée de l'Abbaye, main dans la main, pour aller non loin visiter l'atelier du sculpteur Yann Perrier à Ravilloles où on aurait été ébloui en plongeant nos regards dans les profondeurs magnétiques de ses sphères surnaturelles. Tout en s'aimant à en crever, comme dans les romans. Désir, plaisir, ferveur, folie.

Non, pas l'amour. Stérilité de l'amour, momerie, confusion, ennuis en cascade, illusions.

Nous, citoyens et citoyennes engagé-e-s, membres, acteurs, actrices, adhérent-e-s au processus de création d'un mouvement unifié de l'écologie politique, affirmons l'urgence à créer une nouvelle culture du pouvoir et des responsabilités qui soit enfin accordée à la nécessité d'un renouvellement profond de notre démocratie, à l'époque, à une démocratie qui inclut enfin toute la diversité et la richesse de notre société. En d'autres mots, notre mouvement répond aux profondes aspirations au changement et se veut en rupture avec la confiscation de la politique par quelques-un/es. Il prône l'ouverture au monde, et la solidarité due à toutes celles et ceux qui l'habitent, l'émancipation et l'autonomie de chacun et de chacune, le refus des inégalités, la solidarité et la responsabilité comme moteurs de l'action (Parti Les Verts).

L'autre soir, pendant un symposium, faisant semblant de prendre des notes, il avait gribouillé sur son bloc-notes une petite liste de mots dont on ne se sert jamais, au grand jamais publiquement : *système, management, vérité, référendum.* Des mots dont on se sert cinq fois au maximum dans l'année : *changement, élections, économie, progrès.* Des mots usuels : *argent, réalité, pondération, quadrillage, protection, police, inspection, tutelle, démocratie.*

Article 12
Nul ne sera l'objet d'immixtions arbitraires dans sa vie privée, sa famille, son domicile ou sa correspondance, ni d'atteintes à son honneur et à sa réputation. Toute personne a droit à la protection de la loi contre de telles immixtions ou de telles atteintes.

Les buffets froids ici et là. Bien obligé d'y aller. Galantine de canette pain d'épicée, salade de jambon Miami, verrine de lotte safranée en gelée aux fèves de Nice et aux asperges vertes, aspic d'agneau aux petits pois sur une tranche de pain de campagne grillée, Mâcon village blanc ou rosé du Ventoux pour les invités, Aloxe-Corton rouge bio (ce dernier pour les officiels uniquement mais soyons discrets vous comprenez). Discours. Saynètes, décorum, ostentation, simagrées. Discussion informelle sur l'attribution du futur marché de mandat de maîtrise d'ouvrage (au sens de l'article 3 de la loi n° 85-704 du 12 juillet 1985 modifiée), relatif à la restructuration des bâtiments 3B, 3D et 5B du lycée professionnel Albert-Camus en ville (budget prévisionnel de 4,4 millions d'euros). On verra comment manœuvrer pour que cette attribution soit satisfaisante. On verra. S'arranger pour que les buffets froids soient organisés le vendredi soir et non le samedi, les gens voudraient que l'on soit corvéable à merci. Aucune reconnaissance. Auditoire table-ronde meeting. Miam miam glou glou bla bla. Légion d'honneur. Ordre National du Mérite. Bavarois aux poires, tarte chocolatée, mini cake à la clémentine, financier au thé vert, crémant régional médaille d'or. Faire planifier une consultation d'experts, sur invitation réservée strictement aux mandataires officiels. Reprendre une verrine de lotte safranée en gelée aux fèves de Nice et aux asperges vertes. Liberté égalité fraternité.

Article 19
Tout individu a droit à la liberté d'opinion et d'expression, ce qui implique le droit de ne pas être inquiété pour ses opinions et celui de chercher, de recevoir et de répandre, sans considérations de frontières, les informations et les idées par quelque moyen d'expression que ce soit.

Apprendre par cœur : *or pâle dans sa jeunesse et orné de reflets verts, le Corton-Charlemagne prend avec l'âge des nuances ambrées et plus jaunes. D'une infinie délicatesse, son bouquet exprime, sur des tonalités beurrées, la pomme au four, les agrumes, l'ananas, le tilleul, la fougère, le genévrier, la cannelle et le silex. Les notes miellées sont fréquentes. Le cuir et la truffe font escorte aux millésimes anciens (jusqu'à 25 à 30 ans). Le verre et le palais sont emplis d'un souffle puissant. D'une richesse virulente, le Chardonnay étonne ici par sa concentration, sa distinction et son équilibre. Rarement la grâce du cépage établit un lien aussi étroit avec le caractère de son terroir. Le souffle, la richesse et la distinction du Corton-Charlemagne indiquent une acidité remarquable, parfaitement maîtrisée par une opulence ronde en bouche, que l'on devra associer à des mets aristocratiques et délicats, mais eux-mêmes puissants et aromatiques. Les candidats naturels seront aussi bien le foie gras, dont l'amertume sera cadrée par la minéralité et la puissance du vin, que, plus classiquement, les crustacés nobles, dont la chair délicatement forte conduit vers une harmonie spectaculaire : homard et langouste. Les volailles d'élite et le veau en sauce blanche lui feront également honneur, tout comme les fromages bleus de haute origine. Ce vin est celui des meilleurs d'entre nous.*

C'est quoi l'amour ? Il s'était demandé une nuit d'été. Et il avait eu beau scruter les étoiles, aucune réponse n'en était descendue. Il avait seize ans et depuis, inutile de se reposer la question. Plutôt faire simple. Par exemple, pour emmener B. occasionnellement dans un refuge patricien et abrité : il suffisait de réserver une suite à l'hôtel recommandé par un collaborateur averti, coutumier du fait. De dire à sa femme (qui, de toute manière, ne voulait rien savoir) qu'on était requis à une réunion du parti, en petit comité. Commission du droit du travail, une absurdité de ce genre. Luxueusement décorée et entièrement climatisée, cette adresse discrète saura allier l'élégance hôtelière traditionnelle et le confort moderne d'une charmante demeure parisienne. Spa dans la chambre pour un moment de pure évasion. Souper au Champagne.

Plus tard, se renseigner auprès de collègues clairvoyants, car se préoccuper de : *investir en Suisse, oui, mais comment ? Pas toujours facile pour les Français qui veulent placer leur argent en Suisse de trouver des placements à haut rendement garantis, et d'ouvrir un compte bancaire, surtout lorsqu'on n'a jamais investi à l'étranger. Même chose pour l'achat d'or, c'est un placement parmi les meilleurs, encore faut-il ne pas se tromper lors de l'achat, pour maximiser les plus-values lors de la revente. Les fonds alternatifs proposés en Suisse peuvent atteindre l'excellent rendement de 12 %. Bien sûr, il faudra prendre certains risques, mais à un tel taux de rendement, qui ne doit pas en prendre ?*

La finalité de notre projet est l'émancipation, en créant les conditions pour que chacune et chacun puisse construire sa vie libéré(e) de toute domination et développer ses potentialités. L'organisation de la société doit donc permettre à chacun d'être maître de soi-même et de son existence par des politiques publiques qui placent en leur cœur les enjeux de culture, d'art, de savoir, de création, de maîtrise et de développement de son corps (Front de gauche).

Parfois se souvenir d'un monde oublié, doux oiseaux de la jeunesse comme on dit. C'était : pêcher des truites arc-en-ciel dans la Furieuse, du côté d'Arbois. Manger de la confiture de fraises avec le doigt directement dans le pot. Lire un roman.

Parler avec quelqu'un sans lui mentir. Faire un bonhomme de neige. Danser. Croire qu'on serait utile. Avoir les poches déformées par les marrons, les griller dans le jardin avec les copains, dormir jusqu'à midi, faire une promesse et la tenir, regarder la pluie tomber, camper, nager, rire.

Article 30
Aucune disposition de la présente Déclaration Universelle des Droits de l'Homme ne peut être interprétée comme impliquant pour un État, un groupement ou un individu un droit quelconque de se livrer à une activité ou d'accomplir un acte visant à la destruction des droits et libertés qui y sont énoncés.

Maintenant. Se déplacer en bancs serrés, comme des poissons. Des piranhas. Vers l'argent. Séance, session communauté, combinaison, alliance, tractation, prudence, ruse, souplesse, spéculation, scandale, commerce, démêlé, dispute, réconciliation, avantage, dossier, contrat, commission, pourcentage, émoluments, honoraires, dédommagement, subvention, frais de déplacement, indemnités, traitement, dotation, marchandage, pragmatisme, procédure, conférence de presse et communication, rigueur, probité, dévouement, silence, revirement, bons offices, terrain d'entente, réélection, privilèges. Temporisation. Grands mots d'ordre mais s'occuper strictement de soi. Réseau réseau. Bord des falaises, mener en bateau, colère populaire qui gronde. Bientôt des rivières de flammes ?

Considérant que dans la Charte, les peuples des Nations Unies ont proclamé à nouveau leur foi dans les droits fondamentaux de l'homme, dans la dignité et la valeur de la personne humaine, dans l'égalité des droits des hommes et des femmes, et qu'ils se sont déclarés résolus à favoriser le progrès social et à instaurer de meilleures conditions de vie dans une liberté plus grande, l'Assemblée générale proclame la présente Déclaration universelle des droits de l'homme comme l'idéal commun à atteindre par tous les peuples et toutes les nations afin que tous les individus et tous les organes de la société, ayant cette Déclaration constamment à l'esprit, s'efforcent, par l'enseignement et l'éducation, de développer le respect de ces droits et libertés et d'en assurer, par des mesures progressives d'ordre national et international, la reconnaissance et l'application uni-

verselles et effectives, tant parmi les populations des États Membres eux-mêmes que parmi celles des territoires placés sous leur juridiction.

Une fois dans un vernissage, il avait rencontré N., une amie de sa femme. Plus exactement une ancienne amie de la faculté de sociologie. Et N. n'était pas comme les autres. Rien à acheter, rien à vendre. Elle disait des choses étranges et ce qu'elle disait, elle le vivait. Des phrases comme : *Mis à part panser nos plaies, que fait-on sur terre ?* Par l'une de ces journées si rares (c'était fin septembre, après la rentrée) où l'agenda était vide, où personne ne devait passer « pour en parler », où l'on aurait dû lire la pile de livres (dont, horreur suprême, des romans) prévue à cet effet depuis un an (mais où l'on avait renoncé bien vite à cette corvée), il s'était surpris à beaucoup penser à elle. Subitement, longuement. N. Sa beauté simple, sa silhouette de biche, sa vie loin de tout ça, son mépris pour les gens comme lui. Elle avait confié : *Je tâtonne mais certainement pas autant que l'univers le fait avec moi.* Elle sentait bon, un parfum orangé. Elle préférait *avoir le cœur battant.* Dans le brouhaha du vernissage, toutes ces photographies d'Afrique signées Yves Regaldi, c'était comme la preuve déroutante de l'existence d'un autre monde, d'une façon différente d'exister. N. plaisait aux hommes, on le voyait bien. Si ça se trouve, elle plaisait même à l'univers. Elle avait expliqué aimer le ciel, le trouvant *surprenant.* Son doigt léger levé pour montrer les altitudes, derrière les immenses baies vitrées, d'une voix calme, N. avait annoncé – et il avait retenu cette phrase sans la comprendre vraiment mais en la trouvant belle – *que c'était à cause de la durable cérémonie des nuages. Et de cette ascension des oiseaux dans la grave et incessante dorure de l'automne que le ciel l'intimidait.*

Ensuite, pendant la mauvaise saison, un peu à chaque instant (même à Noël en famille, même aux Antilles pour le nouvel an, même dans sa maison de campagne dans les Landes), son esprit avait souvent rôdé vers cette femme, cette étrangère qu'il brûlait de serrer dans ses bras. La revoir ? Lui dire son trouble ? Cela aurait été si déraisonnable. Non. Elle n'avait rien d'une épouse – ni même d'une maîtresse – de politique. Trop rêveuse. Il faut se méfier du rêve : il n'est que la consolation des médiocres. Réalisme. Libéralisme. Au printemps suivant, un dimanche soir, on l'a retrouvé mort. Une journée ou deux, on s'est demandé en ville : crime, suicide ? Enquête classée. Les journaux locaux ont titré : *Le député de la 5e circonscription de notre département, éphémère ministre, est mort subitement hier soir à son domicile. Ce décès intervient dans un climat politique tendu. Les veilles de sa disparition, l'élu semblait soucieux.* Très peu de gens ont lu cet article. Seuls ceux qui désiraient succéder au défunt l'ont lu et sont allés à ses obsèques (de l'avis général, un peu longuettes du fait des discours de citoyens tenant à se signaler aux futurs électeurs). Pour les autres, les gens, cette disparition était une information sans intérêt. Du vent.

L'opacité des piscines

Walt Disney a effrayé bien plus de gens que je ne le ferai jamais !
Quand la mère de Bambi explique à son faon le danger qui vient,
que les hommes sont entrés dans la forêt, elle résume tout :
nous, les hommes, sommes les monstres.
Stephen KING

Si je vous dis que Portland, c'est dans le Maine et que le Maine est un petit État de la côte est des États-Unis, vous ne me contredirez pas. Parce que la plupart des gens ignorent tout du Maine. La géographie n'est pas à la mode. Plus aucune tache blanche sur les atlas, zéro mystérieuse région à découvrir, nulle ville où parvenir le premier. Le monde s'est rétréci. La géographie c'est de l'histoire ancienne. Certains d'entre vous ont cependant peut-être entendu parler de Portland et du Maine. Normal : la plupart des romans de l'un des plus grands auteurs de tous les temps se déroulent là-bas. Vous avez deviné à qui je pense ? Stephen King naturellement. C'est d'ailleurs lui, ou plutôt ses livres, qui m'ont conduit à débarquer un beau jour à Portland, Maine. Je voulais fréquenter ces fameux bois profonds, ces nuits pâles pleines de sorcières en vol, entendre les rugissements des loups garous dans la désolation d'une usine désaffectée au milieu de rien. Le Maine. Pour voir de mes yeux l'eau bleue électrique du lac Chamberlain et, comme dans les séries télé, toutes ces granges rouges dans la campagne automnale. J'avais loué une voiture à Boston pour mettre le cap au nord. Une Oldsmobile, rêve américain garanti m'avait promis le vendeur. C'était vrai. J'allais quelque part. Sans savoir où. Mais j'étais là, dans le Maine. C'était comme un rendez-vous avec moi-même. Je regardais avec avidité les maisons aux bardages blancs, les restaurants du bord de route avec les pick-up sur le parking, les stations-service aux piles de pneus usagés dans des containers rouillés, les épaves de Buick, de Lincoln, de Chevrolet stockées dans les arrière-cours bordéliques, les territoires de pêche au homard signalés dans le bleu marin par des petits drapeaux orange agités par les mains invisibles des esprits du vent. Je faisais enfin partie de cette histoire. Je savais des choses par cœur, j'avais lu tant de livres, d'articles de presse et de récits de séjours dans la région. Le Homard du Maine est pêché depuis plusieurs siècles mais ce n'est que vers 1840 qu'il a gagné en popularité aux États-Unis. Dès lors, sa réputation n'a jamais cessé de croître. Produit de luxe. Encore aujourd'hui, les pêcheurs américains de homard travaillent comme leurs prédécesseurs, en les capturant à la main dans des casiers. Les techniques et les territoires de pêche se transmettent de père en fils. De nos jours, le Maine est une des pêcheries de homard les plus réputées au monde. Pluie fine sur la route, températures dignes de l'Alaska : l'été indien démarrait mal. Fiona faisait de l'auto-stop à la sortie de Kittery, sur la route du littoral, juste au moment où l'on quitte le New Hampshire pour rallier le Maine (je précise, pour ceux qui voudraient suivre ce que je raconte sur une carte). Elle m'a dit qu'elle allait à Portland. Portland ? Vous vous rendez compte ! La ville de mes rêves ! Touriste ? Elle a demandé. Français qui a lu Stephen King, j'ai répondu. Elle a hoché la tête d'un air de connivence. Peut-être pour signifier que je n'étais pas le premier à avoir l'idée de ce voyage. Je me suis dit qu'elle avait dû lire le maître, en tout cas. Et je me suis mis à l'imaginer belle et solitaire, le cœur en miettes, l'âme en lambeaux, vivant comme une recluse dans une grande maison battue par les vents du Maine, à deux pas d'un noir océan triste à mourir. Elle pensait que la vie ne lui apporterait plus rien de bon, qu'elle avait fait le tour de tout ce cirque et voilà que j'entrais dans sa maison et dans son existence sur un cheval blanc. Il n'y a personne de plus romantique qu'un homme. Surtout pas une femme. C'est la pure vérité vraie : ce n'est pas courant de le dire mais la plupart des hommes sont dix fois plus romantiques que les femmes. Affirmation constatée autour de moi. Pour la plupart des femmes, au fond du fond, les hommes sont tous interchangeables. Celui-là, un autre. C'est ainsi. C'est dans leur nature, elles n'en sont pas responsables. Il leur faut un reproducteur, point barre. J'ai bien compris comment ça marche. Les hommes, eux, ont le malheur de s'attacher à une personne précise. Je vois les choses de la sorte. Il faut que je vous dise, c'est plus fort que moi, je m'invente constamment des histoires d'amour. Une fille aperçue au cinéma, une brune dans la voiture d'à-côté au feu rouge, une blonde à laquelle j'achète un paquet de cigarettes car elle n'a plus de monnaie et en avant, mon imagination fait le reste : on se rencontre et c'est parti pour la vie. C'est une forme d'optimisme, je crois. Ou de dérèglement mental. Normal : la moitié de l'humanité est d'ailleurs complètement psychosée et l'autre totalement aliénée. Mais en débarquant dans le Maine, je n'aurais pas dû oublier que l'optimisme est mon plus gros défaut. Car optimisme = bonne volonté, bonne volonté = enthousiasme, enthousiasme = naïveté, naïveté = catastrophe. Cet engrenage démoniaque n'a pas loupé avec Fiona.

On a roulé sans mot dire, elle plongée dans la contemplation hypnotique de la mer en contrebas des falaises, moi divaguant dans ma tête, songeant que j'aurais su l'embrasser comme seul dans toute la galaxie un Français sait le faire. J'aime les stéréotypes. J'essaie d'y coller. On croit être quelqu'un d'unique, une personne qui a ses centres d'intérêts, ses idées, ses opinions politiques, ses projets, ses qualités et ses défauts, ses rêves. On se trompe, on n'est qu'un amas de détritus apportés par les naufrages des autres, par les morts de la famille et nos rêves perdus. Une décharge publique flottant sur la marée des années, laquelle s'approche et se retire en ce long cycle ordinaire de succès (parfois) et de défaites (souvent). Ce qu'on appelle une vie. Nous sommes une hybridation des gens qu'on connaît, qu'on voudrait connaître, ne pas connaître. On se prend pour une personne dans la moyenne mais en réalité, on est l'un de ces vampires, croque-mitaines ou singe humain luciférien du grand Stephen King. La monstruosité est la norme en fin de compte. Pas difficile. Qu'à se laisser aller. Qu'à desserrer les liens, désapprendre les règles, résister aux inhibitions. Juste besoin d'accepter une fois pour toute que l'on est capable de tout. Le Bien (je l'écris avec un grand B) demande tant d'efforts constants. Et nous récompense si modestement. Le Mal, lui, est accueillant, gratifiant, générateur de résultats immédiats et fait, c'est une évidence, naturellement partie de nous. Pratiquer le Mal (avec son grand M), c'est comme entrer dans un bon bain chaud. On aime sa chaleur enveloppante, on ne réfléchit plus et on profite voluptueusement de l'instant. On est à la bonne place, enfin. J'avais allumé la radio et ça jouait d'inattendues musiques heureuses probablement issues de comédies musicales des années 50. Ambiance *Chantons sous la pluie* si vous voyez ce que je veux dire. Sympathique, pétillant et indémodable. De quoi sourire intérieurement. *Je chante sous la pluie Je chante simplement sous la pluie Quelle sensation magnifique Je suis heureux de nouveau* (je traduis, on comprend mieux dans la langue de Molière).

Mais, avec l'insistance pittbulesque d'un banquier au téléphone lorsque vous êtes dans le rouge, une petite voix intérieure me chuchotait que toute cette musique joyeuse, c'était du pipeau. Appelez ça de la prescience si vous êtes branchés new age, de l'intuition si vous avez l'esprit classique ou une rare capacité à se fourrer dans les pires embrouilles si vous êtes lucide. En tout cas, j'étais partagé entre deux sentiments contradictoires. Option A : freiner comme un malade pour éviter que ne se matérialise le pur désastre annoncé puis ordonner à cette fille de se tirer vite fait de ma voiture. Entendre la portière claquer et m'enfuir sur les chapeaux de roue (drôle d'expression, les roues porteraient-elles des chapeaux ?). Option B : Attendre de voir. Ne pas tenir compte de mon intuition. Dangereux mais prometteur : il pourrait sans doute se passer quelque chose dans ma vie. Je l'ignorais à ce moment-là mais j'allais être servi. Au-delà de toute espérance. C'est alors que, pianotant sur sa vieille tablette rafistolée, Fiona a dit comme ça (dans un français québécois – je rappelle qu'on est tout près de la frontière canadienne – un peu hésitant mais très compréhensible quand même) : je suis en colère car l'article *Journée mondiale de l'orgasme* est unilatéralement proposé à la suppression sur ce site fasciste qu'est Wikipedia [cf. Wikipédia:

Pages à supprimer]. Il est prétendu qu'après avoir pris connaissance des critères généraux d'admissibilité des articles et des critères spécifiques, vous pourrez donner votre avis sur la page de discussion *Discussion : Journée mondiale de l'orgasme/Suppression.* Le meilleur moyen d'obtenir un consensus pour la conservation de l'article est de fournir des sources secondaires fiables et indépendantes. Si vous ne pouvez trouver de telles sources, c'est que l'article n'est probablement pas admissible. N'oubliez pas que les principes fondateurs de Wikipédia ne garantissent aucun droit à avoir un article sur Wikipédia. On décidera pour toi, pauvre minable. Ma passagère fulminait : autrement dit, vous pouvez donner votre avis mais on s'en tape. Fachos de modérateurs de mes deux (là, Fiona hurlait presque, serrant sa pauvre tablette jusqu'à presque la déglinguer définitivement). En contrebas des falaises, la mer rugissait dans ses violences d'écume comme pour dire oui c'est vrai ce que tu dis Fiona, ta colère est juste, tout le monde pense comme toi. Elle glapissait : car votre avis, les quelques branleurs qui verrouillent Wikipédia au lieu de baiser leur copine ou leur copain n'en tiendront pas compte, c'est bâché d'avance, calice de Christ. Cette flicaille inculte et spécialisée en fautes d'orthographe n'en fait qu'à sa tête et moralise à mort le Net. De bons petits conservateurs collabos. Privilégiant la célébrité comme la presse people le fait pour retenir quelqu'un ou un événement. Résultat, aucune liberté pour les internautes. Révolution, je dis ! Créons de toute urgence un Wikipédia alternatif, anarchiste et free. Supprimer *l'article Journée mondiale de l'orgasme*, tu y crois, toi le petit Français ?!?

J'ai choisi assez instinctivement l'option B. Attendre pour voir. La Journée mondiale de l'orgasme me tracassait, j'allais militer pour la même cause que Fiona. Attendre, c'est ce que je fais de mieux dans cette vallée de larmes. Toute ma vie, j'ai attendu un job correct, pas fatiguant et grassement payé, une histoire d'amour valable, des amis fidèles qui ne me demandent pas de l'argent toutes les cinq minutes, une piscine (propre) dans mon jardin, un contact rapproché avec des extraterrestres, un peu plus de courage pour reprendre des études, un dîner en tête-à-tête avec une starlette porno, une mayonnaise industrielle ressemblant à celle que ma mère faisait à la maison. Peine perdue. Fiona s'est calmée mais ses traits étaient tirés, ses mains rougies par la pression sanguine, ses yeux en fusion. Avec son petit air de tueuse inventive, elle était méchamment séduisante. C'est bien simple, je lui trouvais une fatale ressemblance avec plusieurs héroïnes de Stephen King. Elle était le satanique mélange de la tordue Annie Wilkes dans *Misery*, de la soumise Dolores Clairbone, de la magistrale Charlie McGee dans *Charlie*, de la délicieusement punitive Carrie White dans le célébrissime *Carrie* ou de la protectrice Wendy Torrance dans *Shining*. Elle figurait le havre de paix et la tempête, le mal de crâne et l'aspirine, la baffe dans la gueule et le pansement mentholé avec les points de suture dessous, la pluie et le beau temps. J'ai su qu'on était deux désormais. Les balles (elle) et le révolver (moi).

Quelqu'un l'a appelé sur son téléphone portable. C'est mon mari, elle a murmuré d'un air las. Le type hurlait. Mon anglais n'est pas parfait mais ça disait qu'il fallait qu'elle revienne, qu'une nouvelle vie débuterait car il travaillait désormais à la conserverie de South Portland. Bientôt contremaître peut-être, à voir dans un an ou deux. Il avait acheté une nouvelle télé grand écran. Et sa mère (à lui) acceptait de revoir Fiona, de passer l'éponge. Le mari a prononcé le mot *Fiona* au moins dix mille fois avant qu'elle ne raccroche. Elle a sorti deux barres chocolatées free gluten aux noix de pécan, les a mangées sans m'en proposer et a dormi dix bonnes minutes. On était tout près de Portland, juste après Scarborough (à voir sur la carte pour ceux que ça intéresse. Selon le Bureau du recensement des États-Unis, la ville a une superficie totale de 182,93 km^2, dont 123,31 km^2 de terre et 59,62 km^2 d'eau. Elle est traversée par les rivières Scarborough, Nonesuch, Libby et Spurwink. La ville est située à côté du golfe du Maine, une partie de l'océan Atlantique. Le point culminant est Scottow Hill, d'une hauteur de 44 m. En août 1703, cinq cents Français et Indiens sous le commandement de Michel Leneuf de La Vallière et de Pascal-François d'Armagnac ont fait une descente soudaine sur les établissements anglais de la baie de Casco – futurement Portland – mettant une bonne dérouillée aux Britanniques. L'actrice

Glenn Close a une villa ou un manoir dans le coin). J'ai su que je fonçais dans le mur lorsque la miss a demandé avec une inflexion de voix marquant plus un ordre qu'une question : tu connais le Cap Elisabeth ? J'ai répondu que non bien sûr et elle a déclaré que tout l'esprit du Maine était concentré là et qu'il fallait voir ce paysage marin sans faute. Obligé. Il le fallait. Sinon pas la peine de venir jusqu'en Amérique. Alors l'Oldsmobile a pris la première route à droite, en direction de la mer. J'avais toujours estimé que la réalité est bien trop réelle. J'aurais préféré qu'elle le soit moins, qu'elle se torde au gré des événements, qu'elle se corrige, se travestisse. Pour éviter que l'être humain ne demeure éternellement prisonnier des situations. Avec Fiona ce qui est appréciable, c'est que soudainement le blanc peut devenir noir, l'impossible devient possible et on voit le mensonge – en tout cas ce que la majorité étiquette comme tel – devenir la pure vérité. C'est ainsi, avec ma muse, que Noël pourrait se vivre à la mi-août. Question de choix. Pourquoi obéir à la norme asservissante ? Je sens que cette femme et moi refusons farouchement et une fois pour toutes d'être soumis au diktat du réel. Celui-ci est trop souvent confondu avec l'existant. Alors qu'il n'est qu'une collection de circonstances modifiables si l'on veut bien se donner la peine de détourner le cours des choses. En fin de compte, la réalité n'est qu'une convention. Et, croyez-moi, j'ai tout de suite compris à quel point Fiona n'était pas conventionnelle. Peu après, le Cap Elisabeth. Ses vagues de trois mètres de haut déployaient leurs fastes atlantiques devant mes yeux. Grandiose mais pas autant que le petit décolleté négligemment ouvert de Fiona. Je ne l'ai pas encore dit : à ce moment-là, moteur coupé, auto-stoppée sur la falaise à vingt centimètres du vide, dans l'odeur du sel et des fougères, un vol de mouettes cernant le véhicule en piaillant, Fiona était d'une rousseur seigneuriale. Une puissante entité se tenait à mes côtés dans une immobilité d'idole barbare. Semblant désemparée, belle comme une Irlandaise morte de faim pendant la grande disette, elle était parfaitement spectrale. J'ignore comment le décrire, j'étais subjugué, en présence d'une femme unique, rendue phosphorescente par l'exaspération, l'impatience et la haine. Elle incarnait brutalement la divine rage guerrière à l'état brut. Mon voyage prenait une heureuse tournure. Plus rien ne serait comme avant, selon l'expression employée couramment dans les films.

C'est alors qu'un superbe pick-up Toyota bleu pétrole nous a rejoints (le modèle Tundra Full-Size 4,7 litre V8 excusez-moi du peu. Pour les ignorants, foncez sur internet découvrir ce petit bijou). Fiona a chuchoté : non, pas lui. J'ai fait la connaissance du beau-père de Fiona. Pour jouer carte sur table, je dois avouer que dans les heures apocalyptiques qui ont suivi, j'ai été heureux d'avoir lu Stephen King car, en définitive, les pages extravagantes du maître avait été préparatoires à ces vacances américaines. Donc le type s'est garé derrière nous. Le moteur au ralenti, il est sorti avec précipitation. Alors nous aussi. Comme s'il voulait observer la scène, un goéland d'une taille incroyable – on aurait juré un ptérodactyle (toutes les mouettes fuyant vers le large) – s'est mis à tournoyer autour des deux voitures en remplissant l'air frais de ses cris imitant ceux d'un gamin se coinçant salement les doigts dans une porte. En voyant que l'homme s'approchait d'elle, Fiona a jeté un œil angoissé à l'oiseau. J'ai pensé qu'elle espérait peut-être qu'une spectaculaire action magique se produirait subitement, style : elle se serait transformée en mouette et envolée de l'autre côté du vaste océan pour ne plus revenir dans le nouveau monde. L'homme beuglait. Il parlait très vite – dans un anglais mâchouillé – et je n'ai pas compris grand-chose. Ce que j'ai capté, c'est qu'il était question d'un certain Steve, le mari à tous les coups. Devant un tel déferlement de violence verbale, le goéland a décrit un dernier petit cercle au-dessus de nous et, dégoûté par le triste spectacle des humains dans leurs œuvres ordinaires, il est remonté vers les altitudes éteintes et poussiéreuses. Steve ! Steve ! Steve ! Toutes les deux secondes, ce mot revenait comme une pulsation dangereuse dans le flot incontrôlable de paroles. Et maintenant le vieil homme tapait du poing sur le capot du Toyota, faisant vibrer la tôle et produisant un rythme étonnant et primitif similaire à celui d'un tambour de chamane. De près, on lisait dans les yeux gris ferreux de notre interlocuteur une détermination démente et une dose quasi létale de méchanceté. Je constatais aussi que j'avais à faire à quelqu'un ayant les moyens, vêtement de prix et tôle du véhicule admirablement laquée, pas un centimètre carré de boue et, à coup sûr, l'utilisation régulière d'un vernis de finition haut de gamme à séchage rapide. Le genre de vernis transparent protecteur ayant un bon pouvoir garnissant, une excellente adhérence et un rendement supérieur. De quoi résister aux rayures, aux chocs et aux projectiles. Un produit pas donné, inaltérable et stable aux intempéries et aux rayons UV. Pas compliqué : la voix et les coups réguliers sur le métal, c'était comme l'incantation nocive d'un immortel et terrible sorcier du Maine. Un sorcier prêt à frapper. C'était bien simple : j'en avais des frissons et la gorge sèche. Je ne savais vraiment pas quoi faire lorsque Fiona est sortie de son immobilisme. Elle a fait un pas vers lui d'un air décidé. Lui, en a été rudement surpris. Du coup, il a cessé de crier et de tambouriner sur le capot. Elle a dit un seul mot, un simple mot. Le mot le plus magique de tous, celui que l'on doit apprendre à utiliser pour survivre dans ce monde impitoyable. Elle a dit : non. Ce fut comme si le vieux bonhomme avait été renversé par une grosse bête invisible. Il a carrément chancelé. C'est alors qu'il s'est passé une chose véritablement impensable. Aujourd'hui, bien plus tard, je n'arrive toujours pas y croire. Je ne sais même pas comment vous raconter ça correctement. Et pourtant, ce qui suit est rigoureusement exact. Alors voilà, ouvrez grand vos oreilles : après qu'elle ait annoncé son non définitif, l'ancien a compris que sa belle-fille rebelle ne repartirait pas avec lui vers le dénommé Steve. Pas à discuter. Affaire réglée. Durant quelques secondes d'inespéré silence, la falaise a retrouvé son calme végétal et minéral, ses grands airs de puissant rocher donnant un coup de menton vers le ciel, tandis que les mouettes respectaient cette pause étrange en évitant de se mêler de quoi que ce soit. C'était comme un arrêt sur image figeant la roche. Les herbes aplaties par un début de bourrasque glaçante, toutes les petites bestioles du coin, l'océan, la création tout entière n'en menaient pas large. Le calme avant la tempête si vous préférez. Reprenant ses esprits ou les perdant définitivement, c'est souvent du pareil au même, le beau-père est remonté dans son pick-up de luxe et a embrayé furieusement la marche arrière. Je m'apprêtais à pousser un soupir de soulagement lorsque j'ai compris avec effroi sa manœuvre.

Un premier « kllanng ! » d'une violence inouïe a résonné, semblable à une sauvage déclaration de guerre. Je me souviens avoir songé aux Anglais ayant vu débouler une horde vociférante de Français et d'Indiens à Scarborough en août 1703. En trois coups de volant, deux marches arrière et quelques accélérations épileptiques pour venir percuter l'arrière de mon Oldsmobile de location, le vieux fou a poussé mon auto en bas de la falaise (j'allais raconter quoi à l'agence de l'aéroport ?). À genoux dans l'herbe embrumée, frappée de stupeur, Fiona m'a fait signe d'approcher. Je me suis assis à ses côtés, totalement sonné. Je ne pourrais pas répéter la phrase exacte qu'elle a balbutiée à mes oreilles. Mais ça disait un truc du genre : Maintenant que son père est mort, faut que tu saches que Steve va nous tuer. Sûr, ça ne traînera pas, c'est fait pour ainsi dire. J'ai eu un étourdissement, voyant la grisaille ambiante devenir rouge sang pendant une petite seconde, comme si j'avais photoshopé l'univers. Trente ou quarante mètres plus bas, les deux carcasses de voitures brûlaient sur un lit de galets. Les vagues d'une plage inaccessible absorbaient déjà, avec toute l'indifférence dont l'océan est capable, d'énigmatiques bouts de plastique éclatés, une portière arrachée, une grotesque housse de siège en vinyle gris brouillard éjectée par le choc. Dans l'habitacle du pick-up, cramponné à son volant pour l'éternité, le vieux – à l'air probablement toujours aussi énervé – était parti pour tranquillement se carboniser, tout surpris d'avoir fait bêtement le grand plongeon. Rien de pire que l'herbe mouillée. On glisse vite fait bien fait. Quel con. Là, j'ai eu un blanc. Pas la vision écarlate du monde comme l'instant d'avant mais j'ai ressenti plutôt quelque chose de similaire à l'ordi se bloquant totalement, écran figé, et qu'il faut éteindre et rebooter pour revenir à la normale. Passant sa main sur ma joue avec une douceur déboussolante, Fiona m'a rebranché quasi électriquement sur la réalité. Une réalité de cauchemar car elle s'est levée et a déclaré : viens ! Les flics ne tarderont pas, toujours un *de quoi je me mêle* dans le coin pour les sonner.

Nous avons pu rallier Portland en auto-stop. Je n'ai rien vu de la ville. Ni les quais, ni le port encombré de voiliers hors de prix, ni le fameux quartier Vieille Angleterre. Uniquement un pauvre motel fatigué et empestant la friture de blanchaille. Une fille, avec un sérieux petit air de Jessie dans le roman *Jessie* du maître, passait sans entrain une serpillière sur un sol scarifié en plastique, rouge comme un bras de suicidé. La Jessie d'occasion a décroché une clé à la réception. Elle l'a tendue à Fiona en grognant : Eh ? Encore Steve qui fait des siennes ? Merci Jodie, a répondu Fiona en prenant la clé. J'ai failli rectifier en hurlant : Jessie pas Jodie. Trois minutes plus tard, nous étions dans une chambre zéro étoile où ma compagne allumait la télé. C'était un signe du destin : une comédie musicale des années 50 étalait à l'écran sa quête effrénée du bonheur. *Laissons les vilains nuages disparaître Que tous les gens du quartier Viennent s'amuser sous la pluie J'ai le sourire aux lèvres Je chante sous la pluie.* Cinq minutes après, Fiona était sous la douche. Dix minutes de plus et elle en ressortait avec un peignoir de bain qui avait dû éponger des millions de corps. Au moins depuis la présidence de Richard Nixon (20 janvier 1969-9 août 1974). L'histoire de la vraie Jessie, celle de Stephen King, tournait en boucle dans ma tête. Comme les news du jour d'une chaîne d'info, j'entendais le résumé du roman : *Depuis dix-sept ans, Jessie, épouse de l'avocat Gerald Burlingame, doit subir ses jeux sexuels pervers. Mais cette fois, c'en est trop. Enchaînée sur son lit par des menottes qui lui enserrent les poignets, Jessie refuse de se laisser faire et quand son mari tente de la violer, elle lui donne un coup qui l'envoie au tapis. Il ne s'en relèvera pas. Jessie reste à moitié inconsciente. Parfois, elle entend des voix qui lui rappellent des épisodes de sa vie passée, comme pour la punir d'avoir tué son mari. Dans ses souvenirs, elle revoit Ruth, sa copine d'université, puis cette fameuse éclipse de juillet 1963 où son père s'était amusé avec elle à un drôle de jeu. Lorsqu'elle aperçoit face à elle un étrange visiteur à la mallette en peau humaine, il ne semble pas cette fois sortir d'un songe. La panique la gagne. Jessie arrivera-t-elle à se libérer et à sauver sa vie ?* Jessie-Jodie du motel puant la blanchaille nous a apporté un plateau repas assez miraculeux avec des frites grosses comme le bras, des hamburgers décongelés à point, des cookies au chocolat blanc et un stock de bières canadiennes en boite. Je ne m'étais pas rendu compte à quel point j'avais faim. Tout fût dévoré et bu à la vitesse de la lumière. Sur l'emballage en carton des cookies, il était écrit *: Découvrez la recette cookies faciles au* *chocolat blanc ; préparez vos délicieux gâteaux en famille ; quelques ingrédients, de la bonne humeur et le tour est joué !* Devant la télé où était diffusé un épisode de la série *Game Of Throne* (de l'antique saison 2 je crois), Fiona s'était endormie assise sur le lit. C'est à cet instant précis que je l'ai trouvée d'une beauté surnaturelle. Fiona et sa peau blanche piquetée de taches de rousseur, Fiona et son émouvante expression de perpétuelle inquiétude brassée par la colère, Fiona ignorant le pouvoir infini de son anatomie sportive de déesse celtique, Fiona perdue depuis l'enfance et sans petits cailloux pour retrouver son chemin, désormais ma Fiona pour toujours. Mon cœur battait pour cette femme aux orangées paupières closes et j'avais la certitude d'être enfin partie prenante d'un roman de Stephen King, d'avoir réussi à passer la frontière entre son monde et le mien. J'étais si subitement heureux d'être un personnage de fiction. Elle dormait comme un ange et je matais distraitement *Game Of Throne*. Cet épisode où, dès qu'il apprend que Bran et Rickon ont fui Winterfell, Theon Greyjoy les traque tout en martyrisant les villageois alentour. Tandis que dans les montagnes du Nord, Jon Snow est mis à mal dans sa fierté quand sa copine Ygritte la sauvageonne découvre que ces corniauds de Gardes de nuit ont fait vœu d'abstinence. Et pendant ce temps, à Port-Réal, Sansa a ses premières règles, et devient donc une possible mère pour les enfants de l'infâme Joffrey. Dans le camp de Robb Stark, celui-ci s'absente et Jaime le beau gosse en profite pour tenter de s'enfuir. À Qarth, coup de théâtre, le Conseil des Treize est décimé par l'alliance entre la guilde des Conjurateurs et le négociant qui s'était porté garant pour la divine Khaleesi. Juste avant ces événements, si je me souviens bien, les victoires de Robb Stark avaient énervé sévère le roi Joffrey, qui s'était vengé sur l'infortunée et nunuche Sansa, laquelle n'avait que Tyrion (sympa Tyrion) et Bronn comme soutien à la cour. Tyrion avait continué de constituer son réseau d'informateurs au sein de Port-Réal. Catelyn avait, de son côté, essayé de réconcilier les deux frères Stannis et Renly pour s'allier contre les puissants Lannister, or les deux princes convoitaient farouchement le Trône de Fer. Au loin, Daenerys du Typhon était parvenue avec son armée et ses clans à rejoindre les portes de la grande cité de Qarth mais se heurtait à la curiosité des seigneurs locaux exigeant de voir les dragons. Ah les clans Dothraki ! Ah Daenerys et ses yeux d'un violet améthyste clair, façon Elizabeth Taylor C'était si loin cette saison 2, on se souvenait à peine des personnages. À présent, Fiona sommeillait ici, à un mètre de mon âme euphorique, m'offrant un nouveau monde, m'inventant dans la possibilité des batailles et des dragons, de l'amour fou et du désir foudroyant de vivre. Par la grâce de la seule présence de cette femme, j'étais devenu mon vrai moi. J'aurais, par exemple, donné cher pour garder à tout jamais mes futurs cauchemars, ceux où un maudit vieux hargneux sentait avec terreur ses globes oculaires exploser dans la fournaise de son crâne tandis que ses doigts, véritables magmas de chairs en pleine cuisson, faisaient bloc avec le plastique incandescent du volant de son pick-up bleu pétrole de l'enfer. Plus besoin de vernis transparent protecteur ! Diabolique ! Belle scène ! Je ferais tout ce qui était en mon pouvoir pour ne jamais oublier l'odeur chlorophylée de l'herbe mouillée et des fougères de la falaise, accompagnée du formidable effluve ozoné, iodé d'embruns, de ce lieu désormais sacré, temple en plein air voué au culte de la souveraine et inattendue Fiona. Que la note sensuelle et entêtante du corps en combustion dans sa fumée moelleuse, poudrée de cendres et au bon goût de goudron, étonnante fricassée olfactive de plastique, de caoutchouc, de peur panique, de gas-oil, de verre fondu et de textile brûlé ne me quitte jamais. Que le cliquetis caillouteux des galets éclatants sous la chaleur, dans l'âpre et animale exhalaison de la carcasse se carbonisant plus bas – le feu purificateur boucanant les viandes et torréfiant le tableau de bord en moulant son polypropylène élastomère dans la cage thoracique, belle comme un sapin de Noël, de l'autre tête de nœud – hante mes nuits pour l'éternité des éternités. En un mot comme en cent, que cet holocauste plaise aux révérés dieux sorciers du Maine !

Plus tard, un magazine à sensation confesserait, dans une charmante envolée méphistophélique, que – dès l'incendie éteint – des dizaines de crabes avaient surgis du sable tiède pour ronger les membres noircis du supplicié. À la recherche de nourriture bien cuite, leurs pinces avaient fouillé la tête du mort par tous ses orifices naturels. Pour une fois, un homme subissait le destin classiquement réservé au crabe lui-même. Cette nuit-là, tandis que Fiona se réfugiait dans un sommeil de plomb, en ne bougeant pas d'un millimètre durant dix heures, avec une certaine délectation mes dents claquèrent d'horreur. Dans un sursaut de lucidité, j'avais compris vers minuit que tant que je vivrais, m'efforçant de profiter de la fabuleuse tragédie du Cap Elisabeth, je ne pourrais jamais plus, non vraiment jamais plus, manger de crabe-mayonnaise. Cette certitude absolue m'avait flingué le moral au plus haut point. Au matin, on frappa à la porte. J'avais alors jugé que la Police venait nous sauter dessus. Grand moment, on nous lirait nos droits comme dans toutes les séries américaines à la télé. Et ça ne ferait que commencer. Interrogatoires, batailles judiciaires, expertises psychiatriques, publicité dans les journaux et tout le tremblement. Le rêve. Mais non. C'était juste Jessie-Jodie du motel de la blanchaille malodorante avec un plateau chargé d'un petit-déjeuner made in america. Le nerf de la guerre ! Elle a proclamé en posant son offrande avec énergie devant Fiona. Non a répondu sobrement Fiona. On ne dit pas le nerf de la guerre pour désigner des œufs au bacon et du pain grillé. Même s'il est admirablement grillé ton pain, Jodie. Le nerf de la guerre, c'est à propos de l'argent. Pas de la nourriture. Notre Jessie d'occasion avait embrayé, sûre d'elle-même : Écoute ma belle, tu pourrais claquer d'inanition devant une montagne de dollars plus haute que les défuntes Twin Towers. Seuls mes œufs au paprika et mon légendaire pain grillé pourraient te sauver la vie. TE SAUVER je te dis ! Alors tu vois Fiona, le vrai nerf de la guerre, y'a pas à discuter, c'est ce que tu avales au petit-déjeuner, ok ? Fiona avait fait semblant d'être convaincue, pas envie de discuter trois heures pour rien. Mais je l'avais devinée ultra contrariée. Jessie-Jodie avait alors signalé : au fait, c'est ton beau-père, ce démon, ce serpent, ce malfaisant. Des pêcheurs l'ont retrouvé. Mort carbonisé sur une plage de cailloux, au bas d'une falaise. Avec gourmandise, Fiona avait repris du pain grillé et une tonne de marmelade au citron. Jessie-Jodie ne s'était pas arrêtée en si bon chemin : la police est persuadée qu'il s'agit d'un meurtre. On a poussé le vieux avec une voiture de location en bas de la falaise de Cap Elisabeth. Et ce n'est pas un attentat terroriste contre les intérêts américains ce coup-ci. Le chauffeur de l'auto de location, c'est un français. Un touriste activement recherché. Et la voilà qui me jette un coup d'œil furtif en chuchotant (dans un anglais mixé de patois local pour que je n'y comprenne rien) en direction de son interlocutrice : écoute, cet individu est salement dangereux d'après ce qu'ils disent à la télé locale. C'est un tueur, en France il n'est pas clean non plus qu'ils disent (mais pas de bol pour cette nauséabonde Jessie, j'avais très bien compris ce qu'elle ne voulait pas que je comprenne, mon anglais s'avérant utilement assez fluently). Des sueurs froides avaient glacées mon dos. J'étais un tueur ? Et alors ? Peut-être que oui, peut-être que non. Avec la même intonation de voix qu'elle aurait choisie pour expliquer une décision à un enfant de cinq ans, Fiona avait dit avec froideur : je sais ce que je fais et où je vais. J'ai toujours su ce que je faisais, toute ma vie j'ai su. Ne t'en mêle pas, miss. Mais avec sa tête de truite, Jessie-Jodie insistait, me surveillait d'un air navré. C'est fou ce que les gens qui croient vouloir du bien à leurs amis peuvent être ennuyeux. La suite, comme on peut s'y attendre, s'était déroulée en deux ou trois minutes pas plus. J'avais frappé la stupide Jessie avec la cafetière bouillante, la brûlant au passage, elle avait meuglé de douleur, les yeux démultipliés devant la mort venue la chercher par surprise, puis je l'avais tuée avec une fourchette destinée aux œufs au bacon. Dans la gorge, dix fois remettre l'ouvrage sur le métier. Sifflement d'air comme une musique rigolote de dessin animé. *Ne t'en mêle pas, miss.* Pardonne-moi Stephen mais ta Jessie était devenue odieuse, j'avais fait à haute voix. Buvant son jus d'orage vampirique (car une pluie de gouttes de sang s'y était projetée), Fiona avait fini par dire d'un air enjoué que la police n'était pas un problème. C'était bien connu : ils n'étaient pas très futés dans le coin. No problemo. En revanche, d'après elle, on ne pourrait pas empêcher Steve de nous retrouver. Ce fou furieux allait nous faire la peau à cause de son père (car pour Jessie la tanche, il n'en avait rien à battre). Un vrai chien de chasse, il trouverait la piste tôt ou tard, plutôt tôt. Il devait déjà être après nos trousses ce coyote, roulant à tombeau ouvert vers ce motel où Fiona, c'était joué d'avance, se serait ruée pour retrouver sa copine. Cette chambre bariolée du sang frais et incroyablement écarlate de l'autre folle était vraiment le dernier endroit sur terre où nous serions en sécurité. On devait se tirer de là sans attendre. Tandis qu'on rassemblait nos maigres affaires (*maigres affaires*... expression romanesque convenue. J'aime ce qui est convenu, comme ça pas de surprise) pour quitter cette chambre où il ne s'était rien passé entre nous hélas, grignotant comme on pouvait le reste de pain grillé car il était rudement bon, Fiona m'avait raconté la triste histoire de sa vie. Pas de beau gars sur son beau cheval blanc à l'horizon. Rien que des pauvres cloches. Des types méchants, sans le sou et passant d'un plan crapuleux à un autre. Volant de grosses voitures noires, des européennes si possible, pour avoir l'impression d'exister en les conduisant. Ses aventures amoureuses à Fiona : un catalogue de la médiocrité humaine. Tout comme la vie de Jessie-Jodie ou Jodie-Jessie ou Jessie-Jessie la sole meunière dont le passage sur cette planète se serait résumé à savoir admirablement griller le pain de la veille. Cependant, la rencontre de Fiona avec un jeune homme accommodant, de bonne famille et étudiant le droit aurait pu lui ouvrir un avenir plaisant. Elle aurait pu connaître les vacances à Cap Cod de la bourgeoisie contente d'elle-même, les escapades amoureuses à New York et à Cuba, l'argent placé au bon endroit, les restaurants privés. Elle aurait eu une voiture allemande, aurait voté comme la bienséance l'exigeait et, dans la cuisine de son vaste appartement du centre-ville, l'un de ces éléphantesques réfrigérateurs fabricant des glaçons multicolores et des gaz à effet de serre aurait pu trôner. Elle aurait fait du yoga, serait allée à des lectures sur invitation données par le dernier psychologue spiritualiste à la mode ou par une actrice voulant sensibiliser à la situation des vieilles personnes des plaines du Lawimbassi sur la rive sud du lac Adokpamé en Afrique de l'ouest. Fiona aurait connu par cœur la filmographie de je ne sais plus qui, un sud-coréen en tout cas. Courir les boutiques avant les fêtes aurait été é-pui-sant (ouf le bon pull cachemire – celui authentique, aux fibres blanchies au moyen d'une ancestrale préparation de farine de riz – aurait enfin été acheté dans sa teinte *rose céleste,* c'est un monde, si difficile à trouver). Un avant-goût du paradis. Le *New York Times* aurait un jour fait état de l'élevage intensif de chèvres dans plusieurs provinces chinoises, élevage dû à l'augmentation de la consommation, principalement occidentale, de laine cachemire, cette invasion caprine étant la cause principale de la désertification de la Mongolie Intérieure. Ce qui entraînait une forte augmentation des vents de poussière se répandant à l'est, particulièrement sur la région de Pékin, laquelle depuis plusieurs années voyait dépérir sa flore et se développer une épidémie de pathologies respiratoires. Mais Fiona n'aurait pas eu le temps de lire le journal. Elle n'aurait rien lu d'ailleurs. Malheureusement, la route du couple, en début d'idylle, avait croisée celle de Steve, un ex-marine à moitié fou après son retour de la première guerre du Golfe. On expliquait qu'il avait été flytoxé par erreur avec des substances toxiques. Depuis, il continuait de se gazer personnellement. Et pas avec des produits militaires autorisés si vous voyez ce que je veux dire. Bref, Steve, tombé raide amoureux de Fiona, avait salement démoli à deux reprises le gentil futur juriste du Nasdaq et ce dernier, à l'issue d'un stage d'un bon mois dans une clinique privée pour discuter longuement avec une équipe de dentistes, avait pris le maquis. Du coup, Fiona avait épousé Steve. Problèmes insurmontables d'argent, un beau-père et un mari violents. Sa nouvelle famille l'avait contrainte à quitter son emploi de femme de chambre au motel. Et on lui interdisait de voir Jessie-Jodie le poisson-chat géantiforme du Maine, réputée féministe depuis qu'elle avait osé – crime des crimes – divorcer de son alcoolique de Ramon, un coléreux hors classe. Depuis lors et sans doute à titre préventif, Fiona avait été battue occasionnellement et moins bien traitée que le dernier des chiens d'attaque du quartier. Stephen King n'avait rien pu faire. Mais maintenant, j'étais là.

En quittant le motel de la blanchaille polluante où reposait dans ses propres déjections, produites par la terreur, une Jessie enfin silencieuse et décorativement munie d'une fourchette plantée profond dans l'œil droit, je pensais pouvoir encore essayer d'enrayer la mécanique destructrice qui menaçait de me broyer. Je devinais que j'allais chuter de bien plus haut que de la falaise du Cap Elisabeth. Objectivement, j'avais deux options : A) Me livrer à la première voiture de police sur laquelle je tomberais. B) Accompagner Fiona dans une station-service désaffectée, perdue dans l'arrière-pays et où elle comptait trouver refuge quelques jours, le temps d'établir un astucieux plan d'exfiltration. J'avais décidé de suivre Fiona. On avait récupéré une voiture nippone (j'étais content comme tout car je n'avais jamais conduit ce modèle, la Nissan Sunny à la légendaire faible consommation, 日産自動車株式会社 je me serais exclamé en japonais si j'en avais été capable, 日産自動車株式会社 voulant dire tout simplement : Nissan !) Comme son propriétaire sortait de chez lui très mécontent de me voir poser la main sur sa sacro-sainte propriété (je trouve consternant que les hommes restent conditionnés par une éducation instaurant cet assujettissement masculin à une virilité synonyme de puissance, la voiture étant un territoire sur lequel il ne faut pas empiéter), j'avais dû étendre mon agresseur sur le gazon (au moins, il était mort sur le coup, en heurtant – bien fait pour lui, qu'à pas s'en mêler – un nain de jardin en ciment aux couleurs paf et faisant un signe amical aux visiteurs). Le défunt pouvait me remercier à genoux, il éviterait sous peu de traîner quelques années avec un incontournable cancer de la prostate, une mutilante insuffisance cardiaque ou un interminable début d'Alzheimer lui occasionnant une dénutrition préoccupante et des infections cutanées pas géniales à partager en public, à moins de travailler pour le cirque Barnum. La mort est vraiment une délivrance. Nous sommes partis en direction de Paris, une localité paumée sur la route du nord. Paris ? J'ai fait, on dirait que je rentre chez moi ! Fiona avait souri en précisant que dans le coin (vive le Maine !), il existait aussi Mexico, Berlin, Naples, Belgrade, Milan et Bethléem ☺. Paris, c'était là que Steve chassait souvent le daim avec son père et équarrissait son gibier pour le vendre au black à des restoroutes ou à des grills de la région. Bonne idée : on allait sur les terres de Steve. Fiona avait choisi l'endroit le plus dangereux du monde. Sa théorie, c'était que cette brute démilitarisée de Steve ne nous chercherait pas là où il serait assuré que nous n'irions pas. En mettant la radio (où ça jouait toujours de la comédie musicale, un signe du destin. *Je me moque bien des nuages Si sombres là-haut Car le soleil brille dans mon cœur Et je suis enfin prêt pour l'amour*), j'avais objecté que Steve pourrait justement se dire que nous penserions qu'il partirait du principe que nous supposerions qu'il ne viendrait pas à Paris, le seul endroit dont il serait certain que nous nous refuserions à aller du fait que lui-même le fréquente assidûment. Il pourrait ainsi en déduire que nous irions toutefois à Paris et il viendrait nous rejoindre pour une petite fête entre amis. Tu as peut-être raison, avait dit Fiona mais dans ce cas on a de quoi le recevoir. Et elle avait ouvert le sac en plastique *Walmart Stores : Save money/Live better* que Jessie-Miss Fourchette 2016 lui avait discrètement remis en la serrant dans ses bras, lors de l'arrivée au motel puant le poisson. Il y avait là un joli pistolet automatique italien [Beretta 90-two 9MM Parabellum 17 coups] et plusieurs chargeurs. Tout ça prenait une bonne tournure et je m'étais demandé comment cette sale histoire allait bien pouvoir se terminer ? Quelqu'un allait dérouiller : Steve, Fiona ou moi, inévitable. On avait décidé que ce serait Steve de préférence. Nous étions arrivés à Paris, bourgade nord-américaine typique, en fin de matinée. Sur Main Street, des employés municipaux testaient les chasse-neige locaux en remuant d'énormes tas de sable. L'hiver serait bientôt là et il ne fallait pas rigoler avec les chutes de neige qui, comme chaque année, recouvriraient tout l'état d'un immense linceul très poétique mais ankylosant pour l'économie. Les gens liraient la bible avec application, regarderaient des jeux télévisés à la tonne et se souviendraient peut-être (peu de chance) d'Emily Dickinson et de sa vie de recluse dans sa bourgade de Nouvelle Angleterre, semblable à Paris. Ce qui me chiffonnait avec Fiona, c'est qu'on ne parlait jamais de notre relation. Pas la moindre allusion ni le moindre geste que j'aurais pu décoder ensuite pendant des heures. Il est vrai que je n'étais pas très entreprenant. Je sentais qu'au fond, je ne lui plaisais pas des masses. J'en avais déduis que Steve avait cassé quelque chose en elle. Je respectais son désir de solitude et ces multiples signaux qu'elle émettait vingt-quatre heures sur vingt-quatre pour me faire comprendre : pas de nouvelle histoire d'amour avant longtemps, du moins c'est ce que je déduisais de la distance qu'elle instaurait entre nous, ayant par exemple déclaré qu'elle n'était pas fan des bises pour un oui pour un non et, en particulier, au réveil. Même la petite cuillère dans le pot de marmelade, elle avait préféré que nous en ayons chacun une de cuillère, pas question de mettre dans sa bouche la petite cuillère sortant de la bouche de l'autre. C'est un signe ce comportement, non ? Pas trop le plan romantique : un dessert et deux cuillères. Je commençais à être abominablement amoureux d'elle et j'avais décidé d'attendre le temps qu'il faudrait. Quand on y réfléchit, l'amour c'est surtout avoir énormément de patience, n'est-ce pas ? Et j'avais bon espoir. Car à vrai dire, la fourchette traînant dans l'œil de la nouvelle héroïne de Stephen King, c'était en fait celle de Fiona. Explication de texte : après que j'aie ouvert la gorge de cette petite idiote ne se décidant pas à mourir, très délicatement, ma belle *american girl* m'avait passé son ustensile lorsque j'avais recommencé – deuxième round – à cabosser ma victime avec la cafetière bouillante. Fiona avait pendant ce temps-là terminé ses œufs au bacon avec ma propre fourchette (moi j'avais fini déjà mon plat). Elle avait nettoyé préalablement ma fourchette avec une serviette en papier, avant d'en faire bon usage. J'avais estimé que son geste – cet échange de couverts dicté par la nécessité mais tout de même consenti – était plutôt la preuve qu'elle ne me détestait pas. Et pourrait m'aimer un jour. Logique. Espérance.

La station-service à demi en ruine achevait de se déglinguer sur une route secondaire. La végétation l'engloutirait un de ces quatre. J'ai caché la Nissan Sunny dans le garage. Nous avons dîné aux chandelles. Romantique à mort. On s'était ravitaillé dans un supermarché Walmart à la sortie de Portland. Soupe de poisson, Chardonnay chilien, petits pains au sésame, bière artisanale locale au miel de sapin (pour goûter), yaourts vanille-goyave (pas trop aimé à vrai dire. Je voulais un poire-ananas mais il n'y en avait plus), café, fiasque d'Armagnac chinois. La grande vie. Nous occupions l'ancien appartement du pompiste. Il avait fallu faire le ménage et bricoler deux lits de fortune avec des planches trouvées par là. On était cernés par des chouettes. Elles devaient se demander qui étaient ces intrus occupant leur territoire d'ordinaire si calme. Je leur parlais, les priant de nous excuser pour ce dérangement temporaire. L'homme actuel s'est bien trop détourné des merveilles du monde animal. Il faut renouer avec la nature, restaurer le dialogue ancestral avec la terre mère. Le premier soir, ronds comme des queues de pelle, nous avons regardé longuement les étoiles. J'aurais voulu épater cette femme en lui expliquant les constellations mais c'était difficile en anglais. En français aussi vu que je n'y connaissais que dalle. Mise à part la Grande ourse, la lune et à la rigueur la Petite ourse, je ne localisais rien là-haut. C'était juste un tas de cailloux brillants, mettons du mica, éparpillé au petit bonheur la chance sur l'asphalte cosmique par un coup de pied divin. Mais dès que je le pourrais, je m'inscrirais dans un club d'astronomie, ça pouvait servir, le savoir est le pouvoir. Nous avons passé quelques journées monotones à surveiller la route depuis les fenêtres dès qu'un rarissime véhicule traçait dans la zone. Zéro Steve à l'horizon pour le moment. Dans un compartiment fermé à clé du comptoir en stratifié noir, moucheté d'insectes momifiés (j'ai fait sauter la serrure avec un surprenant piolet d'alpiniste trouvé dans la Nissan Sunny), j'avais dégoté un traité de sorcellerie. *L'opacité des piscines*, c'était son titre. Il avait été publié en 1960 à Montréal, au Québec, réactualisant intelligemment un livre antique de l'Angleterre pré-Elisabéthaine (donc d'avant l'an 1558). Comme cette édition de 1960 était rédigée en français, je l'ai lue, n'ai pas tout compris mais ça m'a plu. Me suis laissé bercé par des phrases surprenantes, ténébreuses et intimidantes sur les pouvoirs oubliés de la magie curative appliquée aux brûlures, aux rages de dent, aux poumons embués, aux pannes sexuelles et aux chagrins sentimentaux. Des chapitres entiers évoquaient aussi la divination, la découverte des sources, les techniques de vol humain dans le ciel nocturne. Très instructif. J'ai pu également apprendre la langue flutée des chouettes et autres oiseaux de nuit. Pouvait toujours servir. À l'encre rouge, une main inconnue avait griffonné sur le livre : *Peu à peu l'ombre m'avait enveloppé, et son opacité en ces lieux était telle que j'avais l'impression d'être engagé dans la matière même des ténèbres jusqu'à faire corps avec elles [Henri Bosco, Le Mas Théotime, 1945, p. 107].*

Un après-midi, nous sommes allés nous baigner dans un petit lac voisin, dérangeant des dizaines de grenouilles et un superbe pygargue à tête blanche, véritable seigneur du lieu. Ce fût l'un des meilleurs moments de ma vie. On s'était embrassés deux fois. C'était aussi bon que de manger des cerises sur l'arbre. Je n'oublierai jamais ces heures vécues proches des arbres invulnérables, barbotant comme deux enfants insouciants dans cette eau vert menthe, remerciant le ciel paisible de nous offrir une telle harmonie des choses et des êtres. Au final, nous sommes restés cloîtrés une bonne semaine entre ces quatre pompes à essence rouillées, les bacs à fleurs vides en ciment fissuré et ces murs anéantis où demeuraient encore quelques posters de femmes nues posant devant des camions géants. Fiona organisait notre fuite. Elle téléphonait ici et là, on lui communiquait un numéro de téléphone supplémentaire, elle joignait son nouveau correspondant, elle attendait une réponse puis retéléphonait plus loin. Les choses se programmaient correctement. D'abord le Canada voisin. Facile, à deux pas. Ensuite un cargo frigorifique appartenant à une poissonnerie industrielle néerlandaise pour rallier le Mexique (en espérant n'avoir aucune visite des garde-côtes dans les eaux américaines) puis la ville mexicaine de Mazatlán et enfin plusieurs options à négocier sur place pour mettre les voiles : le Paraguay, la Colombie, le Brésil amazonien ou carrément le bout du monde, l'Angola. Il faudrait voir. On allait s'en sortir. C'est que j'étais bien tombé avec Fiona. Bien tombé, mal tombé, de toute manière c'est toujours tomber. Où as-tu eu ces contacts, ceux du téléphone ? J'ai demandé. Elle a dit que Steve et elle avait un peu amélioré leurs fins de mois en rendant occasionnellement des services à des filières de voyages organisés, spécial clandestins, entre les États-Unis et le Canada. Et que, à moment donné, leurs interlocuteurs avaient expliqué comme ça que c'était terminé avec Steve, pas assez sérieux (il avait estropié une petite esclave philippine, gâchant la marchandise) mais ok avec Fiona pour continuer à condition qu'elle n'en parle pas à son mari. Elle avait accepté, laissé son époux en dehors du circuit, gagné pas mal d'argent sans trop savoir comment le dépenser et gardé au chaud ses contacts, forts utiles aujourd'hui. À Mazatlán, tout s'est bien passé, même qu'on a eu envie de rester. La ville est splendidement ensoleillée, on y mange bien. L'Agua chile, un ensorcelant mélange de crevettes avec du concombre, du citron, du piment en poudre et de l'oignon mauve ainsi que – pour le dessert – les généreuses galettes de riz au lait agrémentée d'une petite gelée de pitaya (à base de cactus et plus particulièrement de l'espèce Hylocereus undatus, anciennement H. triangularis, également connu sous le nom de fruit du dragon) ont retenu notre attention.

Goutez, vous nous en direz des nouvelles. Ce cactus fleurit à la tombée de la nuit. Tout comme Fiona, il s'épanouit dans les ténèbres. De plus, le Pacifique présente une douceur de velours pour la baignade, les chambres chez l'habitant ne coûtent rien, la musique enchante chaque coin de rue et on peut tuer quelqu'un sans que ce soit automatiquement un drame. Charmant endroit. Mais il faut être réaliste, ce n'est pas assez loin du Maine et de nos exploits. Du coup, on hésite entre la Colombie et l'Angola. On décidera demain. Je penche pour la Colombie (le côté milieu urbain, monde de la nuit. Bogota, Cartagena et Cali sont des cités modernes et pleines d'opportunités) tandis que ma belle vote plutôt pour l'Angola (un bon bol d'air à la campagne, un stage long de développement personnel visant à révéler ses propres potentialités et à créer une vie inspirante en développant sa puissance créatrice). Le mieux sera de tirer à pile ou face. Quelle importance en fait ? Heureux qui comme Ulysse. Pour l'argent (car je parie que vous vous posez la question), on se débrouille. Nous disposons de mes économies, de la cagnotte de Fiona et on a eu la riche idée de ratisser le compte assez fourni du vieux cramé de la falaise avant de quitter Portland à la vitesse de la lumière. On verra bien. À chaque jour suffit sa peine. On travaillera ici ou là, je livrerai des pizzas en scooter, on gardera des enfants ou des vieux, on inventera un Wikipedia libre, on fera comme Robin des Bois : on dépouillera les riches pour donner aux pauvres. Lorsqu'elle se souvient du joyeux moment avec Jessie-Jodie le poisson rouge du motel de la mort, médaille d'or du pain grillé, mon amoureuse aime raconter, avec son petit air malicieux, que j'ai un solide coup de fourchette ;-) Fiona dit aussi en riant que je suis son nouveau Steve. Si elle veut. Peu importe. Je ne suis pas susceptible pour deux sous. Je pourrais même être son chien. Un chien qui parle, ce serait marrant. Comme dans un roman de Stephen King. Wouf ! Wouf ! Ça pourrait vouloir dire : *Je me promène dans les rues En fredonnant un gai refrain Car je chante Je chante simplement sous la pluie Je chante sous la pluie.*

amours

Sans effets secondaires

De façon appuyée et ne trouvant jamais le moyen de se prouver le contraire, elle a expérimenté à deux ou trois reprises qu'en amour, elle n'a décidément qu'elle-même sur qui compter. Jamais personne mise à part elle-même ne s'est véritablement investi avec un niveau acceptable de sincérité, estime Élodie. Des belles paroles autant qu'un politicien ou un DRH peut en débiter, des petites attentions comme si elle était un animal de compagnie, des grandes démonstrations aussi justes que le théâtre shakespearien mais du théâtre quand même, voilà ce qu'elle avait vu et revu. Qui sème le vent récolte le calme plat. Nul ne baissait jamais la garde pour rendre le monde plus doux. Chaque amoureux – ou prétendu tel – avait joué avec plus ou moins de talent, un jeu où se combinaient une certaine forme élémentaire de sincérité et l'habitude du calcul le plus sordide (lequel des deux lâcherait l'affaire le premier, histoire qu'on recommence ailleurs pour varier les plaisirs ?). S'abandonner cinq minutes sans arrière-pensée dans les bras de l'autre était une notion aussi étrangère aux hommes de sa vie que la compassion et l'attendrissement pouvaient l'être, d'après elle, à toute civilisation étrangère au christianisme. Elle pouvait crever, Élo. On pouvait être en train de la baiser, elle n'aurait pas le moindre geste d'affection.

Dans son jardin tiré au cordeau (on se serait cru dans un ridicule Versailles façon *Chérie j'ai rétréci les gosses)*, le dernier en date des prétendants a bricolé un barbecue en briques à l'allure assez anglo-saxonne et dont il est immensément fier. Il porte l'un de ces absurdes et inélégants tabliers de cuisine comme on en voit sans cesse dans les séries télé lors de l'incontournable scène du grill bucolique et détendu entre voisins. *C'est moi le chef* est inscrit en lettres géantes sur le tablier. Et en plus petit, il est noté *Ce tablier raffiné vous est offert par le volailler de votre hypermarché.* La grande classe. Ce sympathique barbecue en briques est facile à réaliser, annonce le petit ami avec enthousiasme. Il comprend deux compartiments : le foyer et une réserve à bûches protégée par un fonctionnel plan de travail à assise en béton armé et jolie couverture de briques couleur rubis flammé. Comme pour tout barbecue digne de ce nom, j'ai choisi soigneusement son emplacement au jardin, de façon à ne pas être importuné par les odeurs de cuisson et la fumée dans la maison. Tu sais, ce n'est pas compliqué du tout. Pour s'offrir ce petit bijou trouvant son écrin dans cet espace vert, il faut disposer simplement du matériel suivant et le tour est joué : bêche (tout le monde en a une, non ?), niveau à bulles (important !), taloche de maçon, truelle langue-de-chat et ciseau de briqueteur (j'ai acheté ces trois outils en promo à BricoMagic), maillet et serre-joints (là, j'avais déjà, depuis que j'ai percé l'ingénieuse fenêtre du garage), pattes métalliques (j'ai emprunté au voisin), grille de foyer en fonte (modèle « rustique Dallas »), étais de bois (chevrons, je voulais dire mais tu m'as comprise), fers à béton (j'ai emprunté aussi, à mon oncle). Le tout c'est de ne pas rater le coulage du plan de travail – opération délicate mais je suis un as à ce petit jeu de précision – et d'être appliqué au jointoiement des briques réfractaires. Ha ! Ha ! Elles n'ont pas été réfractaires longtemps, avec moi, les briques ! J'ai fait du beau boulot. Pour que ce soit bien d'aplomb, tout est dans le petit coup de manche de la truelle. Le petit coup de manche de la truelle. Manche. Truelle. Petit coup. Élo entend sans entendre. Qu'est-ce que je fous là, elle murmure. Écrin ? Espace vert ? D'abord, ce coin fait six mètres carrés à tout casser.

Achetés dans une épicerie asiatique pendant les 96 h du prix cassé (j'étais là, je peux en témoigner songe Élodie), des cous de poulet congelés blondissent à la vitesse de la lumière sur le grill, accompagnés de diverses sortes d'abats, parce que ça coûte moins cher, que c'est une nourriture délicieuse délaissée par les nantis que nous sommes devenus aujourd'hui et que c'est particulièrement bon à la santé. Soi-disant. Le vin rosé estampillé différents mélanges de la Communauté européenne tiré du cubi est à l'avenant et Élo soupçonne qu'il pourrait provenir de la pompe à essence de la station-service discount, ça ferait zéro différence. Deux minutes plus tard, l'invitée de marque contemple avec hébétude deux cous de volaille (avec la tête au bout) dans son assiette jetable en plastique souple (c'est plus écologique que le papier car on peut relaver et relaver pour s'en servir indéfiniment, a expliqué le roi de l'astuce). Les têtes guillotinées et aux yeux fondus dans leurs orbites gonflées sont délicatement accompagnées d'un truc organique carbonisé ayant peut-être été un morceau d'estomac ou d'intestin dans une vie antérieure. Elle soupire et dit ok. Et s'en va. Elle ne profitera pas (c'est le verbe dont il use constamment) du dessert : des Danette mais de la marque dédiée de l'hypermarché, goût goyave-coco ou caramel-beurre salé, au choix (c'est la fête, il a acheté deux variétés). Le roi de la débrouille est clerc de notaire, se palpe selon ses propres dires dans les cinq mille à cinq mille sept mensuels sans les primes (c'est son père, le notaire). Mais il souffre, comme beaucoup de gens de sa race, d'une mesquinerie crasse dès qu'il s'agit de sortir un billet de dix euros. Pauvre con, elle marmonne, comment ai-je pu m'intéresser à lui ? Mais comment ? Qui suis-je pour être aussi bête ? Quel crime suprême ai-je commis dans une vie antérieure ?

Portière qui claque, démarrage sur les chapeaux de roue, l'autre idiot les bras ballants devant son barbecue fumant tel l'autel aztèque des sacrifices humains. D'un bleu calme délavé d'aigue-marine, le ciel de juin est soudainement d'une telle vastitude que la fuyarde en éprouve un bref étourdissement, voyant dans cet azur classique un océan à l'envers – où se noyer une bonne fois pour toutes – et une sorte de miroir reflétant, sans que nul n'y porte la moindre attention – sauf elle – toutes les belles choses offertes par la terre. En particulier la promesse imaginaire d'un amour véritable, pur et dur, à la vie à la mort. La route respire l'été avec confiance et, pour un peu, on aimerait presque cette patrie terriblement matérielle de nous autres frères humains qui après nous vivez n'ayez les cœurs contre nous endurcis car si pitié de nous pauvres avez et nous les os devenons cendre et poudre de notre mal personne ne s'en soucie. Huit heures à tuer toutes les nuits, c'est ce qui l'attend, appartement silencieux. Se sentir si seule. Il ne faut compter que sur soi, voilà l'unique certitude. La loi. Et encore, je me trahis assez couramment dénonce une voix coléreuse dans sa tête. Comment est-il possible de s'aventurer aussi loin dans le néant ? Décidément, pense-t-elle en grillant un feu orange (mais on n'en a rien à cirer car pour le moment, elle n'est pas équipée d'une caméra cette pompe à fric de feu orange), décidément tout être humain n'est rien d'autre qu'un animal pris au piège. Pour ne pas crever la gueule ouverte sur un cri que personne n'entendra, il devra se ronger la patte, espérer que ça cicatrisera et s'enfuir à l'autre bout du monde en béquillant, avec à perpétuité un maudit goût de sang dans la bouche. Voilà comment ça se passe. Décidément. Insoluble. Le souvenir d'un livre pour enfant la gagna subitement : *Le Renard pris au piège*, une histoire traduite du japonais et délicatement illustrée d'aquarelles. 釣狐, elle avait appris à calligraphier ce titre, *Le Renard pris au piège*. Elle avait huit ans. Et aujourd'hui, vingt années plus loin, elle était ce renard piégé par la vie : 釣狐. Vivre une journée de beau soleil avec un garçon gentil, ne regardant pas sa montre toutes les cinq minutes, un brin généreux et attentif et ne mentant pas à sa femme : c'était sans doute bien trop ambitieux (*écoute même si c'est pour de bonnes raisons tu sais je veux la ménager ce n'est pas le moment de le lui dire tu ne sais pas tout elle est fragile ce n'est pas facile pour elle au travail son chef est un vrai con psychopathe qui met la pression et a pour maîtresse sans que ça le dérange une collègue mariée on verra plus tard je t'ai déjà dit que dans quatre ans ma fille aura passé son Bac on y verra plus clair je prendrai la décision qui s'impose cette situation me déplaît autant qu'à toi déshabille-toi je dois repartir dans une heure*). Que dans les romans qu'on voit un homme digne de ce nom. C'est bien simple, un homme sans effets secondaires, ça n'existe pas. Aucune chance. Non. No way. Impossible d'avoir un dimanche intact. Autant demander la lune. Élo roule. Dans le rétroviseur, rien à voir. Pas la moindre journée heureuse, juste un paysage incendié par les barbecues et qui défile dans un fracas de gris et de flou, chahuté de vent explosif, à peine un décor raté de film catastrophe. Elle s'interroge violemment : que signifie ce que je vis ? Ai-je de la valeur aux yeux de qui que ce soit, hormis mes parents ? Pourrais-je ne pas être interchangeable aux yeux d'un amoureux ? La réponse lui fait peur. En écoutant à fond de la musique africaine toutes vitres ouvertes, bientôt pied au plancher, elle imagine avec soulagement qu'elle va avoir un accident mortel dans la minute qui suit, s'encastrer sous un engin de chantier, une tractopelle ou – pareil à celui du voisin agriculteur – un tracteur Ford 550 avec chargeur et masses d'alourdissement. Mais cela ne se produit pas. Elle se rappelle que le mois passé sur l'autoroute, un chauffeur bulgare épuisé s'était endormi au volant et avait effectué un écart sur la droite, puis il avait donné un brusque coup de volant sur la gauche, mordant le bas-côté pour ensuite venir percuter la glissière séparant les deux fois deux voies. Sous le choc, la cabine s'était retrouvée de l'autre côté, paralysant l'autoroute dans les deux sens. Ce poids lourd transportait des rouleaux de bitume à chaud servant à l'étanchéisation des toits, ils avaient pris feu, provoquant une épaisse colonne de fumée visible jusqu'à la lune. Le rouleau de bitume se présente comme un rouleau d'armature non tissée en polyester, enduit sur une face de bitume élastomère a dit son père quand elle avait raconté tout ça, voulant juste se faire plaindre pour le temps perdu et rien à foutre du polyester. Chauffeur indemne, pas de blessés ni rien. Mais embouteillage monstre, il avait fallu deux jours pour dégager les voies, elle était restée quatre heures bloquée avant d'être obligée de sortir vers nulle part en roulant à cinq kilomètres/heure sur vingt bornes et pendant ce temps-là, elle avait réfléchi intensément à sa vie tout en se chopant quinze minutes plus tard un PV à quarante-huit euros (si payé dans les quinze jours) car elle avait roulé à cinquante-sept km/heure au lieu de cinquante à la sortie d'un village où, à sa souvenance, il n'avait jamais été question qu'elle allât.

Elle avait donc réfléchi intensément à sa vie pour en conclure que cette dernière se résumait à une monstrueuse démonstration d'insignifiance. Maintenant ses doigts carrément blanchis par la colère – tout sang vidé et on aurait dit à s'y méprendre des cous de poulet fantomatiques – serrent le volant comme s'il s'agissait de l'étrangler.

Arrivée à la maison, comme une furie elle se met à faire ses valises, c'est réglé, pas à discuter, partir, fuir, en un quart d'heure vingt minutes c'est bouclé, direction internet pour un billet d'avion, adieu ici, adieu cette existence. Puis Élodie s'assied brusquement sur le lit défait et sait que le mieux sera de pleurer un bon bout du temps, au moins le restant du dimanche, car elle n'a vraiment nulle part où aller.

Noire et blonde

C'est une photo de toi. *Vraie blonde* comme tu dis et robe noire sexy à mort. Une photo prise juste hier et déjà d'autrefois. Regarde, il y a tant de lumière dans tes cheveux (aura-auréole-nimbe de sainte ordinaire terrienne occupée à respirer et pleine du désir de continuer à le faire tant bien que mal, courageuse petite flamme), tant de lumière que j'en oublie presque ton regard vert. Fin d'après-midi un dimanche. Tu vas partir. T'entendre dans la salle de bain. Tu parles d'Avignon et de théâtre, de camping là-bas et d'un comédien qui te draguait, des choses à manger qu'on emporte sur les gradins, de Shakespeare. *Entends mon âme qui te parle* [La Tempête, traduction par Benjamin Laroche, œuvres complètes, Gosselin, 1842, t. 1]. Ta voix comme si on se prêtait un moment l'un à l'autre. Pas plus. Juste une poignée d'heures-lucioles sur la vaste mer d'obscurité. Fringale d'amour. Mini lune de miel. Comme du vin bu ensemble, Chablis, Arbois Béthanie ou Madiran. Des minutes si fragiles mais faites pour qu'on se souvienne d'elles dans cent cinquante ans, c'est promis. Je te le promets. Il faudra que tu te rappelles combien tu es belle. Même si nous devenons trop vite des voleurs dans la nuit, tristes d'un or jamais trouvé, passeurs de fleuves sans noms, frontaliers de la peau de l'autre, déjà partis. Et pourtant jamais familiers des nuits sans promesse. Un peu réparés. Capables d'aimer ce qui s'enfuit. Venir te photographier car vraie blonde et robe noire sexy. Tu remarques l'appareil photo et tu dis : *Ah bon ? Oui d'accord !* Et tu souris-Mona-Lisa-femme à sa fenêtre-Grace-Kelly. Portrait d'une héroïne. Toi et moi au bord du soir. On regarde le stock d'étoiles et on rate encore l'envol de l'Aéropostale à 22 h 32. Voyageurs d'une journée d'avril gouvernée par les cerisiers, attentifs aux clins d'œil d'un printemps indécouragé, on se dit oui. Tu es jolie avec tes lunettes d'Alice au Pays des Merveilles le matin devant ton jus d'orange, tu es jolie quand tu ris au cinéma, tu es jolie avec ton prénom Lionne de Dieu, tu es jolie avec ta grosse voiture rouge un peu capricieuse, tu es jolie avec ton sommeil sous les toits. Et aussi lorsque tu fabriques des cocottes en papier sur lesquelles tu écris (et il faut les déplier pour lire) : *elle aime qu'on lui raconte des histoires. Il en écrit. La main remonte sur son genou sous la table. « Là, tout de suite, je t'arracherais bien tes vêtements ! » Il a dit ça comme ça dans ce restaurant. Finalement, c'est bien meilleur que le lit. « Où en étions-nous ? » dit-elle. Nulle part. C'est l'objectif. Dans la vie, elle carburait aux objectifs. Contrôler. Il fallait contrôler, question de survie. Elle pensait qu'il était question de sa survie ! Ce n'était qu'une théorie. Il pensait que l'amour transcendait tout. L'amour est parti. Il a survécu. Ce n'était qu'une croyance. Rendez-vous le lendemain soir. Ce sera leur première nuit, peut-être la dernière.*

Vulnérable car vivante. Forte car vivante, c'est toi, amie de cœur. Au jardin où des arbres se parlent dans des langues élégantes, quelques jours dans tes bras, petit Éden. Mars-avril-mai. Nous, au beau milieu de ce qui refuse de mourir et guerroie dans un silence vert de procession, dans la fureur des vergers ressuscités. En alerte rouge. Avec du feu sous nos mains.

Surpris par la nuit

À mesure que le ciel pâlissait, les chiens s'aventuraient plus loin et je suppose que la chose essentielle quand on aime quelqu'un, c'est que votre amour vous donne une immense envie de continuer à vivre.
Jim Harrison, *La route du retour*

D'autant qu'il s'en souvienne, monsieur Updike avait toujours été amoureux.

À huit ans, il avait eu le béguin pour Jane Russel. La femme dans toute sa splendeur version années cinquante. Il avait découvert l'actrice en photo dans un programme tv. Dans ses rêveries d'après-midi sur les bancs de l'école ou dans les vagabondages de son esprit préludant à l'endormissement, d'autres étoiles, souvent oubliées aujourd'hui, avaient succédé à Jane. Kim Novak et son air canaille. La divine Ava Gardner. Gena Rowlands. Il avait lu avec émerveillement *Gena Rowlands et le renouveau des actrices d'âge mûr* [Paola Dicelli, éditions LettMotif, 22,00 €, ISBN 978-2-36716-140-2 broché, ISBN 978-2-36716-141-9 cartonné]. Et récitait comme un mantra à qui voulait l'entendre (les infirmières trouvant que ce charmant monsieur était un peu bavard) que : la muse de John Cassavetes avec qui elle avait tourné pas moins de sept films, n'en demeurait pas moins une actrice mystérieuse. Cultivant à la fois la force et la fragilité, la séduction et le mal-être, sa personnalité semblait avoir plusieurs facettes qu'elle déployait au fil de sa carrière, de ses rôles. Gena Rowlands n'hésitait pas à se mettre à nu, créant une frontière floue entre sa réalité d'actrice et celle de ses personnages. Parmi les aspects abordés dans son jeu, se trouvait la question de la maturité, indubitablement. Comment rester sous les projecteurs quand des actrices d'un certain âge en étaient écartées ? À travers *Opening Night* et *Gloria* notamment, celle que nous surnommerons « la star accessible » s'insurgeait contre une dictature hollywoodienne liée à l'âge. À ce titre, ces deux films – sortis respectivement en 1977 et 1980 – tentaient de réhabiliter la femme de plus de quarante ans, peu avantagée dans le cinéma classique. Ces rôles phares amorceront non seulement une évolution dans sa carrière, mais également un renouveau du stéréotype de l'actrice vieillissante créé dans les années 1950, avec des films comme *All About Eve* de Joseph Mankiewicz. Par la suite, l'Italie avait fourni son quota de splendeurs : Claudia Cardinale, Stefania Sandrelli, Ornella Muti et plus récemment Monica Belluci. Une éternité plus tard, toute une collection de petites déesses tutélaires peuplait encore ses songes. Un panthéon de muses panthères bienveillantes et toujours égales à elles-mêmes. Mais le grand amour de sa vie avait été une fille de Méridian, Mississippi. Encore une actrice. Sela Ward, l'entité suprême de l'Olympe personnel de monsieur Updike. Une vedette à la popularité plutôt nord-américaine mais, selon lui, à la beauté fulgurante et définitive. On lui avait fait plaisir dernièrement en imprimant une série de clichés de cette femme, trouvés sur Google. Brune comme une terre brûlée. Lorsqu'il était seul, monsieur Updike parlait à Sela. Sela, les années passent et tu es de plus en plus belle comment fais-tu ? Sela as-tu remarqué la teinte si particulière de l'air ce soir ? Ce bleu d'une pâleur d'eau paisible, de source ? Sela, pourrais-tu venir visiter mes rêves la nuit prochaine ? Au matin, j'en serais tout réchauffé. Sela, ma belle. Si lointaine mais si présente. Je te vois. Sela, tu es la seule.

Naturellement dans l'existence, il n'y a pas que les comédiennes. D'autres femmes sont plus proches du commun des mortels. Les chanteuses par exemple. Mais monsieur Updike avait horreur de la musique. Alors il s'était détourné du show business pour se concentrer sur son entourage, sur le quotidien. Il y avait eu cette femme dans un restaurant, des années plus tôt. Sa façon élégante de masquer son ennui à l'homme l'accompagnant l'avait ému au plus haut point. Cette femme s'était mise à hanter ses pensées durant cinq ans. Puis c'était une jeune Népalaise qui avait occupé la première place dans son cœur. Une rencontre fugitive lors d'un trekking. Ou plus exactement des photographies montrées par un ami de retour, lui, de l'Himalaya. La jeune femme portait des charges très lourdes. De l'eau, un ballot de thé, du lait et du beurre, la bouilloire, les tasses et ustensiles pour préparer matin midi et soir la boisson des occidentaux. En fin de journée, après les fatigues de l'expédition et dans un refuge sévèrement chahuté par le vent blanc d'altitude, elle avait servi à table, ne comprenant que trois mots d'anglais, souriante, pleine de bonne volonté, épuisée. Résultat, au moins deux années à rêver d'elle en psalmodiant son prénom imprononçable : Pratikchhyha qui signifie *l'Attendue*. Ensuite, il y avait eu cette voyageuse rencontrée dans le train Besançon-Strasbourg et ressemblant terriblement à Sela Ward. Même air sérieux et pourtant mutin. Elle lisait un roman et elle avait déclaré en refermant le livre :

— Malgré toutes les attaques qu'elle porte à notre nature fragile, la vie est préférable à la mort.

Il n'avait pas su quoi répondre. Elle avait alors très fugitivement paru déçue puis s'était plongée dans la contemplation d'un paysage estival de moissons dans des champs géants, de pylônes électriques quadrillant le moindre espace, de routes départementales vides et de pelleteuses en action de loin en loin, creusant des trous énormes pour Dieu sait quelle raison. Cette femme avait semblé vraie. Comme subitement surgie du roman qu'elle lisait. Tous les autres passagers figuraient des silhouettes en carton dans un train fantôme à destination de la grande fosse du temps, vaporeuse petite foule occupée, fumigation d'espoir, d'appréhension et de doute. Seuls deux êtres vivants, elle et lui, et six cents spectres. Conséquence de cette rencontre : un silence pesant durant le trajet, suivi de dix ans d'amour virtuel.

Aujourd'hui le seul courrier dans le casier au nom d'Updike, c'était : JUSTIFICATIF DU RÈGLEMENT DE L'AMENDE Paiement par carte bancaire. Madame, Monsieur, vous avez choisi de régler votre amende par Internet et nous vous en remercions. Veuillez trouver ci-dessous le justificatif du règlement de l'amende suivante : N° de télépaiement : 33335959959751 – 69. Date de l'infraction : 26/06 de l'année en cours. Date de l'avis : 01/07 de l'année en cours. Type d'opération : Paiement. Montant : 65 €. Date de règlement : 08/07 de l'année en cours. Canal de règlement : Site Internet de télépaiement. www.amendes.gouv.fr est le site de télépaiement des amendes issues du système de contrôle automatisé (radars fixes, mobiles et embarqués, dispositifs feux rouges, etc.) ainsi que de toutes les amendes dont la référence télépaiement est présente sur votre carte de paiement. Site du Ministère de l'Économie et des Finances. Le site est compatible avec les principaux navigateurs du marché : Internet Explorer 6 et versions supérieures. Mozilla Firefox 1.4 et versions supérieures. Type de la carte : VISA. N° de carte bancaire xxxxxx400673794bk - date validité 05/19. N° commerçant CB 2311331. N° autorisation 624112. Attention aux courriels frauduleux. Pour votre sécurité, ne répondez jamais à un courriel vous demandant vos coordonnées bancaires. Nature de votre achat : Amendes. Référence de règlement : 220150708091005706. RÉPUBLIQUE FRANÇAISE Liberté Égalité Fraternité.

On finissait par redouter les enveloppes à en-tête de la République. Cette dernière, sous mille prétextes, ne nous écrivait que pour nous prendre de l'argent. Il était mentionné : Référence de règlement : 220150708091005706. Mr Updike fut stupéfait de penser qu'il y avait déjà eu 220150708091005706 amendes. Suite à cette amende n°220150708091005706, le médecin de l'établissement avait dit qu'il valait mieux ne plus prendre le volant. L'auto avait disparu on ne sait où. Il s'était juste agi d'un excès de vitesse à 56 km/h (il aurait fallu s'en tenir à 50 km/h et, comme par magie, l'auto avait disparu on ne sait où. Tout comme le permis de conduire). Mais désormais, ce qui ennuyait monsieur Updike, c'est qu'il ne s'enthousiasmait plus. Toutes les femmes croisées à la maison de retraite l'indifféraient. Plus moyen de tomber amoureux. Il y avait bien eu cette jolie infirmière rousse aux cheveux courts. Son pull en cachemire bleuté, ses bottes de cuir (bleu maya pour aller avec le pull, elle avait précisé), quelle merveille. Quel chanceux que son mari. Mais cette liaison virtuelle n'avait pas duré un déjeuner de soleil. Le visage de la belle s'était évanoui bien vite. Pourquoi ? De plus en plus fréquemment, le vieil homme s'éveillait avant l'aube. Aucun bruit. Pas de camion du laitier ni de coyote hurlant dans les lointains comme dans ces bonnes vieilles séries télé d'autrefois. Pas de mystérieuse inconnue sonnant à la porte pour demander asile et protection. Pas de surprise, d'action, d'événement. Un silence de tombeau. Le sommeil au-delà de cinq heures du matin, c'était de l'histoire ancienne. S'asseyant sur votre lit, vous ne pouviez que scruter d'un air interrogateur la fenêtre donnant sur le vide funèbre. Et dire tout haut :

— Ce serait épatant si des extraterrestres, des fantômes, des loups garous ou des terroristes quelconques m'enlevaient. On retrouverait mon lit sans personne dedans. Je serais ailleurs.

L'insomniaque songeait immanquablement qu'il finirait bien par se passer – enfin – quelque chose. Mais rien ne survenait. Il avait beau imaginer les plans les plus abracadabrants, il ne se passait rien de rien. Rien rien rien. La fenêtre restait stupidement fermée. Impossible de la voir voler en éclats ! Quelle tristesse. Les cimes des grands sapins remuaient calmement, pour ainsi dire presque pas, impassibilité de la vie végétale, lenteur des mouvements du ciel. La course nonchalante des nuages donnait invariablement envie d'aller voir ailleurs mais on était condamné à rester sur place. Pour un peu, on aurait accepté de s'adonner à un rituel vaudou ou à n'importe quoi d'autre. Un peu de sorcellerie n'aurait pas été de refus. Le déchiffrage de *L'Opacité des piscines*, un contemporain traité de magie, n'avait, il fallait bien l'admettre, pas donné grand-chose. C'était peut-être la fin de l'aventure. Les femmes avaient vécu en lui comme le soleil traverse les nuages au plus fort de l'orage. Leurs silhouettes, leurs voix, leur intelligence n'étaient autres que la prodigue beauté du monde s'exprimant à ses yeux éblouis. Car il était un homme sur la terre des hommes et des femmes. Quatre-vingt ans de liaisons virtuelles. De soirées imaginées, de rendez-vous conçus dans son esprit en ébullition, de déclarations d'amour rêvées et jamais concrétisées. Des oui inventés, des baisers visualisés dans la solitude de son lit. Fictif et utopique, délicieux et encourageant, ce beau voyage s'achevait sur une situation totalement inédite : c'était la première fois de sa vie que monsieur Updike n'était pas secrètement amoureux d'une actrice ou d'une inconnue. L'absolue première fois. Durant toutes les années passées, il avait toujours eu « quelqu'un ». Mais c'était bien fini. Aucune Sela Ward à l'horizon. Adieu Ava, adieu Gena, adieu Pratikchhyha qui veut dire *l'Attendue*. On l'abandonnait. Cela ressemblait à un veuvage. Sela reposait dans le cimetière secret de Mr Updike, lieu campagnard, ombragé, mental et victorien. Sela s'était évanouie, refusant de rester jusqu'au bout. Même si ce n'était pas encore l'heure pour lui, le vieil homme pressentait qu'un mourant, c'est souvent un amoureux déçu.

Restait à regarder le paysage comme si on ne l'avait jamais vu, à écouter au lit le récitatif austère de l'orage d'été (en se souvenant des juillet-août joyeux de sa propre jeunesse, avec les parties de pêche sur l'étang, la cueillette des groseilles, l'observation dans un antique télescope des étendues lunaires : océan des Tempêtes, mer de la Tranquillité, mer des Pluies). Restait à boire beaucoup pendant la canicule. En attendant la distribution de dépliants explicatifs qui tardait un peu, une infirmière avait fait venir certains pensionnaires – les plus éveillés, d'après ses dires – dans le bureau du personnel, sanctuaire sacré du ça ne rigole pas, pour leur faire lire le dépliant susdit sur internet. Titré *Canicule, fortes chaleurs. Adoptez les bons réflexes* (pdf 211 Ko), ce document expliquait à tous quels sont les signaux d'alerte, les risques pour la santé et les moyens de se protéger en cas de hausse importante des températures (la dame de la chambre 16, ancienne professeure émérite, avait opté pour la version en anglais, pdf 432 Ko). Il restait donc à lire un peu (l'horoscope quotidien, le dernier livre – remarquable de mélancolie joyeuse – du bien-aimé Jean d'Ormesson et *Canicule, fortes chaleurs. Adoptez les bons réflexes*). On commençait également à se désintéresser sincèrement de l'argent (impossible d'acheter de la bonne santé, des années pour faire autrement, du sommeil naturel, du respect). Il suffisait de se laisser prendre la tension (11,5 ce matin), d'ignorer royalement les semaines à venir, de se gaver de médicaments à cause de cette maladie ostéo-articulaire et de ce problème respiratoire. D'offrir tous les samedis vers dix-sept heures un démodé petit bouquet virtuel de violettes à Sela (plus exactement de déposer les fleurs, presque déjà fanées, sur sa tombe. Les violettes, ça ne tient pas.). Ceci sans se préoccuper de ce pantalon de pyjama mal assorti avec la veste et la dame de la lingerie avait dit, pas contente, mais vous en avez fait quoi Mr Updike de la bonne veste ? Puis, sympathiquement, on s'était mis à causer de la divine Ava Gardner (1964 : oh ! le film *La Nuit de l'iguane (The Night of the Iguana)* de John Huston ; oh ! 1953 : *Mogambo* de John Ford ; 1954 oh ! *La Comtesse aux pieds nus (The Barefoot Contessa)* de Joseph L. Mankiewicz) et il avait été également question de cette amende n° 220150708091005706. Puis à midi trente : salade verte gésiers rôti de veau sauce poivre noir pomme dauphine morbier au lait cru oreillon de pêche. Hier soir, c'était : potage au vermicelle feuilleté maraîcher julienne de légumes yaourt aromatisé (j'ai eu goyave comme parfum. J'ai lu : lait écrémé, sucre 6,9 %, crème fraîche bihydrothermique 9,1 %, lait écrémé concentré ou en poudre, arôme artificiel psidium guajava BK12, ferments lactiques, vitamine D). *Quand l'appétit va, tout va.* Nourriture industrielle. Le cuisinier, c'est pas de sa faute, réchauffe des trucs tout prêt. On voit tous les mercredi matin le camion du livreur avec tous ces sachets, ces boites. *Qu'est-ce que c'est que cet appétit d'oiseau Monsieur Updike ?* Heures toutes pareilles les unes aux autres. Couloirs silencieux l'après-midi comme si toute la galaxie faisait la sieste. Pas de danger de croiser une Gena Rowlands dans le hall désert. Télé avec le son à fond (mais jusqu'à vingt-et-une heures cinquante-cinq maxi). Embrouilles ici et là de surfacturation de soin (La Charte des personnes âgées dépendantes. Journal officiel du 27 avril 1999. Décret n° 99-316 du 26 avril 1999 relatif aux modalités de tarification et de financement des établissements hébergeant des personnes âgées dépendantes. Cette charte met en avant la qualité de citoyen à part entière des personnes âgées hébergées en maison de retraite, qui doivent pouvoir assumer l'intégralité de leurs droits, de leurs devoirs et de leurs libertés, dans le respect de leur dignité et ceci, quelques soit leur état de dépendance, intellectuelle ou physique. Article 5/Patrimoine et revenus : Toute personne âgée dépendante doit pouvoir garder la maîtrise de son patrimoine et de ses revenus disponibles). Impressions hivernales. Gel de mon sang. Cette ombre là-bas, Sela c'est toi mon amour ? Ne pars pas, reviens. Sela ? Transes de chagrin parfois quand on était seul dans la salle de bain, petits rires de courtoisie la plupart du temps. Mon corps glacé. Restait à préférer la compote pomme-framboise à celle (trop acide) aux abricots ou à celle (trop sucrée) aux fraise-myrtille (et c'était toujours une réelle petite victoire que d'être favorisé par les dieux en découvrant la coupelle pomme-framboise sur son plateau de petit-déjeuner : la journée commençait bien). Restait à rester encore un moment dans ses propres restes. Longueurs du jour, effrois de la nuit. Désarroi du petit matin, inquiétude du crépuscule. Errance dans les ruines. Mots toupillant dans la tête : épave, dépouille, tas d'ordures, balayure, déblai. Sela ma belle. Vestiges, carcasse, cendres. Restait à attendre que cela arrive, la mort.

Si quelqu'un avait eu l'idée de lui demander comment il voyait maintenant les choses, loin de toute vie amoureuse fantasmée, monsieur Updike aurait immédiatement déclaré qu'il se sentait comme surpris par la nuit.

L'habitude des fantômes

Là-bas, mettons cinq cents kilomètres au sud, c'est la ville. En pluie, le sel frais de l'océan sur le goudron en fusion. Les clés qu'on tourne dans le contact. L'Harmattan bien décidé à rayer votre pare-brise avec cent treize trilliards de grains de sable au centimètre carré et nul n'y peut rien c'est comme ça. Nissan Patrol rutilant ou totalement destroy (mais où est passé le compteur ?) c'est du pareil au même : peinture métallisée rouge de soufre pour tout le monde car c'est le vent qui choisit la couleur. Le vent gémit sur nos vies, il éparpille nos heures et nos désirs, il est le maître invisible. Il sait.

Partout les cuissons pour midi, en cérémonie de petites fumées altières, les congélateurs ça ronronne à fond pour la bière. Même combat pour les ventilateurs jouant les gros bras. Visions torrentielles d'hibiscus rouge sang. Air mis à bouillir. Faims.

À droite à gauche, les amis d'amis d'amis d'amis. L'éclat omniprésent des mille possibilités. Les vendeurs d'allumettes, de pain sucré, de lunettes de soleil à trois sous, de cigarettes italiennes ou espagnoles c'est pareil, ils sont vifs, élégants, beaux causeurs, bogosseurs, en quête de revenus et chaleureux. Les murs de ciment surchauffés comme dans un réacteur nucléaire juste avant l'accident, la plage occupée à recuire façon lave en fusion avec, au loin, derrière les vagues brûlantes, une horde de cargos féroces pour dévorer tout ce qui bouge. La ville. Une liste de choses impossibles à expliquer, justes comprises. La grande cité africaine mène sa vie. Même effet qu'autrefois lorsqu'une ouvreuse sexy au cinéma disait de sa voix, juste rauque comme il faut : dans trois ou quatre minutes ça va commencer. Dans la vitrine de la librairie Star, les livres de Kangni Alem et ce gars-là quand il écrit c'est comme des étincelles, comme un feu rapide. Un as. Au coin des rues, toutes les deux secondes, il y a des trucs étrangement universels qui flashent, par exemple et en vrac : le signe de la main pour appeler le taxi, le regard de complicité de deux hommes devant une grosse voiture neuve et coûteuse (même si on n'aime pas les bagnoles surtout les grosses, neuves et coûteuses), le besoin brutal de l'ombre pour échapper à la fournaise, l'habitude de se demander : quelle heure est-il ? (Car il y a du rendez-vous dans l'air. On sera en retard à coup sûr).

Tout scintille sans arrêt même les gens.

Dans toutes les boutiques, sur le trottoir, c'est le rythme avec hauts parleurs, chansons romantiques du Togo, de Côte d'Ivoire, du Ghana. Rhum Coca ou bière Castel si tu veux. En ville on ne parle qu'au présent. Car c'est tout ce que tu possèdes, le présent. Cette petite minute étonnante où tu respires encore. Du coup, c'est souvent maintenant que tout arrive, demain matin c'est tellement loin, aussi loin que Paris ou New York. Rafales de klaxons. Droit devant, les émouvants vertiges d'un décolleté, ébauches et fragments d'amour. Les yeux sont de diamant, le ciel d'aluminium. Se calcule partout le cercle parfait, comme tracé par un écolier sérieux, d'un soleil blanc Airbus 747. Cette ville de feu est le grand réservoir d'histoires et elles se racontent toutes en même temps, dans la course inachevée du monde où tout va plus vite que la musique. Magies. On est cinq cent kilomètres au sud. Dans l'éblouissement d'une cité puissante, richissime de ses rires et, au même moment, de ses tristesses. L'urgence qui se fait et se défait. C'est l'hallucinant feuilleton d'une journée. La beauté assise au bord de l'océan. Lomé.

Tu avais dit 18 h 30 et tu es venue à 21 h 49. Tu portes une robe noire très classe pour être encore plus noire comme ta nuque le murmure, jamais assez noir c'est ta couleur. Dans le vrombissement d'insectes géants des groupes électrogènes car 15000e panne d'électricité du mois, dans les incessants klaxons des motos sur le boulevard de la Liberté et dans le rugissement autoritaire du vol Lomé-Paris bombardant l'or des français sur la ville, t'endormant sur les draps chauds tu dis alors d'une toute petite voix : J'ai l'impression que tu n'es pas tout entier en vie. Tu m'épouserais si tu étais en vie ? Petit moment de silence puis : Je ne sais pas, répond le Blanc.

Chaleur à couper au couteau, ventilateur à la peine, rumeur de grande cité. Frondaisons immobiles. La plage comme du métal soudé à la mer.

Et il ne sait vraiment pas. Tu chantonnes quelque chose, tu te lèves avec noblesse et la chaîne dorée autour de ta taille scintille une seconde dans la pénombre (et ça dure aussi longtemps qu'une existence) tandis que tu assures en souriant, lointaine princesse Ewé qui se retourne vers moi :

— C'est pas problème. Épouse-moi pour une semaine ou deux, ça suffira. Ici on a l'habitude des fantômes.

Boxer dans le vide

Les gens que tu croises quand tu montes vers les sommets, tu peux les recroiser quand tu descends vers l'enfer.
Mike TYSON

Après tout la boxe ne sert à rien, il se disait. Par la fenêtre entrouverte, des éclairs de chaleur allumaient rageusement l'horizon cendré. À quoi bon. À quoi bon prendre des gants. Pénombre dans l'appartement. C'était enfin l'été et qu'est-ce qu'on avait de plus ?

Tourner en rond. Un crochet métallique en acier chromé positionné au plafond de la salle à manger-salon-bureau-chambre d'ami. L'immeuble comme une falaise prête à s'écrouler sans bruit dans l'aurore, le vent chaud de juillet en patrouille sur le parking, trimbalant les paquets vides de cigarettes et des cartons gondolés de pizza pour graisser l'asphalte endormi. Sa préférée, pizza Prima Vera (tomate fraîche, mozzarella di latte di bufale, roquette, tomates séchées marinées, belles tranches de jambon cru). Et suspendu au crochet, le sable froid dans son grand sac de plastique rouge imitation cuir avec un dragon hongkongais floqué dessus. De quoi boxer. Dans le logement du dessus, le ronron sourd de la télé, ce gros insecte nuisible qui ne dort jamais. Même pas à cinq heures du matin. Frapper frapper frapper sur le dragon, lui éclater sa sale gueule, lui faire regretter d'être stylisé avec un air triomphant. Car dans la salle de bain ombreuse s'irise le verre à brosses à dents avec ses striures de dentifrice premier prix. Et une seule brosse à dents. Une seule parce qu'on s'est trop aimé va savoir. Frapper. Parfois monter sur une chaise pour décrocher le sac de sable car il y aura du monde à l'apéritif. Match un soir à la télé ou plus rarement une mignonne acceptant de venir pour un peu de sexe même si elle n'en a pas si envie que ça mais on va tenter le coup et chercher à passer un moment sans complication car le samedi soir solitairement c'est douloureux. Partager le deuil de l'amour, c'est pas plus mal. Ensuite réinstaller le sac. Se sentir soi-même comme un truc pendu là, une sorte de vie organique silencieuse et somnolente. On bien un genre d'échafaudage, un poteau indicateur sur le bord des falaises, un pylône électrique désaffecté. Être sa propre dépouille. Cogner taper marteler ce dragon. La liste de ce qui peut te tuer n'est pas celle que tu crois. Tu ne risques rien avec un fusil, un couteau ou une bombe. Tu vas y rester avec des caresses, un baiser, un battement de cils. Tu vas être salement estropié avec le souvenir de vacances au Pays Basque, tu te repasseras à jamais le film de ces heures de discussion à la terrasse d'un café paisible tandis qu'elle portait cette robe avec les petites cerises pimpantes dessinées dessus. L'amour fou est la première cause de mortalité. Une utile grande campagne de santé publique serait d'interdire aux gens de tomber amoureux. Autant avaler des braises. Attention l'amour peut nuire gravement à votre santé. Fondre sur ce sac pour l'assommer. Le bousculer, le rétamer, le meurtrir. Lui tomber dessus. Mini Godzilla de mes deux. Embuscade. L'abus d'amour est dangereux pour la santé, à consommer avec modération. Et derrière les carreaux pollués, dans l'aube montante, mousseuse comme un jus d'orange fraîchement pressé, la lune n'est rien d'autre qu'une grosse idiote au milieu des astres. Telle une femme qui a été belle et qui s'est mise à manger trop, à consommer des plats tout prêts, des desserts trop sucrés, qui a bu et qui boira, dans l'absence de désir de faire l'amour avec qui que ce soit, qui a travaillé comme bonne à tout faire pour les étoiles méprisantes et aux beaux noms : Arcturus, Zeta Orionis, Bételgeuse, Aldebaran, Mu Leonis et autre Fomalhaut dont la désignation secrète est Alpha Piscis Austrini. Même que ces puissances, les étoiles, riches comme des épouses de radiologue, on a du mal à prononcer leur nom tant il est d'un autre monde. Pour les voir ces astres, on lève le regard et, en fait, ils nous font baisser la tête. La lune comme une grosse cloche, une nullité, une perdante, une sans grade, une intérimaire, une reine du drame. À ta fenêtre, tu la regardes. Elle te voit. Elle sait que parmi les hommes, tu es comme elle, tout en bas de la chaîne alimentaire, une proie pour tes congénères, un raté, une antilope blessée et tous ces lions autour. Elle ne vaut pas mieux, la lune, pas plus dégourdie que toi. Vieillie avant l'âge, un vrai marécage céleste, la divine clocharde. Si mal fagotée, rouée de coups, cabossée, saignée à blanc, épuisée par l'impossibilité de dormir, glacée par la tentation de s'éteindre une bonne fois pour toutes, souriante à l'idée de laisser cette nuit vorace la bouffer. Cheveux jaune filasse.

Peut-être prendre la voiture et faire le tour complet de la forêt de Chaux. Traverser les villages de Falletans, Nenon, Éclans-Nenon, Our, Étrepigney, Rans, Fraisans, Courtefontaine, Villars-Saint-Georges, Fourg, Liesle, Arc-et-Senans, Chissey-sur-Loue, Tlou, Chatelay, Germigney, Santans, Montbarey, Belmont, Augerans, La Loye, Goux. Voir sans voir. Apercevoir des gens promenant des chiens, des chevaux, reconnaître les clochers au loin dans les frondaisons, songer à ces centaines de morts dans les cimetières. Les morts de 1902, ceux de l'automne 1956, ceux du printemps 2002. Se demander si, dans l'un de ces villages, on fait l'amour en ce moment même ? Puis rentrer. Rentrer pour castagner rosser dérouiller lyncher le dragon. Hier au pôle emploi, réunion dans un bureau autour d'une table polygonale. Une carte du monde au mur, des fois que je me décide à aller travailler à Los Angeles comme ingénieur en robotique ou à partir comme chef d'orchestre pour la nouvelle saison de l'opéra de Sydney ou à séjourner deux ans comme traducteur de japonais pour les Nations unies à Nairobi et c'est exonéré d'impôts. Il faut que je connaisse la géographie, on ne sait jamais. Le nombre de personnes souffrant de la faim passe sous la barre des 800 millions selon l'ONU, lit-on sur la carte et c'est un communiqué de victoire avec des petits smileys à droite et à gauche. Une affiche indique qu'il est avantageux de pratiquer les langues étrangères. Il est précisé qu'il y a quarante-sept façons de déclarer je t'aime en japonais (suivant votre personnalité, poliment, simplement, romantiquement, érotiquement). Il existe plusieurs manières d'exprimer son amour. Exemple : 気になるぜ ou bien si vous préférez ゴム買ってこい. Mais une seule façon pour se faire larguer proprement : entendre une porte se refermer un beau soir. Pas claquer, se refermer. La plupart du temps, les gens partent sur la pointe des pieds. Je sais qu'un homme, quoiqu'il arrive, faut qu'il assure, qu'il réussisse. Qu'il gagne des guerres, malheur au vaincu. Je me demande comment dire en japonais : *je déteste ce verre à brosses à dents avec une seule brosse dedans* ? J'ai laissé la table polygonale à son silence gris bleuté de polymère industriel thermodurcissable et les chaises étaient assorties. Et je suis rentré vers mon immeuble. Quand je le vois depuis l'arrêt de bus, je pense à un à-pic, à une muraille menaçante, à une falaise abrasée par ma fatigue, à un effondrement progressif et inéluctable, à la mort.

Hier soir, dehors, on a entendu des flics aboyer contre des ados. Les habituelles petites épreuves de la jeunesse. Le quota d'amendes à distribuer. Maintenant le jour se lève dans ses couleurs de verre de vin blanc sec, mettons un Alsace pas doré pour un sou, plutôt transparent, tandis que des haleines de pluie et de goudron surchauffé se propagent sous un ciel onctueux comme un milkshake chocolat blanc. S'offrir un dragon plastifié pour le petit déjeuner. L'écharper, le bastonner, le moudre. Pour ne plus passer son temps à faire revivre dans sa tête des scènes d'un monde disparu. Les promenades en montagne avec le vieux chien mort depuis, ces longues heures en voiture où partager les mystères de l'univers avec des millions de mots, l'avoir trouvée belle dans sa petite robe noire en laine un soir de printemps où l'on ne savait pas trop s'il faisait bon ou frisquet. Matraquer le sac de sable dur comme du béton pour cesser de se dire qu'on passe régulièrement à quelques kilomètres de chez elle et que cette route on la connaît par cœur mais qu'il est impossible d'aller sonner à cette porte, là-bas. Qu'il ne vaut mieux pas. 気になるぜ de merde. Éden mis en liquidation judiciaire.

Après dans la matinée, j'ai fait quoi ? Rien. J'ai regardé un film en streaming. Sur un site russe. Pas grand-chose d'autre à faire.

Du cinéma thaïlandais d'ultra-baston sous-titré en anglais basique. Au moins cent quatre-vingts morts en soixante-dix minutes. Boxe. Et voici la présentation de ce film, rédigée en français par le robot traducteur de service : *Le reste de mon être que quittait la vie aimable. Fou de m'être assuré que personne ne nous force à dire que l'être aimé allumait dans sa beauté à jamais perdue pour un pareil sort ; je t'aimerai comme jamais homme n'a pas aimé la femme de lui. Grands arbres rouges mélancoliques, derniers feux de l'été pluvieux, vieille pagode de brume et domicile du vampire juché sur le roc nu, pour y recueillir humblement les moindres ébauches de sa tristesse. Foncièrement ignorante du souffle d'aimer, dans l'évanouissement des mers oubliées et l'interruption brutale des voyages, lorsque l'âme est absente du corps son abri, la peur de ne plus entendre les nobles paroles des dieux fatigués de les interminables désastres humaines.* J'aime bien ce genre de film. Les gens y meurent vite.

Il paraît que la traduction automatique est une traduction effectuée par ordinateur, sans intervention humaine. J'ai vu un documentaire : *Mais comment la traduction automatique fonctionne-t-elle ?* Il existe deux types de systèmes de traduction automatique : le premier basé sur des règles et le second basé sur des statistiques. Récapitulons :

a) Les systèmes qui reposent sur des règles associent règles grammaticales, règles linguistiques et dictionnaires de mots courants. Des dictionnaires spécialisés contenant la terminologie utilisée dans certains secteurs ou disciplines sont créés afin de rendre plus précise la traduction de contenus spécifiques. Lorsqu'ils sont alimentés par des dictionnaires spécialisés, les systèmes basés sur des règles offrent donc généralement des traductions cohérentes, correctes sur le plan terminologique.

b) En revanche, les systèmes basés sur des statistiques n'appliquent aucune règle linguistique pour effectuer la traduction. Pour apprendre à traduire, les systèmes de ce type analysent en fait de grandes quantités de données pour chaque couple de langues. Ils peuvent également intégrer des données spécifiques à un secteur ou une discipline afin d'affiner la traduction de documents spécialisés. En général, ces systèmes offrent des traductions en apparence plus fluides, mais au final moins cohérentes.

OK. Un robot traducteur pourrait-il translater, décrypter, analyser, mettre au net, rendre plus fluide et plus cohérent ce qui déborde de mon corps déglingué. Je ne me comprends plus. Je me fais peur. Je n'y arrive plus. L'immeuble est bruyant. Bientôt midi. Musique, télévision, cris, coup de freins hargneux, chiens énervés, rumeur lourde du périphérique, sirènes de police se rapprochant de ma rue, autoradio à fond pas loin, vacarme des roulettes en plastique des poubelles collectives, tout prend le large et déroule son éternel instant en sonnant la charge. Tapis rouge pour le chaos.

On peut toutefois saluer la classe avec laquelle l'aube est apparue, c'était comme une trouée de force colorée dans l'immensité lugubre. Une secousse sismique de beauté. Je me suis éveillé même si je n'avais pas dormi. Le crochet. Le sac au dragon. Mes gants. Le crochet du plafond pour me pendre. À ton cou j'aurais voulu. N'être là pour personne. Entre la vie et moi, c'est platonique. Je suis inoccupé. Alors massacrer fusiller défigurer le dragon du sac de sable. Ici-bas : un monde entier pour se battre. Argent, amour : les batailles perpétuelles. La bagarre ordinaire et inépuisable de la chair contre ce qui la ronge. Larme fatale. Pluie de coups. Que fait-on d'autre sur terre que de se défendre ?

Un vol de corbeau tourbillonne autour des immeubles. Démonstration de magie noire. Par la fenêtre de la chambre, les cinq ou six peupliers du parc frémissent doucement. Mordu de bleu chaud, le vert pâle, presque blanchi, des feuillages se dilue comme du sucre dans un verre d'eau. En permanence, le bruit des autos, des bus, des camions, des motos, des avions, des tondeuses, etc. Cette circulation, toujours, partout. Une armée de moteurs en train de nous asservir. Et sous mes yeux le balancement d'éventail des arbres créant un désir soudain et furieux de forêt. De réalité non humaine. Pour s'enfouir dans l'émeraude fumigation des taillis et des sous-bois, pour s'enrubanner de fougères et arpenter des territoires d'animaux discrets. Royaume herbeux. Loin de l'immeuble. Près du vital. J'aimerais me réincarner en arbre. En attendant, rêver de fixer le crochet d'acier chromé à une branche. Voilà la scène : de longues minutes, le sac du dragon lentement bercé par la brise aimable, mais supplicié bientôt car je taperais de toutes mes forces pour me purger de cette colère. Choc à répétition, corps à corps avec mon indignation. Ravage dévastation ruines. Frapper jusqu'à plus de souffle. Jusqu'à ne plus pouvoir. Puis s'arrêter. Cessation d'activité. S'adosser au tronc, embrassade d'écorce, deviner la sève coordonnée au sang, glisser, rester au sol comme un blessé détruit par un sniper, admirer le brasillement du ciel derrière le toit ouvrant des frondaisons. Dire d'accord. Laisser tomber. Envisager un point final. Il y a une limite aux limites. Décider d'aller voir ailleurs si j'y suis. Finir de me croiser entre les quatre murs de cet appartement. Panne générale. Gel des négociations. Pour ne plus prononcer le mot immeuble et penser falaise. Pour constater que tout est une question d'entraînement, même la mort. Pour cesser de se surprendre comme enterré dans son propre corps. Occupé à boxer dans le vide.

Comme du pétrole sur l'océan

Il était temps d'envisager les choses sous un autre angle.
James Lee Burke, *Swan Peak*

Quand je regarde dix années en arrière, c'est pour faire avec surprise le constat que ce qui m'a permis de tenir est un mélange d'amitiés jamais démenties et de petites choses que j'aurais pu croire secondaires, sans importance presque, mais dont la réalité m'aura relié à la chair des jours alors que je m'effondrais vers je ne sais où. Concernant ces petites choses, j'exprimerai toujours l'importance considérable que revêtent chez moi ces actions qui n'ont pas de verbes bien à elles et qui désignent par exemple le fait de marcher pieds nus dans l'herbe, d'écouter la même chanson en boucle pendant une nuit entière, de lire l'œuvre complète de James Lee Burke et il faut presque une année pour ça, de ne plus nier que je suis allergique au lactose, de cuisiner pour les autres et de refuser farouchement de laisser – au lit, lorsque ça se présente – la virtuosité décomplexée remplacer le pur désir et son expression émotionnelle brouillonne.

Voici dix ans donc, lorsqu'il est rentré un soir pour me dire en quinze secondes ce qu'il avait à me dire, je n'ai pas compris combien ma vie allait changer. C'était un soir ordinaire parmi l'armada de soirs que nous passions ensemble depuis si longtemps. Il a annoncé qu'on se séparait, qu'il perdait son temps avec moi.

Qu'il viendrait demain chercher ses affaires tandis que je serais au travail. Que c'était terminé. Pas à discuter.

Je n'ai plus été personne pendant des années. J'étais une copie de moi-même, une réplique en carton à taille réelle, un mannequin dans une vitrine, un hologramme modélisé d'après photo, une créature pré-morte, une zombie. Selon les jours et parfois cumulativement, j'étais une entité imaginaire, une désagréable impression au soleil levant, un sac poubelle plein, une panoplie de poupée Barbie relookée en carcasse de cerf après une chasse éprouvante, une grenade explosive ne demandant qu'à être dégoupillée par un policier zélé, une chaîne d'info passant en boucle le même flash pipeauté. J'étais devenue une rivière prisonnière de ses berges en béton, une fausse promo de supermarché, un épisode de l'insipide saison 6, une sonde urinaire, une autoroute à péage (car on n'est pas en Allemagne), un concours à passer et il y a quinze mille inscrits pour deux postes, une armée encerclée, l'attente faussement sereine d'un résultat de biopsie, un plat tout prêt sans saveur, une histoire à écouter encore et encore avec pitié et fatigue, une fumée sans feu, une starlette oubliée crevant seule en perdant la mémoire dans sa maison de retraite même pas luxueuse, un poisson rouge agonisant dans son bocal à l'eau définitivement sale, un coup du sort permanent, un réservoir vide d'essence et pas de station-service à l'horizon, un gros animal écrasé sur le bas-côté de la départementale et ça fait glang glang quand on roule dessus. Un mensonge gros comme une baraque, un pari perdu, un verset de l'Apocalypse selon saint Jean, un ordi qui bug, une mauvaise reconstitution historique, une inondation façon torrent de boue, un chien battu, une casserole pas dégraissée de sitôt, des vacances annulées, un interdit bancaire, la calotte glaciaire qui fond, un foyer d'accueil le dimanche soir en novembre, une enjouée page de pub, un tombereau de fumier déversé devant la préfecture, un jeu truqué, un musée pillé. Du verglas au prochain virage. Ma corde au cou. Et pire que tout, refusant désormais de près ou de loin tout ce qui ressemblait à de l'amour, j'étais devenue le flic de moi-même, complice de mon propre passage à tabac permanent. Le matin dans le miroir de la salle de bain : un clown de film d'horreur. Le soir, un cliché mal cadré. La nuit, une guerre oubliée. Bien trop souvent, une femme de quarante-neuf ans ce n'est rien d'autre que de la poussière en train de retomber. J'avais touché le fond. Omar m'avait tuer.

Des week-ends, j'en ai passé sous la couette à regarder film sur film. Fut un temps, je m'étais mise à collectionner les pitchs qu'on peut lire sur les sites de streaming pour expliquer de quoi parle le film, ces renseignements étant traduits automatiquement de l'anglais au français par des web robots désopilants. J'aimais bien ce langage de traviole, en fin de compte assez similaire à la vraie vie : on n'y comprend pas grand-chose mais un peu quand même. Genre : *Dans une île éloignée du tout, un entrepreneur riche crée secrètement un de parc à thème vivant des dinosaures produits depuis l'ADN préhistorique. Avant l'ouverture au public, il s'invite un paléontologue, une paléo botaniste, un mathématicien et ses deux petits-enfants désireux à éprouver le parc – et ainsi rassurer des investisseurs inquiets pour le calme. Cependant leur visite de parc est pas tranquille comme le système de sécurité des attraction tombe en panne, les créatures préhistoriques éclatent partout et les êtres d'humain courent la vitesse à leur cou pour sauver la leur vie menacée des vélociraptors et autres voraces abominables.*

À l'aube, ayant visionné cinq ou six films et n'en conservant presque aucun souvenir, j'étais vaguement désespérée, ne trouvant même pas l'énergie de l'être totalement.

Tous les samedi matin, j'allais faire les courses pour mes vieux parents et ensuite on mangeait ensemble sous la véranda à la belle saison, à la cuisine en hiver. Tous les samedi midi. Je passais vers dix heure trente et ils me remettaient la liste des courses. J'en ai une qui traîne dans mon sac, je la garde, c'est comme un talisman car depuis mon père est mort. Sur un petit morceau de carton découpé dans un emballage de biscuits à la cuillère (*6 sachets fraîcheur* peut-on lire), il est noté d'une écriture tremblée : *cacahouètes salées, un kilo d'abricots, vinaigre 75 cl (marque Mail si possible), pâtes étoiles à potage, biscottes complètes, lessive bio, produit pour parquet, beurre, galettes de maïs, jambon, endives.* Et plus loin : *passer prendre la laine commandée (pelotes mauve et gris, bleu et blanc).* Durant cette époque de repli sur moi, j'établissais rituellement mes propres listes. Pour avoir l'impression de préparer quelque chose. D'attendre du monde. Des amis, de la famille, un amoureux, la révolution qui sait. J'ai acheté du vin, je lisais des livres d'œnologie. Je me suis intéressée à ce qu'on nomme les arômes végétaux d'une bouteille. Les chlorophylés : fougère, menthe, verveine, bourgeon de cassis ; les secs : foin, tabac ; les balsamiques : résine, vanille, cire d'abeille, eucalyptus ; les fleuris : violette, rose et muguet. Avec internet, j'ai fait venir du vin d'Italie (un rouge rubescent de la région des Marches principalement) et des guides spécialisés que finalement je n'ai jamais lus. Je préférais m'endormir devant un film, laisser le ronron de la télévision me bercer. *Lui est un savant de haut niveau mais il en aurait fallu plus pour stopper les ravages de cet incurable et terrifiant virus d'origine bizarre envahissant jusqu'à tout. Immunisé contre le mal, ce savant est aujourd'hui le tout ultime homme à hanter les ruines d'un New York apocalypsé. Depuis trois ans, il diffuse chaque jour des messages radio dans le fol espoir de trouver d'autres gens dans leur vie. Nul n'a encore répondu et le silence fait douleur à la fin. Des mutants terrifieurs, victimes de cette peste moderne rôdent dans les ténèbres pour observent ses moindres gestes, guettent sa fatale erreur, attendent de l'attaquer après lui dessus d'un coup. Le savant se consacre à sa mission : venir à bout du virus, en annuler les effroyablement effets en se servant de son propre sang pour produire un vaccin de haute guérison pour longévité assurée de la race humaine. Mais ses ennemis mutés lui en laisseront-ils le temps de réussir ?* Ainsi des week-ends entiers, à comater sur le canapé, un verre de vin à la main et à la bonne nôtre. Je progressais en œnologie. Il paraît qu'il existe même d'étranges arômes animaux. Cuir, fourrure, gibier, ventre de lièvre, bouillon de viande, sang, sueur, saison des amours.

Je n'aimais plus les dimanches. Ni les lundis ni les mardis. Ni les jours de travail ni ceux de congés. Ni les mercredis ni les jeudis et pas plus les vendredis ou les samedis. Ni lorsqu'il faisait nuit ni lorsque c'était le jour. Je détestais les minutes, les heures, les semaines, les mois, etc. J'avais acheté un guide des traces d'animaux et j'allais frénétiquement en forêt chercher des traces. Je n'en trouvais pas beaucoup, une fois des marcassins je crois mais ce n'est pas sûr car ces empreintes ressemblaient à celles d'autres bêtes dont les faons. J'ai lu sur un forum que la différence entre des traces de chevreuil et de sanglier, en gros, est de même nature que celle que l'on observe entre des marques de talons aiguilles nickel et des bottes de chantier bien boueuses. Chevreuil : petit, léger, pointe des pieds. Sanglier : gros, lourd, arrondi, éclaboussé. Ce qui permet de dire vraiment que c'est un chevreuil ou bien un sanglier ? L'environnement immédiat des traces en question : le sanglier va malproprement retourner la terre, manger au ras du sol à peu près tout ce qu'il débusque. Le chevreuil, lui, broute de la haute cuisine : bourgeons, plantes bien précises, pousses délicates. Le chevreuil, c'est du trois étoiles. Le sanglier, c'est de la bouffe réchauffée de chantier, le fast-food des bois si on préfère. Au fil de ces années où j'avais trouvé une certaine paix dans la sauvagerie solennelle des futaies, j'ai fini par comprendre avec soulagement que j'avais très peu d'idées en tête. Juste des trucs à faire, des endroits où aller, des amendes à payer, des factures à acquitter, des films à voir, un rôle à tenir. Le genre d'activités ne nécessitant ni réflexion ni adhésion, ni plaisir ni esprit de rébellion. Un pion placé et déplacé sur l'échiquier. La mortelle que j'étais semblait comme absorbée par un perpétuel brouillard d'automne, soumise à la lenteur sécurisée du jour, ignorante de toute lumière. Une réfugiée ne parlant pas deux mots du pays d'accueil. Tête vide et sourire de composition. Pas même par-ci par-là un rêve insistant, histoire de zoner entre espérance et colère. Tout était clôturé, je longeais une sorte de mur interminable. Il faisait tout le tour de ma vie et j'étais sa prisonnière. Quand je parlais aux gens, c'était un récital de lieux communs assez rassurant. Rien à dire. J'étais une âme par hasard. Mon propre dernier des Mohicans. Ce que j'adorais et que j'aime toujours dans la forêt, c'est qu'elle nous reste magnifiquement étrangère.

Quand j'ai rencontré Samuel, j'avais presque oublié comment je me prénommais. Il a dit tout de suite qu'il aimait beaucoup mon prénom.

Depuis une éternité, j'étais pour ainsi dire victime d'une attaque massive de doute sur rigoureusement tout. Et spécialement sur ma personne. Les idées les plus banales, les opportunités sentimentales, les expériences les plus nouvelles débouchaient toujours sur cette évidence biblique : je serais toujours malheureuse. Je pratiquais un peu l'écriture – je tenais une sorte de journal – pour rendre un culte à la puissance sans pitié gouvernant ma vie : l'incertitude que j'avais de ma propre existence. Tant de nuits où je n'avais été qu'un fantôme misérable et attristé, errant dans la brume des heures blêmes. Durant cette haute époque spectrale, même une expression désuète comme *n'être qu'un fantôme misérable et attristé, errant dans la brume des heures blêmes* ne me semblait ni surdimensionnée ni ridiculement romantique ou archidémodée. Je croyais être le centre d'un monde englouti. Une civilisation disparue à moi seule. Du moins j'estimais que mon adversité constituait l'essence même de ma personne, sa signature. J'étais persuadée que rien ne s'achève dans un murmure, que tout sombre dans la douleur la plus démonstrative, qu'il n'existe que des villes en flammes partout dans l'univers. J'étais inutile et nulle part à ma place. Habitée d'une conscience glacée et noire, j'étais comme du pétrole sur l'océan. Une pollution. Samuel a pas mal ramé avec moi au début. Le début a duré longtemps. J'ai pensé qu'il allait jeter l'éponge. C'est ce que j'espérais et redoutais en même temps. Il est resté. Un dimanche, il a dit qu'il avait un petit bateau. J'ai pensé à ce film vu et revu mais je ne m'en suis jamais lassée : *Southampton, le 10 Avril 1912. L'histoire se concentre sur les théâtres du nord Atlantique dans l'eau. Le plus grandiose navire de croisière au monde avec des passagers dedans de croisière, connu pour son introduction en bourse et la gloire de sa technologie très moderne, va fièrement dans la mer sur son premier voyage. Quatre jours plus tard, il a frappé l'iceberg géant. À bord, un artiste pauvre et une jeune fille riche chutent brutalement dans l'amour ardent.*

C'est un voilier. Je photographie beaucoup la toile chahutée en rafale par le vent, c'est beau. Samuel m'apprend l'art nautique. Chez moi, avec trois pinces à linge, j'ai tendu des draps dans le jardin et je fais des clichés de la lumière enflammant l'étoffe.

Éphémères sculptures indolentes, navigation immobile. Photographier, c'est accepter que le monde existe et qu'on en fait partie. C'est une preuve de nous.

Avec des cartes marines, une pile de journaux jaunissants et un guide sur les oiseaux du littoral, sur l'étagère, les trois tomes des *Essais* de Montaigne en Folio classique n° 4893, 4894 et 4895 [édition présentée, établie et annotée par Emmanuel Naya, Delphine Reguig et Alexandre Tarrête. Exemplaire de Bordeaux en 3 volumes, texte intégral. Gallimard, Paris. Illustrations *Les trois âges de l'homme* (détail, 1512), Titien ©National Gallery of Scotland, Edimbourg]. Vieux volumes visiblement lus et relus, annotés au crayon de papier, quelques passages stabilotés en orange fluo. J'étais émue d'imaginer Samuel sur son bateau, au large, seul sous les étoiles mais dans l'amitié de Monsieur Michel de Montaigne. Sur un carton scotché à la cloison de bois clair, il avait recopié depuis longtemps cette belle phrase, forte comme un orage longuement attendu pour ne plus mourir de soif : *Notre monde vient d'en trouver un autre.* Un soir, j'ai tendu le doigt en direction de cette citation, Sam cuisinait une omelette poivron-champignon, il a haussé les épaules d'un air de petit garçon pris sur le fait et, ne pouvant empêcher qu'une telle chose ne me submerge comme un tsunami, j'ai commencé à l'aimer. Je voyais bien que seul l'amour avait le pouvoir divin de remettre de l'ordre dans l'acheminement des jours, de prolonger la vie, de donner le goût de la prolonger. *Chuter brutalement dans l'amour ardent.* Si ça se trouve, même les sangliers chaussés de grosses bottes de chantier et les chevreuils en élégants talons aiguilles savent que l'amour est un éternel départ. J'aime bien être sur l'eau. Rien n'est jamais stable et il faut choisir de rester debout en se cramponnant là où on peut. On sent les remous de la matière, les inintelligibles abysses. Et tout autour, dans une profusion de vie, c'est le mélancolique régal des bleus hospitaliers. Maintenant ça va mieux. On navigue. Samuel est là. Et moi aussi.

Madrid, États Zunis d'Amérique

Il n'avait toujours pas envie de rentrer.
Mais il se sentait mieux.
Dan O'Brien, *Au cœur du pays*

Des idées on en a eu. Beaucoup. De trop, va savoir. L'avant-dernière en date, c'était de se jumeler avec Madrid, Espagne. Nous, Madrid, comté de Santa Fe, Nouveau Mexique. Cent quarante-neuf habitants. Le Crystal Dragoon où l'on vend des minéraux, des turquoises surtout, deux ou trois bars ouverts jusqu'à vingt heures, un centre commercial avec cinq boutiques dont deux à vendre, une épicerie dans une vieille et magnifique bâtisse centenaire, un terrain de basket au ciment ayant besoin d'un méchant coup de neuf, le musée de la mine d'anthracite avec ses deux salles d'exposition et son circuit de deux kilomètres dans la sierra. Le tout, pour ceux que ça intéresse et ils ne doivent pas être légion, entre Albuquerque et Santa Fe, bien après Rio Ranchos et avant La Cienega. Et si on continue sur sa lancée, on va jusqu'à Las Vegas. Pour le jumelage, les Espagnols ont dit non.

Madrid, Nouveau Mexique, a relevé la tête avec fierté. Ce qu'on voulait, c'était faire parler de nous pour créer de l'activité, du passage, du tourisme en ville, alors on a proposé un concours d'idées. Le vieux Paddy l'a remporté haut la main : on a qu'à organiser une corrida, il a dit comme ça. Pas un rodéo. Des rodéos, il en existe des dizaines dans la région à la belle saison. Et tout près, ceux de Glorieta, Rio Chiquito et Santa Cruz sont réputés. Une corrida… madrilène, voilà qui aurait de la gueule tout le monde a pensé. On s'est lancé comme un seul homme. On n'habite pas Madrid pour rien.

Il a été convenu que ce serait moi le toréador car j'avais participé à des rodéos avec un talent passable. J'ai regardé des tonnes de vidéo sur le net pour apprendre les attitudes et les techniques et j'ai commandé un costume ($79,95 quand même) sur un site mex. Lorsque l'habit de lumière est arrivé, Burt Salomon, l'instituteur, a dit que c'était une pure daube et que, au mieux, là-dedans, je ressemblais vaguement à Daredevil ou à HellBoy, ou plutôt à un super héros encore inconnu et qui n'avait aucune chance de l'être. Un toquard. Ce qui n'était pas le but. Alors la vieille Rosita a assuré qu'elle me confectionnerait un vrai habit de lumière pour peu que je lui trouve un modèle convenable. Re-internet. J'ai choisi le costume de Juan Mora, en velours bordeaux et or, motif aztèque. Puis il a fallu trouver un ou deux toros.

On pensait demander conseil à Alonzo McClure mais il est mort brutalement. Le pasteur a dit qu'il avait eu une vie bien remplie, qu'il avait bien travaillé comme pompiste de nuit à la station de Paradise Hills jusqu'à ce qu'elle ferme, qu'il avait eu six enfants a priori avec la même mère, ce qui était un exploit par les temps qui courent. Au service funèbre, l'un de ses fils a évoqué la passion de son père pour les chevaux et ses trois voyages au Mexique pour visiter des élevages. D'Alonzo, je garderai deux souvenirs : primo la sainte murgée qu'il s'était pris dernièrement lorsque la First Bank d'Albuquerque lui avait confisqué son pick-up, sa télé grand écran et son quad de chasse. Secondo l'éclat particulier de ses yeux lorsqu'il te racontait les toros. Des histoires de bêtes et d'hommes, d'empoignade, de sueur et de croyances. Alonzo, si tu m'entends, merci pour tout. Ici à Madrid, pas de toros. Juste un élevage d'ânes miniatures. Des ultra-miniatures et des micro-mini (moins de quatre-vingts centimètres). Des animaux de poche à vendre aux richards de Las Vegas pour agrémenter les jardins-terrasses en plein ciel de leurs apparts au dernier étage. Les toros on les trouverait au sud, de l'autre côté de la frontière, on avait une adresse à Moctezuma, état de Chihuahua.

Tout Madrid s'est cotisé. On a choisi deux jeunes bêtes inexpérimentées mais de fière allure. Nerveuses, des petites montagnes d'anthracite. Elles frappaient du sabot. Je ne savais que penser de leurs yeux d'étincelles. C'est Malcom Xochimilco (on l'appelle Malcom X) qui s'est porté volontaire pour soigner les bêtes sur son ranch, à la sortie nord de Madrid. Cet homme n'a aucun défaut, aucun vice, aucun humour. Mais c'est un bon ranchero quand même. Deux ans plus tôt, un connard venu d'Eugène dans l'Oregon, autrement dit de la lune, est reparti Dieu sait comment avec la femme de Malcom X. Ce dernier a déclaré publiquement que courir après la fuyarde aurait été l'effort de trop. Qu'il préférait laisser pisser. Que, de toute manière, avec elle, il n'avait eu que le service minimum. Que tout ça c'était terminé. Finito. Qu'elle aille au diable. Quand tu lui demandes s'il préfère les blondes, les brunes ou les rousses, Malcom X est le genre de gars répondant qu'il ne sait pas. Avec Burt Salomon, le vieux Paddy et Malcom X, on a acheté et voituré les deux bêtes jusqu'à Madrid. Je me dis souvent : vivement je ne sais pas quoi mais vivement. Avec cette course de toros, peut-être que quelque chose arrive enfin.

Le premier soir du retour (on était mi-mai), un vent glacial a dégringolé des sierras avec quelques milliards de flocons de neige, ça arrive. Jusqu'à la fête du 4 juillet, c'est du domaine du possible. En trois ou quatre heures, l'air devient mauve puis rose, c'est comme une averse de beauté, la température chute, les herbes vert pâle de la prairie se couchent sur la terre comme après une bonne cuite. Quand on voit ça, on se tait. Plus qu'à relever son col. Et on a presque alors le désir de se sentir poète ou aimé, ce qui revient au même. On a eu peur que nos deux toros mex, habitués aux fournaises de l'état de Chihuahua, ne chopent un refroidissement. Alors dix gars ont apporté des braseros et durant trois ou quatre jours, le temps que le coup de neige nous oublie, on a chauffé l'étable. On était prêt à tout pour que la course, prévue le samedi suivant, se passe bien. Par le bouche à oreille et grâce à un article avantageux dans le *Sunny Madrid* (pour faire le malin, j'avais posé dans l'habit de lumière cousu main par la vieille Rosita), on a eu cent quatre-vingt-treize réservations. Pas mal, bien même. Un honorable début. Ce qu'il faut savoir, c'est qu'aux États-Unis d'Amérique, les corridas se font sans le sang. Pas de mise à mort du toro. Ce dernier est revêtu d'une cape en toile et un système de velcros permet de lui poser les banderilles. Il faut de l'audace, de la force et de l'habileté pour réussir. Il faut oser.

Ma cuadrilla est constituée de Bull Goldstein (banderillero), Mike Steve Donnovan (banderillero), Kitty Angel Face (banderillera, la sœur d'Ava ma petite amie), Smoky Schwartz (picador) et Manuel Dominguez (picador). Son frère Macédonio nous a fait remarquer que « Manuel Dominguez » était un vrai nom de matador espagnol. On a fait des recherches et on a lu que ce gars-là (1816-1886), bien que courageux, n'avait pas été un as mais un bon faiseur. Ava a dit que cette homonymie – elle a employé ce mot-là –, c'était un bon présage.

En fin de journée, voilà que je passe au ranch de Malcom X. Tout de suite, c'est visible : il est dans un jour où il regrette sa femme partie avec l'autre connard d'Eugène, Oregon. Elle doit se cailler à mort dans les solitudes glacées de ce pays de sauvages là-bas, il dit en écrasant sa cigarette sur un poteau de clôture. Mais elle lui manque. Dans les brouillards matinaux, des biches passent sous mes fenêtres, je pourrais être plus malheureux. Et j'aime l'odeur sucrée des pommes pourrissant dans l'herbe mouillée, il conclut. Je suis venu voir les toros, j'annonce. Ils sont immobiles. Sous le soleil mourant des six heures du soir. Tellement de force dans cet arrêt sur image. Des statues d'or. Les cornes. On ne voit que ça, les cornes. Malcom X : tu n'as pas peur ? Tu vas être dans la bourrasque, amigo. T'es loin d'être un professionnel, t'es juste un bon gars ayant fait passablement du rodéo autrefois. T'es pas un de ces mex qui n'a pas froid aux yeux. Moi : c'est exact. Mais n'oublie pas une chose, hombre : je suis de Madrid. Et c'est la grande cité de la tauromachie ! On rigole. Que ça à faire. Je ne saurais pas comment le formuler mais avec mon Malcom, il y a moyen de trouver la vie en définitive assez drôle. Ensemble, on se débrouille pour oublier un peu l'activisme mélancolique baignant l'enfilade des jours. Et la tristesse douceâtre des nuits solitaires.

Comme je vois que mon ami n'est pas en grande forme, je lui demande où il en est. Tu penses à Lilia, je fais. Réponse : On dirait qu'on m'a tiré dessus ou quelque chose. Parfois je ne me souviens de rien. Ma vie d'avant est comme un film dont on m'aurait parlé et tu vois j'écoutais pas attentivement cette histoire car ça ne m'intéressait pas. Je suis juste là, au beau milieu du Nouveau Mexique, tel un foutu fantôme lessivé. J'ai prié. Le Christ de pitié. Jusqu'à sainte Rita, la patronne des causes perdues. J'ai fait la danse de la pluie, j'ai mangé équilibré et rien n'y a fait, c'est comme si j'étais parti dans des forêts profondes, sur les rives noires d'un lac encore plus noir où me noyer dès que possible. Je dis : OK Malcom mais moi ce que je vois c'est que t'es malheureux comme un chien et pourtant t'es plus calme depuis que ta femme s'est fait la malle. Pas constamment en train de turbiner au Bourbon, t'es. D'accord, tu sembles plus proche du vide et tu sais que rien n'a plus d'importance. Vide autour, vide en toi. Vertige. Mais t'es plus jamais tendu comme un nerf de bœuf, t'es nettement plus calme, vidé par l'amour. Vidangé. T'es quelqu'un d'autre et je préfère cet homme-là même si je partage ton chagrin. On se tait un moment. L'air est rose au-dessus des sierras. On observe les deux bêtes. Et toi ? Il me demande en me tendant un cigarillo allumé. Je réfléchis et je dis : au moins une fois dans ma vie, je voudrais bien faire. Accomplir quelque chose de difficile. Qu'on m'aime pour ça. Lire de l'admiration dans les yeux de mes amis, des gens. Je voudrais adorer la vie au moins une fois, tu comprends. Juste une. La plupart du temps, je ne sais pas si je crois à ce que je dis. Et encore moins à ce que je fais. Là, avec les cornes, ce n'est pas pareil. C'est du sérieux et de l'inutile, c'est comme la vie. Je vois, murmure Malcom X. Je continue : tu sais, j'hésite pour tout. Même à la pêche pour choisir un appât, même pour boire un verre c'est un monde car je n'ai pas de marque préférée. Tout le monde a une marque préférée non ? La mort de mon père, l'an passé le quinze décembre, jour de glace et de grand soleil, j'ai hésité à y croire, ma mère disant : je suis lézardée. Un peu avant, il y a eu cet accident avec mon pick-up, un essieu définitivement de traviole et ça tire à gauche depuis comme tu le sais. Des troubles respiratoires pour moi car le volant m'a sonné. Mais c'est comme si j'avais vu cette scène à la télé. Pas moi l'accidenté. J'hésitais. Comme toi, être un spectre, c'est tout ce dont je me sentais capable. Puis s'est produite cette rencontre atomique avec Ava. Ma stupeur devant cette femme. Sa beauté de puma. Elle, si jeune, moi déjà d'un âge certain. Plus que jamais mon hésitation et elle qui semblait savoir pour deux. Les amours tardives sont peut-être les plus belles car les plus inespérées. Dans la fin d'après-midi, un restant de soleil.

On est devant les bêtes. Elles nous jaugent aussi. Dans le silence du soir, on est là. Au beau milieu du bon vieux merdier universel. J'ignore pourquoi mais je me souviens de ce jour lointain de jeunesse où, pour épater une fille, Malcom X a traversé le Rio Grande à Espanola lors des pluies d'automne. Il a dérivé tellement loin avec ce foutu courant qu'il a noyé son cheval et qu'il n'a jamais revu la fille, pas le cœur pour ça car il aimait son cheval. Soudain, il confie : mystérieusement, on garde une confiance aveugle dans les chevreuils, dans les grands arbres, dans la rivière et dans ses truites bagarreuses. Dans les toros aussi, on a immédiatement eu confiance, j'ai tout de suite compris ça. Leur force de locomotive, leur goût du panache, leur mépris des blessures, c'est beau. Voilà un animal qui ne renonce pas. Insoumission, c'est le mot qui me vient. De la lumière noire, il reflète. Écoute, on voudrait tellement leur ressembler un peu.

La vérité, c'est que j'ai écrit tout ce qui précède dans mon pick-up, à la lueur d'un réverbère sur le parking désert du centre commercial vers les deux heures du matin. J'ai trouvé dans la boîte à gants un bloc de papier publicitaire des tracteurs John Deer et violemment j'ai senti venir l'écriture. Comme un coup de blizzard en avril ou mai, c'est ainsi l'écriture. Je crois n'avoir rien écrit (hormis des listes de provisions à acheter et des pronostics de courses de chevaux) depuis la fin de ma période scolaire. Mais lorsque j'aurai terminé cette rédaction, je démarrerai, j'ouvrirai ma vitre pour que le vent hésitant de la fin du printemps emporte ces mots, éparpille l'amour insensé que j'ai pour une petite Indienne. Car si je fais toutes ces choses bizarres, l'habit de lumière en velours bordeaux et or motif aztèque, la corrida et tout le tremblement, c'est pour épater Ava. Qu'elle pense : celui-là quel numéro. Ava. C'est une indienne zuni. Ce peuple est mystérieux. Beaucoup de chamanes chez eux. Et un grand pouvoir dévolu aux femmes. Elles possèdent les biens et les décisions. Ava, je la surnomme Pocahontas. Rigolade. Son vrai nom est imprononçable. Le mieux est de l'appeler Ava, c'est ce qu'elle préfère. « Ava Gardner » dit Malcom X avec une sorte de gourmandise. Elle travaille au musée de la mine. Guide. Chez elle, elle pratique les cérémonies de la pluie, de la chasse aux petits oiseaux et d'autres choses plus énigmatiques. Elle est brune comme la terre saturée d'eau après l'orage. Ses cheveux et ses yeux sont de l'anthracite, elle est un toro. Jamais vu une femme pareille. Autrefois les Zunis étaient considérés comme l'une des tribus de la nation Apache. Aujourd'hui, ils gardent des liens avec leurs farouches cousins et ils ne manquent pas une occasion de rappeler l'alliance de feu scellée par leurs chefs militaires avec le grand Cochise. C'est bien simple, quand t'entends la rumeur de leurs tambours de guerre dans les sierras à l'occasion d'une cérémonie pour touristes, c'est plus fort que toi, tu te retrouves dans la peau d'un Blanc pas trop rassuré. Les Zunis. Les gens de la couleur rouge, les priants des dieux de l'eau verte, ceux nés du sable de l'ancienne race humaine. À ma grande surprise, j'aime Ava, c'est plus fort que moi. Un feu. Que je n'ai pas allumé. Dans la cuisine de Malcom X, découpé soigneusement dans un magazine de pêche à la mouche, scotché au-dessus de la poêle avec son habituel reste d'omelette au lard qu'il refilera le soir à son chien, on peut lire affichés ces sept mots sacrés de Walt Whitman : *« pour sujet de mon chant, nos années. »*

Ont toutes promis de venir pour encourager la cuadrilla, les Indiennes. Dans l'arène ordinairement réservée aux rodéos, le vrai spectacle sera dans les gradins de bois car toutes les beautés fatales des États Zunis d'Amérique mettront leurs plus belles robes tradi et leurs bijoux d'argent et de turquoise, parfois anciens de trois ou quatre siècles. L'heureux spectateur pourra laisser tomber sa langue dans la poussière écarlate, façon Droopy voyant Betty Boop, en matant Ava (la belle des belles), ses sœurs Cassandra, Bonita, Kitty Angel Face (donc dans la cuadrilla, Kitty). Les quatre cavalières de l'Apocalypse. Sans oublier les cousines et amies, plus atomiques les unes que les autres : Kana, Trudy, Lucky Bird, Kana 2, Betty Lee, Jesse James, Sue Heroïca, Indian Bee, Zuni Wolf, Louisa et Red America. Toutes là. Merveilleusement standard : de grands yeux d'asiates, des nattes ou des queues de cheval d'un inimitable noir bleuté, des tatouages sur les épaules ou à la naissance des seins figurant des lézards ou des esprits corbeaux, une peau de caramel et dans l'air cette troublante odeur de cèdre, de chocolat et de tabac froid, le parfum intime de la femme zuni.

L'argent qui ne va pas et n'ira jamais, le clash des couples, un gamin du pays tué en Irak, la First Bank et sa dictature, le dentiste qui a fermé son cabinet et il faut aller jusqu'à Santa Fe [que l'on appelle parfois de son nom antique : Ogha Po'oge ou de son nom navajo : Yootó] pour se soigner, les trois doigts en moins d'Alonzo, je me souviens, car il a scié du bois ici et là le week-end pendant quarante ans, voilà à quoi je pense à cet instant dans mon pick-up. Alonzo, il imitait à la perfection le hurlement du loup chef de meute et qu'est-ce qu'on pouvait rire en voyant le bétail terrifié. Maintenant, a dit un soir Malcom X, le bétail c'est nous. Le monde est dur. On nous parque, on nous voit comme de la viande de boucherie. Et il a continué : nul n'ignore que toute histoire semble condamnée davantage à la répétition qu'au changement. C'est comme ça pour l'argent et pour les femmes, toujours un pur désastre. Alors il faut simuler parfois la joie, le bien-être, la croyance en demain, il faut s'offrir l'illusion partagée de réussir quelque chose. Une course avec des toros. C'est le choix de toute une ville, cette course. À Madrid, nous sommes cette course.

Six mois plus tôt, de retour de chez mon Malcom, une nuit, je me suis garé par là car j'avais trop bu et je devais vomir. Et j'ai vu traîner sur une pelouse impeccablement taillée un pot de yaourt vanille-goyave presque vide que des fourmis investissaient dans de rageuses ondes noires. Dévorations. Cette vision a décuplé ma nausée. J'ai senti que j'étais devenu une bien pâle copie de moi-même. Quelqu'un de spécialisé dans les fins de partie. J'ai éprouvé une tristesse infinie et j'ai hurlé, même que des gens m'ont entendu et se demandait. J'ai vraiment hurlé comme un coyote à la lune : ça suffit cette vie à la con, cette solitude, ces jours sans amour. Le lendemain, tu me croiras si tu peux, j'ai rencontré Ava. Avec elle, j'ai tout de suite eu le désir d'être vraiment là. En tout cas d'essayer. De faire tout pour. C'était comme si je revenais d'entre les morts. Quand j'ai parlé de cette idée de course taurine à ma petite Indienne zuni, elle a dit avec gravité : tu sais, le courage, ce n'est rien d'autre que de la confiance dont les autres te font cadeau. J'ai trouvé que ce qu'elle avait dit, c'était tellement juste et tellement beau que, une fois seul, j'ai pleuré comme un con. Et un homme, il ne pleure pas, c'est ainsi. Je me rends compte aussi qu'écrire, ce n'est que gémir. C'est qui manque de dignité. C'est pourquoi personne ne lira ces lignes, je vais démarrer et ouvrir la vitre de mon pick-up à l'essieu définitivement de traviole et ça tire à gauche, le vent hésitant du printemps emportera ces mots bla bla bla wououou. C'est demain que je descends dans l'arène. Je ferai de mon mieux, je serai vivant. Devant tout Madrid.

Manuel de survie

Plusieurs autres vies me semblaient dues.
Arthur Rimbaud

D'abord parler d'elle, lorsqu'il la regarde :

Ne la voir que de dos. Joli blouson de cuir rouge. Un rouge presque rouille, ni agressif ni trop timide, juste sincère et pour ainsi dire italien : pimpant, classique, altier et prometteur. Comme les murs de Rome ou ceux de Sienne. Au café Le Petit Poucet 5 place de Clichy 75017 Paris le mardi 31 mai 2011 de 13 h 50 à 14 h 44 et il fait beau, lumière sans histoire. Devanture rouge, gros lustres rouges, feu rouge souvent rouge à deux pas. Rousse et son blouson rouge. Des partitions. Elle lit de la musique. Entend-elle la mélodie dans les volutes de sa pensée ? Chante-t-elle intimement des notes joyeuses ou solennelles ? La place Clichy : comme une scène d'opéra qui serait habitée par de vrais gens et par le fantôme bienveillant et en colère du chanteur Mano Solo.

Tous ces gens en terrasse. Petite mélodie des cuillères dans les tasses à café. Dans les rues soumises au printemps, voilà que tout recommence. Tout brille : jusqu'au moindre petit tas de poussière avec des bouts de plastique, du papier, du métal archi-écrasé. La lumière a la peau dure. Dans chaque millilitre d'oxygène : la chanson insistante des *Tu me manques*, *Où es-tu ?* et autres… *Et si ? Et si ?* Son blouson rouge, cette façon de se vêtir pour nous dire *Je suis un oiseau de paradis.* Même si elle pense *Entre l'amour et moi, c'est bien fini*, peut-être veut-elle encore croire que les réponses se trouvent à deux ? On la regarde et on voit un être vivant. Sa surprise de vivre. Le soleil caressant le cuir écarlate. Cette vie qui la parcourt comme un esprit-lézard explore un mur froid en cherchant la pleine chaleur dans des ruines.

Et lui maintenant (il est garçon de café) :

Il va et vient, triste et fatigué. Un vieux monsieur à côté, quatrième ballon de rouge sur la table, commente :

— Pas le moral, le serveur. Plus qu'à écouter Charlie Mingus et son album *Tijuana Moods*. Plus que ça à faire. Chanson *Flamingo* de préférence. Vais le lui dire. Pour le reste, faire partie du décor et s'estimer heureux, c'est tout. Ce gars est un exemple vivant de ce qui brise les hommes, les démonte, les casse, les balance à la déchetterie. Comme un cadavre flottant dans une piscine.

— Vous n'y allez pas un peu fort ? murmure miss Blouson Rouge.

— Non. Je le connais. Il est malheureux. Histoire d'amour terminée depuis trois ans.

— Ah. Il survit ?

— Les vivants et les morts sont obligés de faire bon ménage.

La cosmique combustion des cheveux roux.

— Elle vous plaît ? demande le vieux monsieur avec discrétion au serveur.

— Je ne sais pas.

— C'est quoi cette habitude de ne jamais dire la vérité à un étranger ? Je ne vous connais pas, je n'attends rien de vous, je ne veux pas que vous m'aimiez, je ne vous jugerai pas. Elle vous plaît, ça se voit. J'ai raison ?

— Oui.

— Alors si vous parvenez à quelque chose avec elle, embrassez-la pour moi.

Revenons à elle :

Porter ce petit blouson rouge produit une sorte de clarté. Elle voit bien que les hommes la regardent. *Mais à quoi bon ?* (elle se dit) *Je pourrais mourir dans l'instant. On m'enterrerait dans mon joli blouson, linceul très mode. Le monde ne s'arrêterait pas pour autant. On continuerait à construire des centrales nucléaires pour assassiner méthodiquement la planète. Je pourrais aussi me faire incinérer. Fumées rouges de ma rousseur. Bonne idée l'incinération. Devenir de l'air. La légèreté demande tellement d'effort. Le vent doux du mois de mai m'emporterait loin de la place Clichy, jusqu'en Alaska, vers la beauté finale des montagnes floconneuses. Dans les solitudes de la Yukon river (près de Holy Cross, ville perdue dans le blanc perpétuel, tout petit point rouge sur l'atlas) où je pourrais me contempler moi-même, tomber amoureuse de ma nouvelle liberté. Longues journées calmes baignées d'une lumière blanchie de glace. J'entendrais le chœur des anges chanter le Cantique des Cantiques : « Mon bien-aimé est à moi et je suis à lui ». Quelque chose de bienfaisant au royaume des morts, ce serait. Mon livre le plus précieux : le Guide de l'Alaska. C'est mon manuel de survie. Je le lis tout le temps. Je ne sais pas pourquoi. Là-bas, si j'étais morte, il faudrait surtout que je me retienne d'ouvrir mon grand sac de voyage car il ne contient que des désillusions. Sur mon blouson rouge sang : impact de balles des deuils et des regrets. Car aimer, c'est avant tout se souvenir.*

Le garçon de café :

Troisième expresso qu'il sert à mademoiselle-rousse-comme-c'est-pas-permis-et-ce-blouson-rouge-me-va-si-bien-vous-avez-vu ? C'est quoi cette musique qu'elle lit ? Il faudrait qu'il le lui demande. Qu'il ose. Mais surtout pas. Car dans sa tête il entend tout le temps : *Désormais se méfier des promesses imprudentes. Comme emporté vers l'abîme par des éboulis sentimentaux, chanceler, rouler, tomber, laisser faire. Avoir une blessure et ignorer qu'elle est grave. Vouloir aimer comme à seize ans et savoir que c'est devenu impossible. En déduire que c'est tous les jours une répétition de la fin du monde. Que l'Apocalypse, c'est d'abord dans nos âmes que ça se passe. C'est bien simple : l'amour, en vouloir tout un océan et en avoir un dé à coudre. Au mieux. Alors demander quoi que ce soit à cette femme : surtout pas. Pas question.* Et pourtant, la clé de tout (pense le vieux monsieur) c'est : nous aurons ce que l'on ose.

Justement, le vieux monsieur :

— Dites donc garçon, vous allez me le chercher en Bourgogne (Beaune ? Aloxe-Corton ? Gevrey-Chambertin ?) mon petit ballon de rouge ? C'est pour cette raison que c'est un peu longuet ?

—Non monsieur, j'arrive. C'est plutôt que je suis un brin désespéré et que cette femme au blouson, on dirait qu'elle marque la place Clichy au fer rouge. Ça m'éblouit.

— Savez-vous que la chaleur du fer rouge – qui est à peu près égale à celle du verre en incandescence – est huit fois plus grande que la chaleur de l'eau bouillante et vingt-quatre fois plus grande que celle du soleil en été ? C'est le comte de Buffon qui a publié ces chiffres dans sa *Théorie de la terre* en 1749 si je me souviens bien. Son livre, totalement oublié, est un manuel de survie pour moi. Dans son prolongement, je soutiens que l'amour, hélas, dégage une chaleur supérieure à toutes les étoiles réunies. Ce qui fait que c'est assez chaud lorsqu'on tombe amoureux. Tout devient spectaculairement rouge pour ainsi dire. L'univers est inflammable. D'où un certain éblouissement comme vous dites.

— Avant, l'amour c'était un grand monsieur, aujourd'hui c'est juste un dealer.

— L'empire secret de nos regrets est le plus grand pays du monde. Plus grand que l'Australie ou le Sahara. Si vaste. À ne jamais cesser de l'explorer, on se perd. Vous devriez tourner la page jeune homme.

— C'est que j'ai comme un refus de me sentir chez moi quelque part. Mais c'est étrange : soudain ce cuir rouge me donne l'impression de me réveiller dans un enfer enchanteur.

— Quand un couple se sépare, ça présente des difficultés et la première d'entre elles, c'est que le couple se sépare. Ensuite, si vous avez de la chance, apparaît un petit blouson de cuir rouge. Vous comprenez ? On se retrouve alors acteur d'un scénario d'une totale mièvrerie avec des dialogues d'une platitude navrante mais c'est pourtant comme si on lisait (tout en l'écrivant) le plus beau livre de la galaxie : une histoire d'amour. Notre petit manuel personnel de survie.

— *Je rêvais d'un autre monde et la terre serait ronde* bla bla bla… C'est ça ?

— Exactement. On est fait pour tout recommencer. Chaque matin. Vivre, c'est se répéter.

— En vous écoutant et en trouvant que le rouge est la reine des couleurs, je me prends en flagrant délit d'optimisme. D'un coup. Je m'étonne moi-même, c'est déjà beau, non ?

— Oui. Ce qui mérite qu'on m'apporte mon verre. Par pitié.

Miss Blouson Rouge :

Sa meilleure amie lui a adressé un mail la nuit dernière à 23 h 59 : *Écoute, j'ai trouvé le même petit blouson rouge que toi, mais en bleu pétrole et pas vraiment la même coupe, plutôt droite. Donc : en cuir souple (mouton), empiècements tressés sur le devant des épaules et découpes surpiquées sur le buste et au dos. Encolure arrondie. Fermeture et bas de manches zippés, doublure en jacquard 100 % polyester. Glamour et style sensiblement grunge bien sûr. ils avaient encore ma taille dans la boutique, ouf je suis bien contente. On va être belle toutes les deux ! Des reines. Pourquoi ne donnes-tu plus de nouvelles ces temps-ci ? (mise à part la photo de ton blouson rouge. Et tu n'es même pas dedans ce blouson. Au fait : pas bonne ta résolution de photo, mets par pitié ton Coolpix en ISO 3200 je te l'ai déjà dit 50 millions de fois) Pourquoi no news ? L'expérience prouve que c'est parce que tu es trop occupée, peut-être ? Je suis heureuse que tu aies décroché ce rôle dans le Haendel. Heureusement qu'il y a le journal pour avoir des nouvelles de toi. Tu vas chanter, c'est merveilleux. Tu seras toi-même. J'irai t'écouter. Et je viendrai avec quelqu'un. Je suis heureuse de cette rencontre. Je te souhaite côté sentiments de trouver l'homme qu'il te faut comme je pense avoir trouvé le mien (ma superstition m'empêche d'être affirmative). Tout est question de croyance envers le destin, quand tu penses que je l'ai rencontré, lui, en bossant dans ma boîte actuelle (stage multi-entreprises à La Rochelle) et il était là alors qu'on habite à 90 mètres l'un de l'autre dans la même rue Louis-Pergaud à Besançon – lui au 46, moi au 64 : ce sont les mêmes chiffres mais inversés – boîte que j'ai rejointe voilà quatre ans depuis Paris car je connaissais le boss pour avoir travaillé avec lui dans le temps à Aix-en-Provence alors qu'il est de Toulouse, Toulouse que je n'aurais pas rejoint ensuite sans ce boss, Cyril, sur place... Et Toulouse que je n'aurais pas quitté sans Marco... Et me voilà à Besançon, tout près de toi qui est sur Dijon.*

Et là : LUI. Dans ma rue. À Besançon, ma ville natale. Sa ville natale aussi. Même rue. 46. 64. Les anges se sont mêlés enfin de ma vie. J'acclame le Seigneur car on ne sait jamais. Merci merci merci. Ne désespère pas. Je te le dis, en vérité je te le dis : il ne faut pas se laisser faire ; il ne faut pas accepter de ne ressentir qu'un peu avec un homme. Vive la tempête, les nuits d'angoisse, les baisers tumultueux et les larmes de joie. Tu sais bien, c'est dans je ne sais plus quoi : « Respirer ne suffit pas, il faut avoir le souffle coupé. » Alors crois en toi et en ton joli petit blouson rouge. Et prie les anges même si tu es certaine que c'est du pipeau. Eux, ils s'occupent de ton cas. Si ça se trouve, celui que tu attends est là, juste là, tout près de toi. Fais désormais attention au premier venu. ATTENTION par exemple au serveur qui t'apporte ton expresso chaque jour que Dieu fait. Cette fois, je vais peut-être savoir être heureuse.

Notre garçon de café :

Il apporte (enfin) le verre de rouge. Et ça se voit il pense quelque chose comme : *J'en ai assez de me poursuivre moi-même à travers de grandes forêts où l'aube perce à peine, de traîner dans des savanes hantées par des bêtes avec des grandes dents, de me perdre dans un désert la nuit, ce lit trop grand. D'aller sans but à ma propre suite. Chaque rêve est un cauchemar. Je m'ennuie. Marre de mendier de l'amour. Je crois qu'il va pleuvoir. La devanture de la boutique Le Petit Poucet est moins rouge, un peu orangée. Ce qui signifie qu'il pleuvra dans deux ou trois heures, tout sera sombre, kidnapping de la clarté. Quatre heures avant la pluie peut-être si ça revire brusquement. Mais après tout, pluie ou pas pluie sur la place Clichy : aucune importance. S'en foutre de la lumière car tout compte fait, elle n'éclaire que dalle. N'avoir aucune idée de ce que ça peut bien vouloir dire au juste mais se sentir comme un cœur invaincu. Traduire : peut-être capable d'aimer encore ? Par exemple cette rousse au blouson rouge avec ses partitions de Johnny Hallyday ou je ne sais pas quoi, du classique plutôt (elle a cet air grave des gens qui aiment Haendel). Haend'elle. D'elle, je désirerais n'être jamais à distance. Mais pour l'instant ne la voir que de dos. Me sentir juste avant je ne sais pas quoi. Mais juste avant. Dans l'étrangeté de mon propre souffle. Genre : réinventer le merveilleux de l'enfance dans l'univers sauvage qui lui succède. Non rien de rien non je ne regrette rien ni le bien qu'on m'a fait ni le mal tout ça m'est bien égal non rien de rien non je ne regrette rien car ma vie car mes joies aujourd'hui ça commence avec toi. Elle est là. K.O technique pour moi. M'intéresser à des affaires de jus d'orange congelé et de viande de bœuf argentine trimbalée pendant quinze semaines dans un cargo en panne (c'était un reportage cette nuit à la télé), je ne peux plus. Je ne peux vraiment plus. Comme si on était une brique rouge dans un mur rouge dans le vieux vieux vieux dessin animé rouge des Pink Floyd, il nous reste quoi à nous les hommes ? De l'autorité sur les pigeons du trottoir, ils s'écartent devant nous. Nous avons aussi le pouvoir de mettre 35,01 € de gas-oil dans l'auto en trouvant que ça fait cher et du matin au soir : courber la nuque, obéir, payer ceci payer cela. Je ne veux plus ça. Je veux : elle. Être. Devenir avec elle. Revenir à moi. Partager la splendeur des étés attendus et déjà là, la beauté noire des hivers-longue nuit, le mystère de tout ça. Et commander un seul dessert dans un restaurant mais, selon la formule consacrée, avec deux cuillères.*

Le vieux monsieur s'en (re)mêle :

— Merci pour le verre. Et apportez m'en un autre. Alors vous vous dites que cela ne serait sûrement pas parfait mais que… c'est avec elle que vous voudriez essayer cette imperfection…

— Comment vous savez ça ?

— … Et si j'étais Dieu ? Une idée comme ça. Il faut bien que Dieu soit quelque part, non ? Et aujourd'hui c'est devant vous, mon garçon (…de café !)

— Parce que vous croyez que Dieu passe son après-midi à se pochtronner au ballon de rouge ? Vous venez de m'en commander un autre. Le cinquième je crois. J'hésite à vous servir. Surtout avec les propos incohérents que vous tenez. Dieu ? Et moi, si ça se trouve, je suis le Pape ?

— Ce serait pas mal, je retiens l'idée. Mais d'abord où est-il écrit que Dieu ne pourrait pas être un bon vivant ? Servez-moi et sans hésitation.

— D'accord. Vous êtes libre de rouler sous la table, Dieu ou pas.

— Vous êtes un hésitant par nature. Il faut changer ça. Vite. Car le temps passe tic tac tic tac. N'hésitez plus à ne pas hésiter (conseil divin, divin conseil). Et revenons à cette femme et au fait que vous vous dites que ce ne serait sûrement pas parfait mais que… c'est avec elle que vous voudriez essayer…

— Oui je sais maintenant que rien ne peut être parfait entre un homme et une femme. Mais maintenant que j'en ai conscience, je saurai mieux m'y prendre si quelque chose recommence. L'amour c'est comme lorsqu'on décharge les cartons de vin du camion, si on met des gants neufs, on a des ampoules.

— T'as raison. Il faut se servir de ce qui est usé en nous. De ce qu'on estime usé et qui tout compte fait, poli par le temps, est devenu précieux. Et je suis heureux de constater que tu commences à songer à retomber amoureux. T'as frôlé la catastrophe, tu sais ? Je t'ai vu sortir à coups de pied dans les fesses d'une enfance bénie (cette dernière étant déjà un pur miracle, crois-moi) pour t'encastrer à deux à l'heure (vu qu'il faut trente à quarante ans pour ça) dans le brouillard épais et glacé du renoncement.

— Ce blouson de cuir rouge me ressuscite, Mr Dieu. Je pourrais y croire avec elle.

— Croire, c'est ça qui nous fait croire.

— Oui sûrement.

— Alléluia ! Les humains restent les éternels entêtés de l'amour (j'aime bien cette expression) ! Comme disait ce bon vieux Jack Kerouac pour exprimer le recommencement (Jack ? Écrivain américain 1922-1969 assez critique avec ma Création, il est mort depuis un bail et il se plaît chez moi au Ciel tu sais) : « Les hommes sont des créatures neuves pas construites pour cette vieille terre… »

— Qu'est-ce que ça veut dire au juste ?

— Aucune idée. Va savoir avec les écrivains. Même mort ; ils nous racontent n'importe quoi. Mais c'est vrai.

La suite et fin (ouf) :

Le vieux monsieur sait que le serveur pense que chaque geste relatif à l'expresso de miss Partitions d'Haendel devrait être consigné dans un manuel de survie pour n'en rien oublier durant les cent mille prochaines années. Elle ne prend qu'un demi-sucre par exemple. Geste suprêmement élégant pour casser le morceau de sucre. Roux le sucre si possible. C'est René Char qui avait écrit ça il y a bien longtemps mais aujourd'hui c'est le garçon de café qui le ressent devant cette fille rouge vive :

Ma renarde,
pose ta tête sur mes genoux.
je ne suis pas heureux
et pourtant tu suffis.

La jeune femme se sait extrêmement occupée et totalement désœuvrée. Elle aurait besoin d'autre chose que ce qui emplit sa vie. Elle se surprend à penser que le vieux monsieur est un sacré malin. Il passe son temps à observer les gens pour en tirer des conclusions souvent exactes. Le vieux monsieur explique alors à miss Demi-Morceau de Sucre roux :

— Buffon toujours. Son premier ouvrage fut une traduction : *la Statique des végétaux* de l'Anglais Stephen Hales, dans la préface de laquelle il déclarait que *les recueils d'observations sont les seuls livres qui puissent augmenter nos connaissances*. Décidément ce mardi 31 mai 2011 place Clichy loin de l'Alaska est un jour absolument unique. Comme tous les autres. Un bon poste d'observation que cette après-midi perdue dans les ressacs du temps. De quoi me couper le souffle…

La fin vraiment finale :

Et soudain, surgissant de nulle part ou d'un poste de radio (comme par enchantement), on entend place Clichy une chanson de Mano Solo (fantôme bienveillant du coin) : *Ça m'aurait plu d'écrire une chanson d'amour Qui ne soit pas qu'une douleur Ça m'aurait plu de pendre à ton cou Un petit sourire de vainqueur.*

Miss Alaska :

Elle remarque alors une mini-tache de café sur la manche gauche de son blouson rouge (*Mystère de la mécanique des fluides qui aurait intéressé le comte de Buffon* elle plaisante en nettoyant). Puis (plus lumineuse qu'un petit Chaperon Rouge n'ayant même pas peur du grand méchant loup) elle passe devant le serveur en souriant. Et comme il accepte enfin les insistantes petites vérités de cet univers, il sait que ce sourire veut dire : Suis-moi.

Ma jolie

J'ai écrit une première nouvelle. Un peu sérieuse, un peu classique, plutôt sombre. C'est bien simple : un chant flamenco de tristesse. Et cette première histoire ne lui a pas plu. Elle m'a envoyé un email : *Je n'ai pas compris ce texte. Il ne m'a pas touché. Je ne l'ai pas aimé. Je m'attendais à pleurer et rire et pleurer encore et rougir et avoir chaud et avoir mal et avoir peur et sourire et avoir envie de retourner respirer la fièvre de ces jours lointains en lisant ce texte. Et bien non. J'espère que tu ne m'en voudras pas ? C'est juste que je sais que tu aurais pu écrire un truc de fou sur l'amour, celui qui nous a mené jusque là-bas. Dommage. Mais ce texte plaira peut-être et je ne suis ni un auteur ni un éditeur, juste une infirmière dans quelques jours. Je te le souhaite en tout cas. Merci merci de me l'avoir envoyé. Je t'embrasse. Nina.* Elle avait raison. Comme souvent. Sa vie : prendre soin de son fils et terminer ses études d'infirmière, se poser la question de savoir si oui ou non (elle pensait que non) elle aimerait vivre un jour avec un homme. La mienne de vie : après de longues années d'une belle histoire, vivre seul. Et notre jolie rencontre. Qui méritait mieux qu'un chant flamenco de tristesse. La nouvelle débutait ainsi : *Nina m'adresse un sms le 20 mai 2010 à 17 h 09 : « On se dit 14 h alors ? » Et je suis heureux. Sur la route, la caresse de la belle saison et la morsure des anciennes blessures. Désirer oublier que les moments de bonheur d'autrefois sont devenus des châtiments. Laisser mourir les chagrins d'amour. Partir sans bagages. Choisir de ne plus se suicider cent fois par jour. Sur l'autoroute vers le sud, ce soleil sec qui réchauffe ma joue gauche et brunit ses mains. Tout commence généralement sous un magnifique ciel d'azur. La vérité des choses nées dans les lumières d'une fête. Ensuite tout meurt. Avec elle, je le sais, ce sera comme dans* Pulp Fiction *lorsque monsieur Winston Wolf déclare : C'est à une demi-heure d'ici. J'y serai dans dix minutes.*

Le sud. Sous le signe des Parques romaines continuant avec une brutalité amoureuse à régir la vie des hommes et des dieux. Une mesure de vie pour chaque mortel : pour celui qui tombe comme pour celui qui survit. Invisible, le fil de laine de notre existence. Filé, déroulé, coupé : Nona, Decima, Morta, voici les noms secrets des Parques. Derrière nos rires, le compte à rebours. Tic tac tic tac. Les petites rues, les places populeuses, ce ciel bleu latin où je ne veux m'azurer qu'avec elle. Marcher, regarder les vitrines (« c'est la première fois qu'on rentre dans une boutique ensemble », tu me dis), acheter une carte postale pour ma filleule Élise (et trouver le timbre pour envoyer cette carte postale), choisir un bar où boire du vin frais, tenir Nina par la main, la serrer de près, respirer son parfum de jolie rousse. Rien que pour nous, toutes ces maisons dorées comme si elles sortaient du four de boulanger de mon père. Tu m'expliques avec gravité que l'amour n'existe pas. Qu'il y a seulement des jours et des nuits où l'on se sent amoureux, c'est tout. Tu te demandes quel cadeau nous nous faisons lorsque nous nous dévorons ainsi des yeux. Nous sommes un homme et une femme, cœurs blessés dans les combats, foulant le sable invisible de leur vie, habités par ce savoir si lumineux que ce qui arrive n'est ni bon ni mauvais, ni bien ni mal, juste inévitable.

Au téléphone, après la lecture de ma nouvelle, tu m'as dit (et tu parlais de ces foutues Parques) que toutes ces références, c'était bien mais que ça parlerait à peu de monde. Sauf aux latinistes. C'était peut-être vrai ? La suite de la nouvelle disait : *Tu prends des photos. Un bar. Les gens. Nous. Tu achètes une affiche rose-rouge. À l'hôtel, tu sors d'une boîte tes jolies chaussures vertes. Cendrillon, la pantoufle de vair. Bewitched sorcière bien-aimée avec des bottes de sept lieues, reine-rousse d'Écosse perdue en Ibérie, déesse pâle de la nuit, tu t'empares de la ville. Il y a le feu mourant de tes yeux gris lorsque tu me brûles vif d'un battement de cils, assurant avec un sérieux de petite fille ne pas trop aimer la façon que j'ai de m'habiller.*

Nous deux : une ombre unique sur l'asphalte. Nos rires éparpillés dans les rues, phosphorant les statues altières, tirant l'amour par les cheveux. Nos mots d'amants : les cailloux du petit Poucet pour revenir dans cette ville ? Aqua lumina de tes yeux mi-clos, tu m'embrasses en murmurant des secrets.

Un jour tu m'as écrit qu'il y a certains de mes mots que tu aurais voulu te faire tatouer sur la peau. Et moi j'embrasse tes lèvres pour boire tes paroles, j'embrasse ta voix de reine de Saba-lionne de l'Abyssinie-Betty Boop-Rita Hayworth-Princesse Mononoké-Judith décapitant Holopherne-Catwoman-Evita-Hélène de Troie l'aimée d'Aphrodite-Pasiphaé-Marie Sara-Juanita Cruz-Rosa Luxemburg-Dalva-Alyx Vance-Frida Kahlo-Virginia Wolf-Belle au bois manga. Après la soirée avec Philippe, ami éditeur venu en ville, tandis que les draps s'illuminent des dix milliards de taches de rousseur-voie lactée de ton dos, nuit d'hôtel où tu dis : *Et si on restait une journée de plus ?* Et c'est ce qu'on fait. *Nous faisons partie de la bande des enfants perdus, je dis. Nous appartenons à Peter Pan. Nous reviendrons, ici, c'est notre pays.* Nina danse. *J'aime les hommes courageux*, chantonne-t-elle. *Ceux qui ne mentent pas. Ne dissimulent rien. Ne calculent pas des choses sordides et s'en contentent. N'ont pas le vertige d'exister. Savent ce qu'ils veulent et surtout surtout surtout ne disent jamais « tu sais, c'est compliqué. »* Je pense : nous reviendrons nous asseoir ici. Qui sait ? Me sautant au cou, elle dit : *Là où il y a des solutions, il y a des problèmes. J'ignore si nous reviendrons. Mais en ce moment, j'y crois de toutes mes forces.*

Troublé que tu ne te reconnaisses pas dans ma nouvelle, je t'ai envoyé ce message :

Merci Nina de m'avoir dit ce que tu pensais de ce texte. Je me doutais que tu ne l'aimerais pas : c'est un chant flamenco de tristesse. Et non un poème sur les belles choses d'hier. Un chant flamenco écrit à l'heure où c'est fini. Sur place, j'aurais écris exactement ce que tu dis dans ton mail. Mon encre aurait été de la lumière. Ta lumière. Celle du jour, de la nuit, de tes yeux gris. Et c'est ce que je garde au cœur tu le sais. Mais l'écriture ne se commande pas : elle a à voir avec l'instant, avec le jour d'aujourd'hui. Ce texte n'est ni vrai ni faux, c'est celui qui m'est venu. Ta danse. Au-delà de nous. Avant et après le sud. Un jour, parce qu'entre toi et moi il y aura toujours cette vérité, tu te diras peut-être : oui il ne pouvait pas faire autrement, il aurait été déplacé et vain qu'il raconte dans une nouvelle ce qui a été si beau, il ne peut pas le faire pour l'instant, un jour peut-être, il parlera de ce jeune serveur genre Pierre Richard si drôle, de mon « adorable manie de vouloir voir la chambre même dans une chaîne d'hôtel où de Gibraltar à Edimbourg elles sont toutes pareilles », de ce sable noir des Saintes sur lequel nous avons presque dormi, de ce « petit blouson qui t'allait si bien et de ton odeur orangée qui m'émouvait, de ton autoportrait photographié et à cet instant j'ai ouvert la porte de la salle de bain et tu étais déçue car si concentrée sur ces photos que tu prenais » et de millions de choses encore. Et nous savons que nous pouvons remercier le ciel qu'il y ait eu un nous *pendant une petite éternité. Mais tu comprendras peut-être que je ne pouvais écrire, car il s'écrivait tout seul, qu'un chant flamenco de tristesse. Je t'embrasse.*

Ce dimanche matin. Mon ombre immobile comme une stèle funéraire. La sienne virevoltant comme l'âme-oiseau d'une chamane. Quelque chose d'obstiné sur son front, du courage et le goût de l'aventure dans son allure, le métal noble de l'épée dans ses yeux : elle est d'humeur batailleuse. L'automne venu, déçue, tu m'as écrit : *Là-bas, nous avons été brûlés par le soleil, assoiffés par nos baisers, je suis restée sans voix face à cette ville. Je n'avais pas envie de rentrer. J'aurais aimé rester sur place, n'avoir plus peur de ce que je ne connais pas. Je me rappelle mes mains dans les tiennes pour ne pas te perdre la nuit dans ces rues rouges de chaleur, ma fierté d'être à tes côtés, ce beau matin dans cette chambre d'hôtel que je ne voulais pas quitter. Je crois que nous avons vécu avec une infinie douceur ce voyage au pays des possibles.*

Dans mon chant flamenco de tristesse, il y avait aussi ces mots, écho aux tiens : *Hier soir, ta beauté de presque gitane, tes cheveux roux-renard-incendie tirés en arrière comme par fierté, te voici. Tu sens la poudre. Une femme telle une insurrection générale, une prophétie qui s'accomplit, l'été qui bouscule la terre.* Nina, petite fille tenant par la main la femme inoubliable qu'elle est devenue. Et de la voir ainsi, romaine fragile et pourtant farouche, dans les bras de la cité, je m'étais senti sauvé. Et j'ai aimé ce que tu m'as écrit quelques mois plus tard : *Ce week-end-là, nous avons fait l'amour comme si c'était pour toujours.* Oui, c'était de l'amour. Tes cheveux courts, tu confiais les avoir comme ça pour éviter de plaire aux hommes, pour qu'on te laisse tranquille. C'est ce que tu disais. Mais cela ne t'appartient pas : tu es belle comme une flamme. Je vois ces images, je te respire : sur l'autoroute, vers le nord, tu dors à mes côtés. Tu me ressuscites. Avec toi, Nina, j'ai compris qu'après tout, on ne vit que deux fois. Lorsque nous buvons un café à la tombée de la nuit, tu me caresses la joue et tu dis : *Tu vois, l'amour c'est comme les plantes. Si tu veux que ça vive, pas trop d'eau, pas trop d'attention. Il faut que tu me veuilles de toutes tes forces.* Peut-être sans le savoir, viens-tu de réciter la prière du poète Simonov : « Si tu m'attends, je reviendrai. Mais attends-moi très fort, très fort… ». *C'est drôle, tu aimes m'appeler « Ma jolie ». Je trouve ça un peu… démodé. Non ? Mais c'est beau. Continue.* Nos mots d'amour : des petits cailloux ? Mais du sud jusqu'aux confins des univers, c'est un chant flamenco de tristesse et de solitude que l'on entend. Un chant d'herbes sombres et de nuit sur les collines. Celui de nos âmes encore heureuses et étonnées de se dire adieu. Et si reconnaissantes.

L'Orage

Elle dit : *Tu vois c'est les rats.* Elle a été mordue, manche remontée sur le bras elle montre la cicatrice mauve. On est dans la rue, devant une librairie. Des mangas plein la vitrine. Impossible de dire pourquoi mais on parle de Charlie Chaplin, de King Kong, de Rosa Parks, du prince Dracula (elle dit *Son Excellence*), des milliers de paires de chaussures de Mme Marcos *la dictatoresse*, découvertes par le peuple philippin lors de la prise d'assaut du palais présidentiel. *Des milliers d'escarpins, de bottes en cuir, de baskets de luxe.* De l'existence peut-être pas si improbable que ça des dragons, aussi. On aurait retrouvé des crânes au Tibet dans un palais du Dalaï-Lama et *ils sont cachés dans les monastères car les gens ne sont pas prêts pour cette révélation. Surtout les Chinois.* Elle raconte que le matin même, elle a vu sur le parking d'un hypermarché un vieux monsieur et une vieille dame garer leur voiture sur la place réservée aux handicapés, à laquelle ils avaient droit comme le macaron sur le pare-brise de leur auto le signalait. Il y avait plein de places libres finalement carrément plus près de l'entrée du supermarché mais ils ont préféré la place peinte en bleu, quitte à marcher plus longtemps sous le vent glacial. *Tu comprends, ils avaient droit à cette place*, elle sourit. Elle tend ses jolis doigts surchargés de bagues en plastique fluo vers les mangas, elle explique : *J'aime bien raconter des histoires. J'en ai inventée une, écoute, tu m'écoutes ? C'est l'histoire d'une fille de vingt-quatre ans comme moi et elle veut être celle qu'elle sait qu'elle est. Quelqu'un qui veut la vie quand même. Alors elle voyage de la Roumanie, le pays de Son Excellence, jusqu'ici en France et elle traverse des années lumières de ronces, de forêts profondes et hantées, de routes en feu pleines de voitures de police ou de proxénètes, elle parle aux martins-pêcheurs, aux nuages libres libres libres et elle n'oublie jamais de prier ses morts, ses ancêtres, tu vois ils voyagent avec elle, prennent les mêmes couloirs de destinée. Elle est toute seule dans la cabine très sale d'un camion en Allemagne du côté de Munich demandant au chauffeur de la déposer car il devient menaçant et, en fait, le chauffeur qui sent mauvais l'insulte et lorsqu'il stoppe on ne sait où dans une station-service fermée, en tout cas la nuit dans un coin désert et habité de loups garous de l'enfer, il y a plus de cent roms qui descendent avec elle de la cabine très très sale du semi-remorque enfumé, ça fait comme une pluie de gens tout autour du camion, une averse d'âmes, beaucoup de monde sur le bitume blanchi par la lune : le cortège heureux et phosphorescent de ses ancêtres. Il faut voir une telle assemblée, cette collection de défunts, l'antique syndicat de fantômes. Des vieux confiants et qui ne se rappellent plus qu'ils sont morts (il faut gentiment leur expliquer la situation et ils roulent des yeux incrédules), des enfants affamés et beaux, des hommes fatigués et blessés d'avoir vécu en acceptant de renoncer, des jolies filles déjà mortes à quinze ans, des femmes graves, héroïques et méfiantes, des chiens aussi, plein de chiens, des chiens toujours partants. Nos si chers animaux-frères. Une grande grande troupe. Les ancêtres. Nos morts. Les loups garous de l'enfer n'osent pas attaquer la fille car ses morts la protègent et ils sont puissants dans leur formidable silence. Puis un jour, en France, elle arrive. Et ensuite voilà qu'elle a de la chance pour une fois, écoute mes mots : épuisée et rassurée, elle s'endort contre l'épaule d'un amoureux français et cet amour-là, voilà qu'il dure tout le reste de sa vie, tout le reste entier de sa vie. Ils s'aiment. C'est fini ce que je veux raconter. Tu as tout entendu.*

— C'est beau ton histoire.

On va prendre un café. Elle commande un grand jus d'orange pas glacé, une *cafetière pleine à ras bord comme une rivière à la fin de l'hiver* et deux sandwichs en faisant trois avec les doigts. *Tu sais, je suis rom. Je suis une fille mais mes parents m'ont donné un prénom de garçon, ça arrive.* Je fais : quel prénom ? *Brishen*, elle sourit. *Ça veut dire quelque chose ?* Elle boit la moitié du jus d'orange. *Ça veut dire « L'Orage ». Mais t'inquiète pas, je ne suis pas née de la dernière pluie...* elle dit ça avec un clin d'œil puis éclate de rire bruyamment, les gens se retournent, elle rit longtemps et tout le monde doit la trouver rudement jolie. Même avec ses habits dépareillés, sales et roumains et surtout rouges. Concernant les quatre mille paires de chaussures de la vieille Mme Marcos-la-dictateur-des-Philippines, on se demande ce qu'une seule femme pouvait faire de quatre mille paires de chaussures ? *Faisons le calcul. Résultat : une paire différente chaque jour pendant près de onze ans.* Rigolade. *Nous les roms, dès qu'on peut, on va pieds nus. C'est ainsi. Et tu vois, c'est plutôt souvent les pieds nus vu qu'on est pauvres.* Je dis : *Quatre mille paires de chaussures, tu ne saurais pas quoi en faire, non ?* Elle assure : *Il y a plein de trucs dont on ne sait pas quoi faire. Du moment qu'on ait à manger, des vêtements avec du rouge et des friandises pour les enfants, un fourgon pour bouger tous en même temps, de quoi faire de la musique et peut-être un quad ou une moto, c'est assez. Ah oui, de la musique ça vraiment, il faut.* En haussant les épaules pour dire « c'est la fatalité », elle explique la boue, le froid, la caravane sans eau et avec de l'électricité un jour sur cinq, cette histoire de rats dans le campement, les gendarmes violents et le maire en colère. Et l'argent réclamé pour enlever les ordures sur « l'aire des gens du voyage ». Une taxe. *Dans ton pays, c'est la doctrine de la taxe, elle commente. Une religion. Partout : plein de grands prêtres de la taxe !* De nouveau, elle éclate de rire. Puis Brishen propose : ... *Plus qu'une solution : aller habiter le palais présidentiel de la Madame Marcos à Manille aux Philippines ! Là-bas on aurait de la place, un grand jardin pour les légumes et les bêtes et pas besoin de chauffage, c'est un pays chaud. Mais il faudrait vite recevoir les chaussures maintenant par avion pour faire dès demain la route à pied !*

Il fait bon dans la cafétéria. Dehors le ciel se fonce. Le soir dégringole des altitudes comme une considérable coulure de peinture sombre. *Tu parles bien le français, Brishen.* Éclair de fierté dans ses yeux noir de fumée. Un noir de mystère et de sobriété, d'autorité et de révolte, de peur et de confiance, un noir complet. *Dans mon quartier Zabrautzi à Bucarest, une dame est venue chez les roms plusieurs années de suite avec des livres en fran-*

çais et elle nous apprenait. Balzac. Victor Hugo, Émile Zola. La tour Eiffel. La baguette de pain, le vin de la Bourgogne et les élections non truquées même si ce sont les riches qui sont toujours élus. La Provence de Marcel Pagnol, elle nous la racontait. Tu vois, derrière les petites montagnes d'ordures ménagères, de ferraille rouillée et de vieux matelas détrempés par la pluie, au milieu des chiens fouillant cette immense poubelle pour trouver un peu de nourriture, on a construit une cabane pour lire Le Comte de Monte Cristo *et* Germinal. *Ce* Germinal, *je l'ai lu et relu, relulu et relululu, c'est tellement juste, tellement le monde tel qu'il est aujourd'hui. Il est écrit ceci, cette phrase est gravée en mon âme : « Quand on est mort, dit Maheu, on n'a plus faim ».*

Derrière les fenêtres, je vois le ciel si assombri, si malheureux. Ce vide allant nous engloutir sans bruit, sans adieux. *Après, mon frère Marco (ça veut juste dire Marco) est revenu expulsé de Paris et il parlait français alors on a décidé de tous parler français tout le temps pour s'entraîner. Tu connais ça ? Écoute-moi bien : « Savoir sourire à une inconnue qui passe, n'en garder aucune trace sinon celle du plaisir, savoir aimer sans rien attendre en retour, ni égard, ni grand amour, pas même l'espoir d'être aimé ». C'est une chanson de Florent Pagny. J'ai appris cette chanson par cœur. J'aime bien. C'est juste une chanson. Des mots qui dansent dans ta tête fatiguée et malheureuse. Du vent. Mais du vent amoureux. Du vent qui danse. « Pas même l'espoir d'être aimé ».*

Elle (re)commande un muffin abricot et deux sodas. Et reprend un café avec beaucoup de sucre. Le boit vite, brutalement Brishen est pressée. *Quand t'es amoureux, t'es pas propriétaire de l'amour t'es juste locataire*, dit l'Orage en repartant sans se retourner vers les ronces, les forêts profondes et hantées, les routes en feu encombrées de loups garous, pleines de voitures de police et de proxénètes. Elle n'est pas seule. Sur ses pas, tu peux voir ses vivants, ses morts et Émile Zola avec un exemplaire de *Germinal.* Un soudain et inattendu baiser d'adieu au goût muffin abricot. En même temps, elle dit quelque chose d'incompréhensible comme *dragostea mea* je crois, du roumain qui – après vérification – veut dire qu'on t'aime bien. Puis, dans un rire de petite fille se moquant bien de tout ce qui pourra arriver, les yeux noirs illuminés de toutes les puissances qui la protège, elle assure :

— *Tu verras, j'épouserai Florent Pagny ! Je t'inviterai au mariage. Florent et Brishen, c'est joli non ? Souviens-toi : Savoir aimer sans rien attendre en retour…*

Elle part dans son ciel de poussière, petite lumière dans la nuit. *Savoir aimer sans rien attendre en retour*. Si l'Orage le dit.

Princesse Mononoké

Un jour ou l'autre, on a tous une tête de pauvre type.

Pour moi, c'est ce matin. Je me réveille, quelqu'un frappe à la porte. J'ouvre et c'est moi qui suis là, sur le seuil, rêvant que je frappe à la porte. Je n'ai jamais eu de bonnes surprises. Que tout aille bien est surnaturel. Du coup, je ne suis même pas étonné de constater à quel point j'ai une sale gueule. Genre le cœur brisé, les os rompus, rien dormi. Un mort vivant. Je suis à moi seul une attaque mondiale de zombies. J'ai la tentation de me claquer salutairement la porte au nez mais j'ai pitié de moi. Entrez donc, je me dis. Miroir de salle de bain. Pas beau à voir. Voilà un truc davantage deviné qu'admis : si ça se trouve, j'ai bu toute la nuit ou pire, j'ai erré dans un tel cauchemar que, fuyant mon lit, je me suis retrouvé dans la cage d'escalier sans savoir comment rentrer chez moi. Nous ne sommes pas le Premier de l'An mais grande résolution : il vaut mieux que je décide une fois pour toutes de ne pas me juger, car au fond je ne me connais pas du tout. Je ne sais presque rien de moi. Un étranger. Il serait urgent que je passe plus de temps avec cet homme observé dans le miroir. Colérique fantôme familier. Les gens me disent qui je suis. Eux, ils semblent savoir. Comment font-ils ?

Au moins, je sais que le fantôme aime le matin. On respire mieux. Jour d'été. Petite chaleur douce baignant l'appartement dans son sucre roux. L'aurore usinée inlassablement par le vide lumineux. Beauté des recommencements sans but. Une sorte d'obstination pour ainsi dire compréhensive, presque maternelle, invite les ténèbres à dégager. Pourtant le triomphe de ce ciel clair n'est qu'apparence. Ce bleu tatoué sur la grande chair du monde, ce n'est pas un dû, juste une convention. Ce que nos yeux voient pour l'instant. Un chouette coloriage. Le jour venu. Le réel, paraît-il. Avec le noir pâle des nuits, c'est plus compliqué. On se retrouve vite fait bien fait mis à la porte de sa propre vie. Sur le palier. Reconduit à la frontière. Rêveur.

Dans cet univers surdoué et autiste où le fantôme cherche sa route, il y a bien quelques points de repère : l'enchaînement des floraisons et des inventives couleurs des feuillages, le cadeau légèrement contrariant d'une belle chute de neige car ce sera coton pour prendre la route demain mais ne t'inquiète pas ils auront dégagé d'ici là j'ai entendu le chasse-neige viens te coucher. Le réconfort d'une première flambée d'automne dans la cheminée et on reprendra bien, tous autant que nous sommes, un petit verre de macvin, le mini-plaisir aoûtien des cartes postales où une mer imprimée fait moyen d'être belle à couper le souffle. Et aussi la fête d'un chien qui nous retrouve, les rires soudains d'une belle tablée, la splendeur jamais ternie du peau contre peau. Comme si tout pouvait nous rendre heureux. Pour un peu, de quoi ne plus redouter la disparition de nos proches et mener une vie assez simple mais finalement joyeuse. Pas si mal. L'embêtement, c'est que toutes les deux secondes, quelque chose se prépare. Jamais tranquille. Une petite averse pendant le pique-nique, un plan de licenciement à cinq ans de la retraite, un impos-si-ble accident nucléaire, un rêve érotique bouleversant de sauvage vérité et rendant le réveil mitigé, le coup de foudre au mauvais moment, la mort d'un moineau alors que tout va moins mal. Tout arrive. Jusqu'à cette tarte maison victime à l'instant d'un coup de chaud et ça caramélise très très cash sur les sommets de la rhubarbe joliment coupée en cubes. Le réel : un cube est un solide dont les six faces sont des carrés de mêmes dimensions. C'est un parallélépipède rectangle particulier dont les trois dimensions sont égales. En géométrie euclidienne, le cube est un prisme dont toutes les faces sont carrées donc égales et superposables. Le cube figure parmi les solides les plus remarquables de l'espace. C'est l'un des cinq solides de Platon. Son autre nom est hexaèdre régulier. Un cube possède : six faces carrées superposables, douze arêtes de même longueur, huit sommets. Et ces huit sommets sont cramés de chez cramé, noir de charbon comme des trous noirs destructeurs-engloutisseurs de pâtisserie. Car Angela a téléphoné deux secondes – la loi cosmique des deux secondes où quelque chose se prépare immanquablement – avant que cette foutue tarte n'ait besoin d'être sortie du four pour ne pas caraméliser à mort, et trois ou quatre petites minutes de trop, c'est trois ou quatre grosses minutes de trop. J'aime préparer des pâtisseries et ne pas les brûler si possible.

Angela.

Lundi matin dernier, voilà que j'accélère pour aller au travail, suis en retard, j'accélère sur le boulevard et bang : je tape très sincèrement dans le pare-chocs d'une auto qui pile au feu devant moi alors que je pensais qu'on passerait à l'orange et non... coup de freins à la dernière microseconde. Bang. Ouf, rien de grave au niveau des tas de tôle. C'est Angela qui descend du Toyota. Pas rencontrée depuis un an. Elle me voit. Tout sourire. On décide de prendre un café. Mais plus tard car pour l'instant : pressés tous deux. Ces jours-ci. Vendredi ou samedi. Un an sans se voir, y penser parfois, Angela. Stock-car. J'aime bien son côté un peu paumé, perdue avec ses dossiers qui tombent sur le bitume lorsqu'elle sort de l'auto et son sourire en disant qu'il faut qu'elle s'organise un de ces quatre. Sa façon de plisser les yeux lorsqu'elle chausse ses lunettes comme si ce qu'elle allait lire était incroyablement petit et proportionnellement sans grand intérêt. Un vrai bazar aux feux et ça klaxonne car on gêne. Quand est-ce qu'on ne gêne pas quelqu'un sur cette planète ? Prendre un café bientôt.

Vendredi soir, je suis mystérieusement garé sur un parking de supermarché, occupé à regarder la fin de journée et tous ces coffres de voiture où l'on dépose religieusement des packs de bière, des grosses barquettes terrifiantes de viande pour les barbecues, des bouteilles de rosé pamplemousse et Angela m'envoie un sms. J'allais le lire en espérant la confirmation d'un rendez-vous lorsque mon portable sonne (Abba : *Dancing Queen* pour ceux que ça intéresse). C'est Jean-Christophe. *Tu fais quoi ce week-end,* je lui demande. Réponse : *au programme, me perdre un bon quart d'heure (vingt minutes, ce serait encore mieux) dans la contemplation muette des envoûtants jeux du soleil sur le parquet, manger chinois (envie farouche de nems au poulet et d'une lessiveuse de nouilles aux champignons noirs, j'irai souper au Coin du Bonheur, tu veux venir que j'aie l'air moins con tout seul à table ?). Et mater intégralement en streaming la série post-apocalyptique Falling Skies (deux saisons je crois) sans oublier d'en retenir, pour modérer mon enthousiasme, ce post sans doute prophétique publié sur le site de streaming par un certain Lancien : « Ça raconte quoi ? Ça raconte : sauver les niards, une dose de Dieu et du blabla à n'en plus finir, c'est tout. Ah si ! Des aliens plus cons que des poules ! » Écoute,* dit Jean-Christophe, *tandis que je meurs d'envie de lire mon sms angélique : six mois après l'invasion de la Terre par des extraterrestres, la planète est en ruine et les survivants tous américains (tu penses !) s'efforcent de faire face. Faire face, c'est un truc diaboliquement humain, non ? On passe notre vie à faire face. Pour gagner quoi au bout du compte ? Je me demande. En tout cas, les résistants s'organisent pour combattre les troupes extraterrestres ennemies. Tom Mason, un ancien professeur d'histoire, se retrouve bombardé commandant en second du 2ᵉ régiment du Massachusetts. Si le but des survivants est d'essayer de subsister, cherchant leur nourriture dans des centres commerciaux destroy et plantant des salades à droite et à gauche, certains d'entre eux vont également tenter de comprendre la raison de cette invasion monstrueuse. Vouloir comprendre, autre habitude dévastatrice de l'espèce humaine. Au Coin du Bonheur, si tu es d'attaque et devant ton porc au caramel favori (me parle pas de caramel, je fais), on débattra de la problématique suivante : dans cette vie, est-ce nous qui ne comprenons rien ? Ou n'y aurait-il que dalle à comprendre ? Après cette conversation, tu ne rêveras que d'une chose : l'anéantissement de ton toi, éloigné de toute soif d'existence, dans le nirvana. Je viens d'entendre le Dalaï-Lama causer dans le poste. Il n'a pas tort peut-être. Si ça continue, je finirai dans un monastère au Tibet. À condition que les Chinois mettent les voiles. Ce serait bien que tu viennes avec moi pour qu'on se raconte le bon vieux temps qui, en fait, se déroule maintenant. Mais comme on a bien de la peine à considérer ce présent comme bon, il y a techniquement peu de chance pour que cette période soit ultérieurement qualifiée, si ce n'est par une nostalgie faussant notre appréciation du réel objectif, de bon vieux temps. Non ? Du coup, je vais renoncer à ma vocation monastique. En tout cas et en vérité je te le dis, pour Falling Skies, c'est pas compliqué t'as la bande-annonce si tu veux te faire une idée :* www.youtube.com/watch?v=SjroVVhe8G0. *Va voir et donne le bonjour à ce bon vieux Tom Mason de ma part, ok ? Et qu'il mette une bonne branlée aux aliens de mes deux. En fin de compte, faire la guerre est ce que l'humanité réussit le mieux.*

Trente-quatre minutes plus tard, je peux enfin lire le sms d'Angela. Sur l'écran bleuté liquide de mon portable me faisant soudain songer à la couleur de ce produit mortel pour les rivières que je mets dans les toilettes lorsque je vais avoir de la visite, il est écrit en lettres de feu : *Bonjour à toi… Partante pour un café en terrasse au pub demain samedi 16 h 30… Angela* ☺

Dans le grand théâtre où nous jouons tous un rôle attribué de toute éternité par un énigmatique metteur en scène, Angela incarne une héroïne complexe. Résolument manga dans son allure de petite fille plus forte qu'elle n'en a l'air. Regard farouche parfois. Silhouette fine, pas très grande, cheveux blond châtain, jolie, sexy en diable, voix rauque irrésistible. Je n'oserais pas le lui dire (quoique), mais elle serait littéralement d'enfer en brune bien brune, cheveux presque noirs, japonisante. Façon Dancing Queen. Elle est magnifique lorsqu'elle porte des vêtements vintage années 70. Pour info lors du carambolage : pantalon pattes d'éléphant bleu délavé avec fleurs hippies brodées de perles multicolores sur les intéressantes poches arrière, troublant décolleté du chemisier noir et blanc aux motifs d'anneaux nuptiaux, sac besace militaire US Army, sandales cuir orange à talons. Peut-être d'origine asiatique, un mini-rouleau de métal dont on se demande bien ce qu'il peut contenir comme message et, fidélité à ses origines latines, une petite croix brillante autour du cou. Rose à lèvres. Bagues à chaque doigt. L'héroïne d'un dessin animé de Miyazaki. Style *Princesse Mononoké.* Selon les spécialistes, Miyazaki est un féministe militant. Il est convaincu que les sociétés valorisant les femmes réussissent mieux. Les femmes occupent donc une place importante dans l'œuvre de Miyazaki. Je m'attends à y rencontrer Angela un de ces quatre. Dessinée, elle serait totalement à sa place. On retrouve des femmes dans tous les films du Maître, jouant souvent un rôle majeur lorsqu'elles ne tiennent pas le rôle principal. Elles sont à la fois fortes et vulnérables, craintives et téméraires. Angela. Tous les âges sont représentés dans la filmographie en question, allant des petites filles de *Mon Voisin Totoro* à l'aïeule de *Nausicaä*. Ce sont des femmes qui travaillent dans les ateliers de la mystérieuse cité du *Voyage de Chihiro*. Et des femmes qui réparent l'hydravion de Marco dans *Porco Rosso*. Ce sont toujours des femmes (dirigées par Dame Eboshi) qui travaillent à la forge dans le sublime et inoubliable *Princesse Mononoké* (もののけ姫 pour faire le malin). Lorsque je rêve, c'est bien simple, Angela et Princesse Mononoké ne font qu'une.

Juste après l'affaire des pare-chocs, en écoutant un futurologue expliquer dans l'autoradio que le scénario le plus probable pour 2060 est celui où se sera accomplie et vérifiée la chute politique et économique des pays occidentaux après dix siècles de dominance mondiale, tandis que le réchauffement climatique provoquera de grandes catastrophes, j'avais pensé tout haut (en saluant mentalement le Dalaï-Lama) : dans ma vie, toute petite petite scène de théâtre où le rideau sera tombé depuis une éternité en 2060, quel rôle je préfère ? Celui appris par cœur et fidèlement récité ou la folie de l'improvisation ? Dans ma salle de bain, j'ai scotché, découpé dans le journal, cette parole sainte de Virginia Woolf : *Je ne serai pas célèbre ou grande. Je continuerai à être aventureuse, à changer, à suivre mon esprit et mes yeux, refusant d'être étiquetée et stéréotypée. L'affaire est de se libérer soi-même : trouver ses vraies dimensions.*

Angela n'est pas la réponse mais elle est la question. Un chaos magnétique affolant ma boussole. Le nord et le sud : en fusion. Une rivière d'idées derrière la tête. Une fois, je l'ai entendue dire : *je me fais tout le temps des plans, nous sommes pareils. Des rêveurs.* J'avais répondu que oui, que c'était vrai. Et nous étions dans le vif du sujet. Le rêve. Dans le sujet du vif. Il n'y a qu'à voir les ouragans formidables, la profusion des vies et des morts, les aurores boréales, la nuque d'une femme aimée, les kilomètres que l'on fait pour respirer deux heures avec l'être qui compte, la puissance fatale de nos désirs : l'univers a un furieux penchant pour le déraisonnable. Ce qui doit salement nous influencer. *Arrive ce qui doit arriver*, dit miss Angela. Tout le monde sait qu'elle a raison mais se refuse, en général, à l'accepter. Est-il possible de comprendre – pour en tirer les conséquences – que : la vie, c'est avec ou sans nous. À chacun de voir. La récitation ou l'improvisation.

Ces temps-ci, lorsque je ne me retrouve pas comme un spectre à frapper à la porte pour rentrer chez moi, je rêve que : on est dans un jardin, c'est un midi de juillet, tout brille méchamment d'une beauté rosée, des fleurs multicolores déferlent, l'herbe est une entité puissante et douce, Angela plante des trucs, elle me voit et demande *pourquoi tu es venu ?* Je ne réponds pas, pose ma main sur sa joue de poupée manga et on fait l'amour. Méga tsunami personnel. Lorsque le rêve s'achève, nous avons osé nous dire avec des gestes, des choses sur le pourquoi du comment de notre présence sur terre mis à part chercher de l'argent et le dépenser. Nous venons de vivre un événement que l'univers, depuis la nuit des temps, aime à voir pour ne pas désespérer des hommes. On s'est sincèrement aimé même si huit jours après, c'est fini. Dans la brume des songes, j'entends souvent murmurer ceci : ne faites rien avant d'avoir dormi. Ne décidez rien avant d'avoir dormi. Écoutez la petite voix (en fait elle vocifère) : tu dois dormir tu dois dormir. Et dormez. Alors les rêves feront que. Ils organiseront des choses. Ils révéleront la magie ordinaire dans la grande fabrique des aurores. Alors je m'éveille presque heureux. La nuit est une mort comme les autres, c'est dans cette absence que l'on est saisi de vertige en imaginant tout ce que l'on pourrait faire comme ça, en claquant des doigts, si on avait du pouvoir. Un pouvoir de sorcier. On voudrait être capable de. Vivre mille vies. Sur la terre comme au ciel. Tout compte fait, avec ses duretés et ses souffrances, sécurisant car sans aucune surprise (que pourrait-il bien arriver que nous ne sachions déjà ?), le réel permet de supporter les audacieuses vérités et les magies splendides du rêve. Au point qu'un bon rêveur est capable de se préoccuper de l'unique question qui vaille, entendant cette petite musique jouée sans cesse dans le jardin d'ombres où zone son âme : dirai-je encore une fois, dans une émotion partagée, je t'aime ?

Dès que j'aurai fini d'être un sale con, j'essaierai. D'entendre cette petite musique. Promis. Ange-Angel-Angela, tu m'inspires. L'ivresse de la belle mécanique sentimentale exprimée dans ton regard, c'est beaucoup. Lorsque tu dis *j'aime jardiner, j'aime aller aux jonquilles, j'aime trouver dans les bois mon petit brin de muguet, j'aime ceci, j'aime cela, j'aimerais vivre dix millions de choses,* je t'écoute avec attention comme si ce qui arrivait semblait se passer dans une autre vie. Ou plus exactement dans celle de quelqu'un d'autre. Le gars qui frappe à la porte pour rentrer chez lui en ignorant complètement comment il a fait pour sortir de son appart. Je rumine H24 : de quoi rêve-t-on ? Ma réponse du jour : de ce qu'on voudrait avoir ou de ce qu'on a eu. Hélas, jamais de ce qu'on a. Dans les vertiges de nos pensées, assis immobile dans notre loge d'acteur tandis que la pièce devra être jouée, dans l'attente du maquillage et du costume, c'est toujours le même rêve silencieux que nous incarnons avec maladresse. L'amour.

L'amour. Toi, petite fille dans un dessin animé de Miyazaki, tes cheveux teints en noir de nuit extrême-orientale et moi petit garçon aux yeux écarquillés de surprise devant un si beau sourire. Tu m'aimes une heure ou deux. Éternité de poche. Plus forte que de ne pas l'être, ton inquiétude d'être trop aimée. Tes doutes, ton appétit de vivre, tes lunettes glamour, ton rose à lèvres, ta pluie de jonquilles, l'orage de ta silhouette. Te rends-tu compte de toutes les femmes que tu es ? Avec toi, la sage décision de passer le feu au rouge.

Voici en tout cas la scène pour le lever de rideau de mon petit théâtre personnel, dès que je ferme les yeux : un couple. Ils se taisent longtemps en contemplant une tarte à la rhubarbe cramée et si ça se trouve, elle est bonne quand même. Lui : un fantôme ; elle : une manga.

Puis il dit (et elle ne répond pas, comme Princesse Mononoké en arrêt sur image, emplissant l'écran) : *j'ai fait un rêve et pendant quinze secondes tu as fait le même que moi. Nous avons brutalement eu envie de la plage.* Nous deux, pieds nus sur le sable chaud/ mouillé et rien d'urgent à faire avant treize mille ans, des oiseaux au loin dans l'aluminium d'un ciel bizarre, zéro téléphone ou appareil connecté. Avec quelque chose de dangereux à l'horizon, tu sais Angela, comme lorsqu'un rideau de pluie presque invisible mais inévitablement scintillant s'enflamme tel de l'essence devant le soleil. Avec un peu de chance, on se surprendrait alors à croire que nous habitons une carte postale. Pas besoin de plus. Nous saurions que nous avons le désir, juste cinq minutes, de se sourire devant la simplicité de la mer.

Dix ans avant la nuit

Mon ami Rafy dit venez je vais vous présenter un cousin, un fameux chasseur de phacochères. On rencontre Marcello. La cinquantaine ronde et virile. Son poste de commandement, c'est la buvette *L'Ange gardien te surveille*. Sur place, vautrées sur les fauteuils en plastique vert estampillés British Petroléum, sept ou huit épaves françaises, entre cinquante et soixante ans et quelque, semblent hésiter entre la matière inanimée et une forme de vie primitive, tremblotante, aquatique et que je connais trop mal pour pouvoir en parler mais que l'on trouvait sans doute dans les paléo-océans du Jurassique moyen. Fossiles. Leur écosystème est ce bar. Dans la fournaise du rhum, de la vodka cul sec et du Jack Daniels, se dissolvent des âmes en voie d'extinction, une belle bande de bancals en perdition. Voici des images pieuses de la sainteté alcoolique. Ici, même plus besoin, comme en Europe, de se fondre dans le décor, c'est lui qui te fond dans les tranches de citron vert, dans les regards plus ou moins vides des serveuses, tandis que s'opère la cuisson des pieds dans les sandales. L'air en fusion du crépuscule teinte les glaçons des verres d'une panique de dorés tapageurs. On devine que l'illusion amoureuse est oubliée, le désir de dépendance sentimentale est aboli. Adios à tout. Le culte du décapsuleur remplace. L'un hurle que Yasmina Reza est une belle femme, elle est dans le journal. Et il a raison. Un autre chante l'amour n'a jamais jamais connu de loi. C'est la souveraineté éblouissante : se perdre quelque part en soi et compter sur l'Afrique, bonne fille, pour ne pas retrouver son chemin. Dans l'éructation des ivrognes s'exprime le bel ordonnancement des vies achevées avant la mort, la plénitude du désastre total, la grâce et la fameuse majesté de la chute. Magnifique vol plané, je me dis. Marcello paie une tournée générale et, chuchotant, il explique qu'il a besoin au réveil de serrer quelqu'un dans ses bras et qu'en France c'est souvent l'oreiller. Alors l'Afrique.

Marcello : le phacochère a une longue crinière sur le haut du dos et deux défenses dirigées vers le ciel, atteignant soixante centimètres chez les vieux individus. Elles lui servent notamment à déterrer des racines ou des bulbes, et aussi à se défendre contre ses prédateurs : lions, léopards, lycaons, hyènes, humains. Les jeunes sont la proie des guépards, aigles, pythons, chacals, caracals mais les parents sont de redoutables défenseurs. Le phacochère peut tenir tête à un léopard ou même à une lionne on a déjà vu ça, j'ai vu ça une fois dans les basses collines des Pilli-MbiMbi, et le bougre il n'hésita pas à charger, se sentant menacé. Il peut foncer dans le tas, ça peut faire très mal. Mâles et femelles ont des défenses. Ce sont des canines à croissance continue qui sont transformées en défenses, en faisant saillie hors de la bouche. Les mâles ont, en plus, des excroissances calleuses sur les côtés de la tête, utiles pendant les combats. Ces bosses sont en fait deux os spéciaux, reliés aux naseaux et recouverts de peau, qui donnent une grande résistance au groin de cet animal fouisseur. Le phacochère. Une très vieille bête des très vieux temps du monde. Marcello regarde vers les lointains. On pense aussi à Pumba dans le Roi lion.

Deuxième Jack au bon petit goût de caramel. Les Blancs d'ici aiment leur propre tristesse. Ils savent qu'elle ne les laissera jamais tomber, loyauté à toute épreuve. Alors ils prennent soin d'elle, la chérissent, ne sortent jamais sans cette ombre, se réveillent en la trouvant assise souriante à leur chevet, fidèle au poste. Mère, sœur, amante. Les cœurs malmenés de ces Blancs sont des abris antiatomiques, des bunkers, des quartiers de haute sécurité. Des tombeaux bien fermés et emplis d'une nostalgie incorruptible. Ils savent que dans le flux perpétuel des choses, il est inutile d'espérer un arrêt sur image. Tout vit tout meurt tout peine à vivre tout cherche inexplicablement à ne pas mourir. Tout est affaire suivante tout est classé tout est déclassé tout est boomerang tout tape dans le mille à tous les coups. Rien ne l'emporte sur rien. Tout attaque, s'infiltre, se façonne, dévore, se nomme, se défend, jouit, blanchit, noircit, se voit, hésite, se renie. L'emprise du passé sur le présent ne cessera jamais, c'est ce qu'ils savent. Désormais voici la ligne officielle du parti : se méfier comme d'un phacochère des belles paroles, des promesses et même des propositions. Car les faits démentiront toujours ce qu'on espérait. Tellement de choses existent, tellement d'événements surviennent. Tellement. Dans le grand chaos mugissant des années, notre petite personne ne pèse pas bien lourd. On traverse la vie en courant, ne prenant le temps pour rien, comme si on marchait sur des braises. Mais parfois dit Marcello, prodige des prodiges, tu devines Dieu – ou une raison de vivre, tu appelleras ça comme tu voudras – dans les heures supplémentaires de la Création. Exemples au hasard et ça lui vient comme ça : le vol si élégant des pélicans gris sur la lagune, les grandes vasques de la cour du restaurant avec cette perfection inexplicable des fleurs rougeoyantes d'euphorbes – appelées de préférence couronnes du Christ – et, comment l'oublier, les yeux profonds des filles disant oui pourquoi pas, avec plus tard la magnifique odeur d'encens de leur intimité. Alors tu souris pour mener tant bien que mal tes guerres contre l'usure, cette grande divinité. L'usure des corps, l'usure de l'amour, l'usure des croyances, l'usure de soi pour soi. Tout meurt si vite autour de toi, les journées comme les amours. C'est ainsi et la seule chose qu'il te reste, c'est de ne pas l'accepter. D'être en guerre. Car tu n'ignores pas que s'impose bien vite le cri désagréable du pélican – littéralement semblable au bramement discordant d'un âne –, tu vois de tes propres yeux la pourriture inévitable de la moitié des fleurs d'euphorbe avant même qu'elles n'éclosent, tu redoutes les belles qui ne te regardent plus tellement tu es vieux avant l'âge, con et moche comme une savate. Continuer de vivre ? Oui mais en Afrique.

Rafy explique : disons que l'expression la plus juste qui me vient à l'esprit lorsque je pense aux femmes que j'ai aimées et qui m'ont aimé, c'est que j'ai été un épisode dans leur vie, un épisode heureux parfois mais un épisode, on va dire comme ça. Il baisse la tête comme si les trente fourmis occupées à rapatrier un morceau de mangue sous le ciment fissuré de la terrasse pouvaient lui fournir une explication. Un chat famélique et aux allures royales de pharaon passe devant nous avec indifférence. De mon côté, je pense à Ruby. Sans cesse. Tout ce chemin pour aller vers elle. Toute une vie ou presque. Aujourd'hui, auprès d'elle, je fais des efforts diaboliques pour essayer d'oublier cette histoire d'épisode même si je sais que Rafy dit vrai. J'ai longtemps pleuré – mais c'est bien fini, garanti sur facture – sur cette triste découverte que nous ne sommes que des épisodes les uns pour les autres, rien de plus.

Troisième Jack. Marcello parle d'aller pêcher le barracuda demain à cinq heures du matin. Qui veut venir ? L'aube éclairera la mer jusqu'à deux ou trois mètres de profondeur, l'air sentira inexplicablement le propre, le bois peint bleu clair de la barque nous rendra joyeux. La barque pour six personnes, les bières fraîches, les lueurs de la ville s'éteignant tandis qu'on s'éloignera vers le large. Suis déjà allé. C'est beau de quitter la terre ferme, d'être un matelot juste pour quelques heures. De laisser faire la mer. Le bar s'emplit. Une équipe de football vient se désaltérer. Téquila per tutti. Voici l'image de ton éternité, je songe en tournant le regard vers les altitudes vues par les fenêtres grandes ouvertes de ce lieu de perdition : comme si on attendait le retour de quelqu'un de bien, guetter les couleurs changeantes et toujours nouvelles du ciel, splendides d'exécution, comme peintes par un tagger d'élite. De quoi remplir une vie que cette observation du dôme azuré. Quelques gouttes violentes de pluie – comme une décharge de plombs – brunissent soudainement le sable de la plage. Comptons-nous ! Qui sera de la partie de pêche ? demande Marcello. Jusqu'à deux mètres de long le barracuda. Le corps de ce carnivore est allongé, avec une mâchoire inférieure de grande taille et des dents en forme de croc. On a l'impression de lutter avec une bête préhistorique. Quelque chose qui peut vous emporter dans la mer pour vous faire du mal. Nous noyer, nous déchirer. Pluie grisant la plage. J'aime le grondement du tonnerre, l'heure précédant la rabasse. Cette promesse que le ciel poivre et sel comme un ventre de gros gibier ne tiendra peut-être pas. Ces minutes où les nuages marchent au pas sous la baguette de l'éclair. Lorsqu'on pense, sans trop savoir pourquoi, aux jours enfuis, aux longs adieux et qu'on se tait sous l'averse – les bras en croix, la tête haute, aspirant de grandes goulées d'air pâle et brûlant – se refaisant un cœur battant, en ayant peur de la foudre mais pas tant que ça car elle nous est déjà tombée sur la gueule et, t'inquiète pas camarade, c'était par un jour de beau temps, rien vu venir. Les barracudas sont comestibles mais il faut sérieusement les cuire, puisque leur chair peut parfois contenir une toxine, la fameuse *ciguatera*, une histoire pas ça qu'est ça de micro-algues dangereuses. Cependant ce poisson reste un met délicieux pouvant se préparer en papillote au four, avec par exemple du fenouil, des petits légumes, du citron vert. Quelqu'un répète trois ou quatre fois il pleut je l'avais bien dit que ça allait nous tomber sur le coin de la gueule. On regarde tous cette eau violente, incolore, tropicale. Basculant de là-haut avec un boucan d'accident de la route, cette fortune emplit les citernes sur les toits et réveille farouchement la terre en générant d'inattendues odeurs de beurre frais, de lait chocolaté et de biscuit aux amandes. La pluie est le petit-déjeuner de l'univers. Comme vache qui pisse dit Marcello. Une heure plus tard on est toujours là, rien d'autre à faire, un soleil blanc, inimitable et comme usiné, fait scintiller la plage après la pluie, la transformant en un immense gisement de diamants. Altières et élégantes, toutes les femmes sur le sable sont des princesses. La noblesse ordinaire de leurs gestes. Ramasseuses des crustacés sortis de leur cachette après l'orage. Pas loin, on voit les vagues gribouiller la grève d'argent, comme avec un marqueur géant. Pour ainsi dire, la journée prend de la valeur. La beauté démantèle tout sur son passage, comme l'un de ces formidables phacochères en colère. On a brutalement envie d'amour, de chair humaine, non pas à dévorer mais à caresser, embrasser, humer. C'est comme un accident industriel, comme une urgence : si seulement quelqu'un pouvait tomber amoureux de nous dans les dix secondes. Même n'importe qui, pourquoi pas. Bien haut, probablement lâché par des mains d'enfants, on remarque un cerf-volant évadé. Il est déjà loin au-dessus de la mer s'assombrissant, capable de s'effondrer sur le pont d'un cargo si ça se trouve, dit quelqu'un. Ou d'aller ailleurs. Jusqu'en Amérique, au Brésil va savoir. Si loin.

Recette de barracuda à l'oseille : 1 beau poisson. 1 sachet de court-bouillon. 1 cuillère à café de gingembre frais râpé. 3 petites bottes d'oseille. 2 gombos. Sel. Poivre. Ici l'oseille, c'est du bissap feuilles, autrement nommé oseille de Guinée. Le poisson est poché dans un court-bouillon assez sérieusement relevé et l'oseille de Guinée sera fouettée après cuisson. Équeutez et lavez l'oseille, réservez quelques feuilles pour la décoration. Rincez le gombo et coupez-le en fines rondelles. Mettez l'oseille et les tranches de gombo dans une casserole, couvrez d'eau, salez et poivrez. Portez à ébullition, puis laissez cuire vingt minutes à feu doux. Écaillez le poisson. Videz-le franchement par les ouïes. Lavez-le soigneusement. Délayez le sachet de court-bouillon, ajoutez le gingembre râpé et le poisson. Faites pocher dix minutes à frémissements légers. Laissez cette pêche dans le bouillon de cuisson. Égouttez les feuilles d'oseille, mettez-les dans une jatte et à l'aide d'une fourchette, fouettez sans faire semblant jusqu'à ce que la sauce blanchisse. C'est prêt. Il faut manger sans attendre. Pour ceux que ça intéresse, le gombo ou corne grecque est une plante de la forme d'un gros piment allongé. Marcello est une encyclopédie carburant à la vodka : oui cette plante était cultivée par les Égyptiens, puis elle a été importée en Europe par les Maures espagnols au XIIe siècle. Elle fut introduite au XVIIe siècle en Amérique par les esclaves. Les esclaves et maîtres parlant le créole utilisaient ce mot pour parler des plantes en général. Et des jeux sexuels entre blancs et noirs aussi. Elle est consommée dans la quasi-totalité de l'Afrique tout au long de l'année. Vague goût de haricot vert. On reboit. Le moment orageux est passé, la chaleur de four est revenue. En arrière-plan, sur la lagune, s'est agrandi un ciel de teintes surchauffées, comme si toute la poussière rouge du monde s'amassait là sans savoir où aller après. On se croirait sur Mars. C'était voici trois jours, à la fin d'un autre orage, je la revois quittant la maison et assortie aux éclairs silencieux convulsant la stratosphère, Ruby. En petite robe noire. Sa peau de réglisse, sa bouche de cerise, ses mains de chocolat fondu, ses yeux de femme qui sait s'y prendre avec innocence, ses gestes d'héroïne de bande dessinée. Ruby. Belle comme une maîtresse. Le gombo est apparenté à la mauve et au coton. Et Ruby à la reine de Saba.

Au bar, on sourit pour rien, on commente la photo de Yasmina Reza, la radio sonne la charge d'une chanson d'amour simple et vraie, alors on a subitement envie qu'il arrive des jolies choses. Pendant une seconde, on comprendrait presque le monde, le vide, l'inutilité de nos pas sur l'or bouillant de la plage. On voit toutes ces femmes splendides, leur indolence, leurs rires. L'Afrique est le continent où l'on rit le plus. Soudain Rafy dit qu'il se confirme qu'il ressent comme une envie de rencontrer quelqu'un, de tenter le coup et en avant. C'est dimanche, le jour du possible comme on dit ici. En partant résolument vers quelques belles jouant au volley-ball là-bas, mon ami ajoute que les gens rêvent d'amour comme les poissons rêvent de voler. Hélas, il faut vite replonger dans l'eau du quotidien. Sûr ça existe mais t'en connais beaucoup des poissons volants ? Les Africains sur la plage sont beaux et élégants comme des guerriers invincibles et des déesses paisibles. Les Blancs, eux, font penser à des chips cramées ou à des knackis Erta. À des otaries aussi.

— J'aime les filles avec des bouches de suceuses style aspirateur, dit Rafy. Je ne comprends pas que certains préfèrent les petites bouches timides genre oh non je ne veux pas te sucer c'est indécent. Je déteste qu'on considère ma bite comme une friandise. J'aime qu'on la pompe avec gloutonnerie, que ce soit une tuerie. Tu vois ? …Tu vois ?

Je bredouille une réponse standard. Je songe à la furia d'hier soir avec Ruby. Une nuit violente et tendre, ses gestes crus et simultanément câlins. Dans la chambre, sa beauté de panthère en cage. Rafy n'en saura rien. En dépit de son amitié pour moi, il salirait sans penser à mal ces instants ayant peut-être à voir, à ma grande surprise, avec l'amour. Le vrai. Un couple de knackis passe à deux mètres de nous, suant à grosses gouttes. Rafy se lève d'un bond, heureux de leur montrer son exceptionnelle forme physique et il court pour courir, sans but. De loin, je le vois railleur et envoûtant, faisant des réflexions amusantes aux gens, fendant la foule, passant en force auprès des vieilles mères inquiètes pour approcher les jeunes filles ravies, avec sans doute, à la réflexion et depuis le début, une vraie beauté d'Afrique dans le collimateur. Il répète souvent : le vautour voit loin dans la savane, mais pas aussi loin que moi.

Quelqu'un explique que les barracudas vivent isolés ou en bancs. On les trouve généralement autour des récifs, mais ils apparaissent également dans les mers ouvertes. La voracité de l'animal justifie qu'on parle de le chasser plutôt que de le pêcher. Marcello raconte : je connais un plongeur qui s'est fait emporter un doigt dans les récifs. Comme c'était le majeur, un enseignant du lycée français s'est mis à l'appeler Aristophane, ce pauvre estropié. Car il paraît que dans la comédie *Les Nuées* de cet auteur grec, ça date pas d'hier, on assiste au premier doigt d'honneur de la littérature. Aristophane. Tout le monde appelle le gars comme ça désormais. Lui, en définitive, il est content d'être devenu une célébrité grecque.

La semaine passée, par la fenêtre ouverte de la chambre, le marmonnement de la mer, les vagues aux textures de miel et cette poudre dorée appelée aurore dans l'air attiédi. Elle dormait. Le petit matin et son épure des formes. Alourdis par le noir relatif de la nuit ronronnante de néons, les corps s'allumaient comme si, en fin de compte, c'étaient eux qui produisaient le jour. Il n'est peut-être pas si rare de voir deux êtres se rencontrer tandis qu'ils tombent dans le vide. C'est arrivé pour Ruby et moi. Elle, femme au bord du gouffre, moi plus envie de rien et dégringolant sévèrement. Tous deux si épuisés des combats habituels. En réalité, avec Ruby, on ne s'est pas rencontré, on est rentré en collision. Une sorte de crash. Et aucun de nous n'était assuré. J'ai décidé que tout ça ne serait qu'un rêve ou un cauchemar, la frontière entre les deux se floutant sans que je n'y puisse rien. Peut-être n'avais-je encore vécu ni le pire ni le plus beau, comment savoir ? Peut-être pouvais-je recommencer à exister ? Avec pour toute ressource un inespéré fond d'énergie, façon la goutte de gas-oil dans ton réservoir tandis qu'il te faudra parcourir encore cinquante kilomètres avant de tomber sur une station-service. Finir par croire que je suis capable de mieux, je me suis mis à penser de cette manière. Autrement dit j'étais disposé à m'illusionner une fois de plus. Mais cette fois de façon consentie. Histoire de ne pas se mettre une balle. Être quelqu'un d'autre, moins ceci, plus cela et pourtant un peu le même. Changé. Inhabituellement confiant. Après tous ces ouragans, ces Pearl-Harbor, ces emprisonnements, ces tentatives de survie, j'ai besoin de me reposer. Me reposer dans cette vie. Avant la mort car après je serai très occupé avec les esprits, les ancêtres et tout ça. Je suis un Blanc mais je sais que ces univers existent, c'est ainsi. Le monde de cette vie est celui qui m'intéresse le moins. Il n'est que fausse route, renoncement, soumission et malentendu. J'ai fait le tour de la question. Il y a des matins qui ne devraient pas être. Le mieux est de se contenter de la nuit, en fin de compte c'est là qu'il y a le plus de clarté. La nuit, Ruby est dans mes bras.

J'aime les femmes qui font un peu les malignes, qui n'ont pas leur langue dans la poche, qui sont belles mais pas que. Les bagarreuses. Les exploratrices. Les Ava Gardner des vieux films, ne voulant pas admettre qu'elles pourraient encore y croire. Celles qui ont un brutal désir de la mer. Celles qui aiment les mots simplistes et irréalistes comme *immortalité* ou *éternité*. Et qui peignent leurs ongles avec des couleurs ayant des noms prétentieux genre *Rose starlette* ou *Immaculé Las Vegas*. Un jour devant sa dorade grillée, Ruby a dit d'une façon assez convenue que la vie ne valait pas d'être vécue si elle n'apportait pas une intensité maximale. Tout le monde dit la même chose. Personne ne te dira le contraire. Tout le monde assure que c'est ainsi que ça se passe. Intensité maximale. Mais avec un coup d'œil prudent et régulier sur le compte bancaire. Grands sentiments mais jusqu'à un certain point. Seule Ruby et une poignée de fous furieux, capables d'un bras de fer avec eux-mêmes, mènent cette bataille et mettent à feu et à sang leur propre existence pour s'y tenir. Terre brûlée. Je sais enfin que la vie est plus vaste que le signal que je suis pour les autres. Que des belles surprises surviennent. À l'échelle du système solaire et sans doute même de la galaxie, ma petite âme minuscule est une luciole. Mais elle m'appartient. Et ce qui la fait briller dans cet océan de ténèbres, ce sont les rafales d'amour qui consolent de la tragédie universelle. Sans amour, quel ennui cosmique. J'avais besoin qu'on m'attende le soir. Qu'on me veuille. Qu'on me préfère aux autres. Même si l'amour, c'est l'autre nom du risque.

Vous êtes assis dans une pièce avec quelqu'un. Et vous n'arrivez pas à vous lever de votre chaise. Vous venez d'avoir une conversation sur un sujet important, une rupture, par exemple. Vous devriez partir, vous restez. Cloué sur place par l'idée que quelque chose n'a peut-être pas été dit qui pourrait tout changer, même si vous savez que cette idée n'a pas de sens… Ruby vient de lire à voix haute ce qui précède dans un magazine féminin tout en terminant, très érotiquement, de se vernir l'extrémité des doigts. Coup d'œil à la couleur du flacon : *Lilas méchant*. J'ai appris que la vie, ce ne sont que des murs et un beau jour, si tu ne veux pas crever dans les minutes qui suivent, tu ne peux pas faire autrement que de prendre malhabilement le volant d'un bulldozer. Pour sortir de ton propre enfermement, une porte ne suffit généralement pas, il faut tout pulvériser, enfoncer les cloisons, exploser la maçonnerie pour se retrouver dehors au beau milieu des gravats fumants, des canalisations rompues, des câbles électriques grésillant maléfiquement. Tout foutre en l'air. Bulldozer. Devenir un sans-abri. Malheureux et soulagé.

Pendant l'amour, quand elle dit des mots autrement qu'en français, cela décuple mon désir. Son accent de francophone d'Afrique, ces petites phrases que je ne comprends pas car venues d'un lointain monde sans Blancs. Confiture, miel, gifle, larme, rire, audace de cette étreinte. On se mange. Festin de lions. Une nuit, elle m'a précisé que ces mots, elle n'oserait peut-être pas les dire en français – ce serait indécent elle a assuré et j'ai éclaté de rire en entendant ça – mais qu'elle éprouvait le violent besoin de les crier dans sa langue natale. Qu'il fallait impérativement que les ancêtres sachent qu'elle jouissait dans les bras du Blanc. Qu'il fallait que je le sache, que je le voie, que j'en sois sûr. Car ici-bas, il faut ameuter, faire savoir les choses, les durables comme les provisoires. Ruby a expliqué que l'amour bruyant, c'est la publicité des vivants pour les morts, un rite pour les honorer. Ces derniers te protégeront s'ils entendent que ton passage sur terre n'est pas vain, que tu rends un culte à la chair, à l'énergie. Même

– a-t-elle ajouté en riant – si elle simulait de temps en temps car il ne faudrait quand même pas croire que je parvenais à l'émouvoir systématiquement. J'ai peut-être été un conducteur de bulldozer mais je ne serai jamais un super-héros, c'est la réalité.

Une fois, on est parti loin de la ville, vers Aktopamissibé. Petite ville paisible de villégiature. Quatre heures de route. Là-bas, les montagnes forestières respirent sur le soir. Des fumées blanches montent de la grande rivière noire. Avec leurs odeurs de boue chaude et de chlorophylle en furie, les milliers d'arbres ont de quoi étourdir le vaste ciel paisible. La lune est une grosse boule de glace vanille. Son message brille d'une effervescence splendide : au-delà de toutes les vies et de toutes les morts, au-delà de ces chairs en préparation et de celles qui s'évanouissent, une force plus grande que le tout remue les choses, les change de place, les intervertit, les brasse. Et nous demande, yeux dans les yeux, ce que nous voulons. La réponse est que nous n'en savons rien. Nous sommes juste là, c'est ainsi, dans l'accomplissement des heures. Le lendemain, tout était tranquille dans la fournaise de midi. Sur la rivière noire, les fumées blanches étaient presque invisibles, terriblement immobiles. Il faisait tellement chaud. Des oiseaux de proie se répondaient dans les courants d'air ascendants. Le soleil creusait des tunnels dans les frondaisons, routes de papillons, d'oiseaux, d'esprits. Tout semblait à sa place, Ruby et moi aussi. Nous faisions partie de ce vaste cinéma. Campement au bord de l'eau luxueuse, j'avais sorti la glacière du 4×4, pris une bière et pensé qu'en Afrique tu peux laisser filer, un verre à la main, une mauvaise journée jusqu'au soir. Une mauvaise semaine aussi. Une année pourquoi pas. Le reste de ta vie tant que tu y es. Quand il n'y a rien qui vaille de continuer, il te reste l'Afrique.

Un soleil violet semblable à du shampoing pour enfant avait éparpillé des oiseaux comme des décharges électriques de taser (on dit *foudroyeur* en français m'a assuré un agent de sécurité du centre commercial en ville). Du grand spectacle. Ce qui flottait dans l'air et dans la mémoire comme les mille objets s'échouant sur la plage après le naufrage, c'était toujours les mêmes idées. Je veux dire pour qui elle se prend, la vie ? Nous on voudrait juste quelque chose qui ressemble à une promenade en barque un dimanche d'été, la main nonchalante dans l'eau caressante, d'un vert de pierre précieuse, tandis qu'on aurait une jolie conversation avec quelqu'un ayant le désir d'être là et pas ailleurs. Le son divin et si ancien de la rame. Et, au lieu de ça, on se ramasse des petits repas lugubres et solitaires, on finit les restes d'omelette aux champignons, d'un jour sans intérêt à une nuit d'insomnie, on finit les restes d'amour fracassé sur les récifs des années, puis on voit la marée nous déverser tout un tas de regrets insubmersibles. On fixe alors bien vite son attention sur tout ce qui se débouche, se dévisse ou se décapsule. On n'est plus inflexible sur rien. On pique des colères pour un oui ou pour un non. On cherche à fuir constamment. On devient Ulysse voyant Ithaque se dérober devant lui. Plus il fait d'efforts pour s'en approcher, plus l'île s'éloigne comme par sorcellerie dans la brume. Alors un jour ou l'autre, on laisse les courants nous emporter. Objectif : prendre le large sous un ciel d'eau trouble. Ne plus revenir. On a beau faire et beau dire, on finit toujours par avoir du sang sur les mains. Au minimum, le sien. Les marins de l'Antiquité pensaient que toute navigation s'achevait, au bord du monde, par la chute terrifiante dans les abysses. Je ne suis pas loin de penser qu'ils avaient raison.

Ruby. Je ne vais pas raconter cette journée radieuse où on a fait des spaghettis carbonara au beau milieu de l'après-midi en buvant de la vodka citron jusqu'à plus soif. On était triste pour une tourterelle unijambiste vue au bord de la piscine. Drôle d'oiseau. Sautillements de clown. On a écouté pendant des heures le même CD d'Etta James. Qui n'a pas entendu sa version d'*At last* ou de *Stormy weather* ne sait rien de la vie. Je suis allé à la buvette du coin acheter de la vodka car il n'y en avait plus à la maison et pour la première fois depuis bien longtemps, je ressentais autre chose que de la douleur ou de l'indifférence, c'était un sentiment de soulagement et de simplicité, quelque chose d'approchant. J'ai alors pensé que j'avais de la chance d'être là, que ce qui me plaisait désormais c'était de ne rien faire, mais de ne rien faire avec Ruby. On a bu encore. Et à partir de vingt heures, on était invité à une soirée sur la plage d'Adokpamé, alors très bien on boirait encore. Profanation du travail, des journées bien réglées, des obligations, de l'agenda, de la rectitude, de la bonne petite obéissance ordinaire. Joyeuse démonstration de folie salvatrice. Je suis devenu le chroniqueur surpris de ma propre vie, dans l'extase de ma rébellion définitive. Je suis devenu. Voilà que j'ai le temps de lire longuement, de dormir tout mon saoul sans programme établi pour le lendemain, de nager, d'écouter l'averse matinale remplir en cliquetant les vieilles gamelles en laiton terni et on arrosera les plantes avec cette eau réchauffée, au soir et dans des gestes lents de cérémonie religieuse. Ruby tu es belle. J'aime ce que tu me racontes, ça m'intéresse, j'aime cette façon que tu as d'ôter tes chaussures made in Nigéria, je sais ta silhouette de chat. Je décide de me croire possiblement en de bonnes mains. Je vais peut-être même finir par me supporter, par m'accepter. Par me retrouver tout neuf. Bien sûr on assurera en France que je préfère la chair fraîche, on dira que c'est pitoyable, que je suis un vaurien, on plaindra Ruby et l'instant d'après on la soupçonnera de n'être là que pour l'argent. Mais en attendant, je marche sur l'eau. Elle a dit j'ai une question pour toi mon Blanc : crois-tu que l'on décide d'être heureux ? Crois-tu que le bonheur, c'est une force ou une catastrophe ? Je savais d'expérience que la bonne réponse, c'était la catastrophe. Car le bonheur lorsqu'il disparaît – et il disparaîtra – ne te loupe pas. Il te loge direct une balle dans le cœur. Et aujourd'hui *At last my love are come along* roucoule Etta James avec sa voix d'animal blessé. Et c'est tout ce qui m'intéresse. Pas chercher plus loin.

J'ai longtemps vendu des tractopelles. Métier : commercial en engins de génie civil. Bonnes commissions, vous pouvez me croire. On distribuait les marques New-Holland, Fiat-Hitachi et Komatsu. Comme les paroles d'une vieille chanson, parfois me reviennent ces trucs à dire au client : *Ce tractopelle vous procure les capacités de la chargeuse frontale et les performances de cavage de pelle hydraulique que vous demandez. Conçue avec une véritable cabine Care Cab, c'est une solution polyvalente pour une grande variété d'applications comme le creusement de tranchées profondes, le levage de charges lourdes, le chargement de poids-lourds, l'utilisation en grue, le traitement de matériaux, la construction, le recyclage, l'agriculture, etc.* Ruby je crois que je suis tombé amoureux de toi. *Des valves magnétiques individuelles pour chargeuse et pelle hydraulique offrent des performances hydromécaniques de répartition de débit assujettie à la charge.* Quand tu te déshabilles, je meurs de beauté, tu es un ange. *Une conduite hydraulique bidirectionnelle et un marteau combiné offrent une polyvalence maximale avec une large variété d'outils multisituationnels.* Tu sais, ce n'était pas prévu mais c'est arrivé. Tomber amoureux. C'est infernal. On fait comment maintenant avec cet amour ? *Un blocage de différentiel à 100 % manœuvre sur l'essieu arrière pour une traction parfaite tandis que la facilité d'entretien s'avère optimale avec un accès au niveau du sol pour tous les points d'entretien et de maintenance.* Je crois qu'avec toi, j'ai fini par consentir à l'amour.

Je ne me rendais pas compte que je cherchais encore une connexion entre le monde et moi. C'est peut être arrivé, enfin. L'an passé, j'ai décidé de réfléchir à cette question fondamentale : pourquoi le jus d'orange matinal est-il dix fois meilleur lorsque c'est Ruby qui presse les oranges ? J'ai compris ces derniers temps que tout ce que je fais, tout ce que je vis, ce n'est pas pour longtemps. Tout n'est qu'un craquement d'allumette, une bière bue en vingt secondes, une rincée d'août laissant la terre assoiffée, un court trajet en auto. Et voilà qu'au petit déjeuner, des projets magnifiques surgissent. Voilà que le monde, comme le canapé du salon, s'explique au fur et à mesure qu'il se déplie. Par exemple hier, journée de congé pour elle, Ruby a proposé qu'on passe le plus clair du temps à baiser et que sur le soir, on aille à une liturgie vaudou sur les plages d'Agmabilobi. Un cérémonial des tombées de la nuit. Elle a battu des cils et j'ai senti nettement que lorsqu'elle me regarde, je deviens une version améliorée de moi-même. Un moi 2.0. Elle me regarde mieux que les autres. Elle me sait. J'aime beaucoup l'expression *le plus clair du temps* dont elle use souvent. Cette expression, tu te la passes en boucle dans ta tête plusieurs minutes et tu perçois alors la vigueur de cette tournure de phrase et l'immensité de ce qu'elle signifie. *Le plus clair du temps*, une vraie formule magique. Il faut en faire l'expérience pour comprendre ce que je dis. Ruby sait que l'important se cache dans les petites choses. Avoir envie de chanter en repassant sa jupe mauve, lire *L'Inconstance de l'espèce* de Judith Shalansky car elle veut se tenir au courant de l'actualité de la littérature germanique du fait qu'elle a une licence d'allemand et qu'il n'y a pas, je cite, que Peter Handke et Stefan Zweig dans la vie. Dernièrement, elle a préparé un splendide barracuda à l'oseille (d'un mètre vingt-neuf ce poisson, on a mesuré) pour nos invités du soir (Rafy, Marcello et leurs femmes du moment). Comme elle me l'avait demandé, j'ai fait réparer le ventilateur (c'était bien un banal problème d'alimentation électrique provenant d'une surcommutation de charges inductives), ça n'a pas traîné deux temps trois mouvements. J'étais surpris par ma propre efficacité. Je voulais que la soirée soit parfaite. Comment ça se fait ? Je trouve qu'elle rend tout scintillant même un ventilo rebelle, même les draps à changer, même la peur d'échouer. C'est grave, docteur ? Sur le fauteuil de la chambre, je suis bouleversé en voyant : les flammes immobiles de son Wonderbra rose push-up de guerre.

Vers minuit, sur les plages d'Agmabilobi, la prêtresse vaudou s'approche de moi en fin de cérémonie, expliquant que si je veux de l'aide pour certaines affaires occultes me concernant, elle sera à mon service. On a parlé de rêves car je suis régulièrement visité par des présences, et pendant ce temps-là Ruby cherchait à être heureuse. Elle a vu des amis, mangé avec des mimiques de plaisir un ananas coupé en pirogue tout en me faisant régulièrement des petits signes de la main et j'ai su qu'un miracle s'était produit, que cette femme était un don du ciel et que, quoiqu'il arrive, je n'oublierais jamais, vraiment jamais, ces petits signes de la main. Tout le monde parlait fort, la mer aussi avec ses grosses vagues grises. Trois ou quatre feux embellissaient le sable rouge d'un or crépitant. La prêtresse vaudou m'a dit : qu'est-ce que tu connais des rêves des autres ? Tu ignores tout des tiens. Je savais qu'elle avait raison. Mais je sens que je fais des progrès. Brutalement j'ai eu besoin de serrer Ruby dans mes bras. Comme par enchantement, elle s'en est rendu compte, venant à moi à travers le feu, belle comme une lionne en chasse. J'ai senti ses seins se presser contre moi. Électrocution. Elle portait un tee-shirt ivoire avec discrètement strassé *United States Of love*, une minijupe plissée beige très clair, des sandales jaune vif. Soutien-gorge blanc, presqu'invisible. Ma vie ne sera plus jamais la même et je devrais me taire, ne pas parler de cette béatitude. Moi, un âge plus que certain comme on dit, Ruby, vingt-six ans. Ne le répète à personne, c'est dangereux, ça pourrait finir.

D'un coup – et ce coup dure maintenant depuis une éternité – les motos vont moins vite, les journées sont plus longues, les dimanches s'étirent comme des lézards ne risquant rien, tu te laisses emporter par le courant, tu es le mercenaire de ta propre vie, c'est bien simple tout devient intéressant. L'univers s'est mis à ralentir. Tu n'as même pas freiné, les choses se sont régulées d'elles-mêmes. Pour un peu dans la rue, les gens ressembleraient à autre chose qu'à des sacs poubelles remplis de ce qu'il vaut mieux ne pas savoir, tous ces désespoirs, toutes ces détresses. Avant, j'étais seul et détestais voir du monde, la poussière colonisait tout, le ciel était mourant. La caravane était passée, les chiens avaient aboyé. C'était tout simplement qu'il était trop tard. Puis ce miracle.

Voici dix-neuf mois, j'ai embrassé Ruby pour la première fois, c'était un vendredi à 23 h 06, on avait mangé de la glace chocolat-menthe et depuis je n'ai plus eu le désir ni même l'envie d'embrasser quelqu'un d'autre ou de choisir un autre parfum de glace. Miss Chocolat-Menthe était sur ma route ou bien j'étais sur la sienne ou il n'y avait pas de route et nous avions juste le besoin de retrouver mutuellement comment ça fait de rire et de pleurer *pour de vrai* et *le plus clair du temps.* Puis de s'endormir sans s'en rendre compte et d'aimer s'éveiller pour que ça recommence. Cet amour est si irréel que nous avons la certitude d'être les personnages d'un film ou d'un roman. C'est si irréel, voilà le mot qui me vient. Des gens inventés. Écrits par un romancier, racontés par un comédien, représentés par un photographe. Une mise en scène au théâtre. De la fiction.

C'est brutal. Certains sauront ce que je veux dire, un beau matin, on regarde les choses de près et on constate la vétusté de tout ce qui nous entoure. Les meubles, les livres lus et relus, la vaisselle au liseré jaune, la table basse en bois laqué du salon, par la fenêtre le mur d'en face et tout le tremblement. Ce salon et son papier peint pourtant pas si antique que ça, la balancelle qui n'a jamais beaucoup servi et qui rouille tranquille sous la pluie de printemps. Un printemps dont on ne sait pas quoi faire. Tout est vieux. Les idées, les sentiments, les gens, nous. Tout. La portière arrière-gauche de l'auto qui ferme mal et cette ceinture de sécurité toujours indéroulable. Le garage avec tout ce chantier dans lequel on ne reconnaît plus rien, ces skis dont on ne s'est quasiment pas servi, le vélo dégonflé ou même au pneu crevé. Tout est ancien. Le présent n'est qu'un entrepôt d'Emmaüs, un entassement de choses soldées, déclassées, plus ou moins cassées. Limite une déchetterie. Monde ancien, homme ancien, raison de vivre ancienne. Cette idée me prenant comme ça, je suis allé lire dans le dictionnaire la définition du mot *ancien*. Alors : *Sens 1 : Qui existe depuis longtemps. Exemple : Une ancienne maîtresse. Sens 2 : Qui a existé en d'autres temps. Exemple : Une histoire d'amour ancienne. Synonyme : inoubliable. Sens 3 : Qui n'est plus en fonction, l'a été et ne l'est plus. Exemple : Une ancienne promesse. Sens 4 : Qui a de l'ancienneté dans un domaine, une fonction. Exemple : Un ancien amant de ma femme. Synonyme : regretté.* Bref, sens 1, 2, 3 et 4 : râpé, éteint, usé, destroy, générateur de souffrance, démodé, ressassé et has been. Il arrive un jour stupéfiant, l'ami, où ce que tu croyais immortel, en définitive c'est mort.

M'installer en Afrique. Le salut. Longues discussions avec Rafy pour s'associer. Une affaire de vente d'occasion de tractopelles et tracteurs. Vivre en Afrique et petits séjours en France pour trouver les engins de Marseille à Roubaix, les sélectionner et organiser leur stockage au port du Havre, en vue de deux expéditions annuelles par cargo. Réparation-vente. Tout est allé vite. Tandis que Rafy se noyait dans la paperasse pour la création de notre entreprise (bon courage à lui) et débusquait un entrepôt correct sur le port là-bas (une ancienne conserverie des pêches de mer), j'ai acheté du côté de Metz notre première chargeuse pelleteuse (une Komatsu). Très bonne affaire. Ces chargeuses-pelleteuses sont idéalement équipées de l'installation hydraulique Syncro System. Le cœur du système susdit est la pompe à cylindrée variable qui alimente le dispositif exclusif CLSS (Closed Load

Sensing System) à centre fermé. Bon plan, cette technologie permet de générer uniquement la puissance strictement demandée. Dans la foulée, j'ai mis la main à Bernin (région de Grenoble) sur un tracteur Ford 550 avec chargeur et masses d'alourdissement. D'une fiabilité éprouvée, un véhicule très vendable. Tandis que je téléphonais à Rafy pour lui annoncer la bonne nouvelle de l'achat avantageux de ces deux premiers engins et qu'il m'informait en retour de la signature du bail pour l'entrepôt, toute ma personne s'emplissait de la vision splendide des martinets rapides comme des petits drones incontrôlables dans le ciel français, rouge réfrigéré du soir. Je garderai toujours en mémoire cette heure si particulière, débordante du cri triomphateur des oiseaux perforant les nuages en feu et où – avec ce serrement de cœur si particulier exprimant à la fois la crainte et l'enthousiasme, celui-ci dominant largement – j'ai compris, en sentant subitement la vie revenir à gros bouillons en moi, que tout commençait une fois de plus.

Voici quinze jours, sortant de l'aéroport pour plonger directement dans le vaste déploiement spectaculaire de la ville nocturne, bruyante, fumante, je me suis senti prodigieusement joyeux. Je retrouvais les odeurs de goudron refroidissant, de volailles sur les grills et de friture d'igname, d'hibiscus assoiffé et on nomme guimauve cette plante ici. Le petit goût de sel porté par le vent discret de la mer revenait sur mes lèvres, on entendait la sirène plaintive d'un cargo lointain rappelant ses marins en vue de l'appareillage à l'aube. J'ai acheté à une petite vendeuse des rues un demi-pain sucré pour le dévorer à belles dents (jamais rien mangé d'aussi bon), j'ai su alors que j'étais ici chez moi, en Afrique. Mon Afrique, celle qui a bien voulu de moi, celle qui m'a rafistolé sans poser aucune question. La si belle terre. Quelques heures plus tard, la lumière pâle d'un matin complice rendait les plages terriblement vides et le monde terriblement beau, pur, possible. Mon amoureuse m'avait attendu, toute vêtue de noir, noire de peau dans la nuit des taxis, si élégante dans sa nonchalance inquiète. Elle a dit qu'elle avait tant à me raconter, tellement que ça attendrait demain. Huitièmes retrouvailles et maintenant on va rester ensemble, c'est décidé. J'ai tout vendu en France. Nous sommes allés à la villa louée sur internet et ça a été tendre ce que nous avons fait dans le jardin bleuté par la lune, sous les bougainvillées, devant un chat intéressé. Ensuite elle a dormi, je l'ai regardée. Elle dit souvent qu'elle ne veut rien d'autre qu'une vie normale, aimer et être aimée, recevoir et donner encore plus, y croire et faire en sorte que les heures soient belles, très longtemps si possible. Une vie anormalement normale, c'est ce qu'elle explique être certaine de désirer plus que tout. Comme une sorte de montée vers le bonheur. C'est son talent particulier, être capable de se contenter d'une vie heureuse car sans complications ni hésitations. Elle sait que l'amour, c'est lorsqu'on est dans les bras de quelqu'un et que cela ne nous coûte pas le moindre effort.

J'ai rencontré sa famille. Son grand-père m'a expliqué des choses que je pourrais résumer de la sorte, en essayant de les dire au mieux : toutes ces histoires de bêtes, d'oiseaux et de graines héroïques, d'hommes et de femmes, la lumière dans les feuillages pour faire danser des ombres sur le sol rougi par les âges. Et nos propres pas. C'est le silence dans l'herbe. Tous ces jours et surtout les nuits. Tellement d'histoires sont promenées du nord au sud et de l'est à l'ouest par le silence ondulant dans l'herbe, par cette obstination verte. Par ce qui habitait ici avant nous et se cache. On le voit bien, pour faire tenir debout la vie dans ses tourbillons de poussière rouge, il faut un affrontement : l'aube et le crépuscule, le jeune et le vieux, la force et la fatigue, la paix et la guerre, l'amour et le désamour, la vérité et le mensonge, l'arrivée et le départ. Tout ce que nous sommes, tout ce que nous aurons capturé de joie et versé de larmes, tout ce bagage si lourd si lourd si lourd va disparaître avec nous dans le prochain silence dans l'herbe. Nos jours se fanent. Mais le vide aimable comblera nos vies. Dans son énigme, le néant nous réunira tous. Nous serons puissants, nous serons des histoires. J'avais l'étrange l'impression d'avoir déjà lu ces mots quelque part ou qu'on me les avait murmurés à l'oreille, durant un rêve peut-être. Puissants, des histoires.

C'était au tout début de la période des fêtes, voici quelques mois en France, il neigeotait, faisait un froid de caillou et j'ai reçu une lettre de cette femme. Non pas un mail mais une lettre. Un petit morceau de papier ayant coûté cher en affranchissement, ayant longuement volé dans les airs, traversé les océans, manqué de se perdre à chaque instant. Dans le soir fantomatique de décembre, quand j'ai trouvé ce courrier, c'était comme si une bombe avait soudainement fait exploser le hall de l'immeuble, pulvérisant tout cet acier et ce ciment, bousculant toute cette ombre autour, éparpillant mes pensées jusqu'à la lune. Car j'ai vécu des minutes toutes-puissantes en lisant, recopiée de ta main ma Ruby, cette sainte citation de Stefan Zweig, ton préféré en définitive de ces Allemands qui écrivent. En tout et pour tout, ces seuls mots de feu, luisants d'encre noire : *Je regardais là-haut, toujours là-haut : là il y avait de la lumière, là était la maison, là tu étais, toi mon univers.* Tandis que la vieille voisine du rez-de-chaussée me surveillait, curieuse de mon immobilité de statue dans ce hall silencieux, se demandant quel message pouvait bien contenir ce courrier venu de si loin, j'avais compris qu'en fin de compte je n'étais rien d'autre qu'un incurable sentimental. Et que si la mienne de vie restait une route sans issue, Ruby consentait à l'emprunter quand même. *Là il y avait de la lumière, là était la maison.*

Ce fut comme un coup de fusil, j'avais décidé ce soir-là que je devais accepter d'être un petit dieu discret. Un vivant. J'étais miraculeusement sain et sauf. Bien simple : comme un homme revenu d'entre les morts dans une chanson d'Etta James. Aujourd'hui je m'émerveille de nouveau, à ma grande surprise, beaucoup de choses m'émerveillent depuis si vous voulez savoir, des petites et des grandes. On dirait qu'entre Ruby et moi, c'est parti pour rester. J'aime cette curieuse expression, *partir pour rester.* Elle convient magnifiquement à l'Afrique. *Nous serons puissants, nous serons des histoires.* Dans le miroitement halluciné de la mer où rôdent les féroces barracudas et son cinquième verre de Jack Daniels à la main, Rafy pourrait dire en riant que – compte tenu de divers paramètres rationnels vérifiés – on peut estimer qu'il me reste, bon an mal an, dans les dix ans avant la nuit. Pas une seconde à perdre. Car en fin de compte, il fait beau à n'y pas croire.

magies

Fantômes d'astreinte

Au début, j'ignorais qu'il s'agissait du début. Alors comme tous les autres, je me suis battu. En vain bien sûr. Mourir bien franchement aurait été le plus simple. Depuis la nuit des temps : se sentir mal soudainement, attendre un peu, ne pas aller mieux, souffrir, consulter, se soigner, souffrir encore, continuer de se soigner, croire que ça va s'arranger, finir par comprendre que non, re-souffrir, récapituler des choses sur sa propre vie, accepter le soulagement des profondeurs à venir, souffrir encore, lâcher l'affaire et rendre l'âme. La routine cosmique, donc. Mais ce n'est pas ce qui se produit désormais. Pour faire court (car visiblement il ne me reste pas un temps démesuré), voici la situation : les premiers cas remontent à treize mois environ. Des gens de tous âges et géographiquement disséminés sur toute la planète se sont mis – comment exprimer une telle chose – à « s'effacer ». En exactement dix mois, les personnes frappées par cette étrange maladie sans nom, se dissolvent lentement, se décolorent, s'invisibilisent. Les victimes (plusieurs millions à cette heure tandis que le mouvement s'accélère de jour en jour) subissent sans douleur une longue et très progressive dématérialisation de leur corps. La science parle de fonte atomique. D'évaporation, de désintégration, de pulvérisation. L'humanité s'annihile, s'abolit, c'est une volatilisation. Dix mois après les premiers symptômes, vous aurez totalement disparu. Vous êtes annulé, absorbé dans l'air doux. Gramme par gramme, voilà ce qui arrive, chacun va être néantisé. Moi aussi. Le processus est irréversiblement enclenché. Je me translucidise. Et la conscience que j'ai de moi-même fond d'autant, au même rythme de valse lente. Dépris de ma corporalité, je suis en voie d'extinction. Avant je m'étendais à perte de vue, aujourd'hui, je ne me vois presque plus dans le miroir. Flou, flux, fluide, fou, flot, folie, je passe du visible à l'invisible. Lors de la première phase de la maladie, les gens perdent de l'épaisseur, de la compacité et de la luminosité. Ils se ternissent, s'affadissent, s'imprécisent. On dort beaucoup. On nous ausculte pour rien. On nous visualise dans un commencement de nuances de bleu. Cette couleur ne nous quittera plus et pigmente notre environnement. C'est pourquoi sur les réseaux sociaux, on parle de « peur bleue ». Vous basculez alors, et pour toujours, dans ce que les survivants nomment poétiquement la zone d'incertitude. C'est impossible mais j'aimerais tant me revoir.

Je pense à ces livres où il est écrit sur la couverture, au dos : *mais rien ne se passera comme il l'avait imaginé.* Grande justesse des formules toutes faites. Depuis peu, sous la douche, je suis presque invisible. J'utilise du gel fluo rose pour me concrétiser. Me *revaloriser* comme le vante la publicité. L'effort continuel pour rester visible. Pour être tangible, regardable. Réel. Présent, ici. On m'a retiré mon permis de conduire. C'est qu'on a eu l'impression de voir rouler des autos avec personne au volant. On se serait cru dans un film. L'autre matin à la radio, un spécialiste a expliqué : *L'énergie libérée lors d'une réaction nucléaire est bien plus importante que celle impliquée lors d'une réaction chimique. Par exemple, la fusion d'un proton et d'un neutron pour former un noyau de deutérium libère 3,36×10-13 J ; alors que la combustion de l'hydrogène et de l'oxygène ne libère que 4,75×10-19 J par molécule d'eau, soit environ 700 000 fois moins d'énergie.* Comme on le voit, on sait tout. Mais le problème reste entier. Où voulait-il en venir ce scientifique ? Alors il a ajouté que : *l'Univers, le plus grand des systèmes physiques, possède depuis le Big Bang une certaine quantité d'énergie qui n'a jamais varié d'un gramme (seules varient les formes qu'elle prend) et tout échange entre deux systèmes doit respecter ce principe de conservation. Le second principe s'écrit* $\Delta S \geq Q/T$ *et décrit la manière dont l'énergie se transforme lentement ou bien brutalement. Il stipule que tout système laissé à lui-même voit son énergie interne se dégrader inexorablement. Par exemple, une batterie chargée laissée au repos finira par néantiser son énergie électrique, et ne pourra bientôt plus délivrer d'électricité (celle-ci étant devenue autre chose, une entité chimique). Cette dégradation sans perte d'énergie (on parle alors d'une transformation) n'est pas liée à une simple imperfection technologique imputable à l'objet batterie, c'est plutôt une pure loi universelle, valant pour tous les systèmes, y compris l'Univers.* Tout disparaît, voilà le secret. Résister est inutile. L'immatérialité est la destination. Calcul simple des spécialistes : dans moins de trois années, la terre sera désemplie de nous.

La loi d'airain à laquelle nous sommes soumis ici considère qu'il existe une irréversibilité dans les phénomènes naturels (tôt ou tard, la batterie se videra o-bli-ga-toi-re-ment de son énergie), rendant ainsi compte du passage définitif du temps, au contraire des autres lois physiques qui décrivent toutes des mécanismes réversibles. Certains physiciens supposent ainsi que le temps émergerait violemment de la dégradation énergétique. Il en serait le bruit. L'écho. Autrement dit la direction générale et particulière que prend l'Univers, et donc la matière vivante – dont nous sommes les impuissants prisonniers – elle aussi, n'est autre que la transformation inévitable et pour ainsi dire automatique de notre état énergétique actuel en autre chose, ceci via la mort physique. *Et l'infini terrible effara ton œil bleu.* Voyant à peine mes mains devenues pâle fumée, j'épluche distraitement des légumes dans ma belle cuisine lavande toute neuve. Et je récite non-stop, comme un psaume antique, ce vers sacré et prophétique d'Arthur Rimbaud *: Et l'infini terrible effara ton œil bleu.*

Les gens se sont rapprochés les uns des autres, choisissant de disparaître ensemble. Les amants, les familles, les amis, jusqu'à ce que la mort nous réunisse. Mais certains se floutaient plus vite que d'autres. Rythmes de chacun. Vitesse du délabrement. Que notre nom soit sanctifié, que notre règne vienne. Inégalité devant l'altération, la flétrissure, la profanation, la casse. Commune maladie, chronologie individualisée de l'extermination. Tous étaient les serviteurs de leur corps, tous étaient traités comme des esclaves par leur chair. À l'impossible, tout le monde était tenu.

J'ai entendu une femme dire : *Si je tombe à terre, je ne me relèverai pas, je m'achèverai moi-même.* Et on lui a répondu : *Et moi, devenu un nuage de pluie bleue, en voilà de l'expérience personnelle !* On ne savait plus que faire. Que dire. Tout devenait imprécis, inexact, embrouillé. Même le décor, il s'estompait. Moins vite que les gens mais il devenait papillotant, éblouissant, illogique. Imparfait. Les enseignes lumineuses des centres-villes délivraient sans arrêt le jugement suivant : *Qu'est-ce qu'un monde ? Sinon du vivant en train de mourir ?* J'ai décidé de m'enfermer chez moi. J'ai regardé en boucle des reportages sur la décadence de Rome, sur la migration des gnous dans la réserve du Masaï Mara au Kenya, sur les condamnés à mort du procès de Nuremberg. J'étais une âme éclopée. Que faire ? Où aller ? La nuit, c'était pire. La nuit alarmante et amère, comme un bol d'encre de Chine funestement renversé sur un dessin passable. Je ne tenais pas en place. Je remuais dans le lit, je me relevais, je me recouchais, comme ces cons de requins. Qui meurent s'ils demeurent immobiles. J'étais en train de m'effacer, de plus en plus bleuissant. En train de mourir, le sachant, l'ignorant. Moi. La mort. Bon à être jeté. Raté, approximatif, pas net, accroché comme un mendiant à une heure de plus. Comme il est noté sur un petit autocollant lors de certains tirages : *une photo hors normes non facturée.* Une erreur. La dissolution de ma personne générait son explosion illimitée, dans une sorte de souffrance acceptable, je devenais le monde. Agité, je faisais face à ce qui nous contemple depuis le néant. Pâte à modeler enfiévrée par la colère, je me diminuais de jour en jour. Voyant le lointain de très près, m'abandonnant dans l'attrait du vide, cédant au vertige, chutant chutant. Me perdant de vue. Désapprenant ce que je sais. M'infantilisant.

On s'est mis à les appeler ainsi : les Disparaissants. Les Disparaissants, donc, devaient tenir le coup dix mois. De semaine en semaine, voir son propre corps s'éthérer. S'embruiner. S'émietter. Il s'agissait alors d'accompagner au mieux le mouvement. De déserter les lieux autrefois chéris, de moins fréquenter les gens aimés, de s'absenter. D'être couvert de bleu. De se vêtir d'habits criards pour lutter contre l'amenuisement. Certains portaient des gilets réfléchissants. Que réfléchissaient-ils ? Pour ne pas couler à pic, j'ai cherché à sombrer dans l'aveuglement. Stratégie : s'anesthésier. Signer un pacte entre ma disparition et moi. Je suis devenu la gomme et le dessin. Le chasseur et sa proie, l'ogre et l'enfant apeuré. L'abîme et le pont le surplombant. La colère et la résignation. Dans le frisson du soir, l'heure de l'Apocalypse était venue. Je devais voir un ciel nouveau et une terre nouvelle. Je devenais une substance vaporeuse, une étrangeté au sein du familier, un nuage minuscule. J'étais l'émotion, l'accident visuel, le monde qui change, l'inconnu. J'ai pu constater que les Disparaissants savaient que les longs combats, enfin, s'achevaient, que le calme pouvait régner désormais sous la forme d'un présent perpétuel, pour ainsi dire débarrassé de toute densité, de toute attente stérile, dans la pleine réconciliation avec lui-même, dans l'espérance charmante de l'unique maison où aller : le néant hospitalier. Seule l'enfance, dans ses remarquables moments de jeu intense avait su faire éprouver un tel heureux oubli de soi-même. Aujourd'hui je comprenais qu'un élan naturel et voulu transmutant, comme on l'espère du plomb avec l'or, rassemblait mon existence confuse en une étrange unité : son consentement à disparaître. Loin de la pauvreté douloureuse de la matière s'inventait une parfaite façon d'être au monde : parmi les morts. Libéré de mon poids de viande dévastée, de ma carcasse ingouvernable, je revivais d'avance. Il fallait battre en retraite, mettre les voiles, débarrasser le plancher, filer à l'anglaise, En un mot comme en cent, foutre le camp. Oui. Message de l'Univers reçu cinq sur cinq. C'était comme à la fin d'une longue conversation, lorsqu'on souriait de se savoir si pleinement compris.

Ma vie sentimentale. Forcément, j'y pense. En particulier parce qu'elle s'achève. Dans l'évanouissement fatal de mon corps, l'amour meurt aussi. Je lis dans l'encyclopédie ceci sur l'amour : *L'amour désigne un sentiment d'affection et d'attachement envers un être, un animal ou une chose qui pousse ceux qui le ressentent à rechercher une proximité physique, spirituelle ou même imaginaire avec l'objet de cet amour et à adopter un comportement particulier.* Pour ma part, noyé dans le bleu de mon invraisemblable disparition, je ne théorise plus l'amour. Je ne réfléchis plus. Je m'en désintéresse presque, à ma grande surprise. C'est tellement préférable. Soudainement, je me contente d'être habité d'images, de senteurs, à peine de sensations. Souvenances incontrôlables, invérifiables et pourtant invincibles. Telles une saute de vent ou la promesse d'un orage, elles surgissent, en risées ou en rafales. Tendre rappel d'un papillon mordoré lors d'un premier pique-nique, d'un thé à la menthe sur les hauteurs en combustion de Casablanca, d'une corbeille de fruits confits et d'un verre de rhum sous une lune de confession. D'une source visitée ensemble en forêt. L'encyclopédie explique encore : *Les états psychiques intenses provoqués par les passions amoureuses sont à l'origine, non seulement d'accomplissements remarquables dans les arts, la poésie et la littérature mais également de bouleversements individuels violents (tentatives de suicide, crimes passionnels) ou sociaux (selon la légende, la guerre de Troie fut provoqué en raison de l'enlèvement d'Hélène par le prince Pâris, qui fut subjugué par sa beauté sublime).* Aimer. La certitude que se découvrait là le plus grand bien de la terre. Succession de nuits d'eau pure (et de Macvin avec du pain d'épices), de jours d'animaux (se comporter comme), dans la satisfaction puissante d'être soi. Un grand pouvoir de sorcellerie, l'amour. Peut-être du fait qu'en se répétant plusieurs fois la même chose, on finit par penser que c'est vrai. Je lis que l'anthropologue Helen Fischer assimile la puissance de ce sentiment à une addiction proche de la cocaïno-dépendance. Le luxe provocateur de ceux qui s'aiment. Être lionne et lion. Chasser ensemble. Royauté de nous.

Ensuite, changement. Une fin. Vestiges d'un regard superbe, désamour. Ruines et chardons. Puis se tordre les mains. Puis le sentiment de mon insignifiance, selon la formule classique lue et relue dans les romans. Mais toujours l'éternelle fascination pour la belle possibilité miraculeuse de tomber amoureux, ailleurs. Je sais aujourd'hui que les ravages de la « peur bleue » sont infiniment préférables à cette attente inapprivoisable. Je laisse tomber aux pieds de mon lit la tyrannie du désir d'amour. Asile de flou. Régularité d'horloge du désastre. Petite musique dans ma tête, il se redit encore et encore que nous savons que certains physiciens supposent ainsi que le temps émergerait violemment de la dégradation énergétique. Il en serait le bruit. L'écho. Autrement dit la direction générale et particulière que prend l'Univers, et donc la matière vivante – dont nous sommes prisonniers – elle aussi, n'est autre que la transformation de notre état énergétique en autre chose, ceci via la mort physique. Bla bla bla. Stèle de nos rêves. Depuis le début, je roule à tombeau ouvert. Mordons la poussière un jour ou l'autre. Dans un plaisant remuement d'étoffes du passé, avec ces bruits de pas familiers, ces parfums inoubliés et la rumeur des années épuisées, comme un lent acheminement vers le noir fondamental, j'entends fredonner la voix insistante et rageuse d'un fauve en cage, mon cher poète assassiné Federico Garcia Lorca, seigneur du verbe : *Parce que tu es mort pour toujours, comme tous les morts de la Terre, comme tous les morts qu'on oublie, dans un amoncellement de chiens éteints.*

Un tas de linge bien plié, un papier peint choisi seul, le délice de n'être qu'un. Surviennent alors quelques rencontres. Pour frissonner dans les simulacres de présence, pour devenir une fidèle reconstitution de soi, pour trier qui nous sommes, choisir les qualités et les défauts de notre personne, pour être un héros de série télévisée, une capture d'écran. Se réinventer tel qu'on se préfère. Le nez levé vers un ciel vitrifié, j'ai regardé cette fenêtre illimitée du renouveau, cet azur compréhensif, comme si je pouvais l'ouvrir et me précipiter dehors. M'enfuir. Redevenir oiseau. Maintenant c'est possible. Car le quai est bleuté par la mer si proche, par l'embarquement si imminent. C'est arrivé, la race humaine se meurt, quitte ce vaste monde saccagé. En procession pressée, les gens se ruent vers l'abîme immense et bleui par la chute des foules sidérées. Drame et clownerie. Dénouements. Sur le départ, je prends des postures de personnage de bande dessinée, je me fige dans la page sur laquelle je suis crayonné. On me gomme, on me rectifie, on m'esquisse, on me romance. Je ne suis plus moi-même mais une forme imaginée, violette et hésitante. Un souvenir, déjà. Le visage glacé, pareil à un masque de carnaval, je garde pourtant intérieurement une fidélité aux histoires humaines, je deviens mon propre récit, mon commentaire de moi-même, un drôle de zèbre aux confins de lui. Heureux d'avoir été aimé. Du haut du pont, le voilà qui regarde les paysages ordinaires de sa vie. Et c'est beau, finalement. Petite cartographie d'une terre lointaine. Parmi les vivants, se résorbant dans la parole des rescapés, il est désormais une apparence, une idée, un reflet bizarre dans le miroir. Un fantôme d'astreinte.

Frères humains ? Des petites créatures craintives, têtues, démunies et spectatrices involontaires de leur propre disparition. Jouant la représentation de soi dans l'imitation de vitesse. Dans le flou, pour accepter enfin qu'être heureux, c'est juste être soulagé.

Un beau soir, dans les bureaux désertés, sur les chantiers silencieux, au cœur des immeubles ténébreux, dans les lits aux draps glacés, aux portes des hypermarchés vides, devant les téléviseurs éteints, sur l'herbe attendrissante et sucrée des prairies, dans l'odeur calmante et phosphorescente des sous-bois, inquiets pour leurs proches vivants ou défunts et pourtant pressés de les libérer de tout lien, on a vu des millions de fantômes immobiles dans l'air bleuté par leur propre essence. Cette multitude d'âmes semblables, bien désireuses de rester et pourtant si impatientes de partir. Chacun, comme une photographie surexposée. Une petite image. Enluminure. Portrait, visage, vision. Quelqu'un. Un intérimaire du divin, tué par les hautes lumières de son histoire. Brûlé. Éteint. Une vie. Apparue pour se suivre elle-même, à peine reconnue et célébrée, déjà enfouie, engloutie, passée. Un dossier rangé au sous-sol dans le vieux meuble démodé mais qu'on garde quand même. Une trace lumineuse pendant un très court instant voulu presque éternel. Et à chaque coin de rue, ce bleu trop fort, trop cru, empêchant de bien voir, un flamboiement électrique de brume, ce crachin commun, indigo et tenace, colorant les gens comme des buvards dans l'encre de l'anéantissement. Cette nébulosité saphir, un miroitement pétrole. Cette soie luminescente, délavant ma vie dans celle des autres, m'injectant dans ce qui se pense ailleurs, inventant le souvenir que l'on aura de moi. Me révélant que ce qui m'absorbe me crée. Le bleu, apparition pacifiée du crépuscule. Pour nous faire devenir, au final, ce que nous sommes tous. Résilié, révoqué, aboli, libre : de l'air. Parfois un peu de poussière indocile. Dans cet azur discipliné et perdu, une absence.

Toute petite fille des dragons

Ce que je peux dire, c'est qu'elle concentre d'une façon radicale tout ce que j'aime chez un être humain. Liste : elle adore la nourriture, faire la sieste, voir du pays. Elle frémit aux histoires de dragons. Tous les romans, les films de dragons : elle connaît par cœur. Avec une certitude scientifique, elle croit à des choses irrationnelles. Un beau jour, des archéologues découvriront les ossements d'un dragon. Quelque part sur une île perdue de l'archipel des Dahlak en mer Rouge, dans les solitudes glacées de la vallée des Dix Mille Fumées au sud-ouest de l'Alaska ou bien derrière le cabanon à outils du jardin des voisins. Elle est une dormeuse qui adore se lever tôt. On se promène des heures dans les forêts calmes, on adore entendre nos pas bruiter sur les feuilles d'automne, on croise parfois des biches aux yeux d'une bouleversante intelligence. Elle aime Le Mont-Saint-Michel, la pluie sur les volets, les midis d'été lorsque les cailloux cuisent sur le bord des routes, les agitées petites rivières de montagne pour la pêche à la mouche (son oncle lui a montré cet art magique), les maisons hantées (pour se serrer contre moi), le vin frais du mois d'août, l'huile d'olives sur une tartine de pain de campagne, les mandarines, les films de zombies, visiter de vieilles chapelles, les fresques médiévales, le jus de fruit du matin (goyave de préférence), ce genre de trucs. Elle a le culte du bien manger. S'asseoir dans un joli endroit, « étudier » la carte et écarquiller les yeux de plaisir lorsque les assiettes arrivent. Moi, j'aime surtout être à ses côtés.

Elle se demande ce que veulent au juste les gens. L'amour ?

Peut-être. Plus sûrement la sécurité, l'absence de questions, une maison où rentrer déverser ses agacements de la journée dans des oreilles patientes. Elle dit que c'est surtout au cinéma ou dans les romans qu'il y de l'amour fou. Ailleurs, c'est plus rare. Elle pense que les gens rêvent constamment de vivre de telles choses mais qu'ils préfèrent, au fond, la sécurité, l'absence de questions, une maison où rentrer déverser ses agacements de la journée, etc. Parce que l'amour fou, en réalité, fait terriblement peur. On ne sait pas quoi faire avec. Elle dit que le mieux, c'est banalement de se contenter de vivre l'instant. Un instant pour toujours, un matin après l'autre. Car, d'après elle, les gens font des promesses lorsque c'est le moment, ne les tiennent pas lorsque c'est le moment, croient dur comme fer à telle idée lorsque c'est le moment, assurent l'exact contraire lorsque c'est le moment et ainsi de suite. À ses yeux, seule une honnête mousse au chocolat ne triche pas. Seul un verre de Bandol ou de Savagnin partagé avec des amis peut nous prouver que la vie sait faire des merveilles. Vivre quand c'est le moment, mourir quand c'est le moment. Lever son verre quand c'est le moment. Elle dit que dans ce monde effrayant, il reste des refuges : les bibliothèques et les librairies, les musées et les théâtres, les forêts, les <u>vrais</u> restaurants. Ceux où l'on prépare <u>vraiment</u> les plats (pas ceux où l'on réchauffe des plats industriels à moitié tout prêts). Ceux où l'on se parle devant un poisson grillé au poivron doux d'Algérie suivi d'une honorable part de tarte aux kiwis ou aux prunes sur un lit de poudre d'amande. Elle n'aime pas les gens qui défendent diaboliquement leurs privilèges en prétendant d'un air convaincu que c'est pour le bien des autres. Elle ne vote pas, du coup. Elle pique des colères contre ceci ou cela, n'a aucune solution de rechange pour tel ou tel problème (c'est ce qu'on lui reproche) et se verrait bien ailleurs, vivre autrement, mais sans savoir où ni comment. En fait, elle se sent impuissante. Je la soupçonne d'être une idéaliste un peu paumée. Je la console de mon mieux. Je suis toujours là au bon moment. Je vois bien qu'elle doute de la réalité de la réalité. Et estime la plupart des idées et intuitions aussi tangibles que le réel. Il ne faut pas que j'oublie de préciser qu'elle est astrophysicienne. Et qu'on lui doit l'invention d'un langage pour communiquer avec les possibles aliens. Une trentaine de personnes l'utilisent sur terre, ce dialecte. Surtout ses amis pour parler du menu du prochain samedi soir. Elle répète souvent que certains scientifiques estiment qu'une longue recherche spectrale d'un signal faible de fréquence inconnue est difficile. Mais qu'il existe, dans les régions stellaires les plus favorisées par la radio-émission, une étonnante fréquence type unique et objective qui doit être connue de tout observateur de l'univers : c'est la raie saillante de radio-émission à 1 420 ou 1 960 Mc./sec de l'hydrogène neutre. Hochant la tête, je suis d'accord, je ne la contrarie pas. Il paraît qu'un chercheur en sciences planétaires à l'Institut Max-Planck à Göttingen (Allemagne) a reçu ces temps derniers le message suivant en provenance d'une planète localisée dans la zone de l'étoile Aldhibah – ou Nodus Primus (ζ Dra) c'est la même – depuis la constellation du Dragon. Cette étoile Aldhibah de magnitude apparente 3,17 correspond à un éclat cinq-cents fois supérieur à celui du Soleil. Distance : trois cents années-lumière. Voici le message in extenso publié par la presse mondiale : ᕙᓇᒥᓴᖏᐅ ᖁᑯᑐᑭᓂ ᓕᕿ ᒥᑎᐃᖄᐊᕕ ᓴᑲᑕᖏᖁ ᑯᖓ ᒥᑲᐊᐃ ᓯᓪ. La grande nouvelle, c'est que le fameux code inventé par ma chère astrophysicienne a été utilisé par les créatures aliens pour nous contacter. Incroyable. Sensationnel. Les experts en ont un peu bavé pour traduire le délicat passage ᕙᓇᒥᓴᖏᐅ ᖁᑯᑐᑭᓂ ᓕᕿ à cause de l'emploi perturbant, dans cette partie du message, de ce qui semblait être un plus-que-parfait à la construction inhabituelle. Les auxiliaires être ou avoir à l'imparfait de l'indicatif auquel on ajoute d'ordinaire le participe passé du verbe à conjuguer semblaient, ici, non pas renvoyer à une action qui avait classiquement eu lieu précédemment – avant le moment du passé que l'on raconte – mais, pour ainsi dire, paraissaient témoigner d'un passé situé dans le… futur proche. Un passé par le fait prévu, matérialisé puis évanoui dans une sorte de collision passé-futur que l'on serait tenté de nommer, plus ou moins rationnellement, le *présent hypothétique* ou plus exactement *divinatoire*. Nous avons plongé là en plein système temporel extraterrestre. J'en étais tout abasourdi. Grâce à certains logiciels érudits et à son ouverture d'esprit, notre conceptrice du langage intercivilisationnel a pu établir que les aliens utilisent un genre de passé constaté comme en langue turque, c'est ce qui s'en approcherait le plus. En turc, le point de vue est plus ou moins « intensifié » lorsqu'on rapporte un fait passé. On utilise un temps différent selon que l'on aura physiquement assisté à ce fait ou si quelqu'un nous l'a rapporté. En quelque sorte, le temps passé qu'on utilise va révéler le degré de véracité (ou en tout cas de croyance que le locuteur en a) de l'événement qu'il rapporte. Pour ceux qui ont du mal à suivre (moi le premier, au début) : comme son nom l'indique, le passé constaté est utilisé pour rapporter un fait dont on a été le témoin oculaire, dont on ne remet pas en cause l'existence. On a vu quelque chose de ses yeux vus. Dans ᓴᑲᑕᖕᒥᖁ ᑯᖕᒐ ᒥᑲᐊᐃ ᓯᒻ, on remarque cette façon de raconter les choses. Les aliens ont donc l'air d'annoncer qu'un temps viendra où l'on aura vu des dragons coloniser la terre. Des dragons. Et que l'époque qui suivra sera celle où le passé ne pourra qu'être considéré comme une forme de présent car il évoquera des impressions, sentiments et visions déjà survenus mais indépassables dans l'instant suivant (le présent) tant ils choqueront les humains. Comme un arrêt sur image. Relire trois ou quatre fois et lentement la phrase qui précède si besoin. Charabia, j'ai pensé. C'est quoi ce bla bla ? ᕿᒪᒪᖕᒍᓴᒥᕿᓗ ᑕᕿᓗᓗᖕᒍᑎᓕᓴ ! a-t-elle répondu en riant. Les dragons existent d'après les aliens. Rien de compliqué : nous sommes à l'aube d'une ère nouvelle où la dracologie va prendre toute sa place. J'ai entendu dire que le terme de *dracologie* est un néologisme vieux d'un petit siècle, issu du mot français « dragon », lui-même issu du grec ancien δράκων/*drákôn*, lequel mot est lié au verbe *derkomai* qui signifie *regarder, fixer, comprendre un secret* alors que son sens premier était *brillan*t. Et ce sont les aliens qui nous apportent cette révélation ? J'ai songé. Oui, c'est ça, elle a dit, les dragons existent, j'en étais certaine et la preuve va se matérialiser devant nous. Nouveau monde. Mais pourquoi ce participe présent ᒥᑲᐊᐃ ? J'ai voulu savoir. Je l'ai entendue affirmer sur skype à des universitaires russes que d'habitude le participe présent fonctionne comme un adverbe invariable sauf s'il est employé comme un adjectif, dans lequel cas il s'accorde en genre et en nombre avec son sujet. Mais pas là, du fait que les temps des verbes se marquent par des suffixes de genre neutralisé à cause d'une histoire de dix-neuf classes nominales dont, notamment, une pour les êtres humains, une pour les désignations d'objets célestes lumineux, une pour les noms d'individus et une pour les dragons. C'est la langue alien qui veut ça. Donc ᓴᑲᑕᖕᒋᖅᑯ ᑯᖕᒐ ᒥᑲᐊᐃ emploie le présent divinatoire du fait que les ᑯᖕᒐ se dédoublent en déclinaison partielle pluriforme du genre ᖅᓱᓂᓗᓂᐳᐳᖅᑭ ᒍᒥᑕᖅᑭᑭᑎ ᖅᑯᖅᑭ où ᒪᓕᓗᖕᒍᓯ doit être accordé avec un surprenant féminin pluriel. Ah c'est vrai d'accord, j'ai pensé et je suis allé me coucher, à moitié assommé par ces élucubrations de linguistes, me demandant bien où on allait avec cette prise de tête. J'apercevais un mystérieux ciel incompréhensible derrière la fenêtre, une petite pluie silencieuse lavait l'air noir. Vers minuit, la voyant si concentrée sur son ordinateur, j'ai attiré son attention comme j'ai pu en faisant ma petite mimique habituelle signifiant : ne te couche pas trop tard ma jolie.

Durant les deux semaines suivantes, rien à signaler. Vie presque normale si ce n'est qu'elle correspondait à n'importe quelle heure du jour ou de la nuit avec de jeunes savants de Seattle, Kyoto, Londres, Bucarest, Dakar, Lausanne et Auckland (j'ai appris que c'était en Nouvelle-Zélande, Auckland). Mais balades habituelles dans les bois, notre heureuse vie ensemble. Cet amour entre nous.

Puis – c'était le lundi de la Pentecôte, je m'en souviendrai toujours – après un week-end aux orages très violents sur presque toute la planète, une flotte (annoncée) de vaisseaux extraterrestres est apparue dans nos cieux redevenus uniformément bleu. Gros comme cent tour Eiffel, les énormes appareils glissaient silencieusement dans l'air doux. C'était beau et si inquiétant. Des avions de chasse russes, américains et chinois escortaient nos visiteurs et semblaient de bien minuscules et fragiles machines terriennes. Simultanément émerveillés et pétrifiés, les gens voyaient des dragons par milliers tournoyer autour des gigantesques nefs étrangères. Des dragons. Ces animaux volants à l'haleine de feu étaient de taille variable, du chasseur de combat à l'avion de ligne. Vision impensable. Je ne sais même pas comment le raconter.

La suite a été proche de toutes les suites sans surprise. Un chaos et, à la fois, quelque chose d'heureux. Pour se résumer : les aliens ne nous étaient pas hostiles. Ils ne faisaient que passer. Ils sont restés quatre petites années pour nous rencontrer. Partages, découvertes mutuelles, échanges de technologies et de systèmes philosophiques. L'humanité a fait un bond de géant dans la préservation écologique de la planète. Il était temps. J'étais heureux pour les forêts. Puis ce peuple nomade originaire des systèmes de l'étoile double Alpha Draconis, dans la zone de l'étoile Aldhibah – ou Nodus Primus (ζ Dra), *la vieille terre rouge suspendue des dragons* comme on dit maintenant, est reparti, reprenant son interminable exploration des univers *jusqu'aux bords des mondes*. Durant les quatre années de la présence alien, j'ai bien moins vu celle avec laquelle j'avais passé antérieurement tout mon temps. Spécialiste de la complexe langue alien, honorifiquement nommée ᑎᓕᒥᑎᕿ ᕈᕿᑎᓂᑎᕿ ᑯᓂᓗᓗᕿ ᖁᕿᐅ ᖁᑭᖑᒍᑐᓕᓴᐅ par nos visiteurs de l'espace (ce qui signifie, si j'ai bien compris, quelque chose comme *Toute petite fille des dragons*, c'est ce que j'ai entendu dire), elle est régulièrement partie en ambassade pour les Nations unies, puis en mission sur leurs gigantesques vaisseaux. Elle a pu étudier de près ses chers dragons et, diplômée de l'université médicale et vétérinaire Fudan (复旦大学) de Shanghai, elle est devenue officiellement dracologue. L'une des meilleures. Je n'ai pas été invité à vivre cette longue période exaltante à ses côtés. On se voyait périodiquement, pour les fêtes de Noël, un peu durant ses rares vacances. J'ai pensé qu'elle m'avait oublié, que notre relation ne comptait pas autant que je me l'étais imaginé. J'ai su qu'on se fait des idées sur l'amour. Qu'on croit. Qu'on veut croire. En moins de temps qu'il n'en faut pour le dire, le premier dragon venu avait eu pour elle dix mille fois plus d'importance que ma toute petite personne. Je n'avais pas pesé bien lourd dans la balance. C'est que je ne sais ni cracher du feu ni voler dans un ciel réchauffé. Lutter était vain. Obliger quelqu'un à nous aimer, à se rendre compte qu'on est toujours là, à voir qu'on a pas changé, en un mot comme en cent à continuer de nous préférer est inutile, indigne, ridicule et pitoyable. La célèbre ᑎᓕᒥᑎᕿ ᕈᕿᑎᓂᑎᕿ ᑯᓂᓗᓗᕿ ᖁᕿᐅ ᖁᑭᖑᒍᑐᓕᓴᐅ s'est éloignée de moi, je n'aurais jamais pensé une telle chose possible mais c'est arrivé. Plus tard, lorsque les êtres d'Alpha Draconis s'en sont allés vers les confins, elle est partie avec eux. Une délégation de trois mille humains a quitté la terre pour les accompagner. Grande cérémonie à la télé. Belles photos dans les journaux. Mais c'est à peine si elle m'a dit adieu. Je n'étais pas convaincu qu'elle pourrait encore s'asseoir dans un joli endroit, « étudier » la carte et écarquiller les yeux de plaisir lorsque les assiettes arriveraient. Ni que des forêts calmes l'accueilleraient dans leur beauté émeraude sans histoire, pour de longues promenades. Elle avait tellement changé, elle était devenue une autre. Elle était partie. J'ai alors vécu la clarté trompeuse des jours, dans la répétition insipide des actes et des attitudes. Rien à dire, rien à faire, rien à voir. Bien vite, exister ne m'a pas suffi. Elle ne reviendrait jamais, c'était certain. Dans des odeurs soufrées de fumées dragoneuses, elle naviguerait pour toujours vers les hautes lumières mystérieuses du cœur de la nébuleuse de la Lagune (localisation : ascension droite α 18 h 03 m 41,26 s / déclinaison δ -24° 22' 48,6"), territoire d'une intense activité cosmique, dans l'explosion des effrayants nuages de poussière rougeoyante bombardés du rayonnement de jeunes étoiles brûlantes. La flotte alien voguait vers cette énigmatique région du ciel. Et emportait celle que j'avais tant aimée. Comme je m'ennuyais, j'ai décidé de mourir. La mort. On l'écrit ـدـد. Il ne m'a pas fallu longtemps, c'est bien facile. Qu'à se laisser aller. Qu'à fermer les yeux. Là-haut, rien ne s'éteindrait jamais, les milliards de soleils du grand vide noir brilleraient à perpétuité. Ici-bas, le monde avait pourtant été beau. Avec un peu de bonne volonté et une bonne dose de chance, on aurait pu être heureux. Un soir, je suis mort et le surlendemain elle a envoyé un message pour dire de moi que j'avais été un bon chien.

La mort de Greg Newman

Décédé par morsures animales. C'est ce que conclura l'enquête. Mais sans pouvoir dire de quel animal il s'agit. Car il devait être de très grande taille et capable de dépecer, piétiner, broyer, ouvrir un corps de haut en bas pour engloutir l'essentiel de ses organes et fluides. La bête du Gévaudan, le chien des Baskerville, Tyrannosaure Rex. Au départ, Greg avait été un peu surpris de voir surgir Horacio dans son bureau et à une heure si tardive. Il était près d'une heure du matin, nuit d'encre. Et, détail non négligeable su de Greg, Horacio était mort en 1937. On était dans le premier quart du XXIe siècle : un bon bout de temps qu'Horacio avait quitté ce bas monde. Un vieux fantôme.

— Greg ? A demandé le visiteur du soir.

— Oui ?

— Je suis Horacio Quiroga (1878-1937).

— Je sais qui vous êtes. Je vous reconnais.

— Il faut me tutoyer. Tu as tellement lu et relu mes nouvelles. Tu les connais presque mieux que moi je parierais.

— C'est que je les trouve exceptionnelles. Pourquoi cette visite ?

— Je suis chargé par les esprits de te dire que tu vas mourir.

— Je m'en doutais. Pas pour cette visite je veux dire mais pour ma mort prochaine.

— C'est que tu es en mauvais état. Au plan cardiaque, ce n'est pas la grande forme. Et le reste n'est guère meilleur. Poumons, foie, c'est le désastre. Et cette fois, ça empire. T'es une loque, compadre. Une épave.

— Je le sais. Troubles respiratoires, fonte musculaire, nausées permanentes, épuisement physique. Je sombre. J'ai tout le temps froid. Je vais enfin bientôt passer à autre chose. Commence à bien faire. Pas fâché de m'en aller.

— Oui. Mieux vaut mourir, non ? Traîner, ce n'est pas ton style. Et supplier la vie est une indignité, tu le dis toi-même. Elle ne mérite pas qu'on en devienne l'esclave. Ce n'est pas moi qui te démentirai.

— Parfaitement, mieux vaut arrêter les frais. C'est ainsi que je vois les choses. Je n'ai plus rien à faire ici. Je vais aller voir ailleurs si j'y suis.

— Bien. Reste à choisir comment mourir. Une préférence ?

— Pas encore. Mais tu es un expert, peut-être pourrais-tu m'aider ?

— Tu as un alcool fort ? Armagnac ? J'ai beau être un fantôme, un petit verre me requinquerait et on pourrait à loisir parler défenestration, hydrocution, surdosage médicamenteux, balle en plein cœur, exsanguination, cocktail létal dans une chambre d'hôpital après un long combat contre la maladie, collision pied au plancher, plongeon dans une piscine sans eau, impolitesse lors d'un contrôle de police, seppuku et autres joyeusetés. Au fait, tu as le bonjour de Richard Brautigan, Romain Gary, Ernest Hemingway, Yukio Mishima, Stefan Zweig, Édouard Levé, Sylvia Plat, Sarah Kane, Nelly Arcan et Virginia Woolf. Eux et moi faisons partie du même club des écrivains suicidés. Des gens charmants. On se voit régulièrement. Bonne ambiance.

Horacio Quiroga est un écrivain uruguayen né à Salto Oriental en 1878 et mort à Buenos Aires (Argentine) en 1937. L'existence tout entière d'Horacio est placée sous le signe de la mort : mort de son père (alors que le futur écrivain est âgé de trois mois, il se tire une balle de fusil dans la tête sans que l'on sache s'il s'agit d'un accident ou d'un suicide) ; mort de son beau-père (dix-sept ans plus tard, lequel se suicide d'un coup de revolver sous les yeux du jeune homme) ; suicide de sa première femme en 1915 (suite à la rencontre qu'elle fait, une noire nuit de décembre, avec un loup-garou promettant de la dévorer « plus tard ») ; mort enfin de son meilleur ami, Federico Ferrando, accidentellement tué d'une piqûre de Bivarol arsenico-chromé double par Horacio lui-même alors qu'ils tendaient tous deux une embuscade au loup garou en question, lequel court toujours d'après des sources informées. On ne s'étonnera pas que dans ce contexte très particulier les contes et nouvelles publiés par Horacio Quiroga soient placés sous le signe de cette facilité sinistre de mourir dont parle Victor Hugo. Pour voir de quoi il retourne, on pourra lire notamment, dans les *Contes d'Amour, de folie et de mort*, les nouvelles intitulées joliment *La Poule égorgée*, *À la Dérive*, *Les Bateaux-Suicides*, ou encore, dans l'incandescent recueil *Anaconda*, la nouvelle intitulée *Diète d'amour*, dans laquelle le héros, invité à appliquer littéralement l'adage vivre d'amour et d'eau fraîche, meurt lentement et paisiblement de faim.

— Tu écris quoi ces temps-ci ? demande Horacio.

— Une nouvelle. *La Mort de Greg Newman*.

— Qui parle de ?

— Ma mort. Et, juste avant, de la visite spectrale de l'écrivain Horacio Quiroga au dénommé Greg Newman, un peu surpris mais pas tant que ça.

— Je vois.

— Et toi qu'écris-tu ?

— Moi ? Rien ! Depuis que je suis mort, je vis enfin. Pas besoin de l'écriture pour trouver une raison de respirer. Je voyage, je dors, je m'éveille sans crainte, mon corps me laisse en paix. Je suis trépassé depuis 1937, fais le calcul : j'ai bénéficié de longues années heureuses pour me remettre de mon éprouvant et inutile passage sur terre. En vérité, je te le dis mon frère : la mort est un inattendu et inestimable cadeau, tu verras. Mais revenons à nos moutons : n'as-tu pas publié un roman, *Noeland* ?

— Si. Pourquoi ?

— Quel en est son sujet ?

— Une histoire d'amour encore. Voici le pitch un peu propagandiste de l'éditeur : *De nos jours la planète Jupiter, c'est Noeland. Une effroyable guerre civile oppose les lutins de l'Écarlate (le père Noël) à ceux du Plus Mort Que Vif (le père Fouet-Hard). L'héritier du Noeland y ayant trouvé refuge, le conflit va bientôt s'étendre à la Terre (laquelle ignore tout de la puissante civilisation techno-magique noelandaise). Mêlant action et magie, gravité et humour, questionnement sur la violence, l'amour et l'écologie, cette inédite trilogie d'aventure mixe Science-Fiction et Fantasy, NOELAND est une trilogie romanesque déjantée et inoubliable. L'histoire de Noël (mais pas que !) que l'on attendait.*

— D'accord. Je vais lire ça. On meurt comment dans ce roman ?

— C'est varié. Crash d'aérotraîneau de combat ou de transport, bataille de rue, noyade, fusillade, bagarre à mains nues avec des lutins cannibales, bombardements, de froid, de chaud, de chagrin, dévoré par une poule géante…

— … Dévoré par une poule géante ? Voilà qui est original et pourrait avoir de la gueule.

Atteint d'un cancer de la prostate, Horacio devait mettre fin à ses jours dans un hôpital de Buenos Aires, en avalant une pilule de cyanure. Il avait cinquante-neuf ans. En 1937 donc. Les cendres de l'écrivain ont été déposées dans un cylindre métallique pour les insérer ensuite dans un buste de bois le représentant avec son petit air sceptique. Sculptée par l'artiste russe Stephan Erzia à partir d'une racine d'un arbre de la forêt sud-américaine, cette œuvre est visible à Salto, en Uruguay, la ville natale d'Horacio. C'est un peu loin. Sur place, on peut visiter la maison de jeunesse de l'auteur, devenue un musée-mausolée. Salto, c'est aussi, sous un vaste ciel soumis aux orages violents, le puissant fleuve Uruguay, baignant la ville dans une sorte d'étrange immobilité émeraude. En langue guarani, le nom de ces eaux signifie « la rivière des oiseaux peints ».

— Sais-tu comment se procurer une pilule de cyanure ? demande Greg.

— Me copier ne serait pas faire preuve d'une grande originalité.

— Tu as une meilleure idée, Horacio ?

— Cette histoire de poule géante m'intéresse. J'aimerais en savoir plus à ce sujet. Creusons.

Très bien tu l'auras voulu et on va croire que c'est de la publicité mais pas moyen de faire autrement, voici un extrait de *Noeland* : *Cet archipel, non loin de Christmas, est un cauchemar.*

On nous parachutait dans des vallées perdues à trois semaines de marche de l'unique ville fortifiée, Cocorico Bueno. L'objectif de notre patrouille de huit lutins était de rallier le plus rapidement possible ce repaire de traîne-savates professionnels, de prétendus pèlerins en route vers les antiques temples des pré-Murfuliens et de chercheurs d'œufs géants. Forêts épaisses et hivernales, vallées impénétrables cernées de pics sans noms. Rivières en furie, pluie et neige presque perpétuelle. Et sur les hauts plateaux, la surprise des jungles sans fin. Des nuits courtes dans les frondaisons, les repas froids tout feu interdit. Le risque de noyade dans des torrents géants, de chute terrible durant ces escalades monstrueuses. Et une rumeur insistante voulant qu'un peuple de lutins cannibales, anciens pirates exilés par l'un des premiers Pères Noël, ait survécu sur place dans la haine du Noeland. Les Piratapaches. Des guerriers féroces ne pensant qu'embuscade et corps à corps, massacre et vengeance. Voilà pour l'agréable décor des îles Mégadindes. Sans compter que notre vaillante petite troupe devait éviter la pire des menaces, ce qui nous paralysait de peur : se faire pister, chasser et bouffer par l'une de ces redoutées dindes géantes. Des volatiles de dix tonnes et quinze mètres de haut, carnivores, d'une cruauté sans pareille, capables de dépiauter vif un lutin en quelques minutes pour l'avaler en moins de temps qu'il n'en faut pour le lire.

L'œuvre d'Horacio, marquée par le modernisme et le décadentisme (dont l'érotisme est une marque de fabrique), présente une série de récits menés tambour battant d'où jaillit une galerie particulièrement riche et truculente de personnages d'assassins, fétichistes, sadiques, masochistes, nécrophiles, déments et orphelins, opprimés et captifs de toute sorte, revenants, vampires et loups garous. Chez Horacio, la vie est une dépeceuse, une bouchère, une dévoreuse. Elle tue comme elle fait respirer. Où est-il allé chercher une telle idée ? Ainsi que l'écrit Christophe Larrue (Université Paris 3 – Sorbonne Nouvelle) dans *Mordre, dévorer et piétiner : trois impératifs érotiques chez Horacio Quiroga* [revue America, 45/ 2014, p. 137-145, mise en ligne le 01 février 2015, Référence électronique : http://america.revues.org/840] : *Alors que dans la langue courante la dévoration érotique est une métaphore lexicalisée du désir, elle est prise dans un sens littéral dans de nombreux textes* (d'Horacio), *dont bien sûr ceux à thématique vampirique.*

Greg : si je comprends bien, tu proposes que je me fasse déchiqueter par une dinde géante ?

Horacio : et pourquoi pas ? Une belle mort. Audacieuse, tonique, colorée. Pour ainsi dire digne de toi. Un hommage à la fiction à laquelle tu auras rendu un culte toute ta vie. Pour un scénariste de bande dessinée et de jeu vidéo, ce serait incontestablement un joli baroud d'honneur. Être dévoré par un animal monstrueux qu'il a lui-même imaginé. Ça change. De quoi mourir en vie. J'imagine que ma suggestion exerce une certaine séduction sur toi ?

Greg : je ne peux pas le nier, hombre. Mais je la trouve où la volaille géante ? Sûrement pas dans la rue en bas de chez moi ni dans cette nouvelle un peu abracadabrantissime qu'est *La Mort de Greg Newman*...

Horacio : quelle question ! Tu trouveras ta poule là où elle est : dans ton roman *Noeland*, pardi ! Il suffit de quelques incantations vaudou pour la faire apparaître ici même, dans ce bureau, si tu veux. Facile.

Greg : une apparition ? Mais... comment...

Horacio : je suis bien là, moi. Devant tes yeux. Dans la vie – et dans la mort – il faut croire surtout à ce qu'on ne voit pas. Le visible est si limité, si pauvre, si péniblement rassurant. Si assommant.

D'accord. Autre extrait de *Noeland* et n'en parlons plus : *Il y a ce que nos oreilles peuvent entendre, ce que nos yeux peuvent voir, ce que nos gestes peuvent dire, ce que notre entendement peut mesurer. Ce que l'on nomme, faute de mieux, le réel. Et il y a ce que la partie profonde de notre être devine, ce dont elle a l'intuition. Ce qui concerne la haine et l'amour, l'indifférence – qui est une forme cachée de haine – et la bienveillance – qui est une forme visible d'amour – L'antique philosophie lutine est basée sur cette seconde approche du vivant. Deviner. Les lutins ne sont pas assez raisonnables pour placer la raison au-dessus de tout. Ils préfèrent s'abandonner avec naturel à l'intuition, à ce qu'on devine. Je viens d'une très ancienne famille de prêtres, paraît-il. Mes morts ont souvent été des gens de croyance, des raconteurs d'histoire diront certains. Mais leurs histoires, si souvent dites et redites, ont pénétré leur sang, leur chair, leur âme. Je suis resté un peu prêtre. Je devine. Je devine qu'une poule géante va me dépiauter vif.*

Mort par morsures animales. C'est ce que dut conclure l'enquête. Même si le terme *morsures* est plutôt inapproprié, rendant faiblement justice à la réalité. Mais le légiste ne voyait pas quel autre mot employer. *Charcuter* peut-être. Ou, pour utiliser un verbe moins vernaculaire, *dilacérer*. Ceci sans pouvoir dire de quel animal il s'est agi. Car cette bête inconnue sur terre devait être de très grande taille et capable de dépecer, piétiner, broyer, ouvrir un corps de haut en bas pour engloutir l'essentiel de ses organes et fluides. Quoiqu'il en soit, Greg Newman, scénariste, est mort et bien mort. On savait qu'il était malade du cœur, qu'il était devenu un infirme incapable de vivre debout. Dans un sens, sa disparition est une bénédiction. Sur son visage à peu près épargné par l'agression, difficile de faire la différence entre la grimace et le sourire. Le défunt ressemble à un boxeur ayant perdu le combat. Il navigue enfin vers d'autres étoiles. La constellation du Dragon probablement (visibilité : Entre 90° N et 15° S). Et ses mains dures comme la pierre des statues serrent un livre sacré [Points Seuil n° R586]. Le recueil d'Horacio Quiroga *Contes d'amour, de folie et de mort.*

Horacio et Greg s'en sont allés rejoindre ce bleu mouillé du crépuscule, ce voile de netteté qui s'émiette comme un nuage dans l'immensité. Ils font désormais partie de ce ciel de verre chaud. Ils sont enfin tombés, une fois pour toutes, dans la gueule du loup. Là-bas, en Uruguay, au cœur de ce pays de colombes tristes et de lumières paisibles dans l'ombre des grands arbres, une petite chanson des rues caramélisées de soleil murmure comme une source en prétendant que : *Ce monde n'est qu'un songe à raconter.* Dans le bariolage des cris d'oiseaux, l'air se teinte bientôt d'un doré de rideau, séparant l'en-deçà et l'au-delà. Le temps s'évanouit, c'est la dislocation des heures silencieuses. Comme en début d'après-midi, dans la rumeur bouillante des Amazonies, tout s'endort. L'amour se fait entre la forêt et le fleuve, entre nos souvenirs heureux et un présent de contrebande. C'est le moment des adieux entre les vivants et les morts. *Je devine. Je devine qu'une poule géante va me dépiauter vif.* Même si la route s'arrête soudainement sous ses pieds, même si l'écriture se perd au bord du cahier de brouillon, de la feuille A4 ou devant l'impossible débordement du texte Word, Greg sent venir des histoires. Tu les raconteras désormais aux aimables fantômes et fantômettes déclare Horacio en souriant. Car nul ne franchit jamais la frontière entre ce qui s'est écrit et ce qui, pour toujours mon ami, restera tu.

Super héros à temps partiel

Tandis que les cloches de Gotham City sonnent à la volée.
Bob Kane et Bill Finger, *Batman*

1,5 cl de crème de pêche ; ajouter 0,5 cl de liqueur de fraise ; ajouter 0,7 cl de curaçao bleu ; ajouter 2 cl de tequila ; ajouter 2 cl de jus de banane. Mettre 5 gros glaçons dans un shaker. Verser les ingrédients sur les glaçons. Frapper. Couler dans un verre à cocktail. Décor : agrémenter avec des rondelles de banane et des fraises de petite taille. Vous disposerez d'un cocktail bien français haut en couleurs. Son nom ? « 1789 », une boisson conçue par un barman parisien en l'honneur de la Révolution française. La nuit où je suis devenu un autre, j'étais écroulé sur le canapé du salon et je regardais distraitement cette émission sur les cocktails et j'avais l'intention de ne pas bouger de la semaine si ce n'était pour ramper jusqu'à la cuisine me chercher des bières fraîches et des crackers au blé complet et des yaourts vanille-goyave, mes préférés. Mais je me suis rendu compte vers minuit et quelque qu'il se passait un truc anormal. Qu'est-ce qui arrive ici ? J'ai murmuré plusieurs fois, apeuré. Car des pouvoirs se sont brutalement révélés à moi : une force nouvelle, éclatante et officielle m'habitait, m'emplissait, me relevait d'entre les morts. J'étais soudain robuste et invulnérable. Force physique démesurée. Il pourrissait dans la salle de bain, j'ai soulevé le lave-vaisselle en panne pour voir. Je l'ai fait avec deux doigts. J'étais devenu l'un d'eux. Eux, ce sont les super-héros. Il y avait eu dernièrement quelques cas isolés. Des hommes ordinaires acquérant soudainement des pouvoirs de super-héros. Une grande vitesse (comme Flash), un don de téléportation (comme Diablo), la télépathie (comme Phénix), la capacité de voir la nuit (le Nyctalope), de voler (Superman). Sans oublier le retour à l'instinct animal (Le Fauve des X-men), la capacité de prendre une forme différente (Hulk, sous l'effet de la colère). Je pense également à William (dans Code Lyoko), il peut se changer temporairement en amas de fumée noire ou rouge, volante et très rapide. J'étais devenu l'un d'eux. Pour une raison inconnue, les hommes devenaient TOUS des super-héros. Une épidémie. Le monde allait me prendre enfin au sérieux. Avec une joie terrifiante, je me devinais brutalement dans l'entièreté de soi, capable de tout comme on dit, ce qui n'existe jamais dans la vie humaine si naturellement limitée. J'ai bu direct quinze ou vingt 1789 en forçant sérieux sur la téquila et sans ressentir la moindre ivresse : j'encaisse super bien, on dirait, j'ai beuglé. Euphorie inéprouvée. Grande nouvelle : ce que je veux et ce qui est, ne va bientôt faire plus qu'un. Béatitude.

J'avoue que j'ai passé huit jours à faire la fête. J'ai bu et re-bu, je me suis bagarré dans les bars et re-bagarré dans les bars, c'était drôle, comme si j'étais dans un dessin animé, j'ai jouis et re-jouis de ma célébrité. Puis quantité de questions inédites sont alors apparues dans mon esprit. Ma nouvelle position me commandait-elle de faire le bien autour de moi ? Ou pas. J'avais là une occasion en or pour devenir une bonne personne, ce qui m'avait toujours tenté mais il n'y avait pas eu moyen du fait des contingences, en particulier budgétaires. Sur cette terre, chaque homme a son histoire. En général, une biographie standard comprend des désirs contrariés, des satisfactions à prix discount, des égarements excusables, des complications, de l'embarras, des ennuis, une ou deux petites victoires bien claironnées et dont l'écho de plus en plus atténué s'entend pendant une éternité. Puis, au final, une dose quasi-létale de désenchantement. Résultat, même bras ballants et tête de con, le dernier des derniers vient de loin, sait des secrets sur sa propre vie, pourrait nous en dire long sur le renoncement et porte miraculeusement en lui des rêves inimaginables. Comme n'importe qui, j'avais découvert, mis au point et peaufiné année après année, les mécanismes de survie habituels : mentir correctement, me contenter de peu dans tous les domaines, m'écarter de tout espoir d'un bonheur un tant soit peu durable, m'assoupir dans un quotidien anesthésiant par définition, tricher à droite et à gauche profitablement, médiatiser avec régularité des petits actes inoffensifs de rébellion contre la société afin de faire savoir à mon entourage combien j'avais du caractère. Et surtout surtout affirmer avec l'air détaché du vieux routier moyen que : l'amour, j'en ai rien à battre. La démission ordinaire en bonne et due forme. Normalement une existence serpente de la sorte sur la grande route de la vie. Mais anormalement, c'est-à-dire maintenant (compte tenu que tous les hommes deviennent des super-héros), il va bien falloir que j'ambitionne un peu plus. Non ? Sinon à quoi bon être un super-héros ? D'abord, j'ai désormais une super mémoire. La preuve, j'avais lu ça sur une bouteille le 20 avril 1988 lors de l'anniversaire de mon meilleur ami et je m'en souvenais parfaitement aujourd'hui : le curaçao est une liqueur d'orange titrant entre 20° et 40° utilisée pour confectionner de nombreux cocktails. Son nom a pour origine l'île de Curaçao, dans les Antilles néerlandaises. Cette liqueur fabriquée au départ par les Hollandais est composée d'écorces, issues généralement de petites oranges vertes amères. Le curaçao peut revêtir différentes couleurs telles que le bleu brillant (grâce au colorant alimentaire E133), l'orange, l'ambré, le vert vif ou le rouge groseille. Le fait qu'il contienne du bleu colore les urines. J'adorais pisser bleu, ça change. On aurait pu croire que j'étais une entité de l'inframonde, un alien des systèmes de l'étoile double Alpha Draconis (NSV 06546), un mutant, un homme 2.0. Aujourd'hui, je suis réellement un super héros. Réellement. Même plus besoin de prendre l'avion pour voler, inutile de rouler six heures en payant une somme astronomique pour le gas-oil et les péages afin de rallier la petite ville où je suis invité à une réunion des anciens du lycée. Car en un clin d'œil je parcours des distances folles. Même plus besoin de quémander un peu de considération auprès de mes semblables, aucunement nécessaire d'aimer pour se sentir vivant. Et miracle : je vais finir par vraiment croire ce que je raconte. Béatitude, je vous dis.

Mais – même dans le meilleur des mondes – tout bascule à la vitesse de la lumière. Les recherches menées depuis les débuts de l'épidémie de super-héroïte foudroyante (faisant que 91 % des hommes sont devenus des super-héros en une nuit) ont prouvé que les 9 % de rescapés ne muteraient jamais, eux. Du coup, presque toutes les femmes ayant un super-héros à la maison, on constate qu'elles s'intéressent subitement aux hommes ordinaires. Je n'en étais plus un, hélas. Et avant, je n'étais pas un super-héros. Ce doit être mon karma d'être toujours à côté de la plaque. Le sentiment de flottement et d'inachèvement m'a repris. Plus violent que jamais. J'avais tout du boxeur s'étant pris une bonne dérouillée. J'étais parti pour finir par me ressembler à nouveau. Ce face-à-face avec moi-même s'annonçait insupportable. J'aurais voulu me fuir. J'aurais voulu j'aurais voulu j'aurais voulu j'aurais voulu j'aurais voulu j'aurais voulu j'aurais voulu j'aurais voulu. J'aurais. Voulu. Vouloir. Revendiquer, souhaiter, espérer, rêver, désirer, oser, soupirer. Ou rien. Malaise. Car cette ville pleine de nuit menaçante et de lumière tyrannique est la salle d'opération du diable. Il nous rafistole, il nous aggrave, nous associe à ses projets, nous attache serré à sa personne rougeoyante, nous fait plaisir, nous incite à tirer parti des choses et des êtres, nous comble de bienfaits, nous sonde et nous prescrit des anti-douleurs, nous rempaille, nous immortalise. Il danse sur les toits déserts des mille immeubles figurant des fusées sur le départ, propergolées à ras bord pour s'emparer de l'océan noir au-dessus de nos têtes, pour exporter nos dévorations et nos inassouvissements jusqu'aux confins. Je pourrais passer des heures à les inventorier ces dix-mille buildings, beaux comme des réacteurs qui ne décolleront jamais. Et par là-dessus, mon pire ennemi est soudain apparu sous les traits d'un Captain America monstrueux, mastondontique et bien décidé à me faire la peau. J'avais trouvé un super ennemi. J'ai tout de suite su que ce gars-là représenterait plus tard mon meilleur mauvais souvenir. En vérité je vous le dis, les super-héros sont dotés de super-pouvoirs mais ils possèdent souvent un point faible. La kryptonite rend Superman vulnérable. Cyclope ne peut se passer de ses lunettes spéciales en quartz-rubis. Iron Man est obligé de porter en permanence un électroaimant genre défibrillateur cardiaque pour survivre à cause d'éclats d'obus coincés dans sa poitrine. Captain America Mastondontique le savait : moi, ma kryptonite, c'était l'amour. Un triste jour, mon amoureuse m'avait quitté sans dire mot et en refusant que l'on se revoie une heure pour clore notre histoire avec humanité. Brutalement ne plus avoir aucun contact. Les années avaient eu beau jeu de passer, je souffrais chaque matin et chaque soir de ce tourment : ne pas s'être dit au-revoir, que ta route soit belle. L'amour, ma kryptonite, je vous dis.

Une éternité plus tard, il y avait eu cette femme. Rencontrée avant cette apocalyptique averse de super-héros. Du temps où les gens étaient des gens. Avant cette insolite fin du monde peuplée de clones déphasés et nerveux de Batman, du Surfer d'Argent, de l'amiral Batiste Ni Ni, d'Hellboy, de Wolverine et de dizaines d'autres pauvres spectres en perdition. On s'était écrit sur internet. On s'était vu dans un bar cubain. Elle m'avait plu. Je ne lui avait pas plu. J'avais pensé que j'aurais aimé vivre avec elle dans les 1 997 434 863 496 secondes. Soit 63,3 années. Elle m'avait raconté avec sérieux les histoires d'Armide et de Circé, des magiciennes sans espoir. Je propose que nous restions amis. Plus tard, c'était fin novembre, il faisait nuit depuis longtemps (j'avais mangé à 23 h 02 une pizza landaise, je m'en souviens maintenant : tomate, crème, magret de canard, champignons, pignons de pins, graines d'anis, emmental de Lucerne, touche de miel de thym), l'un de ses e-mails avait expliqué : *Si tu ne crois pas aux miracles, ce que je vis devrait te faire changer d'avis. Je le soupçonnais, mais chaque jour qui passe me le confirme. je suis bel et bien en amour. L'impensable est là, venu d'où il ne pouvait pas venir. Et c'est partagé et fort comme… je ne sais même pas quoi. Le joli Arturo a pris toute la place avec ses beaux yeux, ses discours fantaisistes où il brode les métaphores improbables, ses fous rires et ses peurs tristes. Le texte d'Aragon tourne dans ma tête « Ce feu, cela ne s'éteint pas. Toute ma forêt, je suis là qui brûle… », je me rends compte de la part résignée qui était en moi, prête à accepter un prince même pas amoureux, pour pouvoir aimer un peu. Et là, cadeau. Cadeau. Cadeau. Me voici à remercier le ciel auquel je ne crois même pas. Le soleil du soir inonde le jardin ; s'il fait trop froid pour la terrasse, c'est un bon temps pour une ballade. Je t'emmène avec moi et le chien, jusqu'à la tombée de la nuit.* L'amour, ma kryptonite. Bonne chance et écoute je suis content pour toi je lui avais répondu. Et aujourd'hui, elle vit heureuse avec Arturo en Floride, dans les Keys où Hemingway avait une maison pleine de chats. Et si ça se trouve, un de ces quatre, les animaux vont muter eux aussi et devenir des super-chats, super-pélicans genre ptérodactyles et super-requins tigres géants et on passera un super sale quart d'heure. Je n'ai pas osé en parler avant mais maintenant mon problème, c'est que je ne me suis pas transformé (« modernisé » ou « évolutionné » comme dit la presse) en élégant Spiderman, Docteur Strange ou Daredevil. Mais en Popeye. En Popeye bagarreur, colérique, puant le tabac et les moules-frites avec sa gueule de cartoon. Captain America Mastondontique s'en amuse et, entre lui et moi, ce sera donc lui ou moi. La béatitude n'était pas faite pour durer.

Entre deux bastons avec ce corniaud de Captain America Mastondontique, après que nous ayons pulvérisé de bon cœur une banque en envoyant valdinguer un bus (vide) de soixante-huit places à travers ses vitrines austères proposant des rachats avantageux de prêts immobiliers, j'ai lu une publicité dans un magazine parce que je n'avais rien de mieux à faire et que c'était un moment d'accalmie. Lorsque les rues des villes et jusqu'aux fermes paumées du Montana, du Kansas ou de nulle part se sont mises à grouiller de Catwomen, de Wonder Women et autres filles musclées, l'industrie du luxe a féminisé à mort l'univers des super-héros. Quelque chose venait de s'enclencher et il n'y avait plus que les enfants qui échappaient – sans doute provisoirement – à la métamorphose. Dans ce magazine, il était dit de la femme mutante qu'elle était *aérienne mais aussi déterminée, intense et imprévisible.* Qu'elles possédait *une allure à la fois multiple et loin des conventions : celle d'une femme moderne qui aime autant être sous les projecteurs que dans les ombres somptueuses de son hôtel particulier, dans l'étreinte rassurante des pièces ornées de fresques florentines et embellies de meubles rapportés des palais oubliés du Rajasthan.* Le chaudron infernal constitué par le monde actuel frôlait la lévitation tant il bouillait à un degré d'absurdité rarement égalé, avait déclaré mon meilleur ennemi, ce bon vieux Captain America Mastondontique en lisant cette publicité. Du coup, on s'était un peu rabibochés. Nous sommes ensemble allés mettre une branlée à ManArmor, un super-héros désagréablement hautain et dont l'armure en rubium galvanisé, délicatement sertie de pierres précieuses volées à ses victimes, semblait lui offrir l'immunité parlementaire. Mais sous nos yeux, voici ce qui était en train de se produire : des millions de super-héros se livrant une guerre sans merci, démolissant les grandes cités orgueilleuses d'autrefois, déchiquetant les forêts et prairies, renversant les phares et les ponts, précipitant la beauté dans l'oubli. Et je participais à ce cataclysme. Bientôt, il ne resterait que ruines fumantes et désolation. La violence était notre langage. Les tombes, notre horizon. Notre surcroît de pouvoir n'avait produit rien d'autre qu'un surcroît spectaculaire de nuisance. Une danse de mort dans la vaste nuit électrique. Nous étions passés sur l'autre rive. Et c'est ce qu'attendait OsBlancs, un super-héros inconnu pour entrer en scène. Pour nous rejoindre. Pour venir nous chercher.

Même un super-héros immortel est soumis à une certaine durée de vie. C'est ainsi. L'empire du temps partiel règne en maître sur cette planète. Si on se résume, d'abord tous les humains sont devenus des super-héros. Même les enfants, on a constaté que ça commençait à se produire. Ensuite des guerres se sont allumées. On a vu des célébrités descendues en flammes. Superman s'est mangé un missile sol-air bourré ras la gueule de kryptonite. Terminé. Spiderman a dévissé de la Willis Tower à Chicago. En chutant, il s'est enroulé dans la bannière étoilée. Carnages. Commotions à un rythme industriel. Inutilité de tout. Noir de cambouis du ciel insonore, pas de trompettes du Jugement dernier, juste le fléau partagé dans l'épouvante par ce qui vivait en bas dans les ruines toutes neuves. Petit état des lieux : ni vainqueurs ni vaincus. Mais l'irruption sur la scène mondiale de celui qui n'avait pas de nom. Un super-héros que quelqu'un a nommé OsBlancs et ensuite tout le monde a continué de le désigner ainsi. Survêtement bleu basique, casquette de traviole à la rappeur, pas causant. L'air d'avoir quelque chose d'ennuyeux à faire et de le faire quoiqu'il arrive. C'était la Mort.

Elle a commencé à emporter tout le monde, méthodiquement et sans méchanceté. Adieu les super-pouvoirs. Cessation générale d'activité. Un ultime hot-dog bien gras à demi-enfourné dans le bec jusqu'au coude, peinturluré de ketchup de la tête aux pieds, Captain America Mastondontique m'a dit en faisant un clin d'œil : mourir, c'est encore être vivant par le fait. J'ai dit oui c'est vrai, c'est juste. C'était quand même une drôle de fin du monde. On était tous étonné.

Bientôt ce serait mon tour de faire le grand plongeon. Cet idiot de Captain America Mastondontique me manquait assez terriblement. J'avais en permanence en tête des petites choses. Liste comme ça à la va-vite : les marguerites confiantes du printemps, les lucioles magiques de l'été, le tendre rouge révolutionnaire des forêts de l'automne, le froid complice de la neige tombant dans ta bouche en hiver. Ces petites grandes choses, si négligées. Cette intimité avec le genre humain et la Terre, sa maisonnée. Et je ne te parle pas des pique-niques sur la plage avec les amis, de l'élégance des cerfs-volants, du vin frais ni de l'amour te sautant dessus au coin d'une rue, au retour du cinéma un soir de mai. Traces de nous. Richesses de nos histoires. Sublimité du jour nouveau dans sa lumière inédite. Avoir été là. C'est tout ce qu'on pouvait faire et qu'il resterait de nous : on aurait été là un moment. Ce matin, je me suis demandé soudain si j'étais constitué de la somme des personnes que j'avais été au fil des ans. Des étrangers parfois, mes familiers souvent, mes divers moi. Cette population que je suis à moi seul. Que signifiait tout ce chemin ondulant pour habiter aujourd'hui le corps de ce Popeye dont je lisais les aventures autrefois ? Phénoménal, absurde et inconcevable. N'importe quoi. Qui étais-je au juste ? Quelqu'un saurait-il me donner une définition acceptable du héros ? De ce qui fait la valeur d'un homme ? Pourquoi les choses arrivent-elles dans ce perpétuel et divin mouvement ? Dans le soleil jaune soufre de l'aurore, j'ai vu alors deux moineaux s'enfuir à tire-d'aile vers je ne sais où. Et, dans son tapage gris, l'inutilité de leur vol était bouleversante. J'ignore pourquoi, je serais incapable d'expliquer une telle merveille, mais à cet instant précis, tandis que tout se terminait furieusement, une phrase de feu avait déboulé à cent cinquante à l'heure de ma super mémoire de super-héros, exactement comme un poids lourd qui n'a plus les freins en pleine descente. C'était un extrait de *La Nuit où Johnny Ace est mort*, une histoire de mon auteur préféré, James Lee Burke. Et cela disait texto : *Je me suis demandé où ça allait nous mener, tout ça.*

La rousseur du renard

L'attitude de la consommation implique
la ruine de tout ce à quoi elle touche.
Hannah Arendt,
La Crise de la culture (1961)

Les experts ont parlé. Pendant des semaines, sur les plateaux télé, lors des matinales des radios, durant les débats d'arrière-soirée. Ils ont dit que : *Il ne faut en outre pas oublier que l'être processuel métaphysique est une singularité-événement correspondant à des séries hétérogènes qui s'organisent en un système ni stable ni instable. En définitive, tout peut arriver. La preuve.* On a aussi entendu que : *Désormais il faut penser que la vérité de l'hypothèse du continu pourrait faire loi de ce que l'excès dans le multiple n'a pas d'autre assignation que l'occupation de la place vide et provisoirement possible, posant ainsi que l'existence de l'inexistant propre du multiple initial n'est plus un dogme. Le vivant classique n'est pas le seul vivant, si tant est que cette expression conserve un sens.*

Personne ne comprenait grand-chose, ni à l'événement lui-même ni à ceux qui tentaient de l'expliquer. Il s'était donc passé quelque chose d'inédit, de stupéfiant, de grave et de fondateur. De révélé. L'humanité était à la croisée des chemins. À l'origine, un apprenti mécanicien de Lomé (Togo) avait reçu la visite répétée d'entités, mi-humaine mi-animale d'après ses dires. Ordinaire manifestation vaudou. Épisode sans intérêt. Sauf que des centaines puis des milliers de cas se sont « déclarés » brutalement, d'abord en Afrique puis en Océanie pour gagner, enfin, les autres continents. Les services de santé ont été débordés. Toutes ces visions. Les gens se sont mis à utiliser des formules magiques circulant par le bouche-à-oreille, sur internet et dans la presse. Exemples : si vous voulez vous transformer en animal ?, utilisez la formule dite « le premier caillou »(1) ; si vous désirez faire pousser des plantes ou une récolte en un clin d'œil (sans attendre la pluie ni rien) ?, précipitez-vous sur la formule dite « les fleurs de cerisiers »(2) ; si vous voulez que quelqu'un tombe éperdument amoureux de vous ? achetez la formule « Sois mon sang »(3) et (4).

Toujours à peu près le même, vérifié puis homologué par les autorités et la commission internationale d'enquête scientifique (Swiss Federal Institute of Technology Zurich, Chinese Academy of Science, Max-Planck-Gesellschaft, Massachusetts Institute of Technology, Centre national de la recherche scientifique, Université catholique de Louvain, London Imperial College Academic Health Science). Le premier message – diffusé des milliers de fois sur la planète par autant de « voyants » – disait : *Chère petite créature qui ne fut jamais qu'un appétit insatiable, sache que tu seras incendiée par le vent, bue par la mer, ouraganisée par le ciel. Car caresse d'homme n'est que gifle. Maison et richesse que petitesse devant la montagne et la forêt qui sont très désireuses de te voir, de te connaître. L'homme, sa force deviendrait tout à fait inconnue s'il grandissait. S'il savait que spirituels sont les jours de grands froids, lorsqu'on abaisse la flamme pour contempler le premier papillon du printemps, ambassadeur des mystères. Redevenez le feu !* [traduction ©Voogle](4)

Ainsi le message dit : *L'homme, sa force deviendrait tout à fait inconnue s'il grandissait.* Rien compris, on en concluait. Charabia. Dans un second temps, les « visités » (les personnes recevant la visite régulière d'entités mi-humaine mi-animale) se sont mis à pratiquer la magie élémentaire. Petites divinations s'avérant exactes, guérisons basiques avérées, rebootage de couple ou de famille, matérialisation ou disparition ponctuelles d'objets, vol humain nocturne sur de petites distances (comme de la chambre à la salle de bain par exemple), etc. [Cf. 6e mission d'expertise parlementaire sur le développement de la magie et le rapport de l'office parlementaire d'évaluation des choix scientifiques et technologiques, établi au nom de cet office, sur la filière magificatoire et théurgique française : état des lieux et perspectives économiques, développement et planification industrielle de la magie]. On sentait bien qu'on pourrait obtenir beaucoup plus. La magie semblait infiniment bancable. Devant la multiplication des événements, perturbations, bouleversements sociaux imputables au grandissant recours massif à la magie, le gouvernement a réagi en exprimant [Loi n° 2019-BK39 du 20 avril pour l'accès démocratisé à la magie usuelle dans l'égalité des chances] que : *Aujourd'hui, nous pouvons aisément assurer que l'affinité vibratoire fréquentielle rectificatrice des affects émotionnels archétypiques perturbés, dont la nature humaine est ponctuellement imprégnée, va par ses effets énergétiques vibratoires, agir sur la constitution bio-énergétique d'un être et sur son adaptation au milieu* (art. 6) et que par conséquent : *L'irruption mondiale d'entités inconnues mais avérées dans le quotidien des humains devient une preuve irréfutable que la notion d'échelle de perception humaine conviendrait d'être élargie afin de penser les dissymétries fractales (pressenties antérieurement par la physique quantique et la métaphysique), lorsqu'elles traversent en les engendrant, en terme ontologique et scientifisé, l'histoire de l'humanité. C'est ainsi que la République française, soucieuse d'adaptation réfléchie et démocratique, déclare devoir renoncer au binarisme ontologique précédemment énoncé pour, aujourd'hui et au regard des faits répétés et vérifiés, réorienter toute sa politique économique vers l'exploration et l'exploitation des nouveaux et immenses territoires d'action commerciale offerts par la réalité magique* (art. 12).

Ensuite le commissariat général à la stratégie et à la prospective a travaillé sur la croissance que l'on pouvait attendre de l'usage ordonnancé, régulé et technico-commercial de la magie. Puis la mission d'expertise sur la fiscalité de l'économie magificatoire a manifesté de l'optimisme car la non-dépréciation du dollar américain face à l'euro ne coûterait plus de point de croissance cette année (après 0,9 point l'an dernier) d'après les économistes de l'Observatoire européen des conjonctures économiques. La perte de compétitivité des exportations et la compression des coûts salariaux recherchée en compensation (en Allemagne d'abord) ne brimeraient plus la croissance européenne, dopée – comme le reste de l'économie mondiale – par la création et le déploiement du commerce lié à la magie (étude/prospective, modélisation/développement, enseignement, production, diversification/editing, stockage/grande distribution : autant de secteurs d'activité). Une conférence internationale d'experts a été organisée pour définir les règles budgétaires et comptables de la filière, son droit des affaires et la fiscalité du marché de la magie, les impacts de cette dernière sur l'investissement de capitaux, sur le transfert des risques (notamment sur les marchés de produits dérivés), sur l'établissement de valeurs et de taux [Cf. *The Effect of Magical Monetary Policies on interest rates and lending*, world conference n° BK707Z, International Monetary Fund-FMI, 700 19th Street, N.W., Washington, D.C. 20431 USA].

Aujourd'hui, on ne fait plus de magie : on est magifié du soir au matin. C'est la fête. Je prévois de passer un week-end dans la peau d'un renard pour voir comment ça fait de bouffer des souris. J'irai aussi voler dans les plumes des stupides pensionnaires du poulailler du voisin. J'ai commandé sur Amazon la formule magique « La rousseur du renard » (pas donné mais bon, c'est une expérience, et livraison rapide gratuite SuperGold). J'ai lu dans la pub du produit que cet animal, le renard, habite les terrains semi-boisés de préférence aux grandes forêts denses. Il fait la navette entre les petits boisés entourés de buissons profonds, les champs cultivés, la rive paisible des lacs et des ruisseaux, rôdant souvent près des bâtiments agricoles, des cabanes de pêche, des campings, des décharges sauvages (surmultipliées depuis qu'un génie a fait mettre une puce électronique sur les poubelles pour peser les déchets). Son terrier comporte deux ou trois issues cachées par des fougères ou des branchages. L'intérieur, habituellement composé de trois pièces, est tapissé d'herbe et de feuilles sèches. Pas la Wifi mais très confortable. Les esprits des renards (狐狸精 en Chine et 妖狐 au Japon) que l'on rencontre chez les entités sont généralement des femmes qui apparaissent comme jeunes et belles eh ! eh ! Si ça se trouve, je me sentirai mieux considéré comme renard que dans ma vie actuelle. Je serai plus libre, même si c'est juste pour un week-end. En tout cas, de multiples applis permettent désormais de tirer le meilleur profit de l'irruption des entités en question dans nos vies. De nombreux fournisseurs proposent des formules magiques génétiquement modifiées, mieux adaptées à l'humanité, vidangées de toutes questions spirituelles et/ou éthiques afin de profiter pleinement – et sans parasitage existentiel – des sensations pures (en cas d'annulation ou de modification sous 1 h après réception de la formule magique, le vendeur ne prélève pas de frais. En cas d'annulation ou de modification tardive – + d'1 h après réception – de la formule magique, le vendeur exige 177,6 % du montant du produit, majoré de pénalités d'encaissement). Après tout, pourquoi pas les FGM (Formules magiques Génétiquement Modifiées) ? C'est bien moins cher. Il faut savoir ce que l'on veut. Et ce que je veux, c'est de la distraction, du spectacle, du non-stop. M'amuser. Et d'ailleurs la plupart des incantations sont certifiées aux normes européennes, alors pourquoi se priver ? D'autant plus qu'une filière bio-FGM se développe, paraît-il. L'essentiel, c'est qu'on puisse acheter des formules magiques très facilement et partout, variées, pas trop chères et qu'on ait la possibilité de choisir leur durée d'application (option bien pratique). Avant-hier, j'ai payé un envoûtement renouvelable d'une nuit avec une belle blonde contactée sur un site de rencontre. Comme prévu, on a été raide dingue amoureux trois jours et après basta.

(1) Formule Magique Intégrale, translation originelle (ref. FMI ©Monsanto 775339BK07091984 ISO 22000 Systèmes de management de la sécurité des aliments/ISO 31000Management du risque/ISO 27001 Management de la sécurité de l'information/ISO 50001Management de l'énergie. Institut européen d'innovation et de technologie (EIT) Budapest Magyarország-Hungary/ Agence exécutive du Conseil européen de la recherche (CER) Bruxelles-Brussel Belgique-België www.un.org/fr/events) : *Essayer d'observer que : les formes ont conservé à peu près les mêmes termes, vous devez changer d'être. Dès lors que la discorde avec la Terre s'élève. Trouvez quelque chose de céleste pour revenir vers la Mère. Suivons à la trace le souvenir de notre humaine tentation dans les bois. Six loups étaient assis et avaient sangloté de bonheur en nous retrouvant enfin. Les bêtes sont nous. Écoutons encore le premier caillou magique qu'il avait examiné, l'homme, dans les boues de la rivière, s'interrogeant sur toute la postérité de sa race par la prise de conscience de l'effroyable consternation des massacres de la nature. Création signifie, avant tout le cours de la succession, le passage des vivants au travers des transpercées du temps. Vrai est, qu'à penser alors le comment comprendre l'amour pour s'unir enfin bêtes et hommes.*

(2) Formule Magique Intégrale (ref. FMI ©British Petroleum/Shell 776339BK20121991 ISO 22000 Systèmes de management de la sécurité des aliments/ISO 31000Management du risque/ISO 27001 Management de la sécurité de l'information/ISO 50001Management de l'énergie. Institut européen d'innovation et de technologie (EIT) Budapest Magyarország-Hungary/ Agence exécutive du Conseil européen de la recherche (CER) Bruxelles-Brussel Belgique-België www.un.org/fr/events) : *Action sublime en tout cas ! Traces de pattes portaient les souillures d'un long cri d'alarme des millions de jours à l'avènement du bruit*

motorisible, jugeant que le moment d'être expansive s'achevait, la Terre-mère a deviné assez tôt. Continuer à créer ce trésor et l'exposer à la convoitise destructrice, non. Bande-toi, bande-toi les yeux, bande de ta chair démesurée dans toutes les gloires devant les courses de nuages, les plumes des aras, la rousseur du renard, les clans de corbeaux immobiles sur la neige, les fleurs de cerisiers, ce que font la nuit homme et femme ou autre couple. Revenu à l'essence du monde, tenté par le désir féroce de prier et d'admirer. Comptez que je dispose, je suis l'esprit de la Terre, de la compétence nécessaire pour nous défendre, nous éveiller tous ensemble. Exactement ce à quoi nous en sommes, nous ouvrons nos mémoires et les yeux et nous contemplons l'océan nuageux de la vie dans ses innumérables, abondantes et changeantes beautés d'aveu. Nous sommes enfin des autres.

(3) Formule Magique Intégrale (ref. FMI ©EDF/GDF-Suez/Total 7716339BK13012005 ISO 22000 Systèmes de management de la sécurité des aliments/ISO 31000Management du risque/ISO 27001 Management de la sécurité de l'information/ISO 50001Management de l'énergie. Institut européen d'innovation et de technologie (EIT) Budapest Magyarország-Hungary/ Agence exécutive du Conseil européen de la recherche (CER) Bruxelles-Brussel Belgique-België www.un.org/fr/events) : *Je m'envole en ces cieux de la constellation du Dragon où je revis déjà écoutant les échos éclatant de lumière blanche noire orangée verte dans le son doux de tes yeux tout à l'extrémité de mon âme blesseuse quand la révélation est toi étourdi des mirages de ton existence je rejoins ta bannière on s'emporte et ton rire de vol d'étourneaux dans le couchant me souffle jusqu'aux confins, vers les étoiles cachées, jusqu'au désir de non-mort mon amour je te vis je te dis je te reconnais : sois mon sang car je te vois en secret comme un sourire rendu. Et la Terre sera belle.*

(4) Une fiche tarifaire vous est remise à la signature du contrat. Vous serez informé de toute augmentation de tarifs deux jours avant l'augmentation. Abonnement renouvelable - avec supplément - pour une nuit, trois nuits, quinze jours, six mois, trois ans, à vie. Consultez notre offre *VIP Magic* (amour haut de gamme ; emploi de prestige ; talent artistique et/ou sportif ; réussite financière surdémultipliée*). Prix de l'abonnement variable selon la puissance souscrite. Chaque mois vous recevrez une facture que vous réglerez soit par prélèvement automatique, soit par chèque, TIP ou carte bancaire (titre, valeur ou monnaie magique sont refusés). Si vous résiliez avant la fin de votre période minimale d'engagement, vous restez redevable des redevances d'abonnement restant à courir jusqu'à l'expiration de cette période. Toute formule magique contractée avec ou sans renouvellement demeure la propriété de l'entreprise prestataire (seul le tribunal de commerce de Paris sera compétent dans l'autorité des articles L. 721-3 et L. 721-4 du code du commerce et selon la loi n° 2019-BK39 du 20 avril pour l'accès démocratisé à la magie usuelle dans l'égalité des chances) **VIP Magic Life-Voogle* est un établissement de crédit de droit français agréé par l'Autorité de Contrôle Prudentiel et de Résolution (ACPR - 91 rue Rockfeller 75539 PARIS Cedex 08) et soumis au contrôle de cette même autorité notamment pour le respect des règles liées à la protection de la clientèle, à la supervision de la Banque Centrale Européenne (BCE) pour sa solidité financière, ainsi qu'au contrôle de l'Autorité des Marchés Financiers (AMF), en qualité de banque prestataire de services d'investissement. Opposition administrative : cette procédure est utilisée par le Trésor Public pour le recouvrement des amendes et condamnations pécuniaires. Elle a pour effet de bloquer le solde disponible du ou des comptes du Client à concurrence des sommes signifiées par le Trésor Public. *VIP Magic Life-Voogle* laissera à la disposition du Client, dans les conditions et selon les modalités définies par l'article 47-1 de la loi n° 91-650 du 9 juillet 1991, et dans la limite du solde créditeur du compte au jour de la saisie ou de l'avis à tiers détenteur, une somme d'enjoying à caractère alimentaire d'un montant égal au montant pour un allocataire seul du Revenu de Solidarité Active (RSA). Lorsque vous utilisez nos services ou que vous affichez des contenus, nous collectons et stockons des informations dans les fichiers journaux de nos serveurs. Cela comprend : la façon dont vous avez utilisé le service concerné, telles que vos requêtes de recherche, des données relatives aux communications téléphoniques, comme votre numéro de téléphone, celui de l'appelant, les numéros de transfert, l'heure et la date des appels, leur durée, les données de routage des SMS et les types d'appels, votre adresse IP, des données relatives aux événements liés à l'appareil que vous utilisez, tels que plantages, activité du système, paramètres du matériel, type et langue de votre navigateur, date et heure de la requête et URL de provenance, fréquence et durée de connexions, webcaming aléatoire de votre lieu de vie, transmission aux autorités de rapports sur votre activité numérique, familiale, amoureuse et professionnelle, distribution de cookies permettant d'identifier votre navigateur ou votre Compte de façon unique. Nos partenaires et nous-mêmes utilisons différentes technologies pour collecter et stocker des données lorsque vous accédez à un service, par exemple en utilisant des cookies ou des technologies similaires pour identifier votre navigateur, votre usage de la magie ou votre appareil à domicile ou à l'extérieur à des fins domestiques ou professionnelles. Nous utilisons également ces technologies pour collecter et stocker des informations lorsque vous interagissez avec les services que nous proposons à nos parte-

naires ou autres, comme des services de publicité, de surveillance et de statistiques ou dans votre recours à des fonctionnalités qui peuvent apparaître sur d'autres sites. Notre produit Voogle Analyflic permet aux entreprises et aux propriétaires de sites d'analyser le trafic sur leurs sites Web et sur leurs applications et de devancer vos besoins. Lorsqu'il est utilisé parallèlement à nos services publicitaires, tels que ceux utilisant le tyranocookie MaxiFlic, les informations Voogle Analyflic sont associées, par le client Voogle Analyflic ou par Voogle ou Voogle Magificolor, Voogle Enjoy, Voogle glückliche Stunden, Voogle horas felices, Voogle happy hours, Voogle счастливые часы, Voogle giờ hạnh phúc, ευτυχισμένος ώρες Voogle, konïningstet Voogle unnsalaä, Voogle תורשואמ תועש, Voogle dun wakati fun awọn ọkunrin ati awọn obinrin ti awọn orílẹ, खुश घंटे Voogle, Voogle ბედნიერი საათი, Voogle haora oaoa et leurs partenaires, aux informations relatives aux visites sur plusieurs sites afin de créer une déductibilité opérationnelle et perpétuelle de votre usage du net dans les limites de la loi et des règlements exécutoires concernés (cf. Loi n° 2039-990 du 6 août pour la croissance, l'activité dérégulée et l'égalité des chances économiques/ Projet de loi considéré comme adopté par l'Assemblée nationale en application de l'article 49 alinéa 3 de la Constitution, après engagement de la procédure accélérée, n° 716BK/ Conseil constitutionnel : décision n° 2039-716BK du 5 août publiée au Journal officiel de ce jour - JORF n° 0183 du 7 août page 13999 texte n° 1A, 1B, 2A, 4Z + ©Voogle World Statuts Systems. Partagez sur Facebook. Gratuitement et illimité. Offres soumises à conditions. L'abus d'argent est dangereux pour la santé, consommez avec modération. Pour votre santé, évitez de thésauriser trop riche. La banque est notre avenir, économisons-la. Parce que je le veau bien. Ne communiquez jamais, ni par e-mail, ni par téléphone, votre identifiant, votre mot de passe, vos codes de validation d'opération ou le code PIN de votre carte bancaire. Voogle requires more details about the customer like social/financial status, nature of business activity, information about his clients' business and their location, the purpose and reason for opening the account, the expected origin of the funds to be used within the relationship and details of occupation/employment, sources of wealth or income, expected monthly remittance, expected monthly withdrawals the pump money. Unter nachfolgenden Rufnummern erreichen Sie uns in Notfällen, rund um die Uhr und in deutscher Sprache. Bei einer Anwahl aus dem Ausland wählen Sie bitte die jeweils gültige Vorwahl für riesige magische Beute die großen Brüche Deutschland vor (+49). Industrial and Magicommercial Bank of China 钱是魔术. Thune productions présente. Si vous n'êtes pas satisfait d'une formule magique que vous avez commandé auprès de Voogle ou si celle-ci est défectueuse ou endommagée, vous pouvez nous la retourner sous 1 jour suivant la date de livraison, et nous vous rembourserons ou remplacerons l'intégralité de l'article. Pour plus d'informations, veuillez consulter notre page en savoir plus sur les Retours et remboursements (les lots de 3 ou 6 formules magiques et les pack Confort ou Big Eclate de formules magiques concernant l'offre monétaire et/ou sexuelle ne sont ni échangés ni remboursés en vertu du paragraphe 732BK11 de l'article 22B du code commercial interne de Voogle). En cas de doute, contacter votre conseiller clientèle Voogle. En cas de fraude ou de tentative de fraude, prévenir immédiatement votre banque et la police privée Voogle. www.vooglepolicy.com www.vooglearmy.com www.voogle-governement.com www.voogledrone.com). Put the ® symbol and the © symbol next to your Voogle spirit.

Petit traité de sorcellerie et d'écologie radicale de combat

Beaucoup d'années dans les tunnels. Nous menons une vie souterraine. Dans de vastes caches aménagées avec un certain confort, nous dormons, nous sommes devenus un peuple, nous aimons, nous tramons nos opérations contre l'ennemi. Celui-ci nous appelle « les rats ». Nous nommons l'ennemi « celui qui nous appelle les rats ». En dessous des villes dévastées s'étendent à l'infini les lignes de métro, les anciens réseaux de distribution d'énergie, les abris anticatastrophes climatiques, les zones de stockages abandonnées, les sous-sols divers et les interminables couloirs de circulation. J'explore les rivières d'eau noire, les passerelles au-dessus des abîmes éteints, les ascenseurs bloqués. J'habite ces parkings immenses dont les gens ont transformés les véhicules définitivement immobiles en habitat. Dans la sûre pénombre se révèle les galeries commerciales pillées, les cinémas enterrés aux centaines de sièges vides, les postes de secours oubliés. Tous ces puits forés vers on ne sait où, ces cachettes sérieuses. Les gouffres. Nos tanières. Un trou gigantesque, comme la bouche de la terre dont nous serions le cri de révolte. C'est la guerre depuis si longtemps. Habitants de ce morne désert de ferrailles tordues, nous résistons. Autrefois, j'étais chauffeur de bus. Dix ans sur la même ligne. Les navettes Airporter du trajet entre JFK/La Guardia et Manhattan partaient toutes les vingt à trente minutes entre 5 h 00 et 23 h 30. Le prix des billets était de $16,00 pour un aller simple ou de $29,00 pour un aller-retour. Ces navettes avec arrêts à Penn Station, Grand Central et Port

Autority Bus Terminal sur Manhattan. Internet à bord. Autrefois ma vie c'était : je roule, je roule, je roule. Même trajet huit à douze fois par jour. Tous les matins dans la fin des étoiles, avec le vent violent venu de la mer pour faire chanter les tôles d'acier de mon bus et griser les visages neutres des gens, dans le bruit impersonnel des roulettes de bagages sur l'asphalte, je prenais le volant. Trafic et café chaud bien sucré. Mon bus encore fumant comme sorti du four nocturne. Autoroute tel un toboggan déversant les gens sur le béton congelé et inamical de la ville. Tous ces robots que Dieu est censé connaître par cœur, aimer personnellement et dont il prépare normalement, d'épreuve en épreuve et dans l'effondrement des rêves perdus, l'éveil. Entre deux rotations, je n'avais pas faim mais je mangeais un yaourt vanille-goyave ou des caramels au sel marin en regardant le sport à la télé dans la salle de détente des chauffeurs. Autrefois, je voyais souvent le petit matin dorer les vitres de ma chambre. Encore pas pu dormir, je protestais. C'est que mon appartement était éclairé toute la nuit par les néons publicitaires du centre commercial voisin. Alors prendre sa douche hyper tôt. Pour se laver de ces mots qui te sautaient à la gorge et te mordaient jusqu'au sang : insomnie, colère, mépris, impuissance. Porter l'uniforme impeccable des chauffeurs. Ma vie comme si je passais un coup de fer dessus. Tout aplanir. Sentir bon le propre savonné et sourire. Théâtralité. Se tenir à carreaux tandis que nos seigneurs et maîtres, les hommes d'argent et leurs pantins politiques, fabriquaient toutes leurs richesses sur notre dos. Aristocratie et domesticité. C'était peut-être faux mais c'était ainsi que je voyais les choses. Puis dans les minutes automatiques et funèbres où s'allumaient les restaurants, les lugubres avenues et les arbres tremblants, prendre un autre bus pour aller conduire son propre bus. C'était comme ça. Ma vie. Monde mort. Je ne le regrette pas.

Je préfère maintenant. Ce siècle nouveau où les jours n'ont ni date ni nom. Où la guerre témoigne du pouvoir immense de nos âmes dénudées par la peur et le courage. L'origine de la déflagration mondiale ? L'ennemi dira que nous étions irréconciliables tout compte fait, avec l'idée de profit. Nous répondrons que c'est vrai. Que nous nous souvenons de ces dizaines de coûteuses conférences internationales pour changer de civilisation du fait des désastres climatiques. De l'inutilité de ces rencontres d'experts. Du refus de changer porté par les gens de pouvoir. Nous rappellerons que les premières guérillas vertes ont surgies dans des territoires forestiers. Sur le rio Negro en Amazonie et le haut fleuve Congo, près du Baïkal en Sibérie. C'est là que l'emblème des luttes, le Mort bleu est apparu. Il s'est vite propagé planétairement à la faveur des guérillas urbaines. Chicago, Mexico, Lomé, Nairobi, Hanoï, Athènes, Madrid, Paris, les premières villes soulevées. Un an plus tard, trois cent cités de plus. Batailles de rues. Écologie radicale de combat. J'ai appris l'art de la baston. J'aime ça maintenant. Le Mort bleu a été peint, sculpté, graphé des millions de fois sur les murs, l'asphalte, nos véhicules. On le porte en brassard. Je me revois dans ma soumission d'avant. Dans ce restaurant à deux pas de chez moi, j'aimais bien cet endroit car ils passaient toujours Bjork ou Son Lux pas trop fort. Et de vieux épisodes vus, revus et re-revus de *Walking Dead*. C'était devenu un jeu : deviner le titre de l'épisode, la saison, j'étais bon à ce petit jeu. Je commandais une assiette de pastrami. La serveuse, c'était la belle Rozine, me disait souvent non ce soir il n'y en a plus, désolée, rupture de stock de pastrami. La bande d'ouvriers de l'électricité n'en a pas laissé une miette. OK, je faisais d'un air cool, j'avais pourtant envie de pastrami. Bon. C'était quand même une spécialité majeure de New York (poitrine de bœuf moelleuse épicée et fumée, servie tiède en tranches fines, à l'origine une recette roumaine devenue légendaire dans la cuisine juive) mais, très fréquemment, il n'y en avait plus. Je mangeais autre chose (un Reuben les trois quarts du temps, ce sandwich grillé fait de corned-beef, de choucroute, d'emmental et de sauce russe). Mais j'en avais conclu – et je n'en ai jamais démordu – que rien ne dépend de soi : ni l'amour, ni l'argent, ni la paix ni la guerre, ni le pastrami ni quoique ce soit en cette vallée de larmes, pas même, donc, ton plat du soir. Tous les humains sont soumis à cette malédiction : ce qui arrive n'est pas voulu, pas prévu, tu ne gouvernes rien, tu manges ce que la vie veut bien mettre dans ta gamelle. Ma grand-mère Mina est morte à soixante-et-onze ans. Ma seule famille. C'était quelques mois avant le changement de monde. Elle avait préparé une boîte à chaussures avec la mention : Pour mon petit-fils. Dans la boite, des humbles trésors : des photographies de gens dont j'avais peiné à retrouver le nom et de maisons avec des jardins heureux, de pique-niques aussi. Des coupures de journaux évoquant les luttes des droits civiques autrefois, des gris-gris vaudous, des articles de presse racontant le pouvoir des esprits. Une vieille voisine de ses amies m'avait dit que Mina fréquentait une sororité de prêtresses vaudou. Ces dames étaient des femmes de ménage pour la plupart, des cuisinières pour les petites cantines de quartier, des gardiennes d'immeubles riant fort et des nounous aux yeux toujours baissés pour les familles blanches d'avocats ou de dentistes. Des invisibles. Mais de grandes savantes.

Coupure de presse trouvée dans la boite à chaussures de Mina et je l'ai toujours sur moi, y compris lors des fusillades : *Le vaudou (ou vodou ou vodoun) est une religion originaire de l'ancien royaume du Dahomey (Afrique de l'Ouest). Ce culte est toujours largement répandu au Bénin et au Togo. Cette religion est basée sur la magie vaudou.* Même si tu n'y crois pas, la magie, elle, elle croit en toi, disait Mina. *À partir du XVIIe siècle, les Noirs capturés, réduits en esclavage, originaires de cette région d'Afrique répandirent le culte aux Caraïbes et dans les Amériques. Le vaudou se retrouve donc sous différentes formes à Cuba, en Haïti, au Brésil ou encore aux États-Unis, en Louisiane surtout. Le vaudou est né de la rencontre des cultes traditionnels des dieux Yorubas et des divinités Fon et Ewe, lors de la création puis l'expansion du royaume Fon d'Abomey aux XVIIe et XVIIIe siècles. Vaudou (que l'on prononce vodoun) est l'adaptation par le Fon d'un mot Yoruba signifiant « divin ». Le vaudou désigne donc l'ensemble des dieux ou des forces invisibles dont les hommes essaient de se concilier la puissance ou la bienveillance active. Vodoun est l'affirmation d'un monde surnaturel, mais aussi l'ensemble des procédures permettant d'entrer en relation avec celui-ci. La brutalité subie par les esclaves pour créer un climat constant d'état de choc, ceci dans le but de briser tout esprit de résistance, est sans doute à l'origine du féroce développement d'un vaudou de terreur et de vengeance. Que l'on retrouve chez les descendants d'esclaves, qui pratiquèrent cette religion en réponse à des actes d'une cruauté difficilement concevable, commis par leurs maitres. Cette culture se caractérise par les mystérieux enchantements d'incorporation (possession volontaire et provisoire par les esprits), les sacrifices d'animaux, le recours aux morts vivants (zombies), ainsi que par l'exercice de la sorcellerie des arbres et des cours d'eau, sur des poupées à épingles. La pratique de cette religion étant interdite par les colons, passible de mort, de viol ou de peine de prison, elle se vivait dans le secret des nuits d'insoumission farouche.*

D'abord, pendant plus de dix ans, il y a eu une série ininterrompue de défaites. Des villes comme Berlin, Barcelone, Seattle, Kyoto sont retombées aux mains des politiques et de leurs armées. Puis deux événements sont survenus. Primo les neuf grandes guérillas vertes se sont fédérées avec un état-major militaire unique. On a repris Berlin et Kyoto. Secondo les théoriciens de la rébellion ont choisi d'avoir recours au vaudou. D'utiliser la magie contre les technologies policières de pointe. Le Mort bleu s'est avéré un esprit allié très utile. Il nous a offert l'invisibilité ponctuelle, le bouclier à certaines balles. Nos prêtresses ont publié et distribué un volume traduit en cinquante-neuf langues, le fameux *Petit traité de sorcellerie et d'écologie radicale de combat.* Un manuel pour pratiquer une utile magie de base. La guérilla a commencé à marquer des points. J'ai gardé deux photos d'autrefois, ne m'en séparant jamais. Les esprits disent que ce sont mes talismans. Ces deux photos : Mina tricotant un pull. On reconnaît mon gros pull jaune à torsades, je l'ai porté longtemps, maintenant je dors avec. L'autre photo, c'est moi-même au volant d'une auto qu'on m'avait prêtée pour acheter du bois dans un magasin de bricolage car je voulais fabriquer des volets intérieurs pour mon appartement soumis aux publicités lumineuses. J'avais été pris en photo par un voisin, je ne sais plus son nom. Il aimait tirer le portrait des gens du quartier. Ah oui, il s'appelait monsieur Nietamer, un vieux bonhomme de la diaspora alsacienne, il était coiffeur sur la 56ᵉ rue. Sur sa petite photographie, Mina conquiert une sorte de présence, d'existence pour ainsi dire, à force de figurer immobile, comme disponible, prête à agir. Je me demande souvent : c'est quoi exister ? J'aurais du mal à exprimer une réponse satisfaisante, claire et simple. Mais lorsque je regarde ce léger bout de papier noir et blanc, je vois une héroïne. Dans sa mort admise et c'est pas si grave que ça, elle ne m'oublie pas, elle reste par là, pas loin, elle ne me laisse pas tout seul. Elle me protège. Comme ces premiers jours où tout nouveau chauffeur de la ligne JFK/La Guardia-Manhattan, je la voyais monter le matin dans mon bus, s'asseoir au fond sur la banquette de plastique vert pomme, m'accompagnant sans mot dire, roulant avec moi, fier de me voir bien faire les choses. Elle vérifiait que sa jupe avait le bon plissé, sortant de son sac son poudrier avec le petit miroir. Elle s'assurait de son maquillage mais ne voyait pas grand-chose dans le miroir, juste une vieille femme. Son regard de fantôme indulgent planait alors sur cette infinitude d'immeubles, de ponts, de parkings débordant d'autos, sur les feux de feuilles mortes s'éteignant dans les jardins d'automne, sur les balançoires solitaires remuées par le vent, sur les fils à linge sans rien dessus, sur les oiseaux qui s'en moquent de nos pauvres petites histoires humaines.

Sortir des refuges est dangereux. Long chemin ténébreux de ciment usé, avec des pauses recueillies pour écouter la rumeur des tunnels. Corridors, galeries, passages. Nous sommes des êtres du dessous. Des animaux de la nuit ineffaçable. Sortir pour s'approvisionner, espionner, piller, guerroyer. Se défendre. Sortir pour passer du noir au blanc, de la nuit au jour, d'aujourd'hui à hier. De la vie à la mort.

Le panthéon vaudou est avant tout celui des forces de la nature. Les dieux renvoient à la foudre, à la mer, aux frondaisons. Mais ce culte chante aussi d'autres entités, telles que les ancêtres et les monstres aperçus dans le noir, les animaux. J'aimerais aller au-delà de ma vie comme j'allais parfois au-delà de New York. Je prenais un billet, montais dans un bus, rêvais qu'il ne stopperait jamais dans son absurde trajet jusqu'à la fin du monde. Rouler. Pour parcourir les États-Unis d'Amérique, tout le pays, toute la terre, rouler jusqu'à la lune, visiter sur place la mer de la Tranquillité et continuer. N'avoir ni étapes ni destination. Quitter ces rues d'ici, ce cachot : ma chambre. Vagabonder pour oublier les égouts niant l'existence des rivières, le mépris pour les esprits de l'air généré par les tours de refroidissement de la centrale nucléaire non loin. Mina assurait que dans le début de leur trépas, les morts traînent dans les lieux qu'ils aiment. Pour essayer de comprendre ce que signifie ce cirque. Elle disait que tu peux voir les nouveaux morts si tu regardes bien. Timides, ils demeurent en bas des escaliers, en retrait pour ne pas gêner les vivants, stationnaires sur le seuil des garages où dort leur auto, inquiets dans les salles d'attente des médecins, muets devant les guichets de l'aide sociale. Comme en panne. Sachant d'instinct que le changement ne signifie pas que les choses soient différentes. Leurs sentiments demeurent les mêmes, expliquait ma grand-mère. Lourd bagage à trimballer jusque dans les halls surchauffés des hypermarchés, dans les cellules des postes de Police, dans les salles d'opération des hôpitaux, dans les vestiaires ammoniaqués et collectifs de la piscine du Tony Dapolito Recreation Center (Clarkson Street and Seventh Avenue south). Et en 1987, Keith Haring à réalisé une peinture murale sur une des façades du bâtiment. Aujourd'hui le Mort Bleu a été ajouté sur le mur de Keith Haring, avec des pochoirs géants. Tous ces trépassés à l'âme comme un champ de bataille lorsque c'est enfin fini. Perdue et presque étrangère à eux-mêmes, leur âme. Dans l'abusive douceur d'un néant agréable, les défunts échouent bien loin des journées magnifiques et inoffensives d'hier où des gens, la famille, des amis et même des chiens leur témoignait de l'intérêt et qui sait – pour les plus chanceux – de l'amour. Temps lointains. Voilà le genre de choses que me racontait Mina lorsque j'étais petit. Des histoires de morts, saupoudrées de la certitude que chacun quittera ce monde en se demandant si des survivants se souviendront un peu de l'homme ou de la femme formidable qu'il n'aura pas réussi à être.

Pour le goûter, je m'attablais devant un verre de lait et des sablés vanille au magnésium. Mina promettait qu'on irait traîner sur les jetées à Long Island le dimanche suivant, disant que la mer n'est rien d'autre que de la mémoire, une énorme masse de mémoire pure, la plupart des heures heureuses s'étant vécues dans l'insouciance d'une plage. Une fois ou deux, j'ai été le roi du monde, un petit dieu optimiste et étourdi, aimé et ignorant de l'être. C'était sur les jetées de Long Island, les dimanches soir de printemps, lorsque le ciel s'endormait dans ses tons de miel chaud et que je n'avais qu'à tendre la main pour frôler les étoiles. La nuit passée, les prêtresses ont fait ce qu'elles devaient pour nous invisibiliser trois heures, ma section et moi. Sortilèges. Grâce à la magie du Mort bleu, je me suis changé un instant en corbeau, c'est mon animal de pouvoir. J'ai pu repérer les lieux et redevenu humain, j'ai dessiné pour les miens un plan. Aux mains de la police, un ancien dépôt-vente reconverti en zone de stockage de nourriture. Mourir le plus riche que possible, voilà le but des administrateurs de la police. Ils spéculent sur les vivres. Conserves encore consommables, boissons en boite. Et trafiquent avec les réserves volées à la guérilla après certains saccages de refuges. Nous nous sommes arrangés pour exaucer la première partie des vœux des administrateurs. Mourir. Mais pauvres. Protégé par l'invisibilité, nous avons tué les trente-neuf ennemis retranchés, cloué leurs mains vides et impuissantes bien en vue sur les murs extérieurs et récolté une tonne de provisions. Ceci sans perdre un seul des nôtres. À l'aube, de retour dans nos refuges profonds, nous avons décidé de fêter ça le soir suivant. De danser et visionner de vieilles séries télé, de boire et d'espérer. Nous sommes sans peur en subissant le léger tremblé des abris frappés, en représailles, par les tirs sporadiques d'obusiers géants. Toutes ces ruines au-dessus de nos têtes. Mais les tunnels secrets pour sortir encore inquiéter l'adversaire. Nul ne nous domestiquera. La magie nous rend presque invulnérable et assure, en dépit des coups reçus, notre longévité. La guérilla verte est enragée, violente et audacieuse. Nous voulons la fin de la civilisation industrielle, nous voulons rendre les forêts et les fleuves aux esprits, nous voulons le silence des moteurs et l'abolition du pouvoir d'une minorité sur la majorité. Nous sommes à jamais les enfants de la colère. On ne bâtira sans doute pas un monde meilleur. Et alors ?

Les derniers temps, dans ma vie d'avant, le dimanche m'était un jour pénible. Programme : zoner du côté de New Rochelle ou de Shirley, pour voir des matchs déjà commencé ou presque fini. Traîner à Long Beach mais c'était plus pareil de le faire seul. Une fois à Point Lookout, les gens criaient de bonheur sur la plage : ils disaient qu'on avait aperçu une baleine et son baleineau non loin. Pourquoi être si heureux avec ces animaux divins et leur faire tant de mal en bousillant méthodiquement l'Arctique ? Je m'étais demandé. Rôder sans amour, le dimanche, c'est ce que je faisais pour ne pas rester à l'appartement. Sans amour zoner du nord au sud, de l'est à l'ouest, du matin au soir, du ciel bleu à la pluie, du sourire aux larmes. Scotché à mon rien de prévu. Prendre le bus vers je ne sais où dans un rayon de cent kilomètres (après c'était trop cher) et rouler. Être un passager, aussi. Le paysage défilait, tout bougeait sauf moi. Usines à moitié fermées, Ford ou Chevrolet rouillées dans les arrière-cours des maisons décrépies sous la douceur des astres. C'est loin tout ça. Ma section (liste un peu longue mais cela ne me viendrait pas à l'idée d'oublier quelqu'un, tant qu'ils sont en vie, je les cite tous) : Lou Kipling, Fidèle Kougnakou, Zach Treize, Alice la Grande Forêt, Marla Bo, Vrai Bo, Mi Bzi, Atom Loki, Don Zorro, Kali Kali, Ruby Blixen, Wendy Bam, Arnaud le Qualiticien, Xupy Enzu, Paul Astapovo, Antoine Millot, Milly Campbell, Otto Nash, Ana Dana, Nelly Arcan, King Salomon המלך, Ricardo Olson. Les seize autres sont morts durant les luttes de ces dernières années. Ma section, c'est ma famille. On mange ensemble, on dort ensemble, on se bat ensemble, on pleure ensemble. On est comme une meute de loups, nous nous protégeons mutuellement, nous chassons et le cérémonial vaudou nous unit dans son feu. Politiquement, plus personne – ni dans nos tunnels ni à l'air libre – ne croit encore en un avenir meilleur. On s'entre-tue c'est tout. Tous autant que nous sommes sur cette planète déglinguée, nous formons la grande civilisation du meurtre. Un beau jour, tout s'est effondré en bloc et en détail, et maintenant c'est ainsi que les choses continuent. Saint-Barthélemy mondiale. Personne n'a pu empêcher cette catastrophe, n'a voulu ou n'a su redresser la barre à temps. Le mauvais comme le bon, les façons d'être, de voir, de penser du passé : c'est mort. Héritage direct d'hier, il nous reste un seul précieux trésor : la rage de démolir pierre par pierre le peu demeurant debout. Nous sommes tous fous. Mais nous n'ignorons pas que cette folie est le fruit de la rapacité, de l'aveuglement et de l'oppression choisie avec obstination par le genre humain. Délices de l'anéantissement. Extinction. Bientôt le grand silence de la Terre.

Je sais que ma grand-mère a lu tous les livres de Zora Neale Hurston (1891-1960) et qu'elle vénérait cette femme, une écrivaine d'origine afro-américaine, auteure du roman *Une femme noire* [Née le 7 janvier 1891 à Notasulga, Alabama. Études d'anthropologie en 1928. Éditrice du magazine littéraire *Fire !* avec Langston Hughes et Wallace Thurman et j'ignore qui sont ces personnes. Elle s'intéressa de près au folklore noir américain et au vaudou haïtien. En 1954, Zora n'arrivait pas à vendre ses livres de fiction alors elle fut envoyée par le *Pittsburgh Courier* couvrir le procès pour meurtre de Ruby McCollum, la femme noire d'un gangster local qui avait tué un médecin du Ku Klux Klan]. Recopié à la main sur l'emballage en carton gris d'un paquet de sablés vanille au magnésium, de la main de Mina cette citation de Zora Neale Hurston : *Les navires au loin ont à leur bord tous les désirs de l'homme. Certains rentrent avec la marée. D'autres continuent de voguer sur l'horizon, sans jamais s'éloigner, sans jamais accoster, jusqu'à ce que le veilleur détourne les yeux, résigné, ses rêves mortifiés par le temps. Telle est la vie des hommes.* Après la mort de Mina, j'ai examiné souvent des photographies de cette dernière. Je les regardais vraiment, dans une attention si totale que je ne voyais aucun autre objet avec lequel se concentrer de la sorte, pas même une note de supermarché discount, pas même un courrier d'huissier. Un matin dans le bus, j'ai entendu à la radio une pièce de théâtre. C'était une adaptation d'*Huckleberry Finn*. Les passagers avaient exigés que je mette de la musique alors j'avais arrêté la pièce même si les voyageurs avaient leur mp3 perso sur les oreilles deux minutes après. J'avais eu le temps de noter une phrase de la pièce. Cela disait et c'est exactement, mot pour mot, ce qui s'est produit pour ma grand-mère Mina : *Vous direz ce que vous voudrez, mais cette fille, à mon avis elle était tout sentiment. Et pour la beauté – et la bonté aussi – les autres pouvaient toujours s'aligner ! Je ne l'ai jamais revue mais j'ai pensé à elle des millions et des millions de fois.* Ma section au complet connaît cet extrait par cœur, je le leur récite souvent. Son beau visage photographié. Mina. Son beau nom, Mina. Tu détailles les traits simples de ce portrait, ce sourire, ces yeux noirs venus de loin, d'Afrique jamais vue, ce corsage d'ange, cette jupe élégante, tu t'attardes sur ces chaussures qui ont dû coûter un mois de travail à la laverie industrielle de Pizzolato street où elle avait passé une bonne partie de sa vie, les mains dans l'eau froide ma Mina. Jamais en retard. Ouvrière docile. Petite taiseuse. Et c'est beau, tu vois cette lumière céleste autour d'elle, ce signe que le jardin d'Éden publiera son nom, qu'elle en fait déjà partie, tu comprends c'est sûr, du fameux paradis.

Voici un mois, durant un corps à corps devant le vitrail de Marc Chagall dans le bâtiment amoché des Nations unies, j'ai perdu la photographie de Mina. Je suis retourné dix jours plus tard sur les lieux. On ne sort jamais vers la surface sans être au minimum trois, c'est la règle. Otto et Alice sont venus. En hurlant « larbin », Alice a donné un grand coup de pied dans la tête gonflée d'un policier dégommé. C'est que ce dernier avait failli la tuer à l'arme blanche lors de l'accrochage. Mais elle avait eu le dessus en lui fixant proprement un tournevis, épointé avec amour lors des longues soirées d'hiver, dans l'oreille. Les cadavres bleuis et suintants des ennemis, je les ai retourné. Sans succès, pas de photo. Ni dans les gravas multicolores formés par une partie du vitrail explosé. Otto a dit on trouve rien sauf des munitions et des barres de céréales chocolat-goyave encore consommables. Et il a ajouté ces gars-là ont des photos mais c'est pas la bonne. Envolée au vent de la guerre éternelle ma Mina, évanouie dans une flaque de sang noir. J'ai prié le Mort bleu pour qu'il me rapporte le cliché. Peine perdue. Mais il le fera peut-être plus tard ? J'y crois, en rentrant je vais en toucher deux mots aux prêtresses. On est alors resté longtemps sur place, songeant à l'inutilité de tout ce qu'on fait et de tout ce qu'on décide de ne pas faire. Immobiles comme des statues d'héroïques guérilleros de l'armée verte mitraillés par l'indifférence de l'univers. J'ai éprouvé une sorte d'accablement et, simultanément, de l'incuriosité devant mon propre sort. Arrivera ce qui arrivera. Puis, dans ce monde éteint et sans but, j'ai levé la tête et, à perte de vue, l'opacité du nuage de pollution était telle que j'ai compris qu'il fallait que je m'ôte de l'esprit l'idée de voir loin.

Les animaux

Un langage gnou, un langage lion ou pélican. Il fut un temps où les bêtes parlaient, aujourd'hui elles se cachent et se taisent, nous fuient. Il demeure pourtant ici et là une présence animale plutôt bienveillante et patiente, hors des pistes, dans l'attente de notre improbable conversion. Caché dans les frondaisons ou derrière les herbes immobiles, quelqu'un observe la vie des hommes. Et étudie les châteaux où arrivent des motos chinoises rafistolées avec de la colle et du fil électrique, les gens affairés parlant fort comme des chefs de terre surtout lorsqu'ils n'ont pas un sou en poche, les belles filles aux corps fiers, les vieux allant bientôt rejoindre Là-où-nous-allons, les chasseurs descendant de l'Atakora avec trois perdrix encagées, lesquels monts de l'Atakora sont semblables à l'épave gigantesque et silencieuse du vaisseau des esprits.

Qui sait ? Peut-être que les bêtes se taisent car il y a loin de l'art de cuisiner à celui de tuer ce que l'on mange. Il est si irrespectueux de tuer sans rite. Les animaux dont la tête va tomber savent que leur tête va tomber. Et s'inquiètent de ne pas être chantés pour ça. C'est un problème. Plus que jamais, il faut respecter les coutumes. Aimer ce qui nage, court, vole. Le défendre.

Personne ne sait répondre à cette question longuement débattue : il fut un temps où les bêtes parlaient, aujourd'hui elles se cachent et se taisent. Pourquoi ? Pas d'explication valable. Alors chacun fait de son mieux pour tenir sa place. Chacun fait son possible. Le feu pour cuire, la nuit pour accepter que l'aurore advienne, la caresse sur la peau pour donner le désir de rester là auprès des siens, le chien fidèle pour consoler des brutalités du monde, la folie pour y trouver un peu de lucidité, ce genre de choses. Chacun fait son possible.

C'est ainsi. Longue liste de magie ordinaire : le paysan fait le paysan, le chasseur fait le chasseur, l'écolier fait l'écolier, le prêtre fait le prêtre, le ciel brûlant fait le ciel brûlant, la moto sans phare pour le soir fait la moto sans phare pour le soir, la bière enivrante fait la bière enivrante, l'amoureux fait l'amoureux, l'été fait l'été, le mourant fait le mourant, le silence fait le silence, les animaux font les animaux et ainsi de suite.

Feu de brousse

Lorsque la petite moitié de l'Afrique australe a été considérée par les experts comme définitivement perdue pour l'habitat humain, l'inquiétude a gagné du terrain. La presse ne savait pas comment présenter les choses, les politiques brassaient de l'air et de mauvais prophètes alarmaient les gens. Pour se résumer, la situation était la suivante : généré par une sécheresse de huit ans (elle-même produite par le réchauffement climatique s'étant visiblement emballé), le plus gigantesque incendie de tous les temps ravageait la Namibie, le Botswana, le Zimbabwe, la moitié du Mozambique et de l'Afrique du sud. Autrement dit, cela se passait sur la lune. Car nous étions bien loin géographiquement de cette catastrophe. Peu après, nous devions changer d'avis. Car le bilan provisoire, c'était des milliers de disparus et soixante-huit millions de ressortissants évacués. De plus, le monstrueux feu de brousse brûlant nuit et jour, remontait vers le nord à raison de trois cents mètres par vingt-quatre heures. Les flammes se jouaient des montagnes, contournant les fleuves en détruisant les milliers de pompes à eau géantes de marque chinoise 草書 installées par la communauté internationale. Bientôt l'Angola et la Zambie partiraient en fumée à leur tour. L'armada d'avions bombardiers d'eau s'avérait inutile. De nombreux chercheurs parlaient à voix basse de combustion spontanée.

C'est durant cette crise mondiale que j'ai fait moyen de tomber amoureux. Les gouvernements avaient beau informer les populations qu'il n'était pas raisonnable de tomber amoureux, cela se produisait tous les jours. L'Organisation Mondiale de la Santé avait formellement établi que : plus le sentiment amoureux était présent chez les humains, plus les grands incendies se propageaient, gagnaient en force. Nous avons tous vu sur internet ces expériences terrifiantes où l'on plaçait des personnes à cinq cents mètres de la muraille de flammes. Si des amoureux faisaient partie du groupe témoin, la fournaise se démultipliait de 20 à 38 %. Un stupéfiant phénomène, qualifié de métaphysique. Alors des lois ont été promulguées pour interdire à quiconque de tomber amoureux. La peine de mort a été retenue dans certains pays (États-Unis, Chine, Iran, Indonésie, Égypte, etc.) pour punir les hors-la-loi. Le Texas a inventé une sorte de surpuissant siège éjectable propulsant les condamnés derrière le mur de flammes. Au plan scientifique, cette relation de cause à effet a été baptisée *l'épanouissement Gatsby*. Et nul sur terre n'était capable de fournir la moindre explication sur cette manifestation dévastatrice. Aimer produisait l'incendie ? *L'épanouissement Gatsby*, c'est une neurologue mexicaine de la faculté de médecine de l'Université autonome de Guadalajara qui, la première, avait utilisé cette curieuse expression en constatant l'effet épanouissifiant du sentiment amoureux sur la réaction chimique exothermique d'oxydation appelée combustion. Le docteur Ariela Bauman avait cité Francis Scott Fitzgerald et son roman *Gatsby le Magnifique* (1925) : *Son cœur battait de plus en plus vite à mesure que le blanc visage de Daisy se rapprochait du sien (...). Puis il l'embrassa. Au contact de ses lèvres, elle s'épanouit comme une fleur.*

La fin du monde ? On se félicitait toutefois que ne soit pas survenu ce que les gens craignaient le plus : aucune collision à signaler avec un astéroïde venu des confins de la constellation du Dragon, aucun tremblement de terre géant en Californie ni au Japon. Même si l'humanité l'avait redouté durant plusieurs mois, pas d'épidémie zombie propagée par le virus Zika1000, virus à ARN simple brin de polarité positive de 10 794 nucléotides codant pour un précurseur polyprotéique de 3 419 acides aminés [G. Kuno, A. Bauman et G.-J. J. Chang, *Full-length sequencing and genomic characterization of Bagaza, Kedougou, and ZikaZombi1000 viruses*, OMS, Arch Virol., vol. 172, n° 4V, 2016, p. 687-696 - DOI 10.1007/

s00705-006-0903-z]. Pas plus de guerre généralisée produite par la pénurie d'eau ou d'hydrocarbures. Ni de féroces famines régionales ni de raréfaction de l'oxygène (à cause d'une sombre histoire de trou dans la couche d'ozone et du refus de considérer sérieusement la crise climatique). Après les drames de Tchernobyl (Чорнобиль, 1986), Fukushima (福島第, 2011) et Fessenheim (2017 puis 2020), l'industrie nucléaire n'avait jamais été remise en question par une opinion publique désireuse que les postes de télévision ne s'éteignent surtout pas. Puis le feu. C'était par le feu que nous allions tous périr. Déjà 295,4 millions de morts d'après les Nations Unies. En boucle, des reportages expliquaient que la combustion est une réaction chimique dégageant de la chaleur (exothermique) et de la lumière. C'est aussi la dégradation visible d'une matière, y compris un corps humain. Elle ne pouvait avoir lieu que si l'on réunissait trois facteurs : deux composés chimiques (un combustible et un comburant) et une source d'énergie (énergie d'activation) – ce que l'on appelle le triangle du feu –. En terme général, le feu se déclenchait par l'action d'une flamme et/ou d'une simple étincelle, elles-mêmes inaugurées par une réaction chimique entre deux ou plusieurs corps. Sous l'effet de l'énergie d'activation (notamment de la chaleur), le combustible se décomposait (pyrolyse), le produit de cette décomposition étant un gaz qui réagissait avec le comburant (en général le dioxygène de l'air). Ainsi, nous pouvions résumer le processus par la formule suivante : combustible + chaleur + dioxygène = feu.

Comment survivre à l'effondrement mondial ? Dana et moi étions tombés méchamment amoureux et ne ferions rien pour éviter ce terrible crime.

Aux informations de dix-neuf heures, j'étais en voiture et il faisait très chaud pour un mois d'avril en Europe occidentale (36 °C au thermomètre du tableau de bord), ils ont dit qu'un second foyer d'incendie venait de démarrer avec violence dans le sud de la Malaisie et le nord-ouest de l'Indonésie. Après un mois de lutte, il avait fallu se rendre à l'évidence : il serait impossible d'endiguer le brasier et encore moins de l'annihiler. En quelques semaines, les villes malaisiennes de Johor Bahru (838 937 habitants), Melaka (187 111 hab.), Port Dickson (155 039 hab.) n'étaient plus que cendres. Kuala Lumpur (1 582 909 hab.), la capitale, était menacée. En Indonésie, les grandes îles de Sumatra (50 365 538 habitants) et de Bornéo (20 000 000 hab.) voyaient leurs dernières forêts, déjà mises à mal par l'industrialisation, partir en fumée. Jusqu'aux rochers qui fondaient tant la température s'avérait élevée. Singapour (5 312 400 hab.) était actuellement la proie des flammes.

Voilà ce que Dana a écrit un jour et je ne lui ai pas demandé la permission pour apprendre ce texte par cœur. Par. Cœur. Elle sera peut-être en colère que ces mots si beaux et si personnels soient lus par des étrangers mais tant pis, allons-y, je prends le risque car – en toute sincérité – je les récite comme une prière, comme une déclaration de paix, comme une tempête emportant tout, comme la preuve qu'il aura existé quelque part la femme que je cherchais. Cela disait : *Je suis née, je vis. Et j'ai deux oreilles pour entendre, deux yeux pour voir le jour, deux mains pour toucher et caresser, un nez pour sentir, une bouche pleine de gourmandise, une bouche pour parler et pour rire, des pieds nus pour sauter, pour danser, un esprit pour réfléchir, des rêves plein la tête et deux mains pour bâtir, la tendresse et l'amour, l'amour qui me guide. Et puisque j'ai reçu ce miracle qu'est la vie, je sème patiemment des graines autour de moi. Incarner la justesse, l'authenticité, relever les manches de mes petits bras, faire et sentir le bon, le bien, le beau. Remercier la vie de me donner des expériences. Apprendre. Je ne me pose jamais en juge mais déteste l'injustice. J'aspire à la joie, à l'amour et à la paix. Je ne suis pas parfaite. Nul ne l'est. Je fais de mon mieux. Ce que je suis, je l'ai bâti. Je n'ai pas terminé. Je souhaite partager cela. Volonté d'aimer version kleenex, symbole d'une société jetable et abjecte, s'abstenir avec moi. Ni dieu, ni maître, sauf soi.* Plus tard, elle avait écrit qu'elle cherchait *des relations vraies et constructives. La tendresse. La gentillesse. L'écoute. L'humour et la sincérité. La joie. Les heures qui passent et ne se ressemblent pas. Méditer. Échanger. Les esprits clairs. Ne pas se prendre trop au sérieux. Vivre chaque jour comme si c'était le dernier. Les êtres singuliers qui savent profondément ce qu'ils veulent. Un compagnon de route, quelques TU à te dire, le rivage d'un IL avec qui je déploierais pleinement mon ELLE.*

Un jour quelqu'un m'a dit : « Quand tu aimes, tu ne te poses pas la question, cela te semble une évidence, tu as tout le temps envie d'être avec cette personne, envie de lui parler, de lui faire du bien, et quand tu es seul et que tu te parles en toi-même, ce n'est plus à toi que tu parles, mais à elle ». Partager la force de la vie, les pieds sur terre, la tête dans les étoiles. J'avais lu et relu ce qui précède, n'en croyant pas mes yeux. M'était dit que l'homme qu'elle aimerait aurait bien de la chance. Un roi. Je trouvais extrêmement élégante sa façon d'exprimer ce mélange de volonté et d'abandon semblant la caractériser.

Il fallait se rendre à l'évidence : le feu progressait, prenant irréparablement la route du nord, dévorant tout sur son passage. Jusqu'à cinq à six mètres de profondeur d'après les experts, les flammes mangeaient la terre, décomposant toute matière végétale, organique et parfois minérale en surface et en sous-sol, faisant s'évaporer les fleuves et les lacs, disparaître définitivement toutes les ressources. Dernièrement, les cités africaines de Durban (678777 habitants), Luderitz (88120 hab.), Mariental (316400 hab.), Lulusari (98000 hab.), Maputo (999999 hab.), Ganou (82800 hab.) et Prétoria (711416 hab.) avaient été néantisées. Inauguration de la fin du monde.

On nous racontait que c'était le réchauffement climatique, que ce dernier était probablement la combinaison de nombreux facteurs, le défi étant d'être capable de comprendre quel était le degré de responsabilité de chaque cause. La pollution était citée en premier, notamment à cause de l'émission massive depuis 1960 de gaz à effets de serre. Des gaz absorbant le rayonnement infrarouge émis par la surface terrestre. Ce qui créait un fonctionnement similaire à celui du vitrage d'une serre : le bénéfique rayonnement solaire rentrait mais ne pouvait pas ressortir, installant une sévère augmentation de la température de l'atmosphère. Le plus connu de ces gaz : le CO_2. Mais citons aussi le méthane ou l'ozone troposphérique. Les CFC, utilisés dans les appareils produisant du froid (réfrigérateurs, congélateurs, climatiseurs, etc.) étaient aussi problématiques. J'habitais en toi, Dana. Tu étais ma maison. Ton corps, ton esprit, ta voix : mon abri. Vivre à tes côtés, c'était comme d'être heureux dans une cabane construite avec quatre bouts de planches et trois clous là-haut dans les frondaisons. Tu m'avais si immédiatement plu. Un éblouissement.

Tandis que les millions de réfugiés ralliaient l'hémisphère nord et que des émeutes ensanglantaient la moitié du globe, on recevait des mails comme celui-ci : *Bonjour/Bonsoir cher internaute, Ce message porté à votre attention est loin d'être une distraction ou une comédie. Il n'est plus à démontrer l'importance du vodoo (divinités ancestrales au Bénin) et sa puissance mystique relevant de la sorcellerie gouvernant toute existence. Moi Duih Gbénouvé (né en 1778), dignitaire du culte vodoo et fils de roi-magicien, natif du royaume d'Abomey, décide d'étendre mes œuvres issues de la réalité des forces occultes à l'attention du monde entier actuellement frappé par le feu final. Je décide d'offrir mes services à toute personne en quête de la santé, du bonheur et du succès. J'opère par magie depuis 188 ans et je vais continuer. J'applique le traitement traditionnel pour les cas de folie ou de dépression liées à la magie, d'insomnies provoquées par les déviations spirituelles, d'addictions au tabac ou à l'alcool, de maladies rendant impuissante la médecine classique (cancers, cardiopathies, disfonctionnements de la prostate, des reins, des poumons, du foie, de la langue, des os, de l'audition, de la vue, de l'appareil génital). Je suis un soigneur. Je peux arrêter le feu final. Je peux retarder l'Apocalypse. Comme on le dit si justement, c'est à l'œuvre qu'on reconnaît l'artisan. Vous constaterez la portée de mes faits. Merci de me contacter à mon adresse e-mail personnel : papafusion@gmail.com. Je peux dès votre irruption dans l'autre monde, vous ouvrir les portes d'un lieu paisible où il est inutile d'appeler la Banque populaire pour les rassurer, où la paie et le remboursement de la sécurité sociale ne tarderont pas, où il ne sera pas nécessaire de payer toutes les dix secondes pour respirer. Je peux gérer efficacement votre mort prochaine, retenir votre place dans l'au-delà et vous installer dans une vie surnaturelle heureuse.* Je passais tout mon temps avec toi, Dana, la mort prochaine m'indifférait. Tes mots, ta peau, ta joie et ta colère. Tu murmurais comme une petite fille : *Je suis née, je vis.* Je te regardais, te découvrais belle comme de la nourriture préparée pour une fête, comme une table dressée, comme une journée en bateau. Je chantais ta simplicité et ta somptuosité. Ta bonté et ta finesse, ta gentillesse et ta prévenance. Ton intelligence et les trésors de ta conversation. Nous le savions tous deux, aimer c'est quand on devient enfin capable d'oublier le passé. Quand le petit présent fragile l'emporte. Tes oreilles étaient des bijoux de prix. Tes mains, des oiseaux joyeux. Tes yeux, des saintes icônes. Ta voix, du piano. Toute ta personne était la manifestation du vivant.

Les scientifiques estimaient que le feu aurait embrasé l'intégralité de la planète dans moins d'une dizaine d'années à tout casser, plutôt six ou sept. D'après les calculs, notre terre suppliciée se consumerait ensuite durant environ 750 000 ans puis se refroidirait lentement en rougeoyant dans l'espace, telle un mini soleil, pendant le même laps de temps. Puis la terre serait un astre mort, calciné, débarrassé de toute forme de vie. L'enfer. Même s'il ne fallait pas totalement exclure qu'un nouveau cycle ne revienne. La vitalité des graines les plus enfouies, peut-être ? Mais d'ici là, des millions de réfugiés fuiraient le grand bûcher en se précipitant, par vagues successives, vers les surpeuplées étendues boréales. Lequel nord serait, lui aussi et à terme, submergé de réfugiés puis carbonisé. Dans 2 ans, l'Amérique du sud aurait commencé intégralement à roussir. Le flamboiement africain aurait encerclé Libreville et Mombasa dans quelques mois seulement. En Asie, on ne parlerait plus de Pékin ni du Tibet, de la passe de Peshawar (en ourdou : پشاور ; en pashto : پېښور) ni de la somptueuse Hué, l'ancienne capitale impériale du Viêt Nam (1802-1945) sur la rivière des parfums. Dans trois ans, Casablanca et Jérusalem, Bruxelles, Santa Fe et Varsovie ne seraient plus qu'un souvenir. Les pompes à eau géantes 草書, autant pisser dans un violon. Dans cinq à six ans, après la crémation des dernières villes d'Alaska, de Laponie et de Sibérie, nous serions tous morts.

Dana avait dit qu'elle aimait Clint Eastwood, regarder les étoiles, *1984* de George Orwell, le film *Broken Flowers* (je l'aimais aussi beaucoup), enlacer et embrasser, faire la sieste, Hayao Miyazaki, les longues promenades juste après la pluie, les pique-niques, les librairies, ne rien faire parfois. Dana, voici des informations sur toi : 175 cm, 63 kg, musclée, cheveux gris et yeux verts, 38 ans. Je te trouve un visage d'héroïne du XVIIIe siècle. On dirait que tu as été peinte par Fragonard. Le portrait de sa jeune fille au chien, c'est toi. Tu as un petit air de son espiègle Marie-Madeleine Guimard. Ou, mieux, de sa jeune fille délivrant un oiseau de sa cage. Tu es belle comme un jardin. Limpide comme une source cachée sous les fougères, intuitive comme un animal libéré. Je te devine une énergie de spartakiste. Je suis troublé par ton allure assez sage de Mary Poppins sans doute délicieusement trash en réalité. Je m'étais longtemps demandé (et c'était plutôt un commentaire qu'une question) si la vie avait quelque chose à voir avec moi. Me reposant sur l'expérience plutôt stérile des jours et des années, j'avais été disposé à penser que, de près ou de loin, mise à part me conduire à la mort par des chemins interminables dans l'illusoire dévotion à ma propre personne, l'existence ne m'avait pas spécialement fait de cadeau. Je m'étais senti un peu seul et j'avais cessé, un jour, d'attendre que le miracle d'une jolie rencontre ne se produise. Puis Mary Poppins, délivrant les oiseaux de leur cage, était venue me dire dans un sourire de reine que *faire la sieste était une activité des plus anthropologiquement indispensables. Le territoire des corps dévêtus et des rêves encourageants était à visiter avec assiduité.* Dans une sorte d'urgence, ayant à voir avec le culte que l'on rend à une splendide journée d'été au bleu métaphysique ou bien au crissant givre de décembre faisant valser les trottoirs, tu respirais à grandes goulées. Te rencontrer, enfin. Je me suis douté qu'à tes côtés, Dana, la vie était un détour magnifique avant l'intimidant silence terminal. Et que ta petite chanson de femme heureuse de vivre pouvait me réconcilier avec l'univers. Magicienne !

Même les îles ont pris feu. Cela venait des entrailles de la terre. Soudain des flammes surgissaient d'en dessous les pierres. Les racines des pacaniers ou des eucalyptus chauffaient à blanc et trente minutes plus tard les arbres devenaient des torches. Les sapins bourdonnaient comme des ruches lorsque leur sève odorante dorait la nuit en brasillant, des nuées d'oiseaux rôtissant en plein vol. Il fallait fuir les îles. Toutes. Partout, du nord au sud, d'hier à aujourd'hui, l'indomptable feu de brousse. En Europe, la police traquait les amoureux, les séparant et les parquant dans des camps loin des zones sensibles. Les couples qui s'évadaient trois fois étaient exécutés par injection d'après une loi votée démocratiquement. Nous nous étions évadés à deux reprises et pas question de nous reprendre cette fois-ci, la troisième tentative serait la bonne. Nous faisions discrètement route vers le nord du continent, vers la Russie septentrionale peut-être, cherchant à rejoindre les cités surpeuplées de Novossibirsk (Новосибирск) ou Komsomolsk-sur-l'Amour (Комсомольск-на-Амуре).

On s'aimait plus que jamais. Essayez de séparer deux amoureux pour voir. Relisez *Roméo et Juliette, Tristan et Yseult,* fréquentez *Rodrigue* et *Chimène*, visionnez le film la *Leçon de piano*. Au siècle dernier en Nouvelle-Zélande, Ada, mère d'une fillette de 9 ans, doit suivre son nouveau mari dans les profondeurs du bush. Il accepte d'y emporter tous ses meubles à l'exception d'un piano qui échoue chez un voisin illettré. Ne pouvant supporter cette perte, Ada accepte le marché que lui propose ce dernier. Regagner son piano touche par touche en se soumettant à ses fantaisies et confidences. Palme d'or 1993. Sur ma tablette, je conserve précieusement la bande annonce : https://www.youtube.com/watch?v=SS_L8VSgbDs. L'amour, la seule raison pour mettre un pas devant l'autre.

L'anthropologue Polly Wiessner a évalué l'activité nocturne et diurne des Bushmen du Kalahari et estimé que la majorité des conversations du jour portent sur des questions économiques (stratégies de chasse et de cueillette, fabrication d'outils), des critiques liées à l'événementiel, des plaisanteries et des commérages (6 % du temps étant seulement consacré à raconter des histoires). Alors que la nuit autour du feu, plus de 80 % des conversations sont des contes et des révélations, souvent au sujet de personnes distantes ou du monde des esprits. Selon Polly Wiessner, la domestication du feu par les chasseurs-cueilleurs a permis l'allongement du temps de veille, la vie nocturne centrée sur la réunion autour du foyer favorisant les interactions sociales et l'émergence des cultures préhumaines par le chant, la danse ou le fait de raconter des histoires [Polly W. Wiessner, *Embers of society:*

Firelight talk among the Ju'hoansi Bushmen, Proceedings of the National Academy of Sciences, vol. 11, n° 39, 30 septembre 2014, p. 14027-14035 – DOI 10.1073/pnas.1404212111 –, edited by Robert Whallon, University of Michigan, Ann Arbor, MI, and accepted by the Editorial Board August 7, 2014, received for review March 4, 2014].

Alors voilà ce qu'on a fait. Le brasier serait là dans une petite huitaine, un peu plus ou un peu moins selon le vent. Mettons pour dimanche prochain, vers la fin d'après-midi. Déjà l'air apportait de temps à autre cette odeur si caractéristique de crème brûlée, de torchon qui brûle, de sorcière brûlée en place publique, de chandelle brûlée par les deux bouts, de tête brûlée. On allait brûler nos vaisseaux. Se brûler les ailes. Car qui s'amuse avec le feu, se brûle. Après quelques brèves années de repli constant vers le nord (dont dix-huit mois en Islande dans une cabane de pêcheur, avant qu'un volcan ne nous contraigne à l'exil), on a dit stop, Dana et moi. On s'est installé dans une maison confortable du côté de Saariselkä, à la frontière russo-finlandaise. On a mangé un gratin de fruits des bois et bu une ultime et miraculeuse bouteille de vin jaune (l'un des plus hauts témoignages de la civilisation), on a parlé de nos existences, de nos chers disparus et des possibles prochaines retrouvailles avec eux. Afin de se rappeler cette douceur du foyer chère à l'anthropologue Polly Wiessner, devant une vidéo d'une heure quarante-neuf minutes montrant en plan fixe quelques bûches flambant dans une jolie cheminée, on a fait l'amour sur une imitation de peau de tigre, comme si c'était la dernière fois. Et ça l'était. Preuves de notre court passage sur terre, les étoiles compatissantes ont emplies nos yeux de leur beauté surnaturelle. Quel mystère que la voûte céleste. Le thermomètre indiquait 44,1 °C. Même garder un vêtement devenait insupportable. On avait vécu comme tous les autres. Des heures heureuses. Puis des coups et encore des coups, de nouveaux coups. On avait connu le sentiment d'impuissance. On s'était remis debout. Puis encore des coups. Un jour (et c'était aujourd'hui), un seuil avait été franchi, c'était assez, la lassitude de fuir encore un peu plus loin l'emportait. Alors tout s'effondrait sur lui-même. À ma connaissance, les dernières choses que nous nous sommes dites tandis que la température continuait d'augmenter brutalement au-delà du respirable, c'était que j'estimais que les gens, d'une manière générale, avaient fait preuve de beaucoup de talent, surtout celui de tout bousiller. Qu'à voir avec cette planète. Et toi Dana, tu as dit que tu regretterais la neige tombant silencieusement. On avait un paquet de flocons d'avoine sous la main alors je l'ai ouvert et en ai vigoureusement saupoudré l'air ambiant, le canapé en cuir beurre frais du salon, ta chevelure divine. On aurait presque cru de la neige mais si chaude. Et, tandis qu'un tsunami rouge révolutionnaire, haut comme un immeuble de cent étages, beau dragon meurtrier, s'approchait toutes ailes déployées de la maison, faisant exploser les vitres en hurlant son cri de guerre, tu t'es jetée dans mes bras et je t'ai vu rire de bon cœur mon amour.

De l'usage du rêve

Il trouverait toujours un amour ou une haine pour l'enchaîner.
René Barjavel, *Le voyageur imprudent*

Comme si qui que ce soit comprenait quoi que ce soit à l'amour.

Ce nouveau travail me semble du grand n'importe quoi. Étudier « de l'intérieur » la « définition africaine de l'amour ». Répondre à la question psychosociale : *C'est comment aimer en Afrique ?* Puis écrire un mémoire circonstancié sur le sujet. Afin de pouvoir modéliser et archiver dans le Second monde cette façon particulière d'aimer. Définition africaine. De l'amour. J'ai dit oui, j'accepte cette mission, je vais rêver pour vous rapporter les informations voulues, j'écrirai le rapport, vous saurez tout de : comment aime un africain. Et j'ai pensé, je le ferai car j'ai besoin d'argent, unique et suffisante raison pour me livrer à cet espionnage.

Au départ, comme la plupart des futurs rêveurs professionnels, je suis tombé malade. Troubles respiratoires majeurs, ralentissement conséquent du rythme cardiaque, instauration d'un fonctionnement minimal de l'organisme, beaucoup dormir, suractivité nocturne du cortex préfrontal dorso latéral. Puis l'ensemble de mes activités physiques ont diminuées de soixante pour cent en moins d'un mois, avec pénibilité motricielle, sédentarité d'origine pathologique. Résultat : banale maladie de Rimbaud comme on dit populairement. *Les pieds dans les glaïeuls, il dort. Souriant comme sourirait un enfant malade, il fait un somme : Nature, berce-le chaudement, il a froid.* Pour certains, c'est Parkinson ou Alzheimer, pour moi c'est Rimbaud. Ces malades dont je fais partie, on nous surnomme les dormeurs du val. Quand on m'a diagnostiqué, j'avais vingt ans depuis une semaine. Choc. Alors rêver. Durant les neuf années suivantes, j'ai suivi la formation universitaire conduisant au (prestigieux) diplôme d'onirologue, spécialité viaticumiste[1]. J'exerce en service hospitalier depuis deux ans. Les petites missions classiques : transfert de séquences mémorielles de base dans le Second monde lors d'un début d'atteinte neurologique dû au vieillissement et pas mal de recupérating de souvenirs perdus dans l'inconscient de mes patients, lesquels regrettent de ne plus les posséder, ces souvenirs, pour être encore un peu heureux ou toujours aussi malheureux. Je plonge et je remonte à la surface les trucs du fond de l'eau. La routine. Autant l'avouer tout de suite, l'amour et l'Afrique m'étaient totalement étrangers lorsque le ministère de la santé m'a mandaté pour cette mission inattendue de « définition africaine de l'amour ». Mais beau paquet de € à la clé alors d'accord.

Pour les extraterrestres qui l'ignorerait, le fameux Second monde (ou ECHO 2.0, Écosystème Humain Organicopié 2.0) est un vaste programme scientifique et industriel de création d'un univers virtuel complet (dont internet fût l'archéomodèle) visant à permettre l'immortalité de chaque individu biologique en transférant – de son corps physique soumis à la dégradation naturelle à un avatar évoluant dans le Second monde – l'ensemble de ses ressources mentales. Depuis peu, il paraît que le commerce et les flux financiers générés par l'édification du Second monde dépassent en volume et valeur ceux du Premier monde. Arrivera le temps où les hommes auront totalement déserté cette planète pillée et polluée. Des centres souterrains de stockage pilotés par des machines nous permettront de vivre tous à l'abri dans

1. Viaticumiste (« voyageur », du latin *via*, le chemin, et de *viaticum*, les provisions de route). L'onirologue-viaticumiste est un médecin, praticien du rêve, spécialisé dans l'exploration rêvistique d'orientation clinique lucido-archivante.

ECHO 2.0. Tous. Sauf ceux qui n'auront pas pu casquer pour s'acheter un avatar valable et le décor allant avec (une villa de dix-huit pièces à Hawaï par exemple, zèbres et girafes dans le parc). Ceux-là, ils zoneront au milieu des décombres d'un univers bien matériel et bousillé par les gaz lourds, la radioactivité, l'effondrement de la biodiversité et la disparition programmée du végétal. Il parait qu'un projet de loi est à l'étude : obliger démocratiquement tout citoyen à rejoindre ECHO 2.0. Il se murmure que des groupes de gens refusent tout aussi démocratiquement cette perspective et vont se planquer au cœur de territoires désertés, au fin fond des forêts sibériennes ou birmanes, dans des vallées paumées de Tanzanie, à l'intérieur d'antiques abri antiatomiques en Suisse ou dans le Nebraska. À votre bunker messieurs-dames. Ayant des meutes de policiers démocratiques surarmés et bons tireurs aux trousses, ces récalcitrants refusent carrément l'immortalité. Ils optent pour la mort physique pure et dure. Ils préfèrent décéder en bonne et due forme plutôt que de devenir la propriété de la multinationale gérant leur modèle d'avatar (celui-ci, pour permettre à l'humain de base de se secondmondiser comme on dit, doit être souvent acheté à crédit au TEG de 73,09 % en moyenne internationale constatée. Sur simple appel, nous réalisons immédiatement et gratuitement une étude complète et approfondie de votre demande par téléphone et nous vous fournissons une réponse de principe immédiate). Votre TEG (taux effectif global pour ceux que ça intéresse) tient compte de tous les frais obligatoires et annexes, commissions de dossier, assurances, indexation répertoriante de votre avatar aux échelons locaux, nationaux ou secondmondiaux selon votre pouvoir d'achat. Seules les multiples options facultatives ne sont pas intégrées dans le TEG. Ce sera le cas, par exemple, des assurances sur les crédits à la consommation (la villa de dix-huit pièces à Hawaï pour ne pas la nommer. Autrement dit l'assurance du décor de votre avatar : vous préférez une favela de Sao Paulo mitoyenne de la décharge municipale géante à ciel ouvert ou cette putain de propriété à Hawaï à trois mètres cinquante de la plage de Waikiki et avec piscine, piste d'hélico, six voitures et personnel de maison ?). Conformément aux accords de la banque mondiale avec elle-même, le remboursement de votre crédit et son TEG sont éternellisés suite à votre immortellisification. Vous devenez donc la propriété de votre organisme financier prêteur. Lequel aura accès à toutes vos données pour les revendre aux sites de divertissement, souvenirs privés (par exemple d'ordre sexuel) compris of course. En cliquant sur Inscription, vous acceptez nos conditions et indiquez que vous avez lu notre politique d'utilisation des données, y compris notre utilisation commerciale de votre vie (notre organisme financier s'est vu décerner la certification de services GoldPlatinum pour le respect des 39 engagements pris vis à vis de ses futurs clients. Simulez en toute sécurité sur notre site une demande de crédit en quelques clics. La procédure de demande de crédit est gratuite. Vous obtenez le montant demandé sans payer de frais de dossier. Un crédit vous engage et doit être remboursé. Vérifiez vos capacités de remboursement avant de vous engager).

Pour permettre, selon la capacité prépayée, le stockage dans leur avatar de souvenirs anciens (oubliés, occultés) constitutifs de toute personnalité, le public recours aux services d'un onirologue-viaticumiste. Moi. Du travail par-dessus la tête en ce moment, vu le rush vers le Second monde. Les rats quittent le navire. Direction la planète virtuelle. Avec ce que je gagne, je pourrai me payer, comme le matraque H24 la publicité, une *réincarnation de luxe.* Je serai *comme une photographie dans un magazine. Soyez enfin le stéréotype de la personne que vous désirez être depuis toujours.* Un surfeur de vingt-trois ans. Poséidon. *Votre Moi devient enfin ce Lui que vous méritez d'être. Il est urgent de se faire du bien.*

Donc l'Afrique. Depuis quelques nuits, je rêve méchamment à ce continent. Non-stop, éveillé ou endormi, j'écoute *Mbongwana Star*, le groupe des groupes à fond dans mon MP9. Musique divine made in la République Démocratique du Congo. Qui n'a pas écouté *Mbongwana Star* ne sait rien de l'Afrique. Pour ceux qui ne connaissent pas, direction le net : www.youtube.com/watch?v=OJCwfjl_sXc. Rêvons un peu. J'arpente les rues joyeuses et inquiètes des grandes villes où fument nuit et jour les grills de volailles et de légumes aux noms inconnus, dans le concert de klaxons, croisant les petites marchandes d'allumettes, les bogosses et les danseurs pour un oui pour un non. J'approche les belles, engageant la conversation : *Alors c'est comment ?* L'air de rien, disant que je suis journaliste, je questionne, j'oriente les choses vers l'amour. On est pudique, on me répond, je cite, *que l'amour, ça ne se parle pas, ça se vit, c'est une histoire de bras ouverts et refermés.* OK je sens que ma collecte d'informations pour le Second monde ne va pas être si facile. Par honnêteté intellectuelle, je vais essayer d'éviter mais il faudra peut-être que je me contente d'évoquer l'amour africain à partir des idées et préjugés que j'en ai plutôt qu'en utilisant – dans le cas où ma récolte serait trop faible en contenu et en volume – les témoignages et sensations soutirés en rêvant. Les africains ne te disent pas facilement comment ils aiment mais on raconte que si tu as la chance de vivre un moment amoureux avec l'un d'eux, tu ne voudras pas rentrer en Europe. C'est ce qu'on dit.

Que fait-il celui-là à rêver dans nos rues ? Ce Blanc ni discret ni malin ? Il questionne sur l'amour. Il re-questionne et re-re-questionne. Il me regarde d'un air entendu et séducteur comme si je pouvais tomber obligatoirement amoureuse de son physique de souris de laboratoire, de son Bac+10, de son ignorance profonde du monde réel des rêves, de sa carte bancaire internationale et il la brandit dès qu'il le peut avec ce mélange pitoyable de discrétion et de condescendance. N'importe quoi. Pour qui il me prend ? Moi, c'est Suzanna. Et je suis jeune et je suis belle, je le sais, les garçons le disent, tout le monde le dit, la plage, la lune, le rugissement des motos le disent. Et lui, cet air d'ahuri qu'il a. Cette méconnaissance de nous. Celle-ci serait excusable si elle ne s'accompagnait pas de cette suffisance, de cette certitude en béton armé que son intelligence supérieure fera de nous ce qu'elle veut. On peut parier que ce Blanc est un onirologue-viaticumiste. Il veut vendre ce qu'on lui racontera sur l'amour africain à une multinationale du Second monde. Ainsi n'importe quel imbécile coincé dans son avatar haut de gamme pourra, moyennant finance, trouver une amoureuse africaine, lui dire les bons mots, avoir l'attitude adéquate, lui faire l'amour selon les codes. Onirologue-viaticumiste. Ici les sorciers font dix fois mieux. Tellement risible. Maintenant, tout ce qui se donnait voilà peu, se murmurait, se révélait, les sentiments humains, tout doit se vendre. Je refuse d'être une marchandise. Ma beauté est trop chère pour toi la souris blanche. Je suis une fille du grand savoir de la perpétuelle songerie, notre saint Voodoo. Envoûtement, divination, système magie. J'ai appris auprès des savants de brousse que, écoute bien : quelque chose remue à travers les jours, à travers les mots, à travers les formes vivantes et les formes mortes. Dans le désordre des vies, dans la chaleur puissante de la lignée, notre personne est sens dessus dessous. J'ai vérifié qu'avec l'amour, il faut être crédule, croire en lui pendant qu'il chante un court instant notre propre nom. Laisser venir. Et se souvenir que notre personne est traversée de formes incompréhensibles, les désirs, le oui. Que ces formes, mêmes mortes, vivent plus longtemps que nous. Qu'elles sont là depuis les commencements. Qu'elles inventent les enfants. Tout est nombre, tout est pluriel, voilà la clé. Notre personne est plusieurs personnes pour ainsi dire, je l'ai vu en rêve. Je suis voyagée, comme on dit ici. Alors l'univers choisit celle de nos personnes qu'il préfère et lui donne de la force pour qu'elle reste plusieurs personnes en en devenant une seule. L'amour est cette force de multiplication-unification de tes personnes. Peut-être. Peut-être est-ce ainsi que nous pouvons imaginer ce qui arrive en ce moment même. C'est sûr mon frère.

Très belle, elle est très belle. Vraiment. J'en perds un peu mon latin. Pas prévu. Ne surtout pas négliger ma mission : objectif Second monde, donc collecter les attitudes sur l'amour pour gagner de l'argent. Mais sa beauté me fait mal. Reine de Saba. Je lui mens, elle est naïve, elle ne sait pas que je pille ce qu'elle me raconte sur les rapports amoureux ici. Tout est pour ECHO 2.0. Je dois me taire mais j'ai tellement envie de tout lui dire, d'être sincère, d'être pour ainsi dire… vivant, enfin. C'est visible, elle est quelqu'un d'intelligent, elle vagabonde avec aisance dans mon rêve, s'est connectée à mon exploration oniroplastique des rues africaines. Elle m'étonne. Elle a de la pratique de sorcière, on dirait. Ou peut-être souffre-t-elle comme moi de la maladie de Rimbaud ? Belle dormeuse. *Les pieds dans les glaïeuls, elle dort.* Suzanna. Prénom si lumineux, si sexy avec cette sonorité en A, si déraisonnable. C'est drôle, il existe des prénoms bien sages, sans surprise et d'autres qui mettent le feu. Aux terrasses ombragées des cafés, assis sur les chaises en plastique délavé à moitié fendu, tu peux voir des morts, des ancêtres. Ils surveillent les petits enfants jouant à deux pas dans des mini nuages de poussière rouge. Les morts en savent longs sur l'amour. Mais ils se taisent. Les phrases sont mensongères, mieux vaut des actes, uniquement des actes. Aimer c'est faire ou ne pas faire certaines choses, c'est tout. La parole – méfie-toi d'elle – est si vite allocution, promesse, commandement, sentence. Contente-toi d'agir. La caresse du vent sur ta joue, c'est l'un de tes morts qui te dit je t'aime, fils. Et il y a aussi les esprits. Partout, grande circulation d'esprits. Indivision de l'au-delà et de l'en-deçà. Communauté active des fantômes bienveillants riant d'une bagarre d'hirondelles, faisant des paris sur le lent routage du scarabée sur son sable en combustion, calculant la griffe cachée derrière les hautes herbes brûlées. L'amour mitraille dans tous ces yeux noirs, gris, doré, blanc de lait, cacao, émeraude, menthe, bleu fumée, rouge, mauve. Animaux mes autres moi, je devine. Elle s'appelle Suzanna. Je ne peux pas arrêter de rêver, je veux rester auprès d'elle. Lui montrer que je ne suis pas qu'un connard de Blanc vendu à l'une de ces multinationales de Seattle ou de Shanghai voulant monétiser l'amour à l'africaine. Non. Je voudrais autre chose. Faire mieux qu'être riche. Je m'ignorais et c'est elle qui me dévoile brutalement qui je suis. Elégante chaîne d'argent autour de la taille, sous-vêtements rose fluo devinés, yeux de gazelle impala. Mon iPhone 13 000 brainconnecté m'envoie alors direct cette citation *Elle ouvrit ses grands yeux de gazelle et les attacha, brillants et doux à ceux de son visiteur* [in Pierre Alexis Ponson du Terrail 1829-1871, *Rocambole,* t. 3, 1859, p. 20]. Oh cette femme dans son inédit parfum de gardénia hurlant la rose et la vanille, au secours je crois que je me ramasse un méchant coup de foudre comme dans les films. Voyage immobile. Comment redevenir prudent ? Comment ne pas me Suzannalover ?

Seul élément positif, il écoute *Mbongwana Star*. De vrais africains. Bon point. Leur musique d'amour. L'amour de leur musique. L'Afrique, la pure. Elle est presque touchante ma petite souris blanche de laboratoire. Elle veut bien faire, elle voit mes morts, elle fréquente les esprits de plume et de croc, elle me laisse l'étudier. Bon rêveur ce scientifique. Et pas si mal que ça après tout. J'aimerais presque son air gauche et intimidé. Souricette doit savoir que : toutes ces histoires de bêtes, d'oiseaux et de graines héroïques, la lumière dans les frondaisons pour faire danser du pouvoir sur le sol rougi par les âges, voilà qui s'accorde à nos pas. C'est le silence dans l'herbe. Tous les jours et surtout la nuit. Tellement de récits se promènent du nord au sud et de l'est à l'ouest par le silence ondulant dans l'herbe, par cette obstination verte. Par ce qui habitait ici avant nous. On le voit bien, pour faire tenir debout la vie dans ses tourbillons de poussière diamantisée, il faut un affrontement : le jour et la nuit, le jeune et le vieux, la force et la fatigue, la paix et la guerre, la vérité et le mensonge, l'arrivée et le départ. Et surtout l'amour et le désamour. Tout ce que nous sommes, tout ce que nous aurons capturé de joie et versé de larmes, tout ce bagage si lourd va disparaître avec nous dans le prochain silence dans l'herbe. Nos jours se fanent. Mais le vide aimable comblera nos vies. Dans son énigme, le néant nous réunira tous. L'amour nous réconciliera. Nous serons des lions, nous serons des histoires. Ces phrases, beaucoup de gens les chantonnent en Afrique. On a toujours un peu l'impression de les avoir déjà entendues ou lues quelque part. *Nous serons des lions.*

Je me demande. Je me torture. Vais-je décider de ne pas rendre mon rapport lucido-archivant ? Trahir ECHO 2.0. ? Si sage et pondéré de ma personne, je mute en rebelle sans foi ni loi ? Risquer tout ? C'est comme une avalanche : soudain, je désire plutôt vivre ce que je pressens de l'amour africain, impossible de faire autrement, vouloir cette femme m'engloutit sous mon propre déluge. On raconte que des gens se cachent pour ne pas rejoindre le Second monde. Il faudra échapper aux rafles, il faudra sans doute tuer l'ennemi nous traquant. Il y a des refuges au Togo, en Zambie, à droite et à gauche et même sur le fleuve Sénégal, électrifié de chaleur. En ville aussi, Lomé, Luanda, Loudana, Loum, Léo, Lubumbashi, Lüderitz, Lola, Lobamba, Lilongwe, Livingstone, Lulusari, Lambaréné, c'est possible selon la rumeur. Vivre moins alors. Mourir un jour prochain, agoniser en claquant méchamment des dents mais avant : la serrer longuement dans mes bras, la toucher pour de vrai, la respirer. Ils renoncent à l'immortalité les insoumis, incroyable, pouvez-vous croire à une telle témérité ? Ce vertige, je le choisis, je m'y précipite. Être un homme comme autrefois. Ne pas craindre l'orage. Se battre à mains nues. *Il dort dans le soleil, la main sur sa poitrine, tranquille…* c'est dans le dormeur du val. Durant toutes ces années de docilité, comment ai-je pu oublier ce cri d'espoir ? Rimbaud mon ami, je rugis : avoir du sentiment, serait-ce voyager imprudemment ? Folie des folies, l'amour ? Maintenant, rêver pour m'éveiller. Pour l'aimer. Mon âme en feu ! Me retrouver enfin libre ! *Aimer c'est faire ou ne pas faire certaines choses, c'est tout*, elle a dit. Ô Suzanna ma Black princesse, ton parfum de gardénia. Avec toi, exister tellement.

Le Kansas et l'Arkansas

La vie nous demande d'être forts et elle combat avec la dernière violence notre personne. Nous affaiblir, voilà son long travail. Le cours d'une vie, c'est la succession des malheurs. Vivre des choses physiques, c'est ce qu'il estime avoir de mieux à faire. Car c'est là que le peu de vrai de l'existence peut s'exprimer. Selon lui, on ne trouve satisfaction et plénitude ni dans l'esprit ni dans l'intelligence. Mais plus sûrement dans la course à pied, la boxe, un baiser donné et reçu, un coup de reins, une journée glaciale de ski, la petite chaleur fugace de la pluie de juin sur le visage, ce genre de choses. Tous les êtres vivant sur cette terre vous le diront : il n'y a rien de meilleur et de plus pleinement spirituel pour l'âme que d'avoir, dans la fournaise d'été, les pieds dans l'eau d'une rivière.

Quand on aime être amoureux, on est perdu. Il se disait. Mieux vaut se mettre hors de portée. Les journées seront plus calmes, les nuits aussi, les étés paisibles, les hivers si silencieux. Passer du temps à la fenêtre, se dire que ce n'est la faute de personne et courir une heure tous les jours, quel bon programme. Se contenter de soi. Éviter les risques de surchauffe sentimentale. Renoncer. La vie est une sorte d'opéra pénible, interminable, sans surprise. Décors désuets, refrains déjà entendus, intrigue et dénouement classiques. Tout ça est terriblement académique. Pour un peu, on pourrait finir par penser qu'avec la mort commence la liberté. Qu'on doit s'en aller aussi loin que possible. Mourir, donc.

Par le fait, il était en train de veiller son propre corps, content de son physique de sportif et se satisfaisant de son âme de solitaire, lorsqu'elle est apparue dans sa vie. C'était au centre commercial. Pour l'association d'insertion par le jardinage et le travail des espaces verts, dont elle est une employée, elle devait acheter une débroussailleuse performante. Il l'a vue. Elle, comme une sorte de petite divinité, un résumé de la beauté, une apparition sous les néons. Et, alentour, des gens n'ayant pas l'air humain, faisant songer à des épouvantails, immobiles, dépenaillés et tenant debout par miracle, les mêmes préoccupations dans la tête. Faire des courses, errer dans les rayons des hypermarchés, aller au spectacle tous les vendredi soir puis au restaurant en sortant, pousser la porte d'une agence de voyage, changer de voiture, choisir deux kilos d'abricots en promo, déménager, retrouver des vieux amis après vingt ans de silence, s'inscrire dans un club de fitness, aller à un rendez-vous avec son conseiller bancaire, être incompris au travail, projeter d'acquérir un canapé quatre places cuir pleine fleur couleur crème ou taupe, choisir une coque de smartphone, prendre un amant ou une maîtresse, acheter sur internet, aller à Paris, patienter au téléphone, acheter de nouveau sur internet, rouler en écoutant son CD préféré à fond, payer encore un P.V, oublier un anniversaire, changer d'ordinateur et, ce coup-ci, peut-être opter pour une tablette, traîner sur une brocante, enterrer un ami, s'ennuyer au bord de la piscine. Se dire que pour le peu qu'on a, c'est bien la peine de tant désirer.

Alors il s'est approché d'elle et s'est mis à lui donner des informations sur cette débroussailleuse professionnelle alliant puissance, fiabilité et ergonomie. Excellent rapport poids/puissance. Grande autonomie. Équipé d'un moteur X-Torq® offrant un couple élevé sur une large plage de régimes et qui se distingue par une consommation de carburant réduite jusqu'à 21 % et une réduction d'émissions de substances nocives allant jusqu'à 75 % selon la saison et la vrombitude végéto-portante. Longueur du tube optimale et renvoi d'angle de 35°. Guidon asymétrique déporté de 7° surélevé pour plus de maniabilité. Confort d'utilisation grâce au système antivibration LowVib® ultra efficace et à l'astucieux réservoir à carburant situé à l'avant pour un meilleur équilibre de la machine. Il sentait bien que cette femme lui plaisait. Côté débroussailleuse, facilité d'utilisation grâce au démarrage facile Smart Start® et au bouton Stop à retour pluriautomatique. Elle a écouté, on voyait que ça la passionnait mais très provisoirement. Elle a acheté le modèle qu'il préconisait, celui doté de nombreux équipements pratiques et de confort : guidon avec dégagement pour un fauchage optimal, procédure de démarrage simplifiée, poignée soft grip et angle de transmission surdéveloppé. Une débroussailleuse équipée du moteur 2 temps à balayage stratifié, garantie d'excellents résultats et de longévité.

Lorsqu'ils apprennent à se connaître, elle lui fait visiter la friche derrière la zone commerciale, une immense friche accessible depuis l'arrière de la station-service fermée. Au début, il y a des odeurs de fioul mais ensuite non. On sent bientôt les fougères, les champignons, l'herbe finissante de septembre, les pommes en train de se défaire au sol. Elle aime ce territoire désert, mangé par les épis déchiquetés de l'automne. Elle aime les sombres îlots d'arbres, les carcasses d'autos rouillées, les pylônes tordus et sans électricité, les vestiges de cabanes de pêcheurs en bord de rivière. Elle et lui sont d'accord sur l'importance des actions physiques. Faire des choses avec son corps. Des heures, arpenter la friche sans déranger les animaux (canards, autours, hérons, autres oiseaux de toute sorte, lièvres, ragondins, lézards, renard – un seul renard probablement –, faisans, rongeurs, hérissons, quelques chats perdus), nager dans cette rivière sans nom, ramasser des branches pour allumer un feu sur lequel on grillera des légumes et on dorera des galettes de céréales maison, identifier les étoiles visibles à l'œil nu (Almach d'Andromède et l'étoile Polaire dans la Petite Ourse, c'est facile), faire l'amour plutôt brutalement (elle, le dos appuyé au tronc doux d'un grand platane, lui la serrant contre l'arbre, comme s'ils étaient trois) et dormir dans un antique cabanon de bois blanchi par les pluies d'avant, juché dans un poirier géant. Le lendemain, faire la chasse la plus impitoyable aux sacs plastique, boîtes de bière et emballages carton pas si biodégradables que ça (il faudrait de longues années) du McDo voisin. Une nuit, ils se sont endormis tard, après une belle séance d'astronomie et ils ont entendu, au-delà de la friche, la rumeur du périphérique, tous ces moteurs figurant le rugissement d'une créature monstrueuse tandis que les lueurs des lampadaires, des phares, des enseignes lumineuses de cent grandes surfaces produisaient un halo pulsant, orangé et maléfique. Elle a dit alors : si on décidait de ne jamais retourner là-bas ? Si on allait voir plus loin ? Pragmatique, il a répondu : oui mais allons chercher des affaires. Ce sera notre dernier passage dans cette ville de mort. Et nous viendrons explorer la friche. Aucune idée de où ni de comment elle se termine. C'est grand, on dirait. Et beau.

Durant des années, ils ont marché. S'enfonçant dans la friche, s'éloignant des zones commerciales, des parkings, des concessions automobiles et des show-rooms de démonstration de débroussailleuses nouvelle génération à motorisation verte proclimat. La friche était d'une telle étendue qu'ils ont vieilli, parcourant de jour en jour, de saison en saison, des vastitudes. Forêts, savanes, petits fleuves sinueux suivis jusqu'à des marais peuplés de flamands roses, jungles parfumées d'orchidées géantes, platitudes de sel brillant, prairies emplies d'animaux nouveaux aux noms inconnus, lacs sans horizon, plages de galets, de sable rose ou de cendres volcaniques. La friche était mille fois plus spacieuse que la Sibérie, la Patagonie, les grandes plaines dominées par le Kilimandjaro ou les solitudes du Kansas et de l'Arkansas. Parfois, à peine éloignés l'un de l'autre d'un jet de pierre, ils ont cheminé durant des semaines, trouvant leur nourriture pas à pas. D'autre fois, ils se sont établis pour un mois ou deux auprès d'une source, dans la paix odorante d'un bois d'eucalyptus. Un jour, ils sont tombés sur un bus renversé. Un gros. Un soixante-huit places. Avec du nettoyage et quelques aménagements, le véhicule s'est transformé en habitat très confortable. Une harde de daims passait souvent dans le coin. Les observer a nécessité une bonne année. Puis un midi, suivant la migration des gnous, ils sont repartis, rendant le bus aux hiboux et à une famille de renards. À un moment, elle a dit :

— Nous sommes Adam et Ève.

Plus tard, tandis que le voyage se poursuivait en redescendant une éprouvante chaîne de montagne et que s'annonçaient des vallées hospitalières, croisant des chamois méfiants, le yéti et des ours nains faisant songer aux petits ramoneurs savoyards, ils se sont rendus compte que – tout en tenant beaucoup l'un à l'autre – ils s'aimaient moins. Le deviner, le constater, le savoir a été un peu douloureux mais pas insurmontable. Le sexe était devenu une obligation. Devoir accepter que le sentiment meurt est la sagesse, se sont-ils dit. La solution aurait été de rebrousser chemin pour retourner vers les centres commerciaux, les chaînes de pizzerias, les appartements loués et le lieu de travail à trente-cinq heures par semaine avec des petits chefs sur le dos. Là, ils auraient pu trouver des gens et prendre rapidement un amant ou une maîtresse, histoire de se sentir exister. Mais pour retrouver places et rues, bureaux et ateliers, amis et collègues, chambres d'hôtel à 49,99 € le midi en périphérie urbaine et sms secrets, il aurait fallu des années de marche en sens inverse afin de rallier la vie d'autrefois. Au moins vingt-cinq ans, au bas mot. Non, il ne vaut mieux pas, elle a déclaré mi déçue mi rassurée. Je préfère la friche, il a dit. Il n'y avait qu'à continuer comme ça.

D'année en année, devenant des vieilles personnes, sentant faiblir l'énergie, ils ont baptisés les contrées traversées, s'amusant à nommer ces territoires vierges de toute humanité, les répertoriant dans un petit carnet de cuir rouge. Nevada, Péloponnèse, Franche-Comté, Asturies, Jamaïque, Rajasthan, Monténégro, Géorgie, Soudan du sud, Macédoine, Sierra Leone, Laponie, Sri Lanka, royaume de Siam, sous-préfecture de Dole, Oulan-Bator, Costa Rica, Poldévie, ville de Nîmes, falaises peintes de l'île Toarra-Marra-Monah en Tasmanie, Roumanie orientale, Galilée, Texas, Toscane, Tilimsen, Kiev, Kyoto, Évian, Dordogne, royaume d'Araucanie-Patagonie, Kabylie, Mexicali, Dorset, le Rohan, Macao (la liste est décidément bien longue mais tous ces lieux existent dans la friche), Varsovie, Zoulouland, lune forestière, Santa Fe, Vladivostok, Gotham City, Sosoya-Mari, Parkland et Markland, Cotonou, Enfer de Dante, Lulusari, Zanzibar, Eldorado, Lomé, le monastère, la niche du chien, le bocal du poisson rouge, le terrier du lapin, Noeland, Atlantide. Et encore (on a bientôt fini) : Westeros, Poudlard, la terre du milieu, Syldavie, le grenier merveilleux, le coussin des deux chats noirs, Bad Lands, forêt de Chaux, l'île Jackson, place Clichy,

Saint-Lothain, lac Baïkal, rue des Arènes, le mat chinois de Camille et Dorian, Cap Elisabeth, Rawhajpoutalah, muraille de Chine, petite Camargue, Longeverne, Bagdad café. Voilà : liste complète. Une fois, ils sont arrivés devant un immeuble d'une prodigieuse hauteur. On aurait juré un échafaudage vers les nuages. L'ascenseur était naturellement en panne alors ils ont empruntés l'escalier. Il y avait quatre-vingt-huit étages. Et de nombreux centres commerciaux avec des millions d'objets inutiles. Au sommet, sur la plate-forme d'où s'élançait une antenne de télé décapitée, on apercevait la friche à perte de vue. Un vol d'étourneaux froissait le ciel. Là-bas vers l'ouest, une illimitée étendue d'eau semblait vivifiée par des dauphins et des baleines. Ils sont restés là-haut quelques jours, prenant le temps de regarder le monde. On aurait dit que se lavait ce qui était souillé, que se colorait ce qui était invisible, que renaissait ce qui avait dû mourir. La friche jusqu'à l'horizon. Énorme récolte de nourriture dans les boutiques en redescendant. Même des gâteaux secs à la noix de coco, leurs préférés. Et, dans leurs canettes en aluminium mordoré, méchamment poudrées de poussière, de somptueux jus de fruits miel-goyave. Vraie razzia, les sacs à dos tendus à craquer.

C'était au début de l'hiver, probablement fin novembre début décembre, dans ces eaux-là. Lors d'une halte dans une gare routière délabrée. Carreaux cassés, lumière grise et appel mélancolique d'un rapace dans les altitudes. Quelques provisions furent découvertes dans un bus aux pneus crevés et à l'allure de cage de fer. Dans ce paysage endormi, partout des plaques de neige miroitaient au soleil. Le ciel du couchant s'enrougissait, la pluie glacée semblait comme allumée. On dînerait de pain grillé, de tomates en boite et d'une soupe de pois cassés. Café sucré aussi. Elle venait de faire un feu. Il s'est laissé glisser le long de la devanture déglinguée d'un kiosque ayant vendu autrefois de la petite restauration, du tabac, la presse et des titres de transport. Il était pâle et visiblement épuisé. Il a dit :

— Tu te rappelles de mes mains sur toi ?

Puis il est mort en souriant. Elle a parlé tout haut pendant des heures, expliquant en détail aux ronciers et aux pins sylvestres, aux corbeaux compréhensifs et à la turbulente colonie de souris locale qu'elle allait continuer. Juste deux ou trois heures par jour, pas plus, par petites étapes. Ensuite, quand le froid deviendrait trop mordant, elle hivernerait dans un abri quelconque. Une bergerie avec de la bonne paille moelleuse et des grosses couvertures en tissage apache, une chapelle pas trop froide, avec une statue protectrice de sainte Rita. Ou un pavillon de banlieue disposant d'une porte et de fenêtres pouvant empêcher le vent noir, munie d'une cheminée avec sa réserve de bois, d'un lit, de bougies, de livres, de vieux magazines féminins. Elle entendrait hurler les loups dans le bois voisin, ils rongeraient des nuits entières la carcasse d'un porc, ils rôderaient. Ensuite au printemps, survolée par des oies sauvages, elle repartirait, traçant la route dans cette grande friche, se nourrissant de baies et de fruits, d'œufs de perdrix et d'antiques boites de sardines récupérées dans des abris de chasse ou au sommet d'une tour de surveillance des feux de forêt. Continuer. Marcher. Aller voir ailleurs. Petite vagabonde fatiguée. Sans lui mais quand même avec lui d'une certaine façon. Elle n'oublierait pas de le saluer dans la timide averse matinale bruinant la campagne ou dans le bleu ésotérique des constellations. La Couronne australe, le Grand chien, l'Oiseau de Paradis, la Louve, le Dragon, la Petite ourse. Marcher tu comprends à allure modeste, maintenant. Y aller. Croiser un considérable troupeau d'antilopes bubales rouges *(Alcephalus buselaphus)*, au moins trois mille animaux. Prendre garde à un clan de tigres à dents de sabre *(Smilodon fatalis)* prélevant son tribut de viande et festoyant dans des feulements belliqueux. Une autre fois, sentir l'inouï parfum de chocolat de cette grande fleur rare poussant dans la rocaille, s'en émerveiller. Continuer. Marcher. S'emporter loin, là-bas. Vers nulle part. Un pas devant l'autre et l'abîme au bout. Pour chercher à vérifier si l'univers, tout comme l'amour, se termine un beau jour.

L'auteur remercie vivement Marion Mazaurik (*Au Diable Vauvert*), Laurent Battistini et Piotr Bish (*Neness Danger*), Anastasia Tourgeniev et Zoé Agbodrafo (*Totemik CrowFox*), Mimosa Soufflet et Jean-Yves Mulot (*Hispaniola Littératures*) pour l'accueil offert à cette anthologie. Merci également à Peggy Delrue-Liby, Jacques-Olivier Liby et aux membres de l'association *Les Avocats du Diable*. Un salut aux fringants *Artilleurs de Mayence*. Merci à Emmanuel Bellaton (*Text'oh!)* pour ses précieux conseils éditoriaux, à Élisabeth Huard pour sa relecture d'élite (*Souffle court*), à Mathilde Vieille-Grisard, Pascal Parmentier, Fabrice Gallimardet et Joyce Glassman. Avec une pensée pour les membres de l'association *Mon Club d'Écriture* et un salut au (puissant) groupe *Mbongwana Star* dont l'album *From Kinshasa* a accompagné l'écriture des nouvelles *De l'usage du rêve* et *Dix ans avant la nuit*. Enfin, pour son soutien littéraire décennal et sa confiance amicale, plus que merci à Philippe Vieille, éditeur de choc et grand prêtre de *Souffle court*. Sans oublier mes insistantes dévotions à Karma Ripui Nissi pour son imminent rééquilibrage, plus qu'urgent et d'une façon ou d'une autre, des forces interstellaires.

Écrire, c'est toujours la même chose.
Les histoires, les amours, les magies.
Le petit vaudou des mots.

Phil Aubert de Molay
Conférence sur Karen Blixen, Genève, le 29 juin 2011.

Du même auteur :

Boxer dans le vide, nouvelles, anthologie 2005-2015 (Souffle court, 2015) ;

Leçon de ténèbres, nouvelles, collectif, prix Hemingway 2015 (Au Diable Vauvert, 2015) ;

L'imitation de vitesse, nouvelles, *1. Fantômes d'astreinte, 2. Super-héros à temps partiel, 3. Petit traité de sorcellerie et d'écologie radicale de combat, 4. La vie inimitable, 5. La chute des corps* (Hispaniola Littératures 2014) ;

Madrid, États Zunis d'Amérique (nouvelle, in *Latifa*, collectif, Au Diable Vauvert, 2014) ;

Broderies et travaux d'aiguilles (nouvelle, in *Rencontres extrêmes*, hommage à Marguerite Duras, collectif, Souffle court, 2014) ;

Noeland, roman, trilogie, *1. Plusieurs milliards d'esclaves, 2. Ni humain ni lutin, 3. Croire au père Noël* (pour liseuse, KDP, 2014) ;

Teutonik, roman, quadrilogie, *1. Petite sorcière, 2. Renard mord, 3. Nos alouettes, 4. Crapaud nu* et le volume *5. Making Off du roman avec interviews,* d'après le roman *Les Enfants de la poussière* (Hispaniola Littératures, 2008. Pour liseuse, KDP, 2014) ;

Tamberma, nouvelles et photographies d'Yves Regaldi (Souffle court, 2013) ;

Princesse Mononoké (nouvelle, in *J'ai fait un rêve*, collectif, Souffle court, 2013) ;

Personne n'est mort, nouvelles (Souffle court, 2011) ;

À paraître :
L'Ordinaire d'une fée, roman ;

Bibliographie complète sur fr.wikipedia.org/wiki/Catégorie:Nouvelliste_français

Interview 2015 de Philippe Aubert de Molay sur le site, dédié au genre de la nouvelle, de l'écrivain Erik Vaucey : http://vaucey.canalblog.com/archives/2015/06/06/32174854.html

Souffle court
éditions
Prenez le temps de faire court !

Souffle court éditions
www.facebook.com/soufflecourt.editions
www.soufflecourt.com